唐宋词小令精华

夏承焘题

徐培均 评注

黄山书社

图书在版编目(CIP)数据

唐宋词小令精华 / 徐培均评注.– 合肥:黄山书社, 2015.11
ISBN 978-7-5461-5349-0

Ⅰ.①唐… Ⅱ.①徐… Ⅲ.①唐宋词–选集 Ⅳ.①I222.84

中国版本图书馆 CIP 数据核字(2015)第 286524 号

唐宋词小令精华 徐培均 评注

责任编辑	欧阳慧娟
装帧设计	观止堂_未氓
出版发行	时代出版传媒股份有限公司(http://www.press-mart.com) 黄山书社(http://www.hspress.cn)
地址邮编	安徽省合肥市蜀山区翡翠路 1118 号出版传媒广场 7 层 230071
印　刷	安徽国文彩印有限公司
版　次	2016 年 12 月第 1 版
印　次	2017 年 10 月第 3 次印刷
开　本	700mm × 1000mm　1/16
字　数	392 千
印　张	29.25
书　号	ISBN 978-7-5461-5349-0
定　价	28.00 元

服务热线 0551-63533706

销售热线 0551-63533761

官方直营书店(http://hsssbook.taobao.com)

前　言

小令是一种体制短小的词。在唐宋时，词可供歌唱，故亦称曲子词。它最初是按乐曲来分类的：一种是包含若干“遍数”的大曲，一种是没有组成“遍数”的单独的小令。后来，单就文字的多少而言，以小令与中调、长调对举，一般认为“词中小令如绝句，长调似律诗”①。《四库全书总目提要》说：“《类编草堂诗余》，不著编辑者名氏，旧传南宋人所编……词家小令、中调、长调之分，自此书始。后来《词谱》依其字数以为定式，未免稍拘，故为万氏《词律》所讥；然填词家终不废其名，则亦倚声之格律也。”今人有不同意见，唐圭璋、金启华两先生在《历代词学研究述略》一文中说：“明人顾从敬改编《草堂诗余》，开始把词分为小令、中调、长调。”看来后一说较为可靠。清人毛先舒曾约略概括了一条规律，说：“五十八字以内为小令，五十九字至九十字为中调，九十一字以外为长调，古人定例也。”②这种区分较为机械，也有不合理的地方。如〔临江仙〕和〔七娘子〕，有五十八字的，亦有六十字的，究竟是小令还是中调？〔雪狮儿〕有八十九字的，亦有九十二字的，究竟是中调还是长调？这种例子还有不少。然而，任何分类都只能是相对的，不能因为一些特例就否定这种分类的益处。宋翔凤《乐府余论》在论述这种分类时说：“其分小令、中调、长调者，以当筵作伎，以字之多少，分调之长短，以应时刻之久暂，如今之京师演剧分小出、中出、大出相似。”说明做这种分类对当时的演唱是提供了方便的。对今天的读者和研究者来说也有此必要，因为，小令短小精粹，易懂易记，随时把玩，即能成诵；可使人们沉浸在优美的旋律和意境之中,得到很好的美学享受和艺术熏陶。因此,本书所选小令严格控制在五十八字以内,以尊重历来的习惯。

宋人张炎说:"词之难于令曲,如诗之难于绝句,不过十数句,一句一字闲不得。"[③]说明写作小令和写作绝句均非易事。但是从格律严谨这一方面来讲,写作小令似乎比写作绝句更困难一些。因为小令更为精悍、凝练,更讲究五音六律和四声平仄,写作时不仅句读的长短、字声的轻重、韵位的疏密必须按谱填写,而且每首小令所要表达的喜怒哀乐、起伏变化的情感,也必须与每首曲调(即词牌)的声情密切配合,才能达到音乐与语言、内容与形式的和谐统一。

如今,尽管诗人们大多已经不再填写格律如此严谨的小令,但它那优美的韵律及巧妙的艺术手法,对我们创作具有时代内容和民族特色的新诗歌,也提供了丰富的经验。

二

小令初起于隋唐,原是依附于燕乐的一种歌词,比长调的历史要早。据宋人郭茂倩说:"唐武德初,因隋旧制,用九部乐。太宗增高昌乐,又造讌乐而去礼毕曲。其著令者十部……而总谓之燕乐。声辞繁杂,不可胜纪。"[④]这种燕乐后来又吸收了民间音乐、少数民族音乐和外来音乐的某些因素,如《旧唐书·音乐志》所说:"又自开元以来,歌者杂用胡夷、里巷之曲。"因此曲调日益丰富。小令便是随着隋唐燕乐的产生而产生的。从敦煌所发现的《云谣集杂曲子》来看,当时的民间作者已开始用长短句诗歌来配合燕乐的乐曲,但是由于他们文学修养不深,对声辞配合还不能做到恰如其分,因而一时未能引起文人们的重视。当时的文人一般仍用五、七言绝句或摘取长篇歌行中的一段以应歌。在宫廷的教坊和民间的宴会上,伶工和歌伎们所唱的曲子,则既有五、七言绝句,也有长短句歌词。由于绝句的句式整齐划一,缺少变化,唱起来节奏平板,不能适应各种情感的表达,于是就在整齐的诗句中加上虚声或予以重叠,使之变成长短错落的句子，以适应参差复杂的曲调，像王维的绝句《送元二使安西》衍为"阳关三叠"，便是显例。相传为李白所作的〔菩萨蛮〕、〔忆秦娥〕二调，被后人称为"百代词曲之祖"[5]，其写作时代比王维略晚，已是长短句式的小令了。到了中唐时期，白居易、刘禹锡等诗人对民间文艺和新兴乐曲较为留意。他们开始应用新兴曲调，依声填词。例如刘禹锡的〔忆江南〕，就明白地标出"和乐天春词，依〔忆江南〕曲拍为句"。可见民间乐曲经过刘、白等大诗人的赏音拟作，已逐渐解散了绝句的整齐形式，以适应参差变化的曲调。于是"句度长短之数，声韵平上之差"的格律越来越严谨，以至于定型为各种各样的词牌。从这个意义上说，小令的形式是在文人的手中最后完成的；也可以说，词的兴起是从小令开始的。清人宋翔凤说："词自南唐以前，但有小令。"又说："诗之馀，先有小令，其后以小令微引而长之，于是有〔阳关引〕、〔千秋岁引〕、〔江城梅花引〕之类。"[6]徐釚也说："唐人长短句皆小令耳，后演为中调、长调。"[7]当然，在唐代的敦煌词中也有〔内家娇〕(104 字)、〔倾杯乐〕(110 字)，文人词中也有像杜牧〔八六子〕(90 字)那样的长调，但这仅是个别现象。所以，说小令是词最早的体制，基本上是符合历史事实的。

晚唐五代，由于唱曲的歌伎和填词的文人密切合作，小令作品出现了空前繁荣的景象。影响较大的是温庭筠，他"能逐弦吹之音，为侧艳之词"[8]，所写〔菩萨蛮〕、〔梦江南〕、〔更漏子〕诸调，皆为小令，其中镂金错采，雕绘满眼，内容多写闺襜之情，意象迷离惝怳，诚如俞平伯先生所说："飞卿之词，每截取可以调和的诸印象而杂置一处，听其自然融合。"[9]可见其带有唯美主义倾向，缺乏鲜明的个性和生活的真实感。花间派词人除了韦庄能以疏朗秀润的笔调抒发个人怀抱外，大都与温庭筠相似，所谓"自南朝之宫体，扇北里之倡风"[10]，格调绮靡，词情柔媚，思想性较差。所以，清人沈祥龙批评说："晚唐五代小令，填词用韵，多诡谲不成文者，聊为之少耳，不足多法。"[11]值得注意的是南唐二主，特别是后主李煜的作品。他们的词都是小令，虽婉约如花间，但却排斥了那种镂玉雕琼、"诡谲不成文"的倾向，改用白描手法刻划内心深处的感情。李煜降宋以后的作品，表现亡国之君的悲哀，尤其深切真挚，显示了鲜明的个性。故王国维《人间词话》说："词至李后主而眼界始大，感慨遂深，遂变伶工之词而为士大夫之词。"虽然李清照批评他"亡国之音哀以思"，但他以高度凝练的手法反映个人生活的变化，把小词从浮艳绮靡的风气中挽救出来，这在词史上不能不说是一大功绩，一场巨变。

龙榆生师说："《花间集》显示令词的发荣滋长，温偏香软，韦多白描，启发了欧阳炯、李珣对南方风土人情的描绘。李氏父子君臣把短调小词的艺术提高，与西蜀花间遥遥相对。合于汴，酿成宋词的不断发展，百花齐放。"[12]这一概括是很正确的，他指出了唐五代词向北宋发展的基本历程。

北宋初期的词仍以小令为主。晏殊和欧阳修两位宰执大臣，以词为余事，直接承袭花间南唐余绪，每每假托闺情以抒幽怀。宋人刘攽说："晏元献尤喜冯延巳词，其所自作，亦不减延巳乐府。"[13]罗大经说："欧阳公虽游戏作小词，亦无愧唐人《花间集》。"[14]清人刘熙载则并而论之："冯延巳词，晏同叔得其俊，欧阳永叔得其深。"[15]可见二人受南唐词风影响之深。尤其是欧阳修，他的一些作品常常与冯延巳的相混，使人难以分辨。虽然也有〔朝中措〕（送刘仲原甫出守维扬）那样较为豪放沉郁之作，但就其基本倾向而言，尚去南唐、花间未远，并无显著的时代特色。后来的晏几道，小令作品最多，成就也最高。其特点是语言晓畅，音律谐婉，感情深挚，风格婉美，艺术上相当工整。清人先著评论其词说："轻而不浮，浅而不露，美而不艳，动而不流，字外盘旋，句中含吐，小词能事备矣。"[16]由此可见，晏几道通过自己呕心沥血的创作，把小令的水平推向了一个新的高度。

北宋中期，由于都市经济的发达及演唱艺术的盛行，加之一些词人经常出入歌楼舞榭，同乐工艺人多有接触，因而到了柳永手中，就出现了大量的长调慢词。然而小令在其后的张先、苏轼、秦观、黄庭坚、贺铸、周邦彦、万俟咏的创作里仍有很大的发展。他们扩大了小令的表现领域，不仅用它来描写闺情闺怨、风花雪月，而且用它来抒发羁旅之愁，寄托身世之感。其中，"美成(周邦彦)小令,以警动胜,视飞卿(温庭筠)色泽较淡,意态却浓。温韦之外,别有独至处。”[17]秦、黄词作,虽并世齐名,实质上黄不及秦。秦观写爱情的小令,感情凄婉而格调较为健康。有时也将“身世之感打并入艳情”[18],将个人政治上的蹭蹬和爱情上的挫折糅合在一起,构成一种感情浓挚、寄托遥深的艺术精品。他在贬谪之后所写的一些小令,从侧面反映了元祐党争所加予士人的深重灾难,凄怆悱恻,感人至深。黄庭坚词中多用俚语,曾被前人讥为“伧父”,然亦有清峻之作,所以清人田同之说:“小调不学花间,则当学欧晏秦黄。晏欧蕴藉,秦黄生动,一唱三叹,总以不尽为佳。”[19]苏轼的豪情壮采,多体现在长调之中;其小令大多具有清旷韶秀的特点,那些抒写离情别绪的短调,清丽宛转,催人泪下。陈师道说“子瞻以诗为词”[20],他的小令虽多数能歌,然就其意境而言,确是一种意趣盎然的小诗。

如果说小令在北宋处于极盛时代,而到了南宋,则由盛而衰,长调慢词渐渐取得了压倒优势。南渡之初,词人由于身经“靖康之变”,每每将流离之苦、丧乱之情通过小令反映出来。也就是说,这时的作品进一步摆脱了花间派绮靡的词风,比北宋小令充实了更多的社会内容。在宋金对峙、民族矛盾尖锐的形势下,许多南宋词人慷慨悲歌,以小词抒发了一腔爱国情思。较前的有李清照、朱敦儒,较后的有辛弃疾、陆游和刘过。清人王士禛说:“婉约以易安为宗,豪放惟幼安称首。”[21]就小令的成就来说,也是如此。李清照能以寻常语度入音律,她笔下的女性形象比前代男性词人笔下的女性更为真实婉美。她还通过个人生活的变化反映国破家亡的深愁惨痛,使婉约派词在新的历史条件下得到了新的发展。辛弃疾的小词有时“效易安体”,但基本风格却很不同,其中或者表现爱国将领苍凉郁勃之情,或者描写退隐农村的恬淡心理,在健拔的笔调中掺和着含蓄的意味,形成一种特殊的沉雄风格。南宋还有一派词人,似乎离开了他们所处时代的现实,在词的创作上镂玉雕琼,刻意求工。如姜夔和吴文英,他们一生未做过什么官,对当时的政治亦无甚兴趣,全部精力几乎都用于诗词创作。所写小词,思想意义虽不甚高,但艺术技巧却有精进。姜白石词前人称为“清空骚雅”,有“裁云缝月之妙思,敲金戛玉之奇声”[22]。吴梦窗词则被称为“七宝楼台,碎拆下来不成片段”[23],然其小令亦不乏清新流丽之笔,写景抒情颇为动人。

南宋后期名家,多工长调,小令则少有佳篇。但一些不大为人注意的词人,却写出了不少精粹的小词。例如何桌、李重元、陈克、卢祖皋、严仁、潘牥、蒋捷等人的小令,大都写得清新隽永,姿态各异,含蓄蕴藉,饶有韵味。其中陈克的小令尤其得到前人的推重。清代周济说:“子高不甚有重名,然格韵绝高,昔人谓晏周之流亚。晏氏父子,俱非其敌;以方美成,则又拟于不伦。其温韦高弟乎?”[24]这里把陈克的地位抬到二晏之上,并直接视为温韦的继承人,可见其推许之高。对卢祖皋的《蒲江词》,周济也作了评价:“蒲江小令,时有佳趣;长篇则枯寂无味。”[25]在整个南宋时代,继李清照之后,还涌现了一批成就突出的女词人,如朱淑真、聂胜琼、蒋氏女、严蕊、孙道绚、淮上女、章丽真等。她们的作品不多,有的仅存一首,但却很少有描写闺情闺怨及无病呻吟之作,每每能将个人的命运同社会的矛盾、时代的悲哀结合起来,具有真挚动人的艺术魅力。

关于南宋小令的概况,我们不妨引用清人先著的一些论述作一概括。他说:“南渡以后名家,长词虽极意雕镌,小调不能不敛手。以其工出意外,无可著力也。稼轩本色自见,亦足赏心。”[26]又说:“南宋小词,仅能细碎,不能浑化融洽,即工到极处,只是用笔轻耳,于前人一种耀艳深华,失之远矣……今多谓北不逮南,非笃论也。”[27]通俗地说,这两段话的意思是:第一,南宋小令同南宋长调相比,除辛弃疾外,大多数是逊色的;第二,南宋小令同北宋小令相比,在总的成就上也难以企及;第三,南宋词人在长调上可以极意求工,而对体制短小的小令,却感到无可着力,所以做不到工出意外;第四,南宋小令用笔轻灵,但艺术上支离破碎,没有达到浑化融洽、完整统一的境界;第五,南宋小令较为朴实浅易,缺乏耀艳深华的光彩。这个评价,基本上符合南宋小令的实际,但也不可否认,个别词人、个别作品也有特异之处。

二

诗歌的主要特点是：凝练，含蓄，感情丰富，意境深远，音韵优美。在这些方面，小令都不逊于近体诗中的律绝，更是优于词中的长调。许多小令作者都表现了独特的风格：有的温柔秀润（如韦庄），有的艳冶清华（如温庭筠），有的直率明朗（如敦煌曲子词），有的疏宕豪隽（如苏轼），有的沉雄磊落（如辛弃疾），有的凄婉清丽（如秦观、李清照），有的典雅精工（如周邦彦），有的清空骚雅（如姜夔），有的密丽险涩（如吴文英），有的冲淡秀洁（如张炎）……但是无论何种风格的小词，都有一个共同的特色，即短篇中多曲折，严谨中多变化。

篇幅短小，是小令体制所规定的。一首小词少则十六字，多则五十八字，不得有一句废话，一个闲字，既贵坚凝，又贵妥溜，既重设色，又重选声。一字一句均须精心推敲，高度提炼，而读起来又自然生动，毫无斧凿之痕。这样，就能使每一个字在一定的位置上发出应有的声响，显示应有的色彩，从而表达出应有的思想感情。宋人张炎《词源》说："盖词中一个生硬字用不得，须是深加锻炼，字字敲打得响，歌诵妥溜，方为本色语。"便是这个意思。一首精彩的小令，往往有这样的艺术效果："一语之艳，令人魂绝；一字之工，令人色飞。"[28]例如秦观的〔浣溪沙〕（漠漠轻寒上小楼），通过环境的烘托和氛围的渲染，构成一种凄清悠远的意境，令人无限神往。其中"自在飞花轻似梦，无边丝雨细如愁"一联尤为优美。梦本是虚无的境界，愁乃是抽象的感情，作者却用有色的花和有形的雨把它们表现出来，不能不使人惊叹艺术手法的高超。唐宋小令中像这样的警句比比皆是，不胜枚举。

诗歌贵精练，贵短小，亦贵曲折多变，这一点，小令也优于长调和绝句。清人冯金伯《词苑粹编》引顾宋梅云："词之小令，犹诗之绝句，字句虽少，音节虽短，而风情神韵正自悠长，作者须有一唱三叹之致，淡而艳，浅而深，近而远，方是胜场。且词体中长调每一韵到底，而小令反用转韵，故层折多端，姿态百出。”短小精粹和曲折多变，本是互相矛盾的，但是许多有才能的小令作家却用高度的技巧解决了这个矛盾。比如李清照的〔如梦令〕(昨夜雨疏风骤)一共只有三十三字，而所写的内容却十分复杂多变。时间，从昨夜写到翌晨；人物，既有多愁善感的女主人，也有漫不经心的侍女；而女主人先是以酒消愁，继而通宵酣睡，直到天明，酒意未消，浓愁犹在，写来步步深入，曲折隐微。因此，清人黄了翁赞曰：“短幅中藏无数曲折，自是圣于词者！”[29]又如潘牥的〔南乡子·题南剑州妓馆〕，词情亦曲折多变。清人先著说：“此词有许多转折委婉情思。”[30]况周颐更以此词为例说：“小令中能转折，便有尺幅千里之妙。”[31]“尺幅”说明体制短小，“千里”说明内容丰富，之所以能够达到这种境界，一是因为能熟练运用小令的艺术形式，二是因为能高度凝练地概括生活，做到“纳须弥于芥子”，小中见大。这种创作方法，很值得学习。

含蓄蕴藉，在短小的篇幅中含无穷之意、不尽之味，是唐宋小令的另一种特色。清人沈祥龙说：“小令须突然而来，悠然而去。数语曲折含蓄，有言外不尽之致，着一直语、粗语、铺排语、说尽语，便索然矣。”[32]这里谈到突然而来与悠然而去、曲折与含蓄的关系，其要旨乃是在于须有“言外不尽之致”。因为起句来得突然，便有微风乍起、绿波初皱的兴象，故能一下子抓住读者的感情；因为去得悠然，便有游丝荡空、春水绕溪的妙趣，故能牵住读者的思绪；因为曲折，故不直露；因为含蓄，故觉幽深。笔者曾游苏州网师园，廊下有一石刻云：“地只数亩，而有迂回不尽之致。”唐宋小令中深邃的意境、含蓄的韵味，正和“曲径通幽”的江南园林有着异曲同工之妙。如晏几道的〔阮郎归〕，见正文第139页，字数不多，内容却极深邃。起首“天边金掌”二句点秋景，“绿杯红袖”二句马上转到人事。换头二句写重阳佳节的欢乐。“殷勤理旧狂”五字有三层意思：一层是“狂”，一层是“理”，再一层是“殷勤”，层层深入，遂委婉曲折，道出词人深衷。“欲将”句是上一句的注脚，说明客中偶逢佳节，狂欢痛饮，意在摆脱悲凉的心境；然而既醉之后，狂态反而更加发作。语曲而意婉，似旷达而实悲苦。末句谓“清歌莫断肠”，似在自慰，然能否达到目的，留给读者去回味，这就是有余不尽之致。在唐宋小令中，往往言情而不明说，这也是一种含蓄的手法。像李煜〔乌夜啼〕中的“别是一般滋味在心头”，不说“苦”字而苦味自在其内；温庭筠〔菩萨蛮〕中的“杨柳又如丝，驿桥春雨时”，不说“离”字而离情自在言外。在小令中，往往还以景结情，因而使人感到言有尽而意无穷。贺铸的中调〔青玉案〕的结句“若问闲愁都几许？一川烟草，满城风絮，梅子黄时雨”，是古今称道的以景结情的显例。唐宋小令中这样的例子也不少。像孙光宪〔浣溪沙〕中的“思随流水去茫茫，兰红波碧忆潇湘”，林逋〔相思令〕中的“罗带同心结未成，江边潮已平”，张先〔木兰花〕中的“中庭月色正清明，无数杨花过无影”，姜夔〔点绛唇〕中的“今何许？凭阑怀古，残柳参差舞”，都能义蕴言中，韵流弦外，融情入景，令人展开无穷的想象。同样是以景结情，小令中也有不同的写法。清人沈谦说：“填词结句，或以动荡见奇，或以迷离称隽，着一实语败矣。康伯可‘正是销魂时候也，撩乱花飞’，晏叔原‘紫骝认得旧游踪，嘶过画桥东畔路’，秦少游‘放花无语对斜晖，此恨谁知’，深得此法。”[33]晏词系以动荡见奇，康词、秦词则以迷离称隽，然而他们的写法都是不着实语，虚处传神，以具体的物象诉诸于读者的感觉，启发读者的想象，可谓深得含蓄之妙。

然而曲折含蓄仅是唐宋小令的一种手法，有些小令把感情写得十分坦率直露，也同样摇荡读者的心灵。清代贺裳说：“小词以含蓄为佳，亦有作决绝语而妙者，如韦庄‘陌上谁家年少足风流，妾拟将身嫁与一生休。纵被无情弃，不能羞’之类是也。牛峤‘须作一生拼，尽君今日欢’，抑亦其次。”[34]所谓“决绝语而妙者”，也就是用坦率明快的语言敞开心扉，使读者如闻其声，如见其人。这样的小词，往往都是性格化的，棱角鲜明，淋漓痛快，一气呵成。我们读孙光宪的〔谒金门〕（留不得）尤有此种感觉。孙词一开头便以女主人翁的口气埋怨道：“留不得，留得也应无益。”说明她对那个无情无义的男子已经绝望了。过片又说“轻别离，甘抛掷”，把那个男子指责一通。至此，似乎关系已经破裂，然而那个男子临去时所穿的雪白的春衫依然留在她的记忆中，而且一见成双作对的鸳鸯，她又顾影自怜，触起对那个男子的怀念。可见她内心里还是爱得很深，感情上还是藕断丝连。正因为爱得深，所以也就怨得切，于是不管什么样的话，也就任性说出，一吐为快。这种直抒胸臆的写法，似浅实深，辞已尽而意却无穷，在小令中堪称上乘之作。

小令体制短小，其声韵安排，大致与近体诗中的律绝相近，念起来朗朗上口，抑扬顿挫，极为美听，且又容易记忆。但它与近体诗也有所不同，因为句子长短错落，特别讲究四声平仄和韵位安排，所以也特别富有旋律，音调委婉动人。宋人张炎说："簸弄风月，陶写性情，词婉于诗；盖声出莺吭燕舌间，稍近乎情可也。"[35]就是说词是可供歌唱的文艺作品，如果把小令配上乐曲，让"十七八女孩儿执红牙拍板"，"拨银筝，倚绿窗，作曼声，则绕梁遏云，亦足令多情人魂销也"。[36]可惜乐谱已经失传，今天不能领略其风味。虽然如此，由于它的文辞具有优美动听的旋律、疾徐有致的节奏，我们通过低吟朗诵，还是可以体会到它内在的声容态度的。

在唐宋小令中，有一部分词调与近体诗中的律绝音韵相似，如〔忆江南〕、〔渔歌子〕、〔浣溪沙〕、〔鹧鸪天〕、〔临江仙〕、〔浪淘沙〕。至于〔玉楼春〕，则是七言八句，表面上看，完全像仄韵七言律诗；〔生查子〕五言八句，也像仄韵五言律诗，惟当中四句不对偶罢了。这部分词调，音节比较谐婉，可以表达各种忧乐不同的感情。如欧阳修的〔南歌子〕（凤髻金泥带），见正文第 118 页，读起来语调平和，声情妩媚。主要原因就是它的上下阕第一二句用的是五绝的句式，第三四两句用的是七绝的句式，唯在末句冠以"爱道"和"笑问"两个短语，且平仄位置相同而已。从押韵方面来说，它押的是平韵，且一韵到底。因此形成舒徐的节奏，流畅的音调，声与情会，恰好表现了一位新嫁娘活泼的神态、快乐的心情。小令中的另一部分词调则体现了不同的声情，如〔菩萨蛮〕、〔忆秦娥〕、〔虞美人〕、〔卜算子〕、〔谒金门〕、〔思远人〕等，由于有的中间多用转韵，有的平仄互叶，有的句句仄收，有的语促而迫，于是就形成一种倔强的姿态、峭拔的情调。如秦观〔好事近·梦中作〕，见正文第197页，读起来但觉拗峭激越，中有一股郁勃之情，其原因一是除首句末一字用平声外，其他各句均押仄声韵；二是换头一句本较平和，然下句“夭矫转空碧”五字用的是平仄仄平仄，犹如一股平缓的溪流突然撞击在石崖上，迸起一道激浪一样，马上构成拗怒的音节；三是上下两结用了逆入的上一下四的句式，给声情带来凄楚的色彩。于是词人在政治上遭受打击的伤感情绪便通过这首词反映出来。

另外，同一词牌的小令，由于采取不同的韵脚，声情亦能收到不同的艺术效果。

总之，小令中有各种各样的艺术手法，各种各样的艺术风格。诚如孟称舜在《古今词统序》中所说：“盖词于诗曲，体格虽异，而同本于作者之情。古来才人豪客，淑姝名媛，悲者喜者，怨者慕者，怀者想者，寄兴不一：或言之而低徊焉，宛恋焉；或言之而缠绵焉，凄怆焉；又或言之而嘲笑焉，愤怅焉，淋漓痛快焉。作者极情尽态，而听者洞心耸耳。如是皆为当行，皆为本色。”不管是怎样的手法和风格，其旨乃在于一点，即发挥词的抒情作用。今天，时代不同了，人们的感情也和过去不一样，但我们仍要写诗，仍要抒情，对于唐宋小令，我们应该剔除其糟粕，吸取其精华，进而创造出具有民族特色和时代特色的新诗来。

本书是在《全唐诗》《花间集》《尊前集》《南唐二主词》及《全宋词》的基础上编选的，同时参考了历代名家别集和名家词选以及今人词选多种。凡艺术上有一定特色可供欣赏和借鉴，而思想内容又较为健康者，均酌予入选，得词三百余首。其中，名家大家的作品，入选较多；小家的优秀作品，亦酌予收入，意在尽量反映唐宋小令的全貌。对于每位词人的生平、创作特色及其在词史上的地位与影响，也都作了简介，把这些简介联系起来看，似可窥见唐宋词，特别是小令发展的一些轨迹。对于每首词，除作简要的注释外，还进行了扼要的评析。在评析中，注重了作品的艺术性和知识性，或因词而考证本事，或因人而附载轶闻，并吸收了不少前人词话与今人著述中有益的见解，以资借鉴和参阅，有些注明了出处；有些则取其大意，未能一一注明，希予谅鉴。在评析中，一定还有不够准确甚至错误的地方，望读者和专家们给以批评教正。

黄山书社的负责同志和责任编辑欧阳慧娟女士为此书的出版付出了艰辛的劳动，陈华卿同志抱病帮助誊写稿件，黄思维同志帮助校对书稿，一代词宗夏承焘教授生前尝赐墨题签，在此谨致谢忱。

徐培均　一九八六年四月　初稿

二〇一五年春修订于上海社会科学院

〔注释〕

①王国维《人间词话》。

②见《填词名解》。

③见《词源》卷下。

④见《乐府诗集》卷七十九。

⑤见《唐宋诸贤绝妙词选》。

⑥见《乐府余论》。

⑦见《词苑丛谈》卷一。

⑧《旧唐书·列传》卷一百四十。

⑨《论诗词曲杂著》五〇四页。

⑩欧阳炯《花间集序》。

⑪《论词随笔》。

⑫见《宋词发展的几个阶段》。载《新建设》1957 年第八期。

⑬《中山诗话》。

⑭《鹤林玉露》。

⑮《艺概·词曲概》。

⑯《词洁》卷一。

⑰《白雨斋词话》。

⑱清·周济《宋四家词选》。

⑲《西圃说词》。
⑳《后山诗话》。
㉑《花草蒙拾》。
㉒明毛晋《白石词跋》引范石湖（成大）评。
㉓宋张炎《词源》卷下。
㉔《介存斋论词杂著》。
㉕同上。
㉖《词洁》卷一。
㉗同上卷二。
㉘明王世贞《弇州山人词评序》。
㉙《蓼园词选》。
㉚《词洁》。
㉛《蕙风词话》。
㉜《论词随笔》。
㉝《填词杂说》。
㉞《皱水轩词筌》。
㉟《词源》卷下。
㊱清・黄宿海《续草堂诗余序》。

目　录

前　言

唐五代部分

宋代部分

唐五代部分

李　白

李白(701—762),字太白,号青莲居士,祖籍陇西成纪(今甘肃秦安),生于安西碎叶(今吉尔吉斯斯坦北部托克马克附近)。唐中宗神龙初,随父迁居绵州昌隆(今四川江油)。二十五岁出川,漫游襄汉吴越。天宝初入长安,贺知章一见,称为“谪仙人”,荐于玄宗,供奉翰林。不久因忤权贵,赐金放还,至洛阳遇杜甫,共游齐梁。安史之乱中,应永王李璘之聘为幕僚,不久兵败,受累流放夜郎,中途遇赦东还。至当涂,依李阳冰,不久病逝。今存《李太白集》,以诗为主,富于浪漫色彩。词作不多,仅见于《尊前集》,且有伪托。然宋人黄昇说:太白“〔菩萨蛮〕、〔忆秦娥〕二词,为百代词曲之祖”。(见《唐宋诸贤绝妙词选》卷一,此书又称《花庵词选》)

菩萨蛮

平林漠漠烟如织①,寒山一带伤心碧②。暝色入高楼③,有人楼上愁。　　玉阶空伫立④,宿鸟归飞急⑤。何处是归程?长亭更短亭⑥。

【注释】

①漠漠:形容广漠迷濛的景象。

②伤心碧:极言寒山绿得厉害。与杜甫《滕王亭子》诗云:“清江锦石伤心丽。”义相近。此处的碧色亦感染着羁旅灰暗的情调,故云“伤心碧”。

③暝色:暮色。

④玉阶：驿楼中阶梯的美称。一作“玉梯”“阑干”。

⑤宿鸟：归巢的鸟。一作“宿雁”。

⑥长亭、短亭：古代官道旁供旅客休息的亭子。庾信《哀江南赋》：“十里五里，长亭短亭。”即十里一长亭，五里一短亭。

【评析】

此词约作于李白二十五岁以后漫游襄、汉之时。宋僧文莹说：“此词不知何人写在鼎州（今湖南常德）沧水驿楼，复不知何人所撰。魏道辅泰见而爱之，后至长沙，得古集于子宣（曾布）内翰家，乃知李白所作。”（见《湘山野录》卷上）词中刻画了羁旅思归的情怀。起首二句，意境苍茫寥廓，写出旅人登上驿楼极目远望的情景。清人李调元《雨村词话》说：“词用‘织’字最妙，始于太白词‘平林漠漠烟如织’；孙光宪亦有句云‘野棠如织’，晏殊亦有‘心似织’句，此后遂千变万化矣。”一个“织”字写出烟雾的浓密，如在目前，故称最妙。“伤心碧”三字也写得特别传神，以愁人之眼观物，则物亦带有伤心色彩而显得暗淡，这在美学上叫做移情作用。此刻寒山凝碧，烟霭迷濛，词人愈益愁绪横生，乡思乍起，于是三、四两句便由向远方扩展的暮色联想到家中的高楼以及楼上的思妇。——当年李白已与前宰相许圉师的孙女结婚，家在安陆（今湖北安陆市北），词中所指，当系这位妻子。中国古典诗词中常以对方也在怀念自己的手法，来突出自己思念之深之切，杜甫《月夜》诗中的“遥怜小儿女，未解忆长安”是如此，李白此处亦如此，但却显得格外幽细孤寂，出神入化。过片二句写群鸟急飞归巢，而自己却欲归不能，所以着一“空”字，表示徒增怅触。所用的手法是烘托：以鸟儿的飞归反衬旅人的羁留。末联首句始点出“归”字。清人黄了翁《蓼园词选》加以引申说，这个“归”字，“是题目归宿，所以愁者此也，所以寒山伤心者亦此也，更觉前阕凌空结撰，意兴高远；至结句仍含蓄不说尽，雄浑无匹”。通首语言凝练，繁情促节，流利自然，没有一毫浮词，跟作者所强调的“清水出芙蓉，天然去雕饰”的风格是一致的。

忆秦娥

箫声咽，秦娥梦断秦楼月[①]。秦楼月。年年柳色，灞陵伤别[②]。　乐游原上清秋节[③]，咸阳古道音尘绝[④]。音尘绝。西风残照[⑤]，汉家陵阙[⑥]。

【注释】

①咽：呜咽。秦娥：秦地女郎，古代秦地称美貌女子为娥，因以为美女的代称。此处暗用《列仙传》的故事。相传秦穆公之女弄玉爱上箫史，婚后，箫史教她吹箫，作凤鸣之声，几年后便将凤凰引至屋上。秦穆公为之造凤台。忽一日，箫史与弄玉竟随凤凰飞去。秦楼，即指凤台。梦断：谓梦醒。

②灞陵：一作“霸陵”。汉文帝刘恒的陵墓，在长安（今陕西省西安市）东，附近有灞桥，多植柳，古人常在此折柳赠别。

③乐游原：在今西安市城南，大雁塔东北。唐时为游览胜地，登之可览全城。清秋节：谓凄清的秋季。节，时令。

④咸阳古道：汉唐时由长安经过咸阳通向西北的大道。咸阳，古代都邑，在长安西北，即今咸阳市东北二十里。音尘：指音信。

⑤西风：一作“夕阳”。

⑥陵阙：矗立在墓门两侧的高大建筑物。崔豹《古今注》：“阙，观也。古每门树两观于其前，所以标表宫门也。其上可居，登之则可远观，故谓之‘观’。”

【评析】

此词描写伤离惜别，表现了伤时怀古的感情。上阕写女子月夜梦醒，耳听凄楚的箫声，眼望楼头的明月，不禁想起几年前在灞桥折柳给征人送别的情景，心中感到无限悲凉。其中化用箫史与弄玉的故事，不着痕迹，自是大家手笔。下阕写黄昏前登上乐游原，西望征人，不见音信，唯见萧瑟秋风中一抹斜阳映照着古代帝王陵墓前的双阙。气魄雄浑，情调悲凉，催人泪下。词中以女子怀念征人作为贯穿线索，一气呵成，浑然一体。对于人物内心活动并未作细致刻画，而是通过对箫声、月光、柳色、古道、西风、残阳、陵阙等景物的描写，使壮阔的境界与深邃的思想感情结合起来。因此清人刘熙载说："太白〔忆秦娥〕声情悲壮，晚唐五代惟趋婉丽，至东坡始能复古。"（《艺概·词曲概》）他的意思是说，声情悲壮，风格豪放本是词的正宗，而太白〔忆秦娥〕则开其端，可见此词在词史上地位之高。最后二句尤为精警，近人王国维在《人间词话》中说："太白纯以气象胜，'西风残照，汉家陵阙'，寥寥八字，遂关千古登临之口。"唐人诗词中常以"汉家"借指本朝，此词大概作于天宝十四载（755）安史之乱前夕。当时，太白见唐王朝由盛转衰，乱象已呈，所以"托兴以抒幽思"。由此可见，大家之作表面上写闺愁，实际上寄托深远。此即所谓比兴之义，风骚之旨。

敦煌曲子词

词起于民间。敦煌曲子词是清光绪二十五年(1899)在甘肃敦煌石室发现的唐五代词，其中，除了少数几首为唐昭宗李晔以及温庭筠、欧阳炯等人所作外，大多出于民间词人之手。它反映了当时社会生活的各个方面："有边客游子之呻吟，忠臣义士之壮语，隐君子之怡情悦志，少年学子之热望与失望以及佛子之赞颂，医生之歌诀，莫不入调。其言闺情与花柳者，尚不及半。"有些则"唱出外族统治下敦煌人民的爱国壮烈歌声"。(见王重民《敦煌曲子词集·叙》)其中抒情之作，大多出语自然，生动活泼，坦率中带有缠绵，浅近中蕴有余味。它的多种风格在以后的文人词中都有所反映。现存敦煌曲子词的原件藏于伦敦和巴黎。王重民辑有《敦煌曲子词集》，录词一百六十一首；任二北著有《敦煌曲校录》，收词五百四十一首。

望江南

天上月，遥望似一团银①。夜久更阑风渐紧②，为奴吹散月边云。照见负心人。

【注释】

①似：词中衬字。

②更阑：更残，更尽，谓天将黎明。

【评析】

月亮在我国民间是团圆的象征。不少古典诗词通过对月亮的描写，抒发怀人思归的感情。这首词，一开头就在天幕上推出一轮皓月，把读者的思绪引入浩瀚无垠的太空。然而词人的用意不在写月，而在写人。第二句中的"望"字，乃是古人常说的"词眼"。有此"望"字，则把客观世界的"月"和词中的人联系起来。此之谓融景入情。皓月当空，正是人们团聚的美好时刻。然而此刻词中人物却危栏独倚，对月怀人。这在写作技巧上叫做以乐景写哀情，其效果是"一倍增其哀怨"。夜静更深，词中人物(从自称为"奴"来看，当是一位少妇)还伫立在一阵紧似一阵的寒风中凝神望月，多么希望负心的丈夫能够归来，重新团聚！然而久望不归，满腔希望化为怨恨，于是便迸出"照见负心人"一句。这是封建社会中民间弃妇共同心理的真切表白。词中明月、寒风、乌云等景物，都是在表现人物情绪时出现的。它们既表现了时间的推移、环境的变迁，又衬托出女主人公心理发展的过程。宋人罗烨《醉翁谈录》载有意娘《相思歌》一首，有句云："顺风吹散云，顶对天边月。"是写思妇对羁旅之人的美好愿望，可称之以月写乐；此词则是表现与负心汉的决绝情绪，可称之以月写悲。二词手法相近，格调迥异。唐宋词抒写哀怨的作品，大都委婉含蓄，怨而不怒；此词则质朴自然，淋漓痛快，显示出民间词特有的明快风格。

菩萨蛮

枕前发尽千般愿①：要休且待青山烂②；水面上秤锤浮③，直待黄河彻底枯④。　白日参辰现⑤，北斗回南面⑥。休即未能休，且待三更见日头⑦。

【注释】

①愿：誓言。

②休：休弃，犹今语离异、离婚。

③秤锤：即秤砣。"上"字为衬字。

④直待：系衬字。

⑤参辰：二星名，参星在西方。辰星(亦称商星)在东方。其出没不相见，白天更不能并出。

⑥北斗：亦称北斗七星，在北方天空中列成斗(勺)状，故名。

⑦且待：系衬字。意为等到。

【评析】

民间词最善于用比喻。这首词写一个女子（作一对青年男女亦可）在热恋中的山盟海誓，一连列举了青山烂、秤锤浮、黄河枯、参辰并出、北斗回南、三更见日等六种自然界断断不会有的现象，表示爱情的坚贞。感情热烈，语言直率，颇具打动人心的力量。汉乐府民歌《上邪》说："上邪，我欲与君相知，长命无绝衰。山无陵，江水为竭，冬雷震震夏雨雪，天地合，乃敢与君绝。"和这首词相比，手法是一样的；但诗是直说，词却多了"休即未能休"一层波折，使情绪进一步激化，语意越发显得坚决。

浪淘沙

五两竿头风欲平①，张帆举棹觉船行②。柔橹不施停却棹③，是船行。　　满眼风波多闪烁④，看山却是走来迎。仔细看山山不动⑤，是船行。

【注释】

①五两：古代测风器。郭璞《江赋》："觇五两之动静。"其法以五两鸡毛系于竿头，以观测风向和风力。五两，原误作"五里"。

②张帆：原作"长风"。棹（zhào）：划船的桨，多置于船的两旁。

③柔橹：摇船的工具，多置于船尾。柔，是形容摇橹时动作的柔巧和声音的柔和。陆游《舟中有赋》诗："一枝柔橹听咿哑。"

④闪烁：形容波光荡漾不定，原误作"陕灼"。

⑤仔细：原作"子细"，子细通仔细。

【评析】

这是一首表现劳动乐趣的船夫谣，很有生活实感。上阕写张帆举棹启航离港的情景，下阕写船夫悠闲地坐在船上领略两岸风光的乐趣。词中“看山”三句把人们所共有的感受，表现得形象而又真切。其前的梁元帝曾在《早发龙巢》诗里写过：“不疑行舫动，唯看远树来。”其后的欧阳修在〔采桑子〕词中写过：“无风水面琉璃滑，不觉船移，微动涟漪，惊起沙禽掠岸飞。”毛滂也在《浣溪沙·泛舟还余英馆》词中写过“载将山影转湾沙”，境界皆相似。然而相比之下，文人词较含蓄，民间词则写得明快。特别是“看山却是走来迎”一句，纯系口语，然而却把山写活了。近人王国维在《人间词话》中说：“无我之境，人唯于静中得之；有我之境，于由动之静时得之。”这里所写的也是“由动之静”的境界，开船时觉得船在动；及至船行之后，反而觉得人已静止而两岸的山峰却像在走动。于是形成了一种“以我观物，故物皆着我之色彩”的有我之境。这是一条很重要的美学原则，且出自民间的敦煌词，尤为难能可贵。

白居易

白居易(772—846),字乐天。其先世本为太原人,后迁居下邽(今陕西省渭南县东北)。唐德宗贞元十四年(798)他考中进士,历任左拾遗,忠州、杭州、苏州等地刺史及刑部尚书等职,以刑部尚书致仕。晚年居洛阳,自号香山居士。曾倡导新乐府运动,主张"文章合为时而著,歌诗合为事而作"。所作诗歌极为繁富,且通俗易懂,相传"老妪皆解"。对新兴词曲,亦颇为注意,有〔杨柳枝〕、〔竹枝〕、〔花非花〕、〔宴桃源〕诸阕,均流丽晓畅。中唐倚声填词之风,正是从他和刘禹锡的倡导开始的。有《白氏长庆集》传世,词见《尊前集》。

长相思

汴水流①,泗水流②,流到瓜州古渡头③。吴山点点愁④。　　思悠悠,恨悠悠,恨到归时方始休。月明人倚楼。

【注释】

①汴水:亦称汴河、汴渠,古代从河阴县(今河南荥阳县北)流经开封,至徐州合于泗水,南下入淮河。

②泗水:源出今山东泗水县,经江苏徐州、淮阴入淮河。

③瓜州:古代渡口,在今江苏邗江县南郊,与镇江市隔江相望,是大运河与长江交汇处,唐开元以来为南北水运枢纽。

④吴山:泛指吴地(江南一带)群山。

【评析】

这首词写的是闺怨,前人认为是白居易词作中最"纯粹的词体",非后世作者所及。就是说,他的其他词作,还没有摆脱五、七言绝句的影响,唯有这首表现出婉约词的特色。词中写的是一个北方女子在月明之夜,凭栏向南远眺,她的思绪随着丈夫昔日的航程，悠悠南下；沿汴水入泗水，过淮阴，经扬州，直达瓜州渡口，可是并没有看到自己的丈夫，只见点点吴山隐藏在雾霭之中，好似蒙上了满面愁云。上阕用比兴手法，名写景，实写情，情逐流波，愈行愈远，给人以无限想象的余地。宋人黄昇《花庵词选》说“此词上四句皆说钱塘景”，钱塘乃在浙江，而词中仅写到吴山，相距甚远，故其所云未免有些穿凿。下半阕纯为抒情，写女子的思念之情像流水那样漫长；思而不见，怨恨之情也变得像流水一样漫长。然而，流水有尽，恨却无休；欲得恨休，除非行人归来。宋时李之仪《卜算子》云“此水几时休，此恨何时已”，当从此悟出。词之两结，最有余味，明人沈际飞称“‘点点’字俊，太白开山后，及至元和，又见此二阕”。（《草堂诗余正集》卷一）说明此词继承李白传统，可与他的〔菩萨蛮〕、〔忆秦娥〕媲美。而“月明人倚楼”一句，则使词中主人呵然欲活，更饶画龙点睛、含蓄蕴藉之妙趣。欣赏此词，先从这一结句着手，则全篇意境便了然于心。

忆江南

江南好，风景旧曾谙①。日出江花红似火②，春来江水绿如蓝③，能不忆江南？

【注释】

①旧曾谙（ān）：从前就很熟悉。

②江花：江边的花。杜甫《哀江头》诗：“江水江花岂终极？”似，一作“胜”。

③蓝：指菘蓝、木蓝、马蓝等植物，古人揉其叶取汁，以作青色染料，宋词常用以形容水的澄澈。有时作“揉蓝”或“挼蓝”。

【评析】

〔忆江南〕，一名〔望江南〕，曲谱传为李德裕之妾谢秋娘所制。此词系作者元和元年(806)居住洛阳时按谱所填,共有三首。所谓“旧曾谙”者,因词人十四岁后为避藩镇之乱曾旅居江南达六年之久;五十一岁至五十三岁又在苏杭二州做过刺史,故对江南非常熟悉并有着深厚的感情。起首二句,不加藻饰,倾吐了他对江南的一往深情。其语言风格显然受了民歌的影响。三、四两句,抓住江南景色的主要特征,描绘了一幅色彩绚烂而又明丽的图画。这是全词的精粹之处。对仗十分工整,韵律极为和谐,可见作者在选声设色方面是颇具匠心的。杜牧的七绝《江南春》云:“千里莺啼绿映红,水村山郭酒旗风。南朝四百八十寺,多少楼台烟雨中。”具有一种朦胧的诗意。此词则以明快的笔调,炽烈的感情,涂抹了江南春色。二者俱能给人以美感,但韵味显然不同。词之末句,出之以咏叹,作者对江南的留恋之情,悠悠不尽,读者细细玩索,亦感到余味无穷。

刘禹锡

刘禹锡(772—842),字梦得,洛阳(今属河南)人。唐贞元间(785—804)进士,授监察御史,曾参加王叔文集团,反对宦官与藩镇势力。失败后,贬朗州司马,迁连州刺史,后为太子宾客,加检校礼部尚书。生平与白居易唱和甚多,并称“刘白”。有《刘宾客集》,其诗通俗清新,善用比兴手法寄托政治怀抱。贬居巴山楚水期间,曾向民歌学习,创作了《竹枝词》《柳枝词》《浪淘沙》《潇湘神》等词作,以流丽清新之笔反映了地方风情和劳动人民生活。

忆江南

和乐天春词,依〔忆江南〕曲拍为句[1]。

春去也!多谢洛城人[2]。弱柳从风疑举袂[3],丛兰浥露似沾巾[4]。独坐亦含颦[5]。

【注释】

①乐天春词:即白居易〔忆江南〕,见前一首。

②洛城:即洛阳。

③袂(mèi):衣袖。

④浥露:谓兰花上凝聚露水。浥(yì),沾湿。

⑤含颦:形容忧愁不语的样子。颦(pín),皱眉。

【评析】

唐文宗开成三年(838),词人与白居易同居洛阳,病中作此词,同题共二首,是为文人倚声填词最早的记录。词中以拟人手法抒写了少女伤春之情。首二句开门见山,直写春天与人间告别,是春的拟人化,给人以“匆匆春又归去”的感觉。三、四句通过景色的描绘以状春归:此刻,柔弱的柳枝随风飘扬,似举袖作别;丛丛兰花饱含露水,似为惜别而泪湿罗巾。这是景物的拟人化，而送春、惜春之意自在其中。末句始点出女子含颦独坐，其形象似李白《玉阶怨》所云："美人卷珠帘，深坐颦蛾眉。"唯所怨较明显而已。但全篇怨而不怒，流而不靡，故清人况周颐称之为"风流高格调"，"流丽之笔，下开宋人张子野、秦少游一派"（见《蕙风词话》），实为至论。

潇湘神

斑竹枝，斑竹枝，泪痕点点寄相思①。楚客欲听瑶瑟怨②，潇湘深夜月明时③。

【注释】

①斑竹：又名泪竹、湘妃竹，上有黑色斑点。古代神话谓舜帝南巡，死于苍梧，其妃娥皇与女英思念不已，泪下沾竹成斑。（见任昉《述异记》）

②楚客：指贬谪潇湘一带的诗人。瑶瑟怨：指湘妃弹奏琴瑟所发出的哀怨乐曲，语本《楚辞·远游》"使湘灵鼓瑟兮"。瑶瑟，以美玉装饰的琴瑟。

③潇湘：潇水在今湖南零陵县西北汇于湘水，称潇湘，水极清深。

【评析】

〔潇湘神〕本是唐代湘江一带祭神的民歌，刘禹锡贬官朗州（今湖南常德）时，依原来曲拍写成此词，同调共有二首，此系第二首。开头两个叠句，一方面是利用两组相同的音调组成滚珠流水般的节奏，以加强哀怨的气氛；一方面是反复强调斑竹枝这一具体事物，以唤起并加深人们对有关传统故事的印象。接着从竹上的斑点，写到人物的泪痕，又从人物的泪痕写到两地相思，层层深入，一气流贯。然而词人的命意并不在抒写相思。"楚客欲听瑶瑟怨，潇湘深夜月明时"二句最有诗意，且极蕴藉。

"楚客"盖以自喻,因政治斗争失败,词人谪居楚地,心情抑郁,因而欲借湘妃的琴音,一抒哀怨之情。但他又不愿在平常的时刻听此琴音,而希望在月白风清、夜阑人静之时,让悠扬的琴韵伴和着潺湲的湘水,细细领略其中的滋味。此之谓以环境烘托心情。词中全用比兴,寄托遥深,语言流丽,虽似随口吟成,而音调优美,意境幽远,颇足感人。近人俞陛云说:"李白诗'白云明月吊湘娥',与此词之'深夜月明',同其幽怨。"(《唐词选释》)其实何止是李白诗,钱起的《湘灵鼓瑟》诗,秦观的〔临江仙〕词,亦借湘妃故事,抒幽怨情怀,俱有异曲同工之妙。然而从结句来看,此词语尽而意不尽,意尽而情不尽,则是别饶一种韵味。

张志和

张志和，原名龟龄，字子同，婺州金华（今属浙江）人。公元756年前后在世，曾为唐肃宗朝左金吾卫录事参军，因事贬官，隐居江湖，自称“烟波钓徒”。尝谒颜真卿于湖州，请求给一舴艋小舟，让他浮家泛宅，往来于苕溪与霅溪之间。著有《玄真子》，亦以自号。其词今仅存〔渔歌子〕五首，曾流传到日本，引起天皇及其臣僚的唱和。此录其一。

渔歌子

西塞山前白鹭飞[①]，桃花流水鳜鱼肥[②]。青箬笠[③]，绿蓑衣，斜风细雨不须归。

【注释】

①西塞山：《西吴记》：“湖州（今属浙江）磁湖镇道士矶，即张志和所谓‘西塞山前’也。”

②鳜（guì）鱼：今称桂鱼、鯚花鱼，口大鳞细，色淡黄而带浅褐。

③箬（ruò）笠：竹篾或箬叶编成的斗笠。箬，箬竹，竹子的一种。

【评析】

这首词前人评价极高，影响极大。宋·黄庭坚说它“有远韵”（《词林纪事》引）。清·刘熙载称：“张志和〔渔歌子〕‘西塞山前白鹭飞’一阕，风流千古。”（见《艺概·词曲概》）苏轼、黄庭坚曾以其成句写入〔浣溪沙〕和〔鹧鸪天〕，但都不如原词“妙通造化”。日本嵯峨天皇曾于弘仁十四年（823）作有《和张志和渔歌子》五首，让朝臣奉和，并有诗云：“并世温馗（温庭筠）应色喜，桃花泛鳜上蓬莱。”从此日本也就有了自己的词学。此词之所以如此受推崇，主要是因为作者把诗、画和音乐巧妙地糅为一体，描摹了色彩鲜明、景物优美的江南水乡，构成了“自乐其乐，无风波之患”（见黄了翁《蓼园词选》）的意境。请看，行行白鹭在西塞山前飞翔，片片桃花在一江春水上漂浮，而肥美的鳜鱼又趁着桃花春汛在游来游去。寥寥数笔，便将秀丽的江南景色以及它所蕴含的盎然春意，写得分外传神。画面上还有一个披蓑戴笠的渔翁在悠然垂钓。风和日丽的江南固然很美，但是斜风细雨中的吴兴山水更别饶情味，使人感到清幽淡远，意境朦胧。词中垂钓的渔翁正是这一切景物的中心，他的存在，突出了江南春色的诗情画意，触发了读者诗意的遐想。当然，这其中也带有消极的隐逸情绪，但其主要倾向还在于对美好的大自然和自由生活的热爱。因此人们读过这首词，能在美的享受中获得精神上的陶冶。

李存勖

李存勖(885—926),其先为突厥沙陀族人,赐姓李,后梁龙德三年(923)称帝,史称后唐庄宗。为人好俳优,善知音,喜度曲,同光四年(926)为伶人所杀。世传所作有〔一叶落〕、〔忆仙姿〕、〔阳台梦〕诸阕。

忆仙姿

曾宴桃源深洞①,一曲舞鸾歌凤②。长记别伊时③,和泪出门相送。如梦,如梦,残月落花烟重④。

【注释】

①桃源:相传东汉永平年间,剡(今浙江嵊州市)人刘晨、阮肇到天台山采药迷路,遇二仙女,邀至桃源洞同宿。半年后二人念家,遂与仙女依依惜别。事见《太平御览》引南朝宋刘义庆《幽明录》。

②舞鸾歌凤:相传唐敬宗宝历年间(825—827)浙东国贡舞女二人,一名飞鸾,一名轻凤,其歌声有如鸾凤之音(见《酉阳杂俎》)。此喻二仙女歌舞的美妙。

③此句亦作"酒散别离时"。

④一本"和泪"句与此句对调。误。

【评析】

此调又名〔如梦令〕,据苏轼说,"本唐庄宗制,一名〔忆仙姿〕,嫌其不雅,改云〔如梦〕"。(见胡仔《苕溪渔隐丛话》)其实,比他更早的还有白居易的〔宴桃源〕(前度小花静院)。只因庄宗此阕艺术性较高,流传较广,因此把创调之权移到他的名下。词中写刘晨、阮肇天台遇仙女故事,省去全部细节,只将初会和离别时最深的印象加以形象化的概括,高度精练。"长记"二字是全词关键,后三句的情境都在记忆中出现,先喜后悲,先扬后抑，跌宕有致。末三句写当前感觉，惝恍迷离，意境深远。清人查慎行评此词云："叠二字最难，唯此恰好。"（张宗橚《词林纪事》卷二引）"如梦，如梦"这组叠字之所以恰到好处，主要是语言浑成，既很自然地承接上文，又巧妙地过渡到结句。所以，后来用作调名是很有道理的。

张　曙

张曙，小字阿灰，唐昭宗龙纪元年(889)进士，官至右补阙。文章秀丽，小词仅存一首，《花间集》且误为张泌作。

浣溪沙

枕障熏炉隔绣帏①，二年终日两相思。杏花明月始应知②。　天上人间何处去？旧欢新梦觉来迟。黄昏微雨画帘垂。

【注释】

①枕障：犹枕屏，即枕屏风，古人置于枕旁，以遮睡态。李白《巫山枕障诗》："巫山枕障画高丘，白帝城边树色秋。"苏轼《次韵回文诗》："头伴枕屏山掩恨，日昏尘暗玉窗琴。"熏炉：用来熏香或取暖的炉子。绣帏：指帐子。

②杏花：一作"好风"。始：一作"尔"。

【评析】

孙光宪《北梦琐言》卷八说，张曙的叔父张祎，有爱姬早逝。一日，张曙写下这首词，置于几上。张祎退朝回家，凭几无聊，忽见此词，不觉哀痛。这一故事说明此词确实写得哀婉动人。起首二句作者抓住张祎睹物思人的心理，从枕障、熏炉入手，揭示人物蕴藏在心底的感情。着一"隔"字，便出现了朦胧的意境；这时人物透过绣帏，隐约看到与爱姬同宿时所用的卧具，物是人非，不禁悲从中来。"杏花"一句，则由内景推向外景，由眼前追忆往昔；多少个春风明月，他们是在一起度过的；又有多少个明月春风，他在独自悼念已故的爱姬。人去无灵，此情唯有杏花明月可知，寥寥七字，感情却无限深厚。"天上人间"二句纯属抒情，大有白居易《长恨歌》"上穷碧落下黄泉，两处茫茫皆不见"之感。结句以景寓情，一派孤寂凄清气氛，所以明代沈际飞读后说："到末句自然吊(掉)下泪来。"(见《草堂诗余别集》卷一)

温庭筠

温庭筠(约812—870),晚唐太原(今属山西)人。原名岐,字飞卿。少负才名,屡试不第。大中初,举进士。历官方城尉及国子助教。因尝作诗触犯当时宰相令狐绹,终不获大用。诗似李商隐,时称"温李"。词与韦庄齐名,人号"温韦"。作赋凡八叉手而成,又名"温八叉"。"能逐弦吹之音,为侧艳之词。"词中多写闺情,语言华丽雕琢,故王国维《人间词话》云:"'画屏金鹧鸪',飞卿语也,其词品似之。"然亦有部分作品以白描见长。后蜀赵崇祚编《花间集》,首列温词六十六首,盖尊为"花间派"创始人。有《温飞卿集》九卷,为明人所辑。词有《握兰集》和《金荃集》,俱佚。近人辑有《金荃词》,得词七十六首。

菩萨蛮

小山重叠金明灭①,鬓云欲度香腮雪②。懒起画蛾眉③,弄妆梳洗迟。　照花前后镜④,花面交相映。新贴绣罗襦⑤,双双金鹧鸪⑥。

【注释】

①小山:形容隆起的发髻。唐·陈陶《西川座上听金五云唱歌》:"旧样钗篦浅淡衣,元和梳洗青黛眉。低丛小鬓腻鬉髻,碧牙镂掌山参差。"皆以山形喻发髻。昔人释为屏风,于义未合。金:指钗钿等首饰。明灭:形容光影忽明忽暗,闪烁不定。

②鬓云:鬓发如云,形容头发的浓黑。度:此指遮住。雪:比喻香腮的洁白。

③蛾眉:眉毛细长弯曲如蚕蛾之触须,故云。《诗经·硕人》:"螓首蛾眉。"

④"照花"句:谓梳妆时前后用两镜对照,以便瞻顾发型和插戴首饰。

⑤贴：将花饰贴制在衣服上。贴绣之一种。襦：短袄。

⑥金鹧鸪：用金线绣成的鹧鸪鸟图案。

【评析】

清代常州词派张惠言认为温庭筠的《菩萨蛮》为“感士不遇”之作，有“《离骚》初服之意”，显然是拔高了它的思想意义。实质上它写的是闺情。起首二句勾勒了女子的外部形象：云髻高盘，在朝阳映照下，头上簪珥钗环闪烁着美丽的光影；而乌黑的鬓发自然下垂，略微遮盖着两腮。此处用一“度”字，将鬓发如云的动态准确地表现出来，令人感到妙不可言。若易以“遮”字、“盖”字，便索然无味。三、四两句写她的神态，娇慵怯怯，连弄妆画眉也是懒洋洋的，动作极其迟缓。“懒”“迟”二字便是人物内心情绪的外在表现，所谓“无限伤心，溢于言表”（陈廷焯《白雨斋词话》卷一）者也。换头二句，紧承上片“弄妆”二字，人物情绪即由娇懒逐渐变为认真细致；她用两面镜子前后比照，唯见人面与花枝交相辉映，显示了一个美丽的女子形象。其得意之情，婀娜之态，可以想见。结尾二句又复宕开：当她看见崭新的绣罗短袄上一双双金色的鹧鸪时，遂兴起自身孤独之感。至此，则前半阕所说的弄妆“迟懒”，便暗示出真正的原因。全词错金组绣，语言华美，音节流利，词意蕴藉。清人刘熙载说：“温飞卿词精妙绝人，然类不出乎绮怨。”（《艺概·词曲概》）确是指出了它的特色。汤显祖写《牡丹亭》“惊梦”的上半折时，也许受到这首词的影响，我们若是拿来对读，便会感到两者有某种相似之处。

菩萨蛮

水晶帘里玻璃枕[①]，暖香惹梦鸳鸯锦[②]。江上柳如烟，雁飞残月天。　　藕丝秋色浅[③]，人胜参差剪[④]。双鬓隔香红[⑤]，玉钗头上风。

【注释】

①水晶:一作“珊瑚”。误。

②惹梦:引人入梦。鸳鸯锦:绣有鸳鸯图形的锦被。

③藕丝:藕丝色,浅黄。秋色:秋香色,淡赭。皆写衣裳的颜色。

④人胜:女子头上饰物,似人形。梁宗懔《荆楚岁时记》:“人日剪彩为人,或镂金箔为人,亦戴之头鬓;又造花胜以相遗。”人日:农历正月初七。参差剪:谓剪成大大小小各种形态的人胜。

⑤香红:指鲜花。两鬓簪花,中有距离,故曰“隔”。

【评析】

这首词主要是通过梦境写一个女子淡淡的哀愁。起首二句,以华美的字句,描绘闺中陈设的玲珑雅洁以及女子的恹恹入梦。下阕夸饰女子服装的多彩和头饰的多姿,显得十分艳丽。词境如此,似觉“浓得化不开”,然折入三、四句,则于秾丽中透出清新之气。清人陈廷焯说:“‘江上柳如烟,雁飞残月天’,飞卿佳句也,好在是梦中情况,便觉绵邈无际,若空写两句景物,意味便减。”(《白雨斋词话》卷七)这两句是承上句入梦之后写梦中所见,画面淡远,语言清丽,富于诗意。而唯见雁飞、不见人回的怅惘,自然见于言外。薛道衡《人日》诗云“人归落雁后,思发在花前”,可能给此词以启迪。下片写女子梦醒以后的装束。前两句着重写实,色彩绚丽;后两句着重神韵,词人在《春幡》诗中也写过“玉钗风不定,香步独徘徊”,可使人想见词中女子的丰采。“双鬓”句中着一“隔”字,则两鬓簪花如画。词人不直接说花而说“香红”,是从花的色味着笔,用字极为艳丽。末句着一“风”字,不但使两鬓之花香飘浮不定,且觉玉钗上的人胜也在春风中颤巍巍地摇晃不已。从结构上看,上下两片似不相属,但“香红”二字与上面的“暖香”映射,“风”字又与“江上”二句呼应,神理贯通,脉络俱在,形成了浑成统一的艺术整体。

菩萨蛮

玉楼明月长相忆[①],柳丝袅娜春无力[②]。门外草萋萋[③],送君闻马嘶。　　画罗金翡翠[④],香烛消成泪。花落子规啼[⑤],绿窗残梦迷。

【注释】

①玉楼:装饰华丽的高楼,指女子居处。

②袅娜:形容草木的柔弱细长。李白《侍从宜春苑》诗:“池南柳色半青青,萦烟袅娜拂绮城。”

③萋萋:形容草的茂盛。古人常用以象征忧愁无边无际。《楚辞·招隐士》:“王孙游兮不归,春草生兮萋萋。”

④“画罗”句:画有金翡翠的罗帐。翡翠,鸟名。

⑤子规:即杜鹃,旧时以为此鸟鸣声凄切,似“不如归去”,容易触动归思。

【评析】

明月倚楼,最增离愁。唐·张若虚《春江花月夜》诗云:“何处相思明月楼?”宋·范仲淹〔苏幕遮〕词:“明月楼高休独倚。”俱是此意。这首词上阕写一女子明月之夜,倚楼远望,想起丈夫出征之时,春风无力,柳丝袅娜,马嘶人远,芳草连天。“柳丝”句,既喻折柳送别,又状女子当时娇慵无力的神态和依依不舍的情怀,在优美的艺术形象中含有无穷情致。下阕首句与上阕首句相呼应,写回到玉楼后的孤栖苦况。“画罗”句是说唯有罗帐上金翡翠相伴,意犹本调第一首的“双双金鹧鸪”;“香烛”句意犹杜牧《赠别》诗:“蜡炬有心还惜别,替人垂泪到天明。”皆借物抒情。结尾二句则用环境烘托离愁,落花阵阵,子规声声,天已将晓,而人物犹残梦迷离。一腔幽怨,尽在景物描绘之中,颇为耐人寻味。

菩萨蛮

宝函钿雀金鸂鶒①，沉香阁上吴山碧②。杨柳又如丝，驿桥春雨时③。　　画楼音信断，芳草江南岸。鸾镜与花枝④，此情谁得知。

【注释】

①宝函：华贵的枕头。函，枕函，枕头。钿雀：饰有孔雀形象的金钗。鸂鶒（xī chì）：水鸟名，俗称紫鸳鸯。金鸂鶒，亦指钗上饰物。

②沉香：名贵木材。此喻楼阁的珍贵。吴山：泛指吴地（江南地区）之山。

③驿桥：驿站近旁的桥梁。驿，古代官道旁供行人住宿和换马的处所。

④鸾镜：妆镜的美称。南朝宋·刘敬叔《异苑》："罽（jì）宾王有鸾，三年不鸣。夫人曰'闻鸾见影则鸣'。乃悬镜照之。中宵一奋而绝。"故后世称为鸾镜。

【评析】

陈廷焯说："飞卿词大半托词帷房，极其婉雅，而规模自觉宏远。"（《白雨斋词话》卷七）此词正具这一特色，所写者仍为离愁别恨。第一、二句实为倒装句法，第二句写女子登楼远望，唯见吴山凝碧，下接首句，写沉香阁内的陈设和人物的装饰。清·谭献认为首句是"追叙"（见《谭评·词辨》），语犹李商隐《偶题》诗"水纹簟上琥珀枕，傍有堕钗双翠翘"，意即枕旁有落下的金钗，是为昔日闺帷生活的回忆。三、四句则由远景写到近景："杨柳"句写当前的景色，"驿桥"句写别时的景色。这样往时和现时的景象交错，融入离人的感情，字面上不出"离"字，而离情别意自在言外，读来婉丽缠绵而又惹人愁思。换头二句直接点出征人远出，音信杳然。结尾二句用谐音双关语，写女子对镜梳妆，忽见头上所戴的花枝，遂意识为妆镜尚与花相“知”（“枝”），而我此时此刻的感情又有谁知呢？余音袅袅，既婉且雅，带有民歌风味，非一般闺情词可比。

菩萨蛮

南园满地堆轻絮①，愁闻一霎清明雨②。雨后却斜阳，杏花零落香。　　无言匀睡脸③，枕上屏山掩④。时节欲黄昏，无聊独倚门。

【注释】

①轻絮：柳絮。

②一霎（shà）：一会儿。唐·孟郊《春后雨》诗：“昨夜一霎雨，天意苏群物。”清明：节气名，在每年的四月四、五、六日。

③匀（yún）：均匀，引申为擦拭、匀整。言睡眠方醒，擦拭面部，以调和血气。或言“匀面”即傅粉，如敦煌词〔抛球乐〕：“蛾眉不扫天生绿，莲脸能匀似早霞。”亦可通。

④屏山：屏风。

【评析】

此词写伤春情怀，前人评价甚高，明·沈际飞说：“隽逸之致，追步太白。”也就是说它的艺术成就可与李白的〔菩萨蛮〕、〔忆秦娥〕媲美。词写清明时节乍晴乍雨的气候非常准确：一会儿风吹柳絮成堆，一会儿雨打杏花沾泥，一会儿又是夕阳西下，时近黄昏。此刻忧伤的女子春困初起，正百无聊赖地倚门凝愁。其中“雨后”二句描摹了春雨乍晴时的景色，韵味深厚，格调高雅，读之如嚼橄榄，似觉舌底留甘。尤其是“杏花零落香”一句，虽只五字，却有三层意思：一层是写杏花，给人以艳丽之感；二层是写花已零落，与前面的“雨后”相呼应，微露伤春情绪；三层是写花虽零落，而香气犹存，暗寓赞美之情。这种写法对后来词人颇有影响。如陆游〔卜算子·咏梅〕云“零落成泥碾作尘，只有香如故”，很明显是从这句化出。秦少游的〔画堂春〕则在继承的基础上有所发展，故王国维说：“温飞卿〔菩萨蛮〕‘雨后却斜阳，杏花零落香’，少游之‘雨余芳草斜阳，杏花零落燕泥香’，虽自此脱胎而实有出蓝之妙。”（《人间词话》附录）

更漏子

玉炉香，红蜡泪，偏照画堂秋思①。眉翠薄②，鬓云残③，夜长衾枕寒④。　　梧桐树，三更雨，不道离情正苦⑤。一叶叶，一声声，空阶滴到明。

【注释】

①画堂：装饰华美的居室。

②眉翠：古代女子以翠黛画眉，故云。薄：谓翠色已淡。

③鬓云残：谓鬓发散乱。

④衾（qīn）：被子。

⑤不道：不管，不顾。

【评析】

温庭筠词以镂金错采、精艳绝伦著称，然而这首小词却写得清丽自然，情真意切，可以代表他艺术成就的另一个方面。本词调名〔更漏子〕，词情亦写三更闻漏，颇为相称。词旨在于“秋思”，词中以明白晓畅的语言刻画了一位思妇的形象。开头三句铺叙环境，带有象征意味：袅袅香烟，使人想到思妇绵长的愁绪；斑斑红泪，使人想到思妇凄苦的容颜。在这里，人情与物象达到水乳交融的境界。以下三句直接描摹女子的形象：经过长长一夜的失眠辗转，用翠黛描过的眉毛渐渐褪了颜色，头上的黑发也已散乱不堪。夜长衾寒，本是古典诗词中常见的词汇，然而用在这里却成了一个把上片意思自然地过渡到下片的关键性句子。和上片对照，下片写室外景，但却通过思妇的听觉来反映，因而可视为内心感情的写照。“梧桐叶，三更雨”，是自然现象，然接以“不道”二字，则使它人格化了。仿佛是说：雨啊，你太不谅解我了，可知道此时此刻我的离情正苦。结尾尤为入妙，那打在梧桐叶上的雨声，好似重锤一般敲在女主人公的心坎上。这里既突出了上面所说的离情之“苦”，也反映了女主人公长夜失眠的精神状态。因而清人谭献评曰：“似直下语，正从‘夜长’逗出，亦书家无垂不缩之法。”（《谭评·词辨》）“无垂不缩”是书法家用笔的方法，此处用来形容词的上下两结能相互映射，达到自然浑成的境界。这首词在词史上具有一定影响，宋代万俟咏仿此作〔长相思〕一首，可以参看。

南歌子

手里金鹦鹉①，胸前绣凤凰②。偷眼暗形相③，不如从嫁与④、作鸳鸯。

【注释】

①手里金鹦鹉：指手里托着的羽毛呈金黄色的鹦鹉。

②胸前绣凤凰：指胸前的绷子上正在绣的图案。或以为衣上的花纹，亦可通。

③形相：窥视，打量。曹唐《小游仙》诗：“心知不敢辄形相。”这句或有具体情境，或由玄想而生。

④从：听任，意犹“就这样”。

【评析】

在温庭筠词集中，这首词的风格很特别：一是比喻通俗生动，二是意态坦率粗犷，与其他词作的华丽、婉曲相异。更有趣的是短篇中连用的三个比喻竟都是鸟类，而又各不相同。第一个鹦鹉是活着的，第二个凤凰是绣的，第三个鸳鸯是象征性的。而三种之中又有两层含意：第一是用真鸟与假鸟对比，第二是从这个对比中产生对鸳鸯成双作对的向往。最后一句尤富个性，因而谭献说，这是“尽头语，单调中重笔，五代后绝响”。（见《谭评·词辨》）可见评价之高。

梦江南①

千万恨，恨极在天涯②。山月不知心里事，水风空落眼前花。摇曳碧云斜③。

【注释】

①即〔忆江南〕。

②天涯：天边。谓所思者极为遥远。

③摇曳：摇摇晃晃。

【评析】

此首写思妇的离愁别恨。劈头二句，直抒胸臆。之所以“恨极”，正是爱深的表现。征人久出不归，思妇空房独守。每当月明之夜，她总是倚栏远望，一怀愁绪，无人理解。于是“山月”二句，转为低沉的咏叹，既含蓄蕴藉，又生动形象。故明人沈际飞评曰：“妙境何可言！”（《草堂诗余别集》卷一）具体地说，前一句突出思妇的孤独无偶，反映了无人理解的苦闷；后一句描绘思妇的希望犹如落花流水，倏然幻灭。结句则以迷离惝恍的语言，写思妇遥望远空，思绪缥缈，寓情于景，即景见情，令人产生悠悠不尽的联想。

梦江南

梳洗罢，独倚望江楼。过尽千帆皆不是，斜晖脉脉水悠悠[1]。肠断白蘋洲[2]。

【注释】

①脉脉:凝视貌,多指含情欲吐。《古诗十九首》:“盈盈一水间,脉脉不得语。”此处写人主观感觉中的夕阳余辉。

②白蘋洲:江中长有白蘋的小块陆地。白蘋,一种水中浮草,即马尿花。唐·赵徵明《思归》诗:“惟见分手处,白蘋满芳洲。”词意相近。

【评析】

这首词诗意浓郁,谭献评曰:“犹似盛唐绝句。”(《谭评·词辨》)起首写思妇晚妆初罢即登楼望江,等待征人的归来。着一“独”字,便点出思妇的形单影只。“过尽千帆皆不是”,突出凝望之殷与时间之久,而一次又一次的失望更啮噬着思妇的心,痛切可知。柳永〔八声甘州〕云:“想佳人、妆楼颙望,误几回、天际识归舟。”是此句最好的注脚。斜晖脉脉,江水悠悠,既是眼中所见,又烘托出一种空旷无聊、怅然若失之感。“肠断”句是写看到昔日分手之处,愈觉神伤。全词截取生活中“倚楼凝望”这个侧面,刻画了一个生动的思妇形象。语言简练,笔端凝情,同词人其他作品相比,可谓拭尽铅华,别具丰神。

皇甫松

皇甫松，一名嵩，字子奇，自号檀栾子，后世称为皇甫先辈，生卒年不详。睦州新安（今浙江淳安）人，唐工部郎中皇甫湜之子，牛僧孺之甥。家有歌姬名真珠，常唱其所作小令。其词今传二十二首。陈廷焯说："唐人皇甫子奇词，宏丽不及飞卿，而措词闲雅，犹存古诗遗意。"（见《白雨斋词话》卷七）

梦江南

兰烬落①，屏上暗红蕉②。闲梦江南梅熟日③，夜船吹笛雨萧萧④。人语驿边桥。

【注释】

①兰烬：兰膏的余烬。古代以泽兰炼油点灯，称兰膏。一说是蜡烛的余烬，以其形如兰心，故云。

②红蕉：即今之美人蕉。此指屏风上所画。

③梅熟日：即梅子黄熟时节，在春夏之交。其时，常常阴雨连绵，江南今称黄梅天。

④萧萧：雨声，同"潇潇"。

【评析】

此词写旅客的乡思，王国维称其"情味深长，在乐天（白居易）、梦得（刘禹锡）上也"。（《人间词话》附录）其实三者各有千秋。此词与刘、白的〔忆江南〕一样，都是怀念旧游的佳作。"闲梦"二字为全词之眼，点明词中皆写梦境。"兰烬"二句，写旅邸深夜景象：烛花渐落，屏风上的图画显得暗淡，人亦随之进入梦乡。其中梅子、夜船、驿桥，都是富于江南特色的景物，而笛声、雨声、人语声，又组成一曲幽雅的交响乐，梦境甜美，情景逼真，故近人俞陛云评曰："语语带六朝烟水气也。"（《唐宋词选释》）结句"驿边桥"与起首未曾点明的旅邸遥相照映，非常自然，不露痕迹，且意味隽永，耐人寻绎。全篇虚实相间，动静结合，艺术手法极其高明。

韦 庄

韦庄(836—910),字端己,长安杜陵(今陕西省西安市)人,传为唐代诗人韦应物的四世孙。四十五岁在长安应举时,正值黄巢义军攻破长安。他目睹当时景况,赋有著名长诗《秦妇吟》。此后流寓长江中下游地区,历览山川风物,颇受民歌熏陶。五十九岁中进士。六十六岁入川,被节度使王建辟为掌书记。不久唐亡,王建自立为蜀帝,以韦庄为相。在词坛上,他与温庭筠齐名,但风格不同,周济《介存斋论词杂著》说:"飞卿,严妆也;端己,淡妆也。"王国维则称温词为"句秀",韦词为"骨秀",并说"端己词情深语秀","要在飞卿之上"。(俱见《人间词话》)继温庭筠之后,韦庄以白描手法抒写个人感情,得疏朗秀润之致,开创了新的词风,对南唐及北宋词人影响较为深远。有《浣花集》。《花间集》收其词四十八首,然佚作甚多。

菩萨蛮

红楼别夜堪惆怅①,香灯半掩流苏帐②。残月出门时,美人和泪辞③。　　琵琶金翠羽④,弦上黄莺语。劝我早归家,绿窗人似花。

【注释】

①红楼:旧指富家女所居之楼。白居易《秦中吟》:"红楼富家女。"

②流苏:以五彩羽毛或丝线制成的穗状饰物。唐·王维《扶南曲》:"翠羽流苏帐。"

③和泪辞:即含泪告别。

④金翠羽:饰有华美翠羽图形的簪子。唐·孟浩然《庭橘》诗:"骨刺红罗被,香粘翠羽簪。"此指歌妓以玉簪弹拨琵琶。

【评析】

清·张惠言说:“此词盖留蜀后寄意之作。”本章“言奉使之志,本欲速归”。(见《词选》卷一)也就是说韦庄在前蜀王建幕下做官,想起了故乡长安,故作此词。其说是。韦庄有《长安春》诗云:“长安春色本无主,古来尽属红楼女。”可证。词的上阕是回忆别离之夜的情景:香灯掩映,罗帐半卷,他和美人正依依话别。下阕写蜀地思归,他听着歌妓弹拨美妙的琵琶,好像声声乐曲在劝他及早归家,因为家里正有花似的美人在等待他。其中以黄莺语状琵琶音之和美流转,以绿窗衬托如花之美人,可谓极善形容。全词语浅意深,自然流利,全用白描手法,毫无刻画痕迹。因此清人谭献把它的风格比作词中的《古诗十九首》。(《谭评·词辨》卷一)

菩萨蛮

人人尽说江南好①,游人只合江南老②。春水碧于天,画船听雨眠③。　　垆边人似月,皓腕凝双雪④。未老莫还乡,还乡须断肠⑤。

【注释】

①江南:张惠言《词选》:“江南即指蜀。”即今四川省成都一带。

②只合:只应。

③画船:有彩画装饰的船。

④“垆边”二句:用卓文君故事。《史记·司马相如列传》谓文君新寡,从司马相如,在成都当垆卖酒。垆:垒土为垆,中置酒瓮。人似月:状其貌美。凝双雪:刘歆《西京杂记》卷二说,文君“肌肤柔滑如脂”,皓腕即其意。双雪:一作“霜雪”。

⑤断肠:形容极度悲伤。这两句亦作“此去几时还,绿窗离别难”。

【评析】

张惠言说："此章述蜀人劝留之辞。"（见《词选》卷一）此意盖从首句看出。词中写江南，一是景好：碧水蓝天，画船听雨，别是一番风味。许昂霄《词综偶评》说："或云：江南好处，如斯而已耶？然此景此情，生长雍、冀者，实未曾梦见也。"北方人之看江南，自然愈感景物妍丽雅致。二是人好：当垆卖酒的女子像卓文君那样美丽，所以自然使人依依不舍，甚至要像晋代阮籍那样"醉卧其侧"了。结尾二句犹如结论，就是说青春之际应留在江南，尽情游乐。张惠言说：是时"中原沸乱，故曰'还乡须断肠'"。（同上）此则结合当时黄巢之乱的局势，进一步说明暂时不还乡的理由。《谭评·词辨》说，这是"强颜作愉快语，怕断肠，肠亦断矣"。此词风格极为明白晓畅，写景写情，纯用白描。后阕"还乡"与前阕"江南"形成对比，刻画了词人内心的矛盾，情思婉转，词意哀伤，令人一唱三叹。

菩萨蛮

如今却忆江南乐，当时年少春衫薄。骑马倚斜桥，满楼红袖招①。　　翠屏金屈曲②，醉入花丛宿③。此度见花枝④，白头誓不归。

【注释】

①红袖：借指年轻女郎。

②金屈曲：即金屈戌，屏风上装有绞链，故各扇之间形成屈曲状态。

③花丛：指冶游之地，美女众多，宛如百花丛中。

④花枝：借喻宠姬。

【评析】

这首词，张惠言认为是韦庄为蜀相时所作。他说："其后朱温篡成，中原愈乱，遂决劝进之志，故曰‘如今却忆江南乐’，又曰‘白头誓不归’。则此词之作，其在相蜀时乎?”《谭评·词辨》认为“‘却忆’‘此度’四字，度人金针”。揆之词意，上阕关键在“却忆”二字，是回想年少时的游冶生活；而下阕关键在“此度”二字，是写现时留蜀景况。所谓“醉入花丛宿”者，非仅指冶游，主要是表示对蜀地的留恋之情。“骑马”二句写出了男子风流潇洒的态度和女子扬袂挽留的热情，场面宛然如画。词中善于修辞，以美女衣着之局部——红袖借指美女，富于形象性。结尾斩钉截铁，似无余味，但无限缠绵之情，温厚之旨，都包含在这种坚决的语气中，因此谭献说：“意不尽而语尽。”（同上）词似写艳情，然其中亦有寓意，即张惠言论及前词时所说：“此章述蜀人劝留之辞，即下章云‘满楼红袖招’也。”所以，对于这首词，不能仅从字面上来理解。

菩萨蛮

洛阳城里春光好，洛阳才子他乡老①。柳暗魏王堤②，此时心转迷。　　桃花春水绿③，水上鸳鸯浴。凝恨对残晖，忆君君不知。

【注释】

①洛阳才子：作者于四十七岁时由长安到洛阳，住了一年，因以自称。

②魏王堤：在洛阳南。唐时洛水流过洛阳皇城端门，向南溢而为池，贞观中将其地赐与魏王李泰，称魏王池。有堤与洛水相隔，堤上多植柳，当时为游览胜地。

③绿：一作“渌”，水清貌。

【评析】

张惠言说，“此章致思唐之意”。（同前）词中洛阳，为唐时东都，而魏王堤为唐宗室苑囿，作者以“洛阳才子”自居，并对其地恋恋不舍，其实就是不忘故国的表现。陈廷焯说：“端己〔菩萨蛮〕四章，惓惓故国之思，而意婉词直。”（见《白雨斋词话》卷一）又说：“词有貌不深而意深者，韦端己〔菩萨蛮〕、冯正中〔蝶恋花〕是也。”（同上卷六）这些话正说出了此词的特点。词之开头二句揭示了一对矛盾：洛阳城里春光无限美好，而洛阳才子却老于蜀中，不能回乡欣赏这美好春光。语言清淡，感情却极为深挚。“柳暗”句紧承首句，具体描写洛阳春光之好，但为想象之词。“此时”一句则是现实矛盾在词人内心之反映。“迷”字下得固然好，而“转”字也衬托得十分有力。前面一首谓蜀中令人贪恋，此首忽又想到洛阳。两地同样美好，何去何从，转生迷惘。这样开掘人物内心，可谓步步深入。下阕字面上是写眼前之景，春水满溪，桃花缤纷，对对鸳鸯，追逐嬉戏。其实这是渲染蜀中的美景，借以打消对洛阳春光的忆念，使矛盾又推进一层，不仅“心迷”，且又“眼迷”了。由于内心矛盾一层深似一层，从而迸出“凝恨”二句，低徊婉转，一往情深。谭献说是“怨而不怒”，可谓得风人之旨了。其所凝恨者，自是因为故国不能恢复，与上阕仍相呼应，真是盘旋曲折，余味无穷。

谒金门

春雨足，染就一溪新绿。柳外飞来双羽玉①，弄晴相对浴②。　　楼外翠帘高轴③，倚遍阑干几曲④。云淡水平烟树簇⑤，寸心千里目。

【注释】

①双羽玉：指一对白鸥。玉，形容羽白如玉。杜甫《鸥》诗：“却思翻玉羽，随意点春苗。”

②弄晴：指白鸥在日光下嬉戏。

③高轴：犹高卷。谓绣帘卷在窗子的横轴上。

④阑干几曲:楼上栏杆多弯曲处,故云。

⑤烟树簇(cù):烟树丛丛形成一簇一簇。簇,攒聚,堆积。

【评析】

此词《花间集》失收,但却是绝妙好词。上阕写景,一场新雨,绿水满溪,双双白鸥在日光下嬉戏。明·杨慎评曰:"丽语,景真如画。"(见忻花庵本《草堂诗余》卷一)这幅画很有生气,原因在于巧妙地用了"染就""飞来""弄晴"等动词,使整个画面充满了动感。下阕抒情,言一女子翠帘高卷,倚栏远望——她的丈夫想是久出未归。翠帘高卷,所以扩大视野,以便远望;倚遍栏杆几曲,则是描写倚栏之久和人物心情之不定。二句皆突出离情。"云淡水平"二句,写倚楼人眼中景象,显得苍茫渺远。其意境与无名氏[鱼游春水]词中"云山万重,寸心千里"极相似,而内涵更为丰富。沈际飞说:"此以上文布景,着一'目'字,意思完全。"(见《草堂诗余正集》卷一)也就是说"云淡水平烟树簇",都是目中所见,为下文的抒情做景物上的铺垫;再着以"寸心"二字,则离情之深之远,更可想见了。

清平乐

莺啼残月,绣阁香灯灭①。门外马嘶郎欲别,正是落花时节。　　妆成不画蛾眉②,含愁独倚金扉③。去路香尘莫扫,扫即郎去归迟。

【注释】

①绣阁:犹绣楼,富家女子所居。

②蛾眉:状女子细眉如蚕蛾之触须。参见温庭筠《菩萨蛮》(小山重叠)注③。

③金扉:绣阁房门的美称。

【评析】

此词写闺怨。上阕写离别之前依依不舍之情。明·汤显祖评曰:"'门外'二句,情与时会,倍觉其惨。"(见《汤显祖评〈花间集〉》)也就是说,落花时节人将分别,春情又增加了一倍;益以马嘶,更感凄恻满怀。下阕写别后,女子无限惆怅,梳妆了一半又懒得把眉毛画下去,此即《诗经·伯兮》"自伯之东,首如飞蓬;岂无膏沐,谁适为容"之意。"去路"二句,深情无比,几近于痴。"香尘不扫",意在行迹长留,如同暂别;若扫去行迹,则感到爱人久出未归,无以慰藉相思了。李白《长干行》说:"门前迟行迹,一一生绿苔;绿苔不可扫,落叶秋风早。"韦庄以其诗意化而为词,协以缠绵的音律,简直沁人心脾。

浣溪沙

惆怅梦余山月斜①,孤灯照壁背窗纱②。小楼高阁谢娘家③。　　暗想玉容何所似,一枝春雪冻梅花。满身香雾簇朝霞④。

【注释】

①梦余:梦醒之后。

②背:犹"暗"。温庭筠〔更漏子〕(柳丝长)云:"红烛背,绣帘垂",蒋捷〔阮郎归〕云:"雪飞灯背雁声低",俱为烛暗之意。窗纱,一作"红纱"。

③谢娘:谢秋娘。唐·李德裕之妾名。谢娘家,亦简称谢家。温庭筠〔更漏子〕:"惆怅谢家池阁。"后世多借指恋人之家。

④簇:形容丛聚的样子,此为簇拥之意。

【评析】

此词从梦中写到梦醒之后,上阕首二句为倒装句法。第三句系写主人公梦到恋人所在之处。似乎是在欢娱正浓的时刻,忽然梦醒，远处唯见山头明月斜照，近处是一盏快要燃尽的孤灯，映着碧绿的窗纱，夜已将阑了。通过眼中所见景物，抒写惆怅情怀，宛然在目。下阕全属对梦境的寻绎。汤显祖说："以'暗想'句问起，则下二句形容快绝。"(《汤评〈花间集〉》)以下两句所形容的人物完全是美的化身：她的"玉容"像是一枝带雪的春梅，晶莹透剔，无比秀雅；她的周围又被香雾簇拥着，犹如身披朝霞。故沈际飞曰："美人洵花真身，花洵美人小影。"(见《草堂诗余别集》卷一)"一枝"句似从白居易《长恨歌》"玉容寂寞泪阑干，梨花一枝春带雨"衍化而来，易"梨花"为"梅花"，复又易"雨"为"雪"，形象顿然高洁而脱尽俗尘。"满身"句似从曹植《洛神赋》"远而望之，皎若太阳升朝霞"化出，然"朝霞"前冠以"香雾"，则有"生香真色"的妙趣，令人产生美的遐想。

浣溪沙

夜夜相思更漏残[①]，伤心明月凭阑干。想君思我锦衾寒。　　咫尺画堂深似海[②]，忆来唯把旧书看[③]，几时携手入长安[④]？

【注释】

①更漏：古代以铜壶滴漏计时，夜间凭壶中银剑上刻度所指示的时间报更，故名为"更漏"。更漏残，指五更将尽，天欲黎明。

②咫尺：形容相距甚近。咫，古代长度单位，周制八寸，折合今制市尺六寸二分二厘。

③旧书：往日的信件。

④长安：今陕西省西安市。"携手入长安"，指"旧书"中相约之辞。因作者故里在长安，故云。

【评析】

《古今词话》说："韦庄以才名寓蜀，王建割据，遂羁留之。庄有宠人，姿质艳丽，兼善词翰。建闻之，托以教内人为辞，强庄夺去。庄追念悒怏。"此词盖为思念宠人而作。首句开门见山，说自从别后，夜夜相思到天欲黎明；第二句补充前句，谓在相思的时刻，常是独自凭栏。月已团圆，人却分离，不能不感到伤心。第三句"想君思我"，是两个动词连用，悬想对方对自己的思念，其法如杜甫的《月夜》诗，李白的〔菩萨蛮〕词，婉而多情，曲而能达。下阕说出本事，所念之人，居处不远；因为身在侯门，阻隔重重，故而有"堂深似海"，室迩人遐，天涯咫尺，不胜惆怅之慨。"忆来"二句表现相思之情至于极点。其所以看旧日来信，一则说明近来已无音信，二则说明信中曾相约共赴长安，这一愿望不知何年何月才能实现。"忆来唯把旧书看"这一细节用得极好，表现了感情的深度和广度，和上阕"想君"句一样，都是用白描手法，有异曲同工之妙。汤显祖说："'想君''忆来'二句，皆意中意，言外言也。水中着盐，甘苦自知。"（见汤评《花间集》）确是值得玩味。

女冠子

四月十七，正是去年今日，别君时。忍泪佯低面①，含羞半敛眉②。　　不知魂已断，空有梦相随。除却天边月，没人知。

【注释】

①佯：假装。

②敛眉：皱眉。北周·庾信《伤往》诗："见月长垂泪，花开定敛眉。"

【评析】

韦庄〔女冠子〕有二首,情事相同,属于词中的“联章体”,皆为怀念宠姬而作。这一首,上阕从字面看是回忆去年今日(四月十七)宠姬被蜀主所夺时的情景。起首三句于质朴中道出真情。“忍泪”二句写出宠姬临别的情态,既是娇羞怯怯,亦复缠绵掩抑。其所以如此,乃是因为在强权面前,不得不抑制自己的感情。虽然写的是实情,然而联系过片二句,则知已转为梦境。“不知”句措语径直,收缴上文;益以“空有梦相随”,点出梦醒后的悲哀和怨恨。虚虚实实,不可捉摸,可能是为了避免政治迫害,不得不如此写。末二句极言其孤独,妙在以月拟人;“没人知”回应前面的“不知”,以加强语气,突出离恨之深。汤显祖说这首词“直书情绪,怨而不怒,骚雅之遗也”。但他又说:“但嫌与题意稍远,类今日传士家言。”(汤评《花间集》)所谓“与题意稍远”,是说〔女冠子〕本咏道家事,而韦庄却用以抒离情。近人李冰若却不同意他的意见,说:“若士(汤显祖字)谓与题意稍远,实为胶柱之见,唐词不尽本题意,何足为病?”(见《栩庄漫记》)可见欣赏此词,不能拘泥于词调的本意,而应从词的内容出发。

女冠子

昨夜夜半,枕上分明梦见[1],语多时。依旧桃花面[2],频低柳叶眉[3]。　　半羞还半喜,欲去又依依。觉来知是梦,不胜悲。

【注释】

①梦见:一作“相见”。非。

②桃花面:语出唐·崔护《过都城南庄》:“去年今日此门中,人面桃花相映红。”

③柳叶眉:白居易《长恨歌》:“芙蓉如面柳如眉。”

【评析】

此词具体描写梦中遇见宠姬情状，历历如在目前。“分明”二字，状其真切。“依旧”句说明分别一年，女子容颜未改，艳丽如初；“频低”句与第一首“忍泪”二句相似，写女子羞怯情态，然似有满腔幽怨而不欲言明。过片二句，用通俗语言刻画了人物矛盾复杂的心情：骤然相遇，既喜又羞，欲去还留，写来工细自然，恰到好处地表现了女子既留恋对方，又怯于政治压力的心理过程。韦庄摒除花间派绮丽浓艳的色彩，以白描手法写人物，于此亦可见一斑。然而，有人以为他的词“质过于文”，近于直白。其实它是“似直而纡，似达而郁”，词直意婉，耐人寻味。其妙处还在于善于用对比的手法：以“喜”与“羞”对比，以“欲去”与“依依”对比，在这种对比中细致地刻画了人物内心的矛盾冲突，因而使人感到这是一个有血有肉的、活生生的人物。结尾二句，写梦后感觉，较为平淡。近人李冰若《栩庄漫记》说：“韦庄〔女冠子〕‘四月十七’一首，描摹情景，使人怊怅；而‘昨夜夜半’一首，稍为不及，以结句意尽故也。”把意思说尽，就不值得回味，这样的批评是颇中肯綮的。

薛昭蕴,《花间集》称为薛侍郎,列于韦庄、牛峤之间。孙光宪《北梦琐言》卷十一作薛昭纬,说他是薛保逊之子,为人恃才傲物,颇有父风,平常好唱〔浣溪沙〕词。新旧《唐书》中有《薛昭纬传》,称他乾宁中为礼部侍郎。后世遂以昭蕴、昭纬为一人,疑非是。昭纬与昭蕴谅系兄弟行。依《花间集》序列,当为前蜀人,有词十九首,其中〔浣溪沙〕较有特色。

浣溪沙

倾国倾城恨有余①,几多红泪泣姑苏②。倚风凝睇雪肌肤③。　　吴主山河空落日④,越王宫殿半平芜⑤。藕花菱蔓满重湖⑥。

【注释】

①倾国倾城:《汉书》卷九十七《外戚传》载李延年歌:"北方有佳人,绝世而独立。一顾倾人城,再顾倾人国。宁不知倾城与倾国,佳人难再得。"后因用以形容绝色女子。此指西施。

②姑苏:山名,在今江苏省苏州市西南。山上有姑苏台,相传春秋时吴王夫差将越王勾践所献的美女西施藏在台上的馆娃宫。红泪:晋·王嘉《拾遗记·魏》:"文帝(曹丕)所爱美人姓薛名灵芸。闻别父母,歔欷累日,泪下沾衣,至升车就路之时,以玉唾壶承泪……壶中泪凝如血。"后遂称女子眼泪为"红泪"。

③凝睇(dì):注视。白居易《长恨歌》:"含情凝睇谢君王,一别音容两渺茫。"雪肌肤:肌肤洁白如雪。

④吴主:指吴王夫差。

⑤越王:指勾践,曾败于夫差,后经十年生聚,十年教训,卧薪尝胆,举兵灭吴。平芜:杂草繁密的原野。唐·高适《田家春望》诗:"出门何所见,春色满平芜。"

⑥重(chóng)湖:两湖相邻,如杭州的西湖有里外二湖。依

词意，此指太湖。

【评析】

花间词人多咏艳情，此词风格特异，它通过对历史题材的吟咏表现了对晚唐王朝的忧虑，是一首很好的怀古词。上阕写西施在姑苏台上，怀着满腔怨恨，虽咏美人而充满家国之思。下阕写词人眼前所见所感：苏州一带的吴国山河，在落日余晖映照之下，十分荒凉；吴王夫差称霸的雄图，已成空幻。而在会稽（今浙江绍兴）的越王宫殿也已湮没在荒烟蔓草之中。前一句似李白〔忆秦娥〕中的"西风残照，汉家陵阙"，唯气象不够恢宏，且多伤感气氛。后一句似李白的《越台览古》诗"越王勾践破吴归，义士还家尽锦衣。春女如花满宫殿，只今惟有鹧鸪飞"。益之以结句，愈显得苍凉感慨，情思渺远。是时残唐五代已处于纷乱局面，由此可见，词虽怀古，实为讽今，具有一定的思想意义。

浣溪沙

握手河桥柳似金①，蜂须轻惹百花心。蕙风兰思寄清琴②。　　意满便同春水满，情深还似酒杯深。楚烟湘月两沉沉③。

【注释】

①柳似金：春柳嫩黄似金。

②蕙风兰思：形容女子美好的风度和情怀。兰和蕙都是香草。

③楚烟湘月：指男女分处两地。楚，指今湖北省一带；湘，指今湖南省一带。

【评析】

此词写离别相思，第一、二句实为倒装，是说词中女子因见蜜蜂轻惹花心而兴起离情，想到去年柳色似金时在河桥与良人握手告别。第三句是说她无可奈何，只好寄托相思于琴音。过片二句回忆当年相聚时的欢乐，语言流丽，对仗工整，格调轻灵，感情深挚。以春水之满喻心意之满足，以酒杯之深喻情意之深厚，浅显通俗，极富美学意味。可是好景不长，盛筵难再，从此以后他们分手了。结句"楚烟湘月两沉沉"映射首句，点明离别之后，久疏音问，彼此都不知道对方的现状。因以景语作结，故饶含蓄不尽之致。比兴手法是全词的特色，"蜂须"句是"兴而比"，过片一联以"春水"和"酒杯"作比，结句以"烟""月"作比，笔致秀雅，语言通俗。在修辞上亦很注意选声、设色，例如写"蜂须轻惹百花心"显得纤巧，以兰蕙修饰风度情思，显得幽艳，楚湘本为地名，缀以"烟"、"月"，则显得凄迷。因此全词风格婉约，奕奕动人。

牛 峤

牛峤，字松卿，一字延峰。陇西（今甘肃）人，唐宰相牛僧孺之后。唐僖宗乾符五年(878)中进士，历任拾遗、补阙、校书郎等职。王建镇蜀，辟为判官，后仕蜀为给事中。王国维从《花间集》中录出其词三十二首为一卷。词极妍艳，其体变唐人绝句的较多。清·刘体仁《七颂堂词绎》谓其词风"如唐之初，未脱隋调，然皆小令耳"。

菩萨蛮

玉楼冰簟鸳鸯锦①，粉融香汗流山枕②。帘外辘轳声③，敛眉含笑惊④。　柳阴烟漠漠⑤，低鬓蝉钗落⑥。须作一生拚⑦，尽君今日欢。

【注释】

①冰簟：凉席。簟(diàn)：竹席。鸳鸯锦：绣有鸳鸯的锦被。

②粉融香汗：脂粉被香汗融解。山枕：两端突起、形状如山的枕头。

③辘轳：摇动转轴，以绳吊水的木制机械。

④敛眉：皱眉。

⑤漠漠：见前李白〔菩萨蛮〕注①。

⑥蝉钗：饰有蝉形的金钗。

⑦拚(pàn)：舍弃，不顾一切。

【评析】

这首词的特色在于大胆泼辣，描写恋情毫无顾忌。其中"须作"二句与李煜〔菩萨蛮〕"奴为出来难，教君恣意怜"，都深得前人赞赏。清·彭孙遹《金粟词话》说："牛峤'须作一生拚，尽君今日欢'，是尽头语，作艳语者无以复加。"王国维《人间词话》也说："词家多以景寓情，其专作情语而绝妙者，如牛峤'甘作一生拚，尽君今日欢’，顾敻之‘换我心，为你心，始知相忆深’……此等词，求之古人词中，曾不多见。”刘永济先生甚至认为“末两句虽止十字，可抵千言万语”。（《唐五代两宋词简析》）以今天的眼光看，词中这位大胆泼辣的女子的确具有一定的反对封建礼教的精神，这在当时是罕见的，不应因其写了艳情而轻易否定。上结二句也写得极为传神，意思是在欢情正洽时忽闻窗外汲水之声，说明天已将晓，此时女子不由一惊。皱眉和含笑是受惊时的两种表现。所以皱眉者，是因害怕他人觉察而愁上眉梢；所以含笑者，是因终未被觉察而犹一喜也。寥寥五字，写出一刹那间复杂的感情变化，具有高度的艺术概括力。

张 泌

张泌，一名佖，字子澄，常州（今属江苏省）人，初官句容（今江苏县名）尉，南唐后主时，征为监察御史，历考功员外郎，改内史舍人。南唐亡，随后主入宋，供职史馆，后官于河南，寒食节常拜后主墓。据推测，其卒年当在公元978年以后，距《花间集》成书迟约四十年。且《花间集》不收南唐词，然《花间集》收张泌词二十七首，列于牛峤、毛文锡之间，称为“张舍人”，字里无考。而从词中“咸阳沽酒宝钗空”（〔酒泉子〕）、“烟收湘渚秋江静”（〔临江仙〕）、“浣花溪上见卿卿”（〔江城子〕）等句考之，其游踪远及咸阳、湘江和成都，所以当另是一人。

浣溪沙

马上凝情忆旧游[①]，照花淹竹小溪流。钿筝罗幕玉搔头[②]。　早是出门长带月[③]，可堪分袂又经秋[④]。晚风斜日不胜愁。

【注释】

①凝情：张相《诗词曲语辞汇释》卷五：“凝情，一往而深之情，犹云痴情也。”此指情绪高度集中、凝聚。旧游：旧日的游踪或游侣。

②钿筝：饰有金翠宝石的筝。筝（zhēng），弦乐器，形如瑟。罗幕：帷帐。玉搔头：即玉簪。《西京杂记》卷二：“武帝过李夫人，就取玉簪搔头，自此后宫人搔头皆用玉。”

③早是：张相《诗词曲语辞汇释》卷二：“早是，犹云本是或已是也。唐无名氏诗：‘早是有家归不得，杜鹃休向耳边啼。’韦庄《长安清明》诗：‘早是伤春梦雨天，可堪芳草更芊芊。’”古诗词中“早是”常与“可堪”相对应，其例不胜枚举。

④可堪：哪堪。怎能经受得住。分袂：分手。袂（mèi），衣袖。

【评析】

这首词曾被编纂入冯延巳《阳春集》，上片改为“醉忆春山独倚楼，远山回合暮云收。波间隐隐纫归舟”。易“马”为“舟”。同是写旅愁，却不如此词浑成。

作者用笔至为轻灵，上片在回忆中出现旧时游冶情景：小溪中清澈的流水，映照着鲜花，浸渍着翠竹，中有小楼一座，楼内饰有玉簪的佳人正在倚帐弹筝。“钿筝”一句抓住了三个典型的细节，写了人物、环境和事情，可谓高度凝练。下片写自从别后旅途中披星戴月，劳顿经年，音调凄婉，感情深挚。结句收缴首句，刻画了一位在晚风斜日中充满忧愁的旅客形象，使人不禁想起元曲中马致远〔天净沙〕小令的名句：“古道西风瘦马，夕阳西下，断肠人在天涯。”全词一波三折，婉曲深挚，淡雅清疏，清·谭献评曰：“开北宋疏宕之派。”（见《谭评·词辨》）可见其在词史上具有一定影响。

牛希济

牛希济，陇西（今甘肃）人，牛峤之侄。前蜀王衍时为翰林学士，御史中丞。前蜀亡，降后唐庄宗，为雍州节度副使。《花间集》收其词十二首，《全唐诗》录其词十二首，王国维辑《牛中丞词记》说："《十国春秋》云：'希济次牛峤〔女冠子〕四阕，时辈啧啧称道。'〔女冠子〕今不可考矣。"其词境界开阔，辞藻富丽，芊绵温婉，有乃叔遗风。

生查子

春山烟欲收，天淡稀星小①。残月脸边明，别泪临清晓。　　语已多，情未了②，回首犹重道。记得绿罗裙，处处怜芳草③。

【注释】

①稀星：一作"星稀"。

②这两句一本并作一句，无"已"字。"已"字为衬字。

③这两句语出南朝江总妻《赋庭草》："雨过草芊芊，连云锁南陌。门前君试看，是妾罗裙色。"因芳草与罗裙均为绿色，故云。

【评析】

这首词写别情，时间浓缩在一个清晨，感情却写得缠绵无尽，同韦庄的〔清平乐〕（莺啼残月）有异曲同工之妙。它的上阕把凌晨的景色与人物的心情结合起来描写，"春山"既指现实中的山，亦暗喻女子的眉黛。"残月"句既指缺月西沉，亦为女子勾勒面部轮廓，再加上"别泪"一句，仿佛是一个电影特写镜头。下阕写临别时的嘱咐，千言万语，意犹未尽。特别是结尾二句又一次把自然景色与人的感情融为一体，寄兴幽远，形象鲜明。天涯处处皆芳草，行人走遍天涯，皆见芳草，则所恋之人时时在望，可谓深于情者矣！读之令人低徊不尽。

李　珣

李珣(855？—930?)字德润,先代为波斯(今伊朗)人,家居梓州(今四川三台),有诗名,前蜀秀才,尝试宾贡,事蜀主王衍,蜀亡不仕。其妹李舜弦,为王衍昭仪,亦能词。珣有《琼瑶集》,多感慨之音。清·况周颐说:"李秀才词,清疏之笔,下开北宋人体格。五代人词大都奇艳如古蕃锦,惟李德润词,有以清胜者。"(见《历代词人考略》卷五)其词除写艳情和隐逸情趣外,尚有〔南乡子〕诸阕,"所咏皆东粤景物",颇有地方色彩,与欧阳炯各擅胜场。《花间集》收其词三十七首,《全唐诗》录五十四首。

巫山一段云

古庙依青嶂①,行宫枕碧流②。水声山色锁妆楼③。往事思悠悠。　　云雨朝还暮④,烟花春复秋⑤。啼猿何必近孤舟⑥,行客自多愁。

【注释】

①古庙:指巫山上妙用真人祠。亦称巫山神女庙。青嶂:青山。巫山十二峰相连如屏障,故云。

②行宫:帝王巡幸时所住的宫室,亦称离宫。此指巫山上楚宫遗址。

③妆楼:指细腰宫中宫女的寝楼。

④云雨:宋玉《高唐赋序》说,楚襄王曾梦见巫山神女,神女自称"居巫山之阳","朝为行云,暮为行雨,朝朝暮暮,阳台之下"。

⑤烟花:指美好的自然景物。李白《送孟浩然之广陵》诗:"故人西辞黄鹤楼,烟花三月下扬州。"

⑥啼猿句:巫山古代多猿。郦道元《水经注·江水》云:"每至晴初霜旦,林寒涧肃,常有高猿长啸,属引凄异,空谷传响,哀

转久绝。故渔者歌曰:'巴东三峡巫峡长,猿鸣三声泪沾裳。'"

【评析】

此词为怀古之作,写词人行舟经长江三峡,目视青山,耳听猿鸣,不由想起了宋玉《高唐赋》和《神女赋》中所写的楚襄王与巫山神女的故事,借此抒发了满怀愁绪。同薛昭蕴的〔浣溪沙〕、欧阳炯的〔江城子〕相较,伤时之情虽不甚明显,然基调仍旧相同。上阕"水声山色锁妆楼"紧承前两句,慨叹美好的山光水色只能幽闭美丽的神女和宫妃,颇饶言外之旨;下阕"啼猿"二句概括了《水经注》的意境,复注以个人行役之悲,显得蕴藉含蓄,耐人寻味。词中虽用典不少,然不为典故所累,能以"清疏之笔"使典故糅合于自然景色的描写之中,故仍形象鲜明,语意流畅,毫不影响人们对它的欣赏。

南乡子

相见处,晚晴天,刺桐花下越台前①。暗里回眸深属意②,遗双翠③,骑象背人先过水④。

【注释】

①刺桐:一名海桐,产于南方。似梧桐而有刺,花深红。越台:即越王台,故址在今广州市北越秀山上,汉时越王赵佗所筑。

②属意:意有所属,犹钟情。

③双翠:一双饰有翠羽的金钗。

④背人:背着人,不让别人知道。

【评析】

此为古调〔南乡子〕,上阕押平韵,下阕押仄韵。词写南方少女含蓄的恋情,形象生动而又别致,几可入画。首三句写相见的时间和地点,后三句笔力集中于人物:少女内心里深深爱着对方,却不敢大胆表露,只是临去时秋波一转,留下一往深情。同时,又佯作遗失双钗,背着人骑象渡水而去。其中含有一种相约再见的暗示意味。而着一“先”字,意于言外,写少女内心活动和外在行为,细致而又活泼。整个画面富于岭南特色,明·卓人月《古今词统》卷一说:“为闽粤诸村传谱。”说明它用形象化的手法描绘了闽广一带的风俗民情,令人赏心悦目。

欧阳炯

欧阳炯(896—971),益州华阳(今属四川)人,《宋史》作欧阳迥,少事前蜀王衍,为中书舍人。后唐同光年间(923—926),随王衍至洛阳。孟知祥镇成都,他又回蜀。知祥立后蜀,他累迁门下侍郎,兼户部尚书平章事。曾为《花间集》作序,集中收其词十七首。清·张宗楠《词林纪事》卷二说他"每言愁苦之言易好,欢愉之语难工,其词大抵婉约轻和,不欲强作愁思者也"。就是说他的词自然浑成,无人工雕琢痕迹。

南乡子

画舸停桡[1]?槿花篱外竹横桥[2]。水上游人沙上女[3],回顾[4],笑指芭蕉林里住。

【注释】

①画舸(gě):有彩绘的大船。桡:船桨。

②槿(jǐn)花:即木槿花,有红、白、紫各色,朝开暮落。叶有齿牙,常植以为篱。

③水上游人:指画舸上的游客。

④回顾:一作"回头顾"。误。

南乡子

岸远沙平,日斜归路晚霞明[1]。孔雀自怜金翠羽,临水,认得行人惊不起[2]。

【注释】

①归路:回家的路上。

②临水:谓临水照影。

【评析】

宋人周密说:“李珣、欧阳炯辈,俱蜀人,各制〔南乡子〕十首,以志风土,亦竹枝体也。”(引自《蜀词人评传》)这两首词以如画之笔描绘了岭南风光,在唐五代词中与李珣的作品各擅胜场,不可多得。词很短,起结均有妙处。明·汤显祖评曰:“短词之难,难于起得不自然,结得不悠远。诸起句无一重复,而结语皆有余思,允称合作。”(汤评《花间集》)第一首章法颇似李白《陌上赠美人》诗:“骏马骄行踏落花,垂鞭直拂五云车。美人一笑褰朱箔,遥指红楼是妾家。”所不同者,它写的是一个天真活泼的村女。第二首的结语,《谭评·词辨》曰:“‘惊’字倒装。”即写临水的孔雀,忽见行人,先是一惊;又似认得,故仍顾影自怜,停留不动。谭献又评曰:“顿挫语似直下。”(同前)就是说这句话多曲折顿挫,但表面看却像一气呵成,这样就把孔雀的姿态栩栩如生地描绘出来了。

江城子

晚日金陵岸草平①,落霞明,水无情。六代繁华②,暗逐逝波声③。空有姑苏台上月④,如西子镜⑤,照江城。

【注释】

①金陵:今江苏省南京市。

②六代:吴、东晋、宋、齐、梁、陈六朝,先后在金陵建都。

③逝波:逝水、流水。

④姑苏台:在今江苏省苏州市西南。参见薛昭蕴〔浣溪沙〕(倾国倾城)注②。

⑤西子:西施。

【评析】

这是一首怀古词,与薛昭蕴的〔浣溪沙〕主题相似。它的特点，一是词调与题意相合，抓住“江城”的特有景色——“岸草”“落霞”“逝波”和“姑苏台上月”，抒发了江山依旧，人事已非的感慨；二是把两地牵合在一起——姑苏在金陵之东，通过“如西子镜”的月光从东照到西，便展现了一幅包含两地在内的辽阔境界。在用词上，如“无情”“暗逐”“空有”等，也寓有作者的喟叹，从而使全词呈现了伤时怀古、情景交融的意境。

《花间集》中的小词，“类不出乎绮怨”（刘熙载《艺概》），然此词风格迥异，对腐朽的六朝，表示悼惜之情。细玩词意，当是对前后蜀主提供历史的鉴戒。

和　凝

和凝(898—955),字成绩,汶阳须昌(今山东东平县须城镇附近)人。年十九,登进士第,历事梁、唐、晋、汉、周五代,累官中书侍郎、平章事、太子太傅,封鲁国公。性好修整,车乘和仆从都很华丽。平生为文章,长于短歌艳曲。有文集百卷,尝刻印分赠予人。相传有艳词《香奁集》一编,后嫁名韩偓作。另有宋刻《红叶稿》,已佚。所作曲子词,当时曾流播于汴州和洛阳,号为"曲子相公"。《花间集》收其词二十首,《全唐诗》录其词二十四首。

江城子

竹里风生月上门。理秦筝①,对云屏②。轻拨朱弦,恐乱马嘶声。含恨含娇独自语:"今夜约,太迟生③!"

【注释】

①秦筝:相传筝为秦时蒙恬所造,故名秦筝。参见张泌〔浣溪沙〕(马上凝情)注②。

②云屏:即云母(云母石)屏风。

③太迟生:太迟啦。生,语助词。欧阳修《六一诗话》:"唐人语辞好用'生'字,如'太瘦生''作么生''何以生'是也。"

【评析】

此调有二首,为联章体,写一对情侣的约会。清·况周颐《餐樱庑词话》说:"和鲁公〔江城子〕云'轻拨朱弦,恐乱马嘶声',二语熨帖入微,似乎人人意中所有,却未经前人道过,写出柔情密意,真质而不涉尖纤。"此说至为精当。此词写一位女子在等待情人的到来,首句渲染环境,二、三两句写动作,四、五两句写心情,结尾二句写等人不来的怨恨。依次写来,笔笔传神,读后颇有如临其境、如见其人、如闻其声的感觉。虽为虚拟,却符合生活的真实，故能奕奕动人。

江城子

斗转星移玉漏频①，已三更，对栖莺。历历花间，似有马蹄声②。含笑整衣开绣户，斜敛手③，下阶迎。

【注释】

①斗转星移：北斗星已转向，参商二星已移位，谓天色将明。玉漏：参见韦庄〔浣溪沙〕（夜夜相思更漏残）注①。

②历历：分明可数，形容马蹄声非常清晰。

③敛手：两手收敛，显出恭敬的神态。

【评析】

这首词写女主人公等待至深夜三更时分，仿佛听到情人的马蹄声越来越近，于是遂由前一首的含恨含娇转为含笑相迎，形象亦极鲜明生动。两首相较，各有特点：前者写出等待时的不耐烦，后者写出终于等到时按捺不住的喜悦心情。清人况周颐评此词云："'历历花间，似有马蹄声。'尤为浑雅，进乎高诣。"（《餐樱庑词话》）二词抓住"马嘶声"与"马蹄声"这一细节表现人物心理的变化，确是最为成功的一笔。特别是这一首，着一"似"字，突出了女子的主观感觉，对其盼望情人时敏感与殷切的心理状态，作了恰到好处的描绘，栩栩如生，呼之欲出。

顾夐，前蜀通正(916)年间，曾以小臣给事内庭，相传当时有秃鹫飞在摩诃池上，夐作诗讥刺，几遭不测之祸。很久以后才擢为刺史。后蜀时，事孟知祥，官至太尉。有〔醉公子〕词，为一时艳称。清·况周颐说：“顾夐艳词，多质朴语，妙在分际恰合。孙光宪便涉俗。”又说：“顾太尉，五代艳词上驷也。工致丽密，时复清疏，以艳之神与骨为清，其艳乃益入神入骨。”并把他的小词比作宋代院画的“折枝小幨”。(见《餐樱庑词话》)《花间集》共收其词五十五首，《全唐诗》同。

诉衷情

永夜抛人何处去[①]？绝来音。香阁掩，眉敛[②]，月将沉。争忍不相寻[③]？怨孤衾[④]。换我心，为你心，始知相忆深。

【注释】

①永夜：长夜。

②眉敛：即皱眉，形容愁态。

③争忍：怎忍。

④孤衾：喻独宿。衾，被子。

【评析】

此词写怨情。是夜，情人有约不来，故女主人公极为愁怨。“永夜抛人”，以写时间的无情，委婉地谴责对方的无情。“何处去”与“争忍不相寻”，以两问句发泄内心的激愤。“换我心”三句，是人人意中语，却不是人人所能道出，质朴而又深挚。故清人王士禛说：“自是透骨情语。徐山民‘妾心移得在君心，方知人恨深’，全袭此，然已为柳七一派滥觞。”(见《花草蒙拾》)也就是说顾夐受到民间词影响，徐山民(徐照)模仿顾夐，已等而下之,为柳永的俚俗开了先河。其实徐山民名照,乃南宋人,柳永为北宋人;应为柳永开了先河,而徐照受柳永影响,故王氏之说在时间上颠倒了。汤显祖就"换我心"三句评曰:"若到换心田地,换与他未必好。"(汤评《花间集》)从而点出词中所写女子乃是痴情,而不知对方已经负心了。

孙光宪(？—968)，字孟文，晚号葆光子，陵州贵平(今四川仁寿县东北)人。晚唐时为陵州判官。后唐天成(926—930)初年避乱于江陵，高季兴据荆南，署为从事，历事三世，累官荆南节度副使、检校秘书少监兼御史中丞。后劝高季兴之后继冲归宋，授黄州刺史。著有《荆台集》《北梦琐言》，后者多记词家逸事。清·陈廷焯《白雨斋词话》卷一评曰："孙孟文词，气骨甚遒，措语亦多警炼，然不及温韦处亦在此，坐少闲婉之致。"《花间集》收其词六十首，《全唐诗》收八十首，刘毓盘所辑《唐五代宋辽金元名家词集六十种》存其词八十四首。

浣溪沙

蓼岸风多橘柚香①，江边一望楚天长②。片帆烟际闪孤光。　　目送征鸿飞杳杳，思随流水去茫茫。兰红波碧忆潇湘③。

【注释】

①蓼：红蓼，秋日开花，紫红色。多生水边，亦名泽蓼。橘柚：两种果树，多生南方。

②楚天：泛指南方的天空。杜甫《暮春》诗："楚天不断四时雨，巫峡常吹千里风。"

③兰红：指红兰。一名郁金香。《述异记》："紫述香，一名红兰香。出苍梧桂林上郡界。"梁·江淹《别赋》："见红兰之受露，望青楸之罹霜。"潇湘：二水名。见前刘禹锡《潇湘神》注③。

【评析】

此词为送人赴潇湘而作，颇似李白《送孟浩然之广陵》诗。"片帆烟际闪孤光"，同李白诗中"孤帆远影碧空尽"相比，又是一番意境，深得前人赞赏。近人王国维说："昔黄玉林(黄昇)赏其‘一庭花雨湿春愁’为古今佳句，余以为不若‘片帆烟际闪孤光’，尤有境界也。”(《人间词话》)此句写友人乘船远去，在水天相接之处，唯见一片孤帆闪出一点白光。全是从送行者眼中看出，可以想见其凝注的神情，而境界之悠远，亦颇令人神往。过片二句写片帆不见之后，词人犹目送归鸿，思随流水，神往之情，不能自已。结句则驰神于友人到达之处——潇湘。近人吴梅称其词“闲婉之处，亦复尽多”，但像“此等俊逸语，亦孟文所独有”。(《词学通论》)下阕三句之所以是独特的俊语，不仅因为其中有一联写得工整自然，更主要的是融情入景，声与情会，意境优美而又深远。因此汤显祖称之曰：“乐府遗音，词坛丽藻，好书不厌百回读。”(汤评《花间集》)

谒金门

留不得！留得也应无益。白纻春衫如雪色①，扬州初去日。　　轻别离，甘抛掷，江上满帆风疾。却羡彩鸳三十六②，孤鸾还一只③。

【注释】

①白纻：夏布的一种，细而洁白，以纻麻织成。古乐府《白纻歌》：“质如轻云色如银，制以为衫余作巾。”

②三十六：即三十六对。史载西汉霍光在园中开大池，养鸳鸯三十六对，望之烂若锦绣，为此语所本。

③鸾：鸟名，常与凤为偶。孤鸾：比喻失伴的人。

【评析】

此词写别情，对方欲去扬州，经几度挽留，仍决意要去。词之发端，突兀爽快，能一下子抓住读者的情绪，并可使人联想到在此以前曾有过多少次挽留和多少次波折，但对方终于去了，她只好无可奈何地说出“留不得，留得也应无益”。清人贺裳《皱水轩词筌》评曰："词虽以险丽为工，实不及本色语之妙。……观此种句，觉'红杏枝头春意闹'尚书，安排一个字，费许大气力。"词人不事侧媚，而用这种本色语直抒胸臆，确实具有另一种魅力。三、四两句写既去之后女方留下最深刻的印象是身穿白纻春衫，即此可见其意犹缠绵无尽。过片从船去之速确证去者毫无留意，方始以"轻抛甘别"这样的语言，表示激愤的心情。最后两句以鸾鸟虽美犹孤飞失伴，不如鸳鸯之能双宿双栖作为比喻，抒发离思，怨而不怒，意于言外；尤其结句着一"还"字，便点出女主人之单栖独宿非止一日，语浅而意深，令人回味无穷。通篇寓哀婉于朴直，别离之苦，思念之情，如水之流泻。其措语立意对后来戏曲也有影响，故汤显祖评曰："'满帆风，吹不上离人小船'，今南调中最脍炙人口。只此数语，已足该括之矣。"（汤评《花间集》）说明南调虽好，尚不及此词之凝炼概括。

风流子

茅舍槿篱溪曲①，鸡犬自南自北。菰叶长②，水葓开③，门外春波涨绿。听织，声促，轧轧鸣梭穿屋。

【注释】

①槿篱：见欧阳炯〔南乡子〕（画舸停桡）注②。溪曲：即河湾。

②菰（gū）：类今之茭白，生于浅水，高五六尺，叶似蒲苇，秋季结实，称菰米，亦称雕胡米。

③水葓（hóng）：即葓菜，茎中空，今俗名空心菜。

【评析】

此词题材在唐五代词中别具一格，清新质朴，同其他大量的绮靡纤丽的词风迥异。李冰若《栩庄漫记》说："《花间集》中忽有此淡朴咏田家耕织之词，诚为异采。盖词境至此，已扩放多矣。”细读此词，恍如置身农村。其中有槿篱、菰叶、水荇、春波组成的村景，有鸡犬声、织机声组成的田园交响曲，写来十分自然，形象地反映了男耕女织的农村生活。在用辞上亦极简练，特别是“轧轧鸣梭穿屋”一句，形容木机织布之声，尤为精警，容易引起读者的联想。

鹿虔扆(yǐ),字里不详,后蜀时登进士第,累官至学士。广政间(约938—950),出为永泰军节度使,进检校太尉,加太保。与欧阳炯、韩琮、阎选、毛文锡等俱以工于小词,供奉后主孟昶。时人忌之者,称他们为“五鬼”。元代倪瓒说他“偶而寄情倚声,而曲折尽变,有无限感慨淋漓处”。(见《历代诗余》卷一百十三引)《花间集》收其词六首,《全唐诗》同。

临江仙

金锁重门荒苑静[①],绮窗愁对秋空[②]。翠华一去寂无踪[③]。玉楼歌吹[④],声断已随风。　　烟月不知人事改,夜阑还照深宫[⑤]。藕花相向野塘中,暗伤亡国,清露泣香红。

【注释】

①金锁重门:谓重重宫门都上了锁。苑:御苑,皇家的园林。

②绮窗:有镂空花纹的窗棂。

③翠华:以鸟羽为饰的帝王仪仗。白居易《长恨歌》:“翠华摇摇行复止,西出都门百余里。”

④玉楼:华丽的高楼,此指宫殿。歌吹:歌声和乐曲声。

⑤夜阑:此指夜深。

【评析】

此词抒发亡国之恨,与薛昭蕴〔浣溪沙〕(倾国倾城)主题相似。《乐府纪闻》说鹿虔扆“国亡不仕,词多感慨之音”,盖指这首〔临江仙〕而言。但王国维认为“《花间集》辑于蜀广政三年,首载此词,此时后蜀未亡;若云伤前蜀,则虔扆固仕于昶矣”。(见王辑《唐五代二十一家词跋》)不管作者后来出仕与否,就词意而言,哀悼感愤,确是表现了对前蜀小朝廷的故国之思和悼念之情。上阕写宫苑荒凉，王朝倾覆，痛惜昔日的繁华已逝；下阕写光景依旧，人事全非，唯有藕花在为亡国而悲泣，感情特别凄婉深挚。“烟月”二句，语本李白《苏台览古》诗“只今唯有西江月，犹照吴王宫里人”。清·许昂霄《词综偶评》说词中“曰‘不知’、曰‘暗伤’，无情有恨，各极其妙”，确是道出它的特色。“藕花”三句系用拟人化手法，与薛昭蕴词“藕花菱蔓满重湖”相比，更具有人情味和形象性，令人百诵不厌。

冯延巳(903—960),一名延嗣,字正中,广陵(今江苏扬州市)人。南唐李昪时官至元帅府掌书记。保大四年(946),自中书侍郎拜平章事,出镇抚州。后再入朝为相,元宗李璟便以全部政务交他处理。每当朋僚燕集,"多运藻思为乐府新词,俾歌者倚丝竹而歌之,所以娱宾而遣兴也。……观其思深辞丽,均(韵)律调新,真清奇飘逸之才也"。(见陈世修《阳春集序》)其词长于抒写人物内心情感,逐渐摆脱花间词人对女性容貌与服饰的描绘,语言清新自然,不事雕琢。王国维《人间词话》云:"正中词品,若欲于其词句中求之,则'和泪试严妆'殆近之欤?"又云:"冯正中词虽不失五代风格,而堂庑特大,开北宋一代风气。"其中晏殊得其俊,欧阳修得其深。在词史上,地位略与温韦相当。有《阳春集》。

谒金门

风乍起[1],吹皱一池春水。闲引鸳鸯香径里,手挼红杏蕊[2]。　斗鸭阑干独倚[3],碧玉搔头斜坠[4]。终日望君君不至,举头闻鹊喜。

【注释】

①乍起:初起。

②挼(ruó):《说文解字》卷十二:"两手相切摩也。"此谓用两手搓花,以示内心苦闷。

③斗鸭阑干:前人释为栏边有鸭子相斗为戏。非是。按此句与下句"碧玉搔头"对仗,应指刻有斗鸭图案的栏杆。宋·张孝祥〔清平乐〕:"斗鸭阑干春诘曲,帘额微风绣蹙。"可互证。

④碧玉搔头:即玉簪。详见前张泌〔浣溪沙〕(马上凝情)注②。斜坠:从上向下垂,谓之"坠"。

【评析】

马令《南唐书》卷二十一说："元宗尝戏延巳曰：'吹皱一池春水，干卿何事？'延巳曰：'未如陛下"小楼吹彻玉笙寒"。'元宗悦。"词坛一直传为佳话。起首二句确实写得极佳，用风动波生比喻人物感情上的涟漪，恰切而富于形象。中间四句具体描写人物为了排解苦闷而采取的一系列动作，表面似带闲逸而内心却不平静。末句点明原因为"望君"，且于失望中忽然闻鹊报喜，又产生新的希望。明·沈际飞说，起语与韦庄"春雨足，染就一池新绿"同一况味，并指出"闻鹊报喜，须知喜中还有疑在，无非望泽希宠之心，而语自清隽"。（见《草堂诗余正集》）他是从君臣关系上去理解，可备一说。然细玩词意，仍是以写闺情为主。闻鹊报喜，又不敢相信，正是语尽而意不尽，值得人们回味。词中多用鸟类点缀风物，兴起感情，上片说鸳鸯，下片说斗鸭、喜鹊，亦正与闺情相应，同时也使画面呈现生动瑰丽的色彩。

南乡子

细雨湿流光①，芳草年年与恨长。烟锁凤楼无限事②，茫茫。鸾镜鸳衾两断肠③。　魂梦任悠扬，睡起杨花满绣床。薄倖不来门半掩④，斜阳。负你残春泪几行。

【注释】

①流光：闪动的光线。《汉书·扬雄传·校猎赋》："应驿声，击流光。"魏·曹植《七哀诗》："明月照高楼，流光正徘徊。"

②凤楼：亦称凤台，借指女子的妆楼。参见前李白〔忆秦娥〕注①。

③鸾镜：妆镜的美称，详见温庭筠〔菩萨蛮〕（宝函钿雀）注④。鸳衾，绣有鸳鸯的锦被。

④薄倖：犹薄情，此指薄情郎。

【评析】

此词写少妇怀春之情。上阕第一、二句以景寓情，意境悠远。宋·周文璞评曰："《花间集》只有五字绝佳：'细雨湿流光'，景意俱微妙。"（《词林纪事》卷十二引《贵耳集》）所谓《花间集》是误记，词乃见于《阳春集》。王国维也说："'细雨湿流光'五字，能摄春草之魂者。"（《人间词话》）闭目冥想，雨中芳草，确有此境。第三、四、五句写女主人妆楼独宿，无限凄凉。"烟锁"二字，写浓雾笼罩，与"茫茫"二字，相互呼应，颇为浑成。"鸾镜"表示早晨，"鸳衾"表示晚间，意在比喻女子朝朝暮暮坐卧不宁——对镜梳妆，唯见愁眉；拥衾独卧，亦复心酸，所以说是"两断肠"。下阕在艺术上比较完整。女子恹恹入睡，任凭魂梦悠悠荡荡地飘扬，而一觉醒来，又见杨花飞满绣床。此种迷离景象，都是为了衬托人物内心感情的纷纭复杂而写，与上阕茫茫的意境，亦颇吻合。结尾二句写情郎始终未来，而落日余晖却从半掩的门中斜射过来，于是这痴情的女子掉下了伤心的眼泪。杨花是唐宋词中常用的细节，苏轼〔水龙吟·次韵章质夫杨花词〕云："梦随风万里，寻郎去处，又还被莺呼起。""细看来，不是杨花，点点是离人泪。"可相互印证。这首词在不知不觉中将杨花比作梦境和眼泪，显得迷离一片，优美而又凄婉，与花间派的秾艳迥然不同。

醉桃源

南园春半踏青时①，风和闻马嘶。青梅如豆柳如眉，日长蝴蝶飞。　　花露重，草烟低，人家帘幕垂。秋千慵困解罗衣②，画梁双燕归③。

【注释】

①春半：旧历二三月间。一作"春早"。踏青：指春天郊游。

《壶中录》:“闽中以二月二日为踏青节。”他处在三月清明前后。

②秋千慵困:秋千荡得久了,感到困倦。

③双燕归:一本“归”作“栖”,亦可通。

【评析】

此词亦作晏殊、欧阳修作。乃一游春佳品,写的是一路行来,风物宜人,景色如画。词中有静物描写,如“青梅如豆柳如眉”,点季节;“花露重,草烟低”,写晨景。有动态描写,如“风和闻马嘶”“日长蝴蝶飞”“画梁双燕归”。两者结合,便组成优美的画境。而在这幅画境中有人:一为骑马游春的少年,是以抒情诗主人公的口吻表现出来的;一为“秋千慵困解罗衣”的女子,是通过荡秋千之后的神态和动作表现出来的。明代沈际飞评曰:“景物闲远,帘垂则燕栖,栖则在梁,妥甚。”(《草堂诗余正集》卷一)他是从静景着眼的,由此可见,词中之所以有动态,乃是为了反衬静景,这种写法容易收到轻灵流丽的艺术效果。

长命女

春日宴,绿酒一杯歌一遍①。再拜陈三愿:一愿郎君千岁,二愿妾身常健②,三愿如同梁上燕,岁岁长相见。

【注释】

①绿酒:未经细细过滤,浮有绿色泡沫的酒。

②妾:古代女子对自己的谦称。

【评析】

白居易有《赠梦得》诗云:“为我尽一杯,与君发三愿:一愿世清平,二愿身强健,三愿临老头,数与君相见。”此词似从此化来,本用于祝酒,然却饶有民歌风味。宋·吴曾《能改斋漫录》

卷十七说:“味冯公之词,典雅丰容,虽置在古乐府,可以无愧。”并谓后世有人将词意改为〔雨中花〕,显得很俗。但元代以后戏曲写小姐在花园烧香,亦常用此法。如王实甫《西厢记》第一本第三折,写莺莺在太湖石畔摆下香案,烧香祝愿,也是三条:“(旦云)此一炷香,愿化去先人,早生天界;此一炷香,愿堂中老母,身安无事;此一炷香……”莺莺不语,红娘替她说出来:“愿俺姐姐早寻一个姐夫,拖带红娘咱!”尽管一、二两条与此词不同,但第三条的内容却是一样的。这种方法常常是直而能纡,浅而实深,对揭示人物内心感情很有助益。

李　璟

李璟(916—961),字伯玉,初名景通,徐州(今属江苏)人,南唐烈祖李昪的长子,公元943年嗣位称帝,年号保大。后因受到后周威胁,削去帝号,改称国主,史称南唐中主,庙号元宗。他"天性儒懦,素昧威武",在政治上无所作为,可是他"多才艺,好读书","时时作为歌诗,皆出入风骚"。(见陆游《南唐书》及《钓矶立谈》)。其词今传四首。

摊破浣溪沙

手卷真珠上玉钩[1],依前春恨锁重楼。风里落花谁是主?思悠悠。　　青鸟不传云外信[2],丁香空结雨中愁[3]。回首绿波三峡暮[4],接天流。

【注释】

①真珠:即珍珠帘。一作"珠帘"。

②青鸟:借指信使。相传西王母有三青鸟,曾让一青鸟送信到汉武帝殿中,然后由两青鸟护送前来。(见《山海经·大荒西经》及《汉武故事》)

③丁香:一名鸡舌香,常绿乔木,夏季开花,子黑色,可作香料用。李商隐《代赠》诗:"芭蕉不展丁香结,同向春风各自愁。"

④三峡:在今四川奉节至湖北宜昌之间的长江上。别本亦作"春色"或"三楚"。

【评析】

此词写一幽闺女子的春恨。上阕前二句说她卷起珠帘,满眼空旷,心情为之一畅;然而身锁重楼,春恨依然。语言婉曲,感情深挚。一个"锁"字,半虚半实,既写高楼之被深锁,也写人物精神之被幽闭,准确而又精练。后二句写女子乍见落花,不禁引起无限离愁。"谁是主"三字,盖自况身世之孤单。"思悠悠"一个短语，为〔摊破浣溪沙〕的特有句式，既申足前意，又留有余味，笔调荡漾，较之一般〔浣溪沙〕以七言句作结，别具神韵。下阕说远出的丈夫久无音讯，唯见暮色中的长江遥接天际。“接天流”即上结“思悠悠”的形象化，两结前后呼应，愈见愁绪之长，此恨难休。“青鸟”一联，明人王世贞评价极高，称其为“律诗俊语”，“然是天成一段词也，著诗不得”。(《弇州山人词评》)《翰苑名谈》则赞扬这一联“思清句雅可爱”。“思清句雅”确是此词的艺术特色。词中用落花的飘泊形容命运的毫无定准，用丁香的纠结比喻心情的抑郁不舒，景中寓情，哀感顽艳，亦足动人。唯觉意志消沉，终非治世之音。

摊破浣溪沙

菡萏香销翠叶残①，西风愁起绿波间②。还与韶光共憔悴③，不堪看。　　细雨梦回鸡塞远④，小楼吹彻玉笙寒⑤。多少泪珠何限恨⑥，倚阑干。

【注释】

①菡萏(hàn dàn)：荷花。

②绿波：一作“碧波”。

③韶光：美好的时光。一作“容光”。

④鸡塞：即鸡鹿塞，亦称鸡禄山。《汉书·匈奴传》：“送单于出朔方鸡鹿塞。”颜师古注：“在朔方窳浑县西北。”(今陕西横山县西)此处泛指边塞。鸡塞远，一作“清漏永”。

⑤吹彻：犹吹遍。“彻”，本为大曲最后一遍，故亦可释为曲终。

⑥多少：一作“簌簌”。何限，一作“无限”“多少”。

【评析】

相传王安石曾经问黄庭坚，李后主小词何处最好？庭坚以

“一江春水向东流”为对。王安石误以中主此词为后主所作，说：“未若‘细雨梦回鸡塞远，小楼吹彻玉笙寒’最好。”(见《苕溪渔隐丛话前集》卷五十九引《雪浪斋日记》)其所以最好，是因为这两句从小楼写到塞外，从梦中写到梦醒，境界阔大，意兴清幽，“字字秋气”(沈际飞语)，不同于一般的闺怨。然而近人王国维却有不同看法，他说：“南唐中主词‘菡萏香销翠叶残，西风愁起绿波间’，大有众芳芜秽，美人迟暮之感。乃古今独赏其‘细雨梦回鸡塞远，小楼吹彻玉笙寒’，故知解人正不易得。”(见《人间词话》)他以《离骚》为喻，说明词中有所寄托，当然也独具见解。然而从词的内容来看，主要在于悲秋怀人，它写一个女子看见荷花凋零，自伤憔悴；又在梦中见到征人，醒来却是只身处于回荡着凄凉乐声的小楼。出于万分无奈，她只好泪珠暗弹，倚楼凝望了。写来妥帖细腻，不事雕绘，感情沉郁，凄然欲绝，实为抒情之作的上乘。

李　煜

李煜(937—978),初名从嘉,字重光,号钟隐、莲峰居士。系李璟之第六子,公元961年嗣位,史称南唐后主。975年,宋将曹彬破金陵,李煜降宋,封违命侯,改封陇西郡公。他虽无治国之才,然喜读书,好信佛,“精究六经,旁综百氏”,“洞晓音律,精别雅郑”,且又工书、善画、精于鉴赏,可称是一位相当全面的艺术家。他的词流传下来的有三十多首,前期作品多写豪奢生活和艳情;降宋以后,则转而表现离怀别绪,抒发亡国之痛。王国维《人间词话》说:“词至李后主而眼界始大,感慨遂深,遂变伶工之词而为士大夫之词。”又说:“词人者不失其赤子之心者也。故生于深宫之中,长于妇人之手,是后主为人君所短处,亦即为词人所长处。”同花间词人相比,他已不事雕绘,而用白描手法描写自己的真情实感,具有鲜明的个性;同其父中主相比,中主能哀而不伤,他则近于伤;且多用赋体,少用比兴,亦是他不同于前人的地方。词的婉约风格在他手中得到进一步发展,对宋代的晏、欧、秦、柳以及李清照等词人曾产生深刻的影响。

菩萨蛮

花明月暗笼轻雾,今宵好向郎边去。刬袜步香阶[①],手提金缕鞋[②]。　　画堂南畔见,一向偎人颤[③]。奴为出来难,教君恣意怜[④]。

【注释】

①刬(chǎn)袜:不穿鞋子只穿袜子,俗称刬袜。

②金缕鞋:镶有金丝线的鞋子。

③一向:张相《诗词曲语辞汇释》卷三:“犹云一味或一意也。白居易《昭君怨》诗:‘自是君恩如纸薄,不须一向恨丹青。’一向恨,犹云一味恨也。”颤:颤抖。

④恣意怜：犹云尽情地怜爱。

【评析】

相传这首词是写作者与小周后的恋情。此时大周后娥皇卧病，小周后在宫中，常与李煜幽会。（见马令《南唐书·女宪传》）词的一开头便渲染了一个美妙的环境：月色昏暗，雾似轻纱，朵朵鲜花透露着娇艳。这种朦胧的意境，正与作品的主题相适应。于是女主人公下定决心："今宵好向郎边去！"进一步以直率果断的语言点明了主题。"刬袜"二句描绘了这位女子慌张而又谨慎的神情，她手提绣鞋，脚上只穿丝袜，屏着气，轻盈而匆促地溜过香阶。笔触细致，形象逼真，在唐五代词中是少见的。"画堂"二句写二人相见之后又惊又喜的情景，女子的倾心相爱和紧张心情，通过一个"颤"字跃然纸上。结尾二句写得尤为大胆，表达了这位女子毫无顾忌的火热感情。王士禛《花草蒙拾》云："牛给事'须作一生拚，尽君今日欢'，狎昵已甚。南唐'奴为出来难，教君恣意怜'，本此。"一般小令以景语作结，此两例专用情语，亦臻于绝妙，因此受到前人的重视。通篇落笔全在人物的语言行动和心理刻画，铲尽浮词，以白描见长，在唐五代词中表现出独特的风格。

玉楼春

晚妆初了明肌雪①，春殿嫔娥鱼贯列②。笙箫吹断水云间③，重按霓裳歌遍彻④。　　临春谁更飘香屑⑤？醉拍阑干情味切⑥。归时休放烛花红，待踏马蹄清夜月。

【注释】

①初了：初罢。了：了结。明肌雪：肌肤洁白如雪。

②嫔娥：嫔妃宫娥。鱼贯列：按次序排列。鱼贯：像鱼群游

动一样前后相续。《三国志·邓艾传》:"将士皆攀木缘崖,鱼贯而进。"

③水云:原指雾。唐·孟浩然《晚入南山》诗:"瘴气晓氛氲,南山没水云。"此处形容闲淡、潇洒、自然、悠远的意境。

④霓裳:唐代舞曲,全称《霓裳羽衣曲》。遍:王国维《唐宋大曲考》:"大曲各叠,名之曰'遍'。"彻:犹终了,原指乐曲卒章。唐·元稹《连昌宫词》:"逡巡大遍凉州彻。"

⑤飘香屑:指落花。

⑥拍阑干:此指听歌时依节奏打拍子。

【评析】

相传大周后善于音律,尤工琵琶。唐明皇时的《霓裳羽衣曲》到晚唐时已经散佚残阙,李后主独得其谱,与大周后共同详订,"去彼淫繁,定其缺坠"(见王灼《碧鸡漫志》卷三李后主《昭惠后诔》),在宫中常常演奏。词云"重按霓裳",即指此而言。这首词具体描写了一次宫中演奏的情况,上阕写许多妆扮得十分美丽的宫娥在宫中排列成行,吹奏笙箫管笛,伴以歌唱;下阕写主人公听歌时的情形:他带着醉意,边听边打着节拍,直待听完,才踏月归去。结句尤有余味,似乎作者一路之上还沉浸在饶有诗意的音乐气氛中,可谓"极清超之致"(俞陛云语)。因词中反映了作者奢靡佚乐的思想,所以明代杨慎批评说:"何等富丽侈纵,观此那得不失江山?"(见忏花庵本《草堂诗余正集》卷二》)沈际飞对其艺术成就则作了肯定,说:"'莫教踏碎琼瑶','待踏清夜月',总是爱月,可谓生瑜生亮。"(《草堂诗余正集》卷一)也就是说它和苏轼〔西江月〕(照野弥弥)的意境不相上下。

清平乐

别来春半,触目愁肠断[①]。砌下落梅如雪乱[②],拂了一身还满。　　雁来音信无凭[3]，路遥归梦难成。离恨恰如春草，更行更远还生。

【注释】

①愁肠：一作“柔肠”。

②砌下：阶下。

③雁来：相传鸿雁能传书信。《汉书·苏武传》：“天子射上林中，得雁，足有系帛书。”

【评析】

此词据说是作者为忆念其弟李从善入宋不归而作。上阕开门见山，直写别情。“砌下”二句写词人伫立石阶，眼看落梅如雪，满怀离绪，更为缭乱。人们心情不佳时往往迁怒于美好事物，这两句恰切而又形象地表现了词人愁绪萦怀，难以排遣的神情，富于审美意趣。一般地说，身披落花，往往表现喜悦心情，如韦庄〔思帝乡〕云“春日游，杏花吹满头”，敦煌曲子词〔鱼美人〕云“拂下深深红蕊落，污奴衣”，然而这首词却用以写烦躁，写愁怀，确是一个创造。“雁来”二句是说无信又无梦，更显离恨之深。于是逼出结尾二句，用春草比喻离恨不断滋长，无边无际。《楚辞·招隐士》曾说：“王孙游兮不归，春草生兮萋萋。”李煜将它化而为词，并用更行、更远、还生三个简短的意象，进一步突出它的内涵，因而感人至深。秦少游〔八六子〕词所写的“倚危亭，恨如芳草，萋萋刬尽还生”，则又在李词的基础上进一步发展。总之，此词的上下两结，让抽象的感情变作具体的可以触摸的形象，与〔虞美人〕中“问君能有几多愁，恰似一江春水向东流”有异曲同工之妙。

虞美人

春花秋月何时了[1]，往事知多少！小楼昨夜又东风，故国不堪回首月明中[②]。　　雕阑玉砌应犹在[③]，只是朱颜改[④]。问君能有几多愁，恰似一江春水向东流。

【注释】

①了：了结。

②故国：指南唐。

③雕阑玉砌：此以雕花栏杆和玉石台阶借指华丽的宫殿。应：料应，有推测意。

④朱颜：年轻时红润的容颜。王闿运《湘绮楼词选》说："朱颜本是山河，因归宋不敢言耳。"此句有暗伤亡国之意。

【评析】

李煜于公元975年降宋，居汴京。宋·陆游《避暑漫钞》说："李煜归朝后，郁郁不乐，见于词语。……又传'小楼昨夜又东风'及'一江春水向东流'之句，并坐之，遂被祸。"（指宋太宗赐牵机药把他毒死）读此词，可以感到词人"郁郁不乐"的情绪都凝聚成一个"愁"字，渗透于字里行间。词的第一个特点是把即景抒情和抚今追昔结合在一起，表现了一个亡国之君的隐痛；第二个特点是以疾徐有致的旋律表现悲恨相续的内心活动；第三个特点是以问起、以答结，由问天、问人到自问，在自怨自艾的叹息中，反映了起伏难平的忧思；第四个特点是活用虚字，使得词句不粘不滞，音调抑扬有致，恰到好处地表现了深邃的哀愁。最值得注意的是结尾二句以水喻愁。宋·罗大经《鹤林玉露》卷七说："诗家有以山喻愁者。……赵嘏诗'夕阳楼上山重叠，未抵离愁一倍多'是也。有以水喻愁者，李颀曰'请量东海水，看取浅深愁'；李后主云'问君能有几多愁，恰似一江春水向东流'；秦少游云'飞红万点愁如海'是也。贺方回云'试问闲愁知几许，一川烟草，满城风絮，梅子黄时雨'，盖以三者比愁之多也，尤为新奇，兼兴中有比，意味更长。"其中李后主的两句以水流无尽比喻愁之漫无边际，奔放无涯，语直情深，千百年来脍炙人口，同上列诸家相比，似更为深刻，所谓伤心人语者是也。

浪淘沙

帘外雨潺潺[①],春意阑珊[②]。罗衾不耐五更寒[③]。梦里不知身是客,一饷贪欢[④]。　　独自莫凭栏[⑤],无限江山[⑥]。别时容易见时难。流水落花春去也[⑦],天上人间[⑧]。

【注释】

①潺潺(chán):细雨声。

②阑珊:衰残。一作“将阑”。非。

③不耐:一作“不暖”。非。

④一饷(xiǎng):即一晌,片刻。

⑤莫:一作“暮”。

④江山:一作“关山”。非。

⑦春去:一作“归去”。非。

⑧天上人间:言相距遥远,永难相见。

【评析】

这首词亦作于降宋之后。《苕溪渔隐丛话前集》卷五十九引《西清诗话》云:“南唐李后主归朝后,每怀江国,且念嫔妾散落,郁郁不自聊,尝作长短句云‘帘外雨潺潺’,云云。含思凄惋,未几下世。”词中充满了悲伤的气氛。词人身陷北国,中宵罗衾似铁,细雨潺潺盈耳,心绪无比哀伤。“梦里”二句透露了词人的作“客”身份,暗示在现实生活中他是俘虏,没有自由和乐趣;唯有在梦中寻绎往事,才能获得片刻欢娱。“独自”句表现了词人的矛盾心情,他不能返回故国,即使登楼一眺,也可获得一些慰藉,但他又警告自己,“独自莫凭阑”,怕的是会引起更严重的感伤。“无限”二句进一步表达了故国难归和往事难寻的思想。结尾二句,再次强调归去之难,发出了绝望的哀叹。以时间言，流水、落花和春天，三者均去而难返；以空间言，天上、人间，二者相距遥远，亦难以遽会。词人用这样的比喻表示希望的彻底破灭，陷入了消极颓丧的境地。明·李攀龙说："结云'春去也'，悲悼万状，为之泪不收久许。"（见《草堂诗余隽》卷二）此词可谓"亡国之音哀以思"的一个代表作。

乌夜啼[①]

林花谢了春红，太匆匆！无奈朝来寒雨晚来风[②]。

胭脂泪[③]，留人醉，几时重[④]？自是人生长恨水长东。

【注释】

①乌夜啼：一名〔相见欢〕。

②无奈：一作"常恨"。非。

③胭脂泪：形容女子的眼泪。

④重：重逢。

【评析】

这是词人归宋以后的作品，通过伤春来抒发自伤身世之感。暮春时节，雨打风吹，落红无数，如皇甫松〔摘得新〕词所说"繁红一夜经风雨，是空枝"，不禁引起词人的怅触：林花命运如此，词人的命运何尝不是如此！上阕虽然写的是景，然用了"太匆匆""无奈"几字，便染上感情色彩，这便是融景入情，景为情使。如此写法，清人谭献称为"濡染大笔"。（见《谭评·词辨》）下阕转写人事，忆及昔日宫中纸醉金迷的生活。"胭脂泪"与起句"林花谢了春红"相应，春红着雨，正似胭脂泪一般，这是艺术上的联想，虽从杜甫《曲江对雨》诗中"林花着雨胭脂湿"来，然却凄艳缠绵，无迹可求。最后一句"自是人生长恨水长东"，是从一个失败者的立场上概括出一条人生哲理，把自然现象与个人感情结合在一起，含有哲理，且极富艺术感染力，因而往往容易引起后世遭逢不幸者的思想共鸣。王国维认为“词至李后主而眼界始大，感慨遂深”，并说像“自是人生长恨水长东”这样的句子，在韦庄的《浣花词》、温庭筠的《金荃集》中，难得有此气象。这是符合词史发展实际的。

乌夜啼[①]

无言独上西楼，月如钩。寂寞梧桐深院锁清秋[②]。
剪不断，理还乱，是离愁。别是一番滋味在心头[③]。

【注释】

①此词一作后蜀孟昶作。非。

②锁：封锁，关闭。

③别是：一作“别有”。

【评析】

宋·黄昇《花庵词选》说：“此词最凄惋，所谓‘亡国之音哀以思’。”观其词意，当亦归宋后作。词人秋夜登楼，正欲倚栏望乡，而一怀愁绪不能自已。词中将孤寂的情怀与凄清的环境融合为一。上阕起句“无言独上西楼”六字，已摄尽凄惋之神。至其结句说“寂寞梧桐深院锁清秋”，表面是写深院被秋气所封闭，实质是暗喻自己归宋后被囚禁的处境。下阕将愁绪比为有形的乱丝。“剪不断，理还乱”两个短语，细致入微地描写了这种难以排解的愁绪。其结句亦颇入妙。清人王闿运说：“词之妙处，亦别是一般滋味。”（见徐珂《历代词选辑评》）近人俞陛云亦说：“后阕仅十八字，而肠回心倒，一片凄异之音，伤心人固别有怀抱。”（《五代词选释》）可谓知言。

此词一作张先作，唯末二句作“花若胜如奴，花还解语无”。又作李煜作，首句“含露”作“带露”。

菩萨蛮

牡丹含露真珠颗[①]，美人折向庭前过。含笑问檀郎[②]，花强妾貌强？　檀郎故相恼，须道花枝好[③]。一向发娇嗔[④]，碎挼花打人[⑤]。

【注释】

①真珠颗：谓露水似颗颗珍珠。

②檀郎：晋代人潘安，小字檀奴，姿仪秀美，后来即用“檀郎”作美男子的代称。唐·李贺《牡丹种曲》：“檀郎谢女眠何处，楼庭月明燕夜语。”

③须道：却道，却说。须，张相《诗词曲语辞汇释》卷一：“须，犹却也，于语气转折时或语气加紧时用之。”

④一向：犹云一霎、一会儿。一向发娇嗔，张相《诗词曲语辞汇释》卷三释云：“此犹云立刻变脸。”

⑤挼（ruó）：用手搓揉。

【评析】

关于此词的作者和创作时间，向有诸说。明·杨慎《词品》云：“此词唐宣宗曾称之，盖又在《花间》之先也。”词中描写了一对恋人的打情骂俏，颇为生动活泼。结尾写动作，笔致轻灵，形象逼真。中间四句，通过问答，描绘出二人的音容笑貌，栩栩如在目前。明·卓人月评曰：“问答嗔笑，情景萦回。”（见《古今词统》卷五）而自始至终以“花”贯串，又使全词浑然一体。李清照〔减字木兰花〕云：“卖花担上，买得一枝春欲放。泪染轻匀，犹带彤霞晓露痕。怕郎猜道，奴面不如花面好。云鬓斜簪，徒要教郎比并看。”虽较雅畅，然在遣词立意上，无不受此词影响。

宋代部分

王禹偁

王禹偁(954—1001)。字元之,巨野(今属山东省)人。宋太宗太平兴国八年(983)登进士。历任长洲知县、右拾遗、翰林学士、知制诰等职。常议论朝政,修《太宗实录》,因直书史事,出知黄州,卒。散文学韩柳,诗学李杜,然其诗风实与白居易相近。著有《小畜集》,词存一首。

点绛唇

感兴

雨恨云愁,江南依旧称佳丽①。水村渔市,一缕孤烟细②。　天际征鸿③,遥认行如缀④。平生事,此时凝睇⑤。谁会凭阑意?

【注释】

①佳丽:指土地景物的美好。南齐谢朓《入朝曲》:"江南佳丽地,金陵帝王州。"

②孤烟:指一缕炊烟。

③征鸿:飞行的大雁。

④行(háng):行列。如缀:像连缀在一起。

⑤凝睇:凝神注视,犹云凝望或注目。

【评析】

王禹偁是北宋初期的词人,时代去"花间"未远,作品虽仅存一首,然能自出清新。此词当作于长洲(今江苏苏州市)任上。通过对江南风物的描写，抒发了壮志未酬的感慨。起首两句谓江南的阴雨，虽然使来自北方的人增添愁闷，但景色依然是美丽的。三、四句进一步描写当年江南水乡的特征。“一缕孤烟细”写景至为工细，可与王维《使至塞上》诗中的“大漠孤烟直”媲美：一闳丽，一幽美，俱造极诣。句中用词如“一”字、“孤”字、“缕”字、“细”字，虽表意相近，却收到形象逼真的艺术效果。下阕写凭栏远望，只见天空雁行如缀，于是触发起向往远征的豪情壮志。结尾以问句发出感喟，不仅委婉含蓄，留有余味，而且使全词由单纯的即景抒情提升到言志述怀的境界，向词的诗化靠拢，同五代词风相比，更是一个进步。

寇 准

寇准(961—1023),字平仲,华州下邽(今陕西渭南)人。宋太宗太平兴国五年(980)登进士,授巴东县令。淳化五年(994),任参知政事。真宗朝,累官同中书门下平章事、尚书右仆射、集贤殿大学士,封莱国公。乾兴初,贬为雷州司户,徙衡州司马。其诗"含思凄惋,绰有晚唐之致"。(见《四库提要》)有《巴东集》,存词六首。

江南春

波渺渺[①],柳依依[②]。孤村芳草远,斜日杏花飞。江南春尽离肠断,蘋满汀洲人未归[③]。

【注释】

①渺渺:邈远的样子。《管子·内业》:"渺渺乎如穷无极。"

②依依:轻柔的样子。《诗经·小雅·采薇》:"昔我往矣,杨柳依依。"

③汀洲:水中小洲。屈原《九歌·湘夫人》:"搴汀洲兮杜若,将以遗兮远者。"

【评析】

宋·司马光《温公诗话》说寇准"又尝为〔江南春〕词","一时脍炙"。词中写春日思妇对远人的怀念,音韵流丽,情景交融,诗意盎然,因此曾经有人疑为诗。实际从句式的长短不齐,意境的缠绵邈远来看,都应该是词。其最后二句受温庭筠〔梦江南〕"肠断白蘋洲"句的影响尤深。所以明代卓人月说它"全拟《花间》"。(见《古今词统》卷三)沈际飞又说:"清悲怨感,主唐人格意。"(见《草堂诗余别集》卷一)说明宋初词风犹去晚唐未远,此词存在着明显的嬗替痕迹。

钱惟演

钱惟演(962—1033),字希圣,临安(今浙江杭州)人,吴越王钱俶之子。少时曾补牙门将,随父归降宋朝,累迁太仆少卿、翰林学士、枢密使,改保大军节度使,知河阳。入朝,加同中书门下平章事,因擅议宗庙落职,出为崇信军节度使,不久卒,谥曰文僖。为人博学能文辞,与杨亿共倡西昆体,诗风秾艳艰涩。著有《典懿集》。词存两首,风调哀婉。

木兰花

城上风光莺语乱①,城下烟波春拍岸②。绿杨芳草几时休?泪眼愁肠先已断。　　情怀渐变成衰晚,鸾鉴朱颜惊暗换③。昔年多病厌芳尊④,今日芳尊惟恐浅。

【注释】

①莺语乱:谓莺声众多,此起彼应。

②烟波:雾霭苍茫的水面。

③鸾鉴:即鸾镜,妆镜的美称。见前温庭筠〔菩萨蛮〕(宝函钿雀)注④。

④芳尊:即酒杯。

【评析】

这是词人暮年谪居汉东(今湖北随州)时的作品。《湘山野录》说他每于酒阑时歌唱此词,必为之泪下。有一名叫惊鸿的白发歌姬对他说:“吾忆先王将薨,预戒挽铎中歌〔木兰花〕,引绋为送。今相公其将亡乎?”不久,词人果然死于随州。其父钱俶所作的〔木兰花〕,有“帝乡烟雨锁春愁,故国山川空泪眼”的句子,与此词情调颇为相似。这首词,上阕是伤时感春,因韶光易老而愁绪横生,下阕是叹老嗟病,欲借痛饮美酒以解愁肠,而作为一个谪臣的哀怨,自然隐寓其中。其描写春景,用字极为凝练贴切，如“莺语乱”，着一“乱”字而境界全出。“城下烟波春拍岸”，着一“春”字，既可形容“烟波”为春水，又可形容所拍之岸为春岸，而一股春天的气息似又扑面而来。词中两结亦有特色。明代李攀龙评论说：“妙处全在结语传神。”（《草堂诗余隽》）结语“芳尊恐浅”，实则喻忧愁之深，酒少不能消愁，与上结泪眼愁肠相呼应，而感情尤为真笃、凄惋。所以，作者每逢唱此词时必然下泪，而老歌姬又会想起先王钱俶出殡时的哀歌，可见其感人之深。

潘阆

潘阆(1000年前后在世),字逍遥,大名(今属河北省)人,一作广陵人。尝居钱塘,《四朝闻见录》谓"今太学前有潘阆巷"。宋至道元年(995),太宗闻其能诗,召见于崇德殿,赐进士,授四门国子博士。因事牵连,改名换姓,遁入中条山。题诗于钟楼,引起寺僧怀疑,又逸去。后自首,谪于信州。真宗时,为滁州参军。平日放怀湖山,随意吟咏,词翰潇洒,往往有出尘之语。能自度曲,著《逍遥词》一卷,今仅存〔酒泉子〕十首。相传苏轼极爱其词,尝亲笔书于玉堂屏风。

酒泉子

长忆西湖①,尽日凭阑楼上望,三三两两钓鱼舟,岛屿正清秋②。　　笛声依约芦花里③,白鸟成行忽惊起④。别来闲整钓鱼竿,思入水云寒。

【注释】

①西湖:即今杭州西湖。

②岛屿:指湖中孤山。

③依约:隐隐约约。

④白鸟:指白鸥。

【评析】

作者有〔酒泉子〕十首,首句俱冠以"长忆"二字,下阕第三句俱冠以"别来"二字,可见其为离开钱塘后所作。此词写他曾于一个凄清的秋日,倚栏远眺,只见湖面点缀着三三两两的渔船,孤山上草木黄落,秋气已深;忽然芦花丛中传来隐隐约约的笛声,把白鸥惊得飞了起来。这样美丽的景色,作者是带着留恋之情追述的。结尾二句便流露出内心的想法:收拾起钓鱼竿,到水云深处钓鱼去吧!"水云寒"三字是对前面所描写的自然景色的概括，使意境顿然悠远；而"钓鱼竿"三字也与前面的"钓鱼舟"相互呼应，使全词浑然一体。相传宋代"石曼卿（延年）见此词，使画工彩绘之，作小景图"。（见杨湜《古今词话》）可见词中本自饶有画意。

酒泉子

长忆观潮，满郭人争江上望[①]，来疑沧海尽成空[②]，万面鼓声中[③]。　弄潮儿向涛头立，手把红旗旗不湿[④]。别来几向梦中看，梦觉尚心寒[⑤]。

【注释】

①满郭：满城。郭，原指外城。《孟子·公孙丑》："三里之城，七里之郭。"宋·吴自牧《梦粱录》记载当时钱塘观潮盛况，说是"倾城而出，车马纷纷"。

②沧海：水呈青绿色的大海。

③万面鼓声：形容怒涛汹涌之声。

④弄潮儿：搏击风浪的水上健儿。宋·周密《武陵旧事·观潮》："吴儿善泅者数百，皆披发文身，手持十幅大彩旗，争先鼓勇，溯迎而上，出没于鲸波万仞中。腾身百变，而旗尾略不沾湿，以此夸能。"

⑤心寒：形容心有余悸。

【评析】

钱塘江八月十五观潮，历来负有盛名。李白《横江词》曾经说过："浙江八月何如此，涛似连山喷雪来。"这首词描写钱塘观潮，尤具亲切感受和磅礴气势，因此引起时人的赞赏。据《皇朝类苑》说："好事者以阆遨游浙江，咏潮著名，以轻绡（一种薄绸）写其形容，谓之《潘阆咏潮图》。"词中，将市民观潮的热闹场面、潮水的汹涌气势、弄潮儿搏击风浪的矫健身姿，都写得惊魂动魄，扣人心弦。结尾两句写词人梦里观潮和梦醒后的感受，把留恋和惊惧之情交织在一起，显得十分真切。全词风格遒劲，气魄雄伟，与五代的绮靡词风迥乎不同。

林逋

林逋(967—1028),字君复,钱塘(今杭州)人。曾漫游江淮间,后隐居杭州西湖中的孤山二十年。终生不仕,亦不婚,喜种梅养鹤,人称“梅妻鹤子”。咏梅名句“疏影横斜水清浅,暗香浮动月黄昏”(《山园小梅》),历来为人称引。宋真宗闻其名,特遣长吏岁时劳问。死后,谥“和靖先生”。著有《和靖集》。

点绛唇

金谷年年,乱生春色谁为主①?余花落处,满地和烟雨②。　　又是离歌③,一阕长亭暮④。王孙去,萋萋无数⑤,南北东西路。

【注释】

①金谷:金谷园,西晋石崇所筑,故址在今河南省洛阳市东北。这两句暗用唐·杜牧《金谷园》诗:“繁华事散逐香尘,流水无情草自春。”郑谷《草诗》:“金谷园应没。”

②“余花”句:暗用唐·罗邺《芳草》诗:“不是萋萋南浦见,晚来烟雨半相和。”

③离歌:送别时所唱之歌。唐·李颀《送魏万之京》诗:“朝闻游子唱离歌,昨夜微霜初渡河。”亦作骊歌。梁·刘孝绰《陪徐仆射晚宴》诗:“洛城虽半掩,爱客待骊歌。”

④一阕:犹一曲。乐终为阕。《吕氏春秋·古乐》:“昔葛天氏之乐,三人操牛尾,投足以歌八阕。”此句依词律,应于“离歌”下点断。长亭:指送别之地。参见李白《菩萨蛮》注⑥。

⑤萋萋:草盛貌,此处用《楚辞·招隐士》“芳草生兮萋萋,王孙游兮不归”及白居易《原上草》“又送王孙去,萋萋满别情”句意。

【评析】

这是一首著名的咏草词，张先在林逋死后，曾有《过和靖隐居诗》悼念说："湖山隐后家空在，烟雨词亡草自青。"宋·阮阅《诗话总龟》对此词也极为称颂，说："林和靖不特工于诗，尤工于词，如作〔点绛唇〕，乃咏草耳，终篇不出一'草'字，更得所以咏之情。"除此之外，还在于用了许多有关草的典故；而用典以后，又能恰到好处描写了芳草遍地的意境，使得眼前草都成为心上情。清·黄苏说："'和'字咏草入细。'南北东西路'句，宜缓读，一字一读，恰是'无数'二字神味。"（见《蓼园词选》）试按此法读后，闭目冥想，确有芳草连天，愁绪无涯之感。

相思令

吴山青①，越山青②，两岸青山相对迎③。争忍有离情④？　　君泪盈，妾泪盈。罗带同心结未成⑤，江边潮已平⑥。

【注释】

①吴山：山名，在今杭州市南。此处泛指钱塘江北岸的山，春秋时属吴国。

②越山：指钱塘江南岸的山，春秋时属越国。

③相对迎：一作"相送迎"。

④争忍：怎么忍心。此句《词林纪事》作"谁知离别情"。

⑤罗带句：谓婚事未成。古人常用香罗带打一同心结，表示定情或缔结姻缘。南朝乐府《苏小小歌》："何处结同心，西陵松柏下。"

⑥潮已平：潮水已经涨到岸边，意味着将要启碇开船。

【评析】

这首小词写别情。一位女子送情人至钱塘江边，初来时满怀喜悦,好像两岸青山也在迎候他们。无奈片刻相聚,水涨船开,又要分离,止不住两眶泪水盈盈欲滴。词风颇似民歌,清新流畅。末句“江边潮已平”,不直说舟人报潮,催促登船,而仅通过潮涨暗示将要启碇,含蓄而有风致。故明人沈际飞认为词中含有“深哀”,末句“频报潮,正谓此也”,情感“真至”。(见《草堂诗余别集》卷一)卓人月则云:“刘潜夫(刘克庄)‘舟人频报潮’,不如此语自然。”(《古今词统》卷三)这里所谓自然,实际上是不事雕琢,以眼前景写胸中情,且以景语作结,而一往深情,自然悠远。

柳永(980—1053),字耆卿,初名三变,人称柳七,崇安(今福建县名)人。为举子时,尝作狭邪之游,善为歌辞,教坊乐工每得新腔,必求柳永作词。考试时因作〔鹤冲天〕词而落榜。因听说仁宗对他有“且去填词”的鄙薄之辞,便自称“奉旨填词”,“日与狷子纵游倡馆酒楼间,无复检约”。直至景祐元年(1034)才中进士。曾任定海(今浙江镇海县)晓峰盐场大使,官终屯田员外郎。在定海时,作有《鬻海歌》,反映盐民疾苦。有《乐章集》,收词二百余首,其中小令较少,大部为长调。在词史上,他是大量创作慢词的第一人,或因旧曲创新声,或依新声填新词。除写羁旅行役与男女恋情之外,还反映了山川形胜与都市风光。语言通俗流畅,“高处不减唐人”(苏轼语);然亦有尘下之语。世传“凡有井水饮处,即能歌柳词”。(叶梦得《避暑录话》)由于他突破了宋初承袭花间词派的狭窄题材范围,扩大了词的表现能力,对后来的苏轼、秦观、周邦彦、辛弃疾、吴文英等均有很大影响。

少年游

长安古道马迟迟[①],高柳乱蝉嘶。夕阳岛外,秋风原上,目断四天垂[②]。　　归云一去无踪迹[③],何处是前期?狎兴生疏[④],酒徒萧索[⑤],不似去年时。

【注释】

①长安:今陕西西安市。

②目断:视野达到极限。四天垂:谓四周天幕如垂。

⑤归云:喻离去的女友。

④狎兴:冶游之兴。

⑤萧索:萧条冷落。

【评析】

这是作者自伤身世之作。词中塑造了一个穷愁潦倒、踯躅街头的形象：时值早秋，高柳蝉嘶，夕阳斜照。他骑着一匹马，在长安古道上茫无目的地游荡。“夕阳”三句，境界寥廓，景象萧疏，不禁令人想起元代马致远的〔天净沙〕小令。过片二句留恋旧时歌楼舞榭，“狎兴”三句检视现时生活，都写得质朴自然。清代刘熙载说：“耆卿词，细密而妥溜，明白而家常，善于叙事，有过前人。”（见《艺概》卷四）这些特点在这首小令中也有所体现。

张 先

张先(990—1078),字子野,湖州(今属浙江省)人,仁宗天圣八年(1030)进士,晏殊为京兆(今陕西西安)尹时辟为通判,历知渝州,并为嘉兴、安陆通判,都官郎中,晚年退居乡里,往来苏杭之间,以泛舟垂钓为乐。李公择守湖州时,曾招张先、苏轼等为六客之会。早年以小令与晏、欧并称,后作慢词和柳永齐名,但成就不如柳永,也不如他自己的小令。清·周济说:"子野清出处、生脆处,味极隽永。只是偏才,无大起落。"(见《宋四家词选叙论》)"无大起落",即指其慢词而言。近人夏敬观说:"子野词,凝重古拙,有唐五代之遗音。慢词亦多用小令作法。在北宋诸家中,可云独树一帜。"(《手批张子野词》)所作小令,富有情韵。因其诗词中多处妙用"影"字,时人称为"张三影"。他的诗也写得很好,苏轼题其词集云:"子野诗笔老妙,歌词乃其余波耳。"(见侯文灿刻十名家词本《安陆集》)著有《安陆词》,一题《张子野词》。

青门引

春思

乍暖还清冷[①],风雨晚来方定。庭轩寂寞近清明[②],残花中酒[③],又是去年病[④]。　楼头画角风吹醒[⑤],入夜重门静。那堪更被明月,隔墙送过秋千影!

【注释】

①乍暖:天气骤然暖和起来。

②庭轩:庭院和走廊。清明:节气名,约在每年的四月五日或六日。

③中(zhòng)酒:喝醉了酒。《汉书·樊哙传》:"项羽既飨,军士中酒。"杜牧《睦州四韵》诗:"残春杜陵客,中酒落花前。"

④去年病:指去年喝醉了酒,即中酒。

⑤楼头画角:指谯楼(城门上的瞭望楼)上的画角。宋·秦观〔满庭芳〕(山抹微云):"画角声断谯门。"画角:绘有彩画的军中号角,多以竹木或皮革制成。

【评析】

此词写一位士大夫的孤栖寂寞之情。时节将近清明,气候乍暖还寒,风雨到晚才停。词人面对落花,自伤春残而饮醉了酒。接着随风传来一阵凄凉的画角声,把他从醉态中惊醒。他抬起惺忪的双眼,只见明月又把秋千架的影子从墙外投送过来。词人用月影转移,形象地描绘出时间的变迁,意味极其隽永。清·黄苏说:"落寞情怀,写来幽隽无匹。不得志于时者,往往借闺情以写其幽思。角声而曰'风吹醒','醒'字极尖刻。至末句那堪送影,真是描神之笔,极希微窅渺之致。"(《蓼园词选》)所谓"描神",就是把作者的思想感情通过月光送过的秋千影子反映出来,使抽象的感情变为具体可感的艺术形象。相传张先最善于用"影"字。《高斋诗话》说:"子野尝有诗云'浮萍断处见山影',又长短句'云破月来花弄影',又云'隔墙送过秋千影',并脍炙人口,世谓'张三影'。"清·先著以此词为例说:"子野雅淡处,便疑是后来姜尧章出蓝之妙。"(见《词洁》卷一)可见雅淡是这首词的特色,它对后来姜夔的词也产生了影响。

木兰花

乙卯吴兴寒食[①]

龙头舴艋吴儿竞[②],笋柱秋千游女并[③]。芳洲拾翠暮忘归[④],秀野踏青来不定[⑤]。　行云去后遥山暝[⑥],已放笙歌池院静[⑦]。中庭月色正清明,无数杨花过无影。

【注释】

①乙卯:宋神宗熙宁八年(1075)。吴兴:今浙江湖州。寒食:节令名,在清明前一日。

②龙头舴艋(zéměng):形如蚱蜢的小龙船,用于水上竞赛。吴儿:吴地少年。

③笋柱秋千:竹子做的秋千架。并:指面对面地荡秋千,有比并、竞赛意。

④拾翠:原为拾起翠鸟的羽毛作为首饰,后指女子春游。杜甫《秋兴八首》之八:"佳人拾翠春相问,仙侣同舟晚更移。"

⑤踏青:指春日郊游。来不定:游人来往不停。

⑥行云去后:浮云散尽。行云:兼喻游女,用宋玉《高唐赋》典,参见李珣〔巫山一段云〕注④。

⑦已放:已停,已散。古代招呼歌舞杂剧来演出谓之"勾队",演毕遣散谓之"放队"。

【评析】

这首词颇有江南地方特色,是词人八十六岁退居湖州时所作。词的上阕,写春日郊游所见:青少年们划着蚱蜢似的小龙船在水上竞赛,妙龄女子面对面地荡着秋千进行比试。到碧绿的原野上拾翠踏青的人来来往往,直到日暮时分还没有回去。词的下阕,写郊游结束后的景象:远山被苍茫的暮色笼罩,笙歌停止,池院里显得十分寂静。在月亮清辉的映照下,只觉得无数柳絮在暗暗地飞过。它从白天写到夜间,从热闹的场面写到宁静的环境,在鲜明的对照之下,表现了春夜的清幽和心境的恬适。尤其结尾二句,说"无影"更无声,寂静中含有动态,因而更富于静态美。清·朱彝尊说:"张子野寒食词'中庭月色正清明,无数杨花过无影',余尝叹其工绝,在世所传'三影'之上。"(《静志居词话》)所云极有见地。

晏殊

晏殊(991—1055),字同叔,临川(今江西抚州)人,七岁能文,十四岁以神童入试,赐同进士出身,累擢知制诰、翰林学士。庆历中,拜集贤殿大学士、同中书门下平章事兼枢密使,卒谥“元献”。平素好贤士,范仲淹、韩琦、欧阳修俱出其门下。有《临川集》《紫微集》,皆不传。清初辑有《晏元献遗文》一卷。词承南唐余绪,宋·刘攽《贡父诗话》说他“喜江南冯延巳歌词,其所自作,亦不减延巳”。其词“风流蕴藉”“温润秀洁”(见宋·王灼《碧鸡漫志》卷二),以典雅雍容、具有富贵气象为其特色,在宋初,可称名家;但大多为应歌或抒情而作,内容不外吟风弄月,离愁别恨。有《珠玉词》,收词一百三十余首。

浣溪沙

一曲新词酒一杯,去年天气旧亭台[①]。夕阳西下几时回? 无可奈何花落去,似曾相识燕归来。小园香径独徘徊[②]。

【注释】

①旧亭台:亭台依旧。亭台:泛指景物。唐·郑谷《和知己秋日伤怀》诗:“流水歌声共不回,去年天气旧亭台。”颇相似。

②香径:飘着花香的小路。

【评析】

这首词表现了词人的伤春之感。上阕是说今年在宴会上饮酒听歌,风光依旧,而自己的年华却如夕阳西下,不似往年了。即景抒情,语言流丽,感慨至深。下阕进一步表现了对春残的惋惜。其中“无可奈何”一联,音调谐婉,情意缠绵。明·卓人月《古今词统》说,填词“实处易工,虚处难工”,而这里以虚词“无可奈何”对“似曾相识”,其“对法之妙无两”。对这两句词的由来,《复斋漫录》载有这样一说:一次作者赴杭州,中途经过扬州大明寺,遇江都县尉王琪,他说:“每得句,书墙壁间,或弥年未尝强对。且如‘无可奈何花落去’,至今未能对也。”王琪应声说:“似曾相识燕归来。”后作者对此联颇为得意,曾用于自己的律诗《示张寺丞王校勘》中。明·沈际飞说,这是“律诗俊语也,然自是天成一段词,着诗不得”。(见《草堂诗余正集》卷一)清人张宗橚说这一联:“的是倚声家语,若作七律,未免软弱矣。”(见《词林纪事》卷三)清人王士禛又举此一联作为诗、词、曲的分界,说:“或问诗词、词曲分界,予曰:‘无可奈何花落去,似曾相识燕归来’,定非香奁诗;‘良辰美景奈何天,赏心乐事谁家院’(《牡丹亭·肃苑》),定非草堂词也。”(《花草蒙拾》)足见此词在词史上的影响。

撼庭秋

别来音信千里,怅此情难寄。碧纱秋月[1],梧桐夜雨,几回无寐[2]。　　楼高目断[3],天遥云黯[4],只堪憔悴[5]。念兰堂红烛[6],心长焰短,向人垂泪。

【注释】

①碧纱:碧纱橱,即床上的蚊帐。

②无寐:即不眠。

③目断:指视野达到极限。

④黯:通“暗”。

⑤憔悴:瘦弱萎靡的样子。

⑥兰堂:芳香高雅的厅堂。

【评析】

此词写闺中离愁。上阕写秋天的深夜,月映纱橱,雨打梧桐,使人想起远在千里外的丈夫,音信全无,因而怅极愁生,几回无寐。起句直抒胸臆，离情冲口而出。第二句改用上一下四的句式，似乎把冲动的感情勉强拽住，又咽入胸中，恰如书法家所说的“无垂不缩”一般。以下三句都是四言偶句，句句仄收，显示出强忍悲痛的情调，全不似那种“昵昵儿女语”，柔媚不已。写闺情而能如此，显示了士大夫以男性作闺音的特色。下阕先写愁人登楼远望，唯见遥远的天边阴云暗淡，甚至连聊慰离愁的归鸿也没有，因而更为惆怅，以至憔悴不堪。以下三句，语本唐人杜牧《赠别》诗“蜡炬有心还惜别，替人垂泪到天明”，然化为三个偶句，前面冠一“念”字领起，使整个音节呈现出劲挺的姿态。此种调式，始自晏殊，盖为其首创，可见他对音律的娴熟。应用这样的曲调来抒写离情，不致过于柔弱，正如前述，表现了士大夫词的某些特色。

踏莎行

小径红稀①，芳郊绿遍②，高台树色阴阴见③。春风不解禁杨花④，濛濛乱扑行人面。　　翠叶藏莺，朱帘隔燕，炉香静逐游丝转⑤。一场愁梦酒醒时，斜阳却照深深院。

【注释】

①红稀：花已稀少，意谓春事渐残。红：指花。

②绿遍：长遍了绿树青草。

⑤阴阴见：隐约可见。见(xiàn)，同“现”，显现。

④杨花：即柳絮。

⑤“炉香”句：古代室内烧沉香，此谓香烟缭绕。游丝：蜘蛛等昆虫所吐出的丝。北周·庾信《春赋》：“一丛香草足碍人，数尺游丝即横路。”

【评析】

这首词主要是写景，而在写景的同时寓有愁情。上阕写春日郊游，在读者面前展现一幅春天的景色：绿暗红稀，柳絮飘扬。“春风”二句春意极浓，作者用拟人化手法将“春风”和“杨花”比作有灵性的对象，用一种似怨似嘲的口气发泄不满情绪，因而显得空灵有味。清·李调元《雨村词话》说：“晏殊《珠玉词》极流丽，而以翻用成语见长，如‘垂杨只解惹春风，何曾系得行人住’，又‘东风不解禁杨花，濛濛乱扑行人面’等句是也。翻覆用之，各尽其致。”所举二例，用法相似，意味均极隽永。过片三句从园内到居室，写环境极其幽静，妙在每句中之动词：莺为翠叶所“藏”，燕为朱帘所“隔”，香烟又“逐”游丝而缭绕上升，以动衬静，其静愈深。“炉香”句描绘物态细腻入微，亦牵引读者的思绪入幽静之境，可谓入神之笔。结尾二句，明·沈际飞评曰：“结‘深深’妙，着不得实字。”（见《草堂诗余正集》）清代沈谦又作了比较说：“‘夕阳如有意，偏傍小窗明’，不若晏同叔‘一场愁梦酒醒时，斜阳却照深深院’，更自神到。”（见《填词杂说》）写酒醒浑如梦醒，人物头脑中唯有斜阳映照的单纯印象，因而境界愈静谧，连闲愁也不复存在了。

木兰花

池塘水绿风微暖，记得玉真初见面①。重头歌韵响铮琮②，入破舞腰红乱旋③。　玉钩阑下香阶畔④，醉后不知斜日晚。当时共我赏花人，点检如今无一半⑤。

【注释】

①玉真：原指道教中仙人。此处犹玉人，指舞女。

②重头：曲子词中前后阕声调完全相同称重头。铮琮：形容琴声。唐·刘禹锡《牛相公见示新什谨依本韵次用以抒下情》诗：“玉柱琤琮韵，金觥雹凸棱。”

③入破：唐宋大曲专用术语。大曲每套都有十余遍，分别归入散序、中序、破等三大段。入破即为“破”这一乐段的第一遍。宋·李上交《近事会元》卷四：“其曲之遍击声处，名‘入破’。”

④玉钩：用以卷帘。孙蕙兰《绿窗遗稿》：“小阁烹香茗，疏帘下玉钩。”

⑤点检：检查。

【评析】

这首词表现了士大夫的闲愁闲闷。上阕写词人初次观看歌舞的印象，下阕抒发年华易逝、人生无常的悲哀，在思想上是消极颓唐的。然而艺术上却有可取之处：它很注意音节的嘹亮，韵律的优美。“重头”一句是写有音乐伴奏的歌唱，“入破”一句是写动作飞旋的舞蹈，语言当行本色，为我们记录了当时歌舞的真实画面。而且语言的音乐性也很强，“铮琮”为双声，摹拟琴音；“乱旋”是迭韵，描绘舞姿。收到了生动逼真的艺术效果，这是本词最显著的特点。下阕是写“如今”的感慨。清人张宗橚说：“东坡诗‘尊前点检几人非’，与此词结句同意。往事关心，人生如梦，每读一过，不禁惘然。”（见《词林纪事》卷三）可见内容极其伤感，然而感情沉郁，词意晓畅，亦不失为佳作。

清平乐

红笺小字[①]，说尽平生意。鸿雁在云鱼在水[②]，惆怅此情难寄。　　斜阳独倚西楼，遥山恰对帘钩。人面不知何处[③]？绿波依旧东流。

【注释】

①红笺：红色的信笺。古代蜀地有“十色笺”。此为其中一种。唐·韩偓《偶见》诗：“小叠红笺书恨字，与奴方便寄卿卿。”

②鸿雁：用汉武帝时苏武雁足传书故事。见前李煜〔清平

乐〕注③。鱼:亦指书信。古乐府《饮马长城窟行》:“客从远方来,遗我双鲤鱼。呼儿烹鲤鱼,中有尺素书。”

③“人面”句:唐·崔护《过都城南庄》诗:“人面不知何处去,桃花依旧笑春风。”

【评析】

这首词也是写离愁。上阕从写信入手,抒发相思。“红笺”二句,诉说思念衷曲;“鸿雁”二句,说信虽写好,无从寄出。前面从实处入手,感情真挚;后面化实为虚,引人入胜。下阕写倚楼遥望,但见远山绿波,而所思之人,杳无踪迹。“遥山恰对帘钩”,颇有意境,它不像秦观〔浣溪沙〕的“宝帘闲挂小银钩”,也不同于李璟〔摊破浣溪沙〕的“手卷真珠上玉钩”,它们只是写一种静谧的境界,而此词能将“遥山”与“帘钩”联系在一起,颇具纵深感,恍如电影的摇镜头,由近景到远景,展示了一种悠远的意境,仿佛将读者的视线和感情一同引到那里。全词语浅意深,情景相生;上下两阕,一气舒卷,结句以景结情,富于余味。

宋祁

宋祁(998—1061),字子京,原为安州安陆(今属湖北省)人,后徙居开封雍丘(今河南杞县)。宋仁宗天圣二年(1024),与兄庠同举进士,名奏第一,章献太后以为弟不可先兄,乃擢其兄为第一,时号"大小宋"。后累迁知制诰、工部尚书、翰林学士承旨。卒后谥"景文"。曾修《新唐书》"列传"部分。今存文集,系自《永乐大典》辑出。词存六首。清·刘熙载说:"宋子京词,是宋初体。张子野始创瘦硬之体,虽以佳句互相称美,其实趣尚不同。"(《艺概·词曲概》)

玉楼春

春景

东城渐觉风光好,縠皱波纹迎客棹①。绿杨烟外晓寒轻,红杏枝头春意闹②。　　浮生长恨欢娱少③,肯爱千金轻一笑④?为君持酒劝斜阳,且向花间留晚照⑤。

【注释】

①縠(hú):有皱纹的纱。縠皱波纹:波纹粼粼,好似皱纱。客棹:指游船。棹:船桨。

②闹:喧闹。清·王士禛《花草蒙拾》以为此句出于《花间集》"暖觉杏梢红"。("暖觉杏梢红"出自和凝〔菩萨蛮〕)

③浮生:虚浮不定的人生。《庄子·刻意》:"其生若浮,其死若休。"后来相沿称人生为浮生。

④肯爱:岂肯吝惜。千金:南朝梁·王僧孺《咏宠姬》诗:"一笑千金买。"

⑤"且向"句:唐·李商隐《写意》诗:"日向花间留晚照。"

【评析】

相传宋祁慕张先词名,特登门访问,预先叫人通报说:"尚书欲见‘云破月来花弄影’郎中。”张先连忙在屏风后应声说：“得非‘红杏枝头春意闹’尚书耶？”遂出来摆酒款待，尽欢而毕。（见《遯斋闲览》）可见他们二人各以一名句而相互赏识。宋祁这一句之所以出色，主要在于炼字。近人王国维说：“‘红杏枝头春意闹’，著一‘闹’字，而境界全出。‘云破月来花弄影’，著一‘弄’字，而境界全出矣。”（《人间词话》）宋祁此句确实极有意境，堪与张先媲美。但亦不止此句，清·黄苏说：“通首浓丽，总以‘春意闹’三字，尤为奇辟也。”（《蓼园词选》）清代沈雄也说：“人谓‘闹’字甚重，我觉全篇俱轻，所以成为‘红杏尚书’。”（《古今词话》）“通首浓丽”“全篇俱轻”，表现在落笔毫不费力，一似随意叙写，不假思索，而风流闲雅，出乎其中。如首二句写春风举棹的闲适，次二句写绿杨红杏的相映成趣，俱极轻灵绮丽。而一“闹”字，则将繁花盛开、蜂蝶争喧的意态全盘托出，使人产生无限联想并无限陶醉，故王氏云“境界全出”。词的下阕叹息人生无常，流露出及时行乐的思想，固然是消极的；然作者于轻灵绮丽之后，笔致转向深沉凝重，亦得书法家“无垂不缩”之妙。

叶清臣

叶清臣(1003—1049),字道卿,乌程(今浙江湖州)人。宋仁宗天圣二年(1024)进士,授光禄寺丞,充集贤校理,历官翰林学士,权三司使,罢为侍读学士,出知河阳。卒后赠左谏议大夫。相传曾作〔江南好〕十阕(见《麈史》卷下)。其词今存二首。

贺圣朝

留别

满斟绿醑留君住[①],莫匆匆归去。三分春色二分愁,更一分风雨。　　花开花谢,都来几许[②]?且高歌莫诉[③]。不知来岁牡丹时[④],再相逢何处?

【注释】

①醑(xǔ):美酒。绿醑:绿色美酒。白居易《戏报诸宫》诗:"黄醅绿醑迎冬熟,绛帐红炉逐夜开。"

②都来:算来。

③莫诉:即莫辞,唐宋词中常用语,意为不要辞酒(即开怀痛饮)。韦庄〔菩萨蛮〕(劝君今夜须沉醉):"莫诉金杯满。"

④牡丹时:牡丹开时,在春夏之交。此指春天。

【评析】

此词作于饯别之时。上阕写斟满美酒,殷勤劝饮。三、四两句,造句奇警,盖借风雨载途、春愁满路以申主人挽留之意。下阕谓春光易逝,对酒当歌,并对未来能否相逢表示深切的担忧。感情虽较消极,但却诚挚动人。明·卓人月评此词说:"无影无踪,无凭无据,忽以称称,忽以量量。"(见《古今词统》卷六)以称(秤)称,指"三分"二句;以量量,指"满斟"一句,虽从形式着眼,但也可以看出词人炼字的技巧。苏轼《水龙吟·咏杨花》词云:“春色三分,二分尘土,一分流水。”也是用的这种方法,可谓各擅其妙。下阕“花开花谢”,用唐人刘希夷《代悲白头翁》“年年岁岁花相似,岁岁年年人不同”诗意,谓人生无常,当及时行乐。语言甚美,比喻恰切,而忧生念死之情,全寄托在花开花谢之中,显得形象凄美,撩人思绪。特别是结尾二句,企望来岁牡丹开时重逢,更有深长意味,真所谓“言尽而意不尽,意尽而情不尽”也。

欧阳修

欧阳修(1007—1072),字永叔,晚号醉翁,又号六一居士。一般称庐陵(今江西吉安)人,今人考证其家本住吉水县沙溪。二十四岁中进士。曾任谏官,又历任翰林学士、枢密副使、参知政事、兵部尚书,以太子少师致仕。卒后谥“文忠”。他在主持北宋文坛时,能注意识拔人才,苏轼父子、曾巩、王安石均出其门下。晚年反对“青苗法”,与王安石政见不合。他是北宋古文运动的倡导者,竭力推行诗文革新。苏轼称其“论大道似韩愈,论事似陆贽,记事似司马迁,诗赋似李白”。咏诗之余,亦为词章,风格受冯延巳影响较显著,与晏殊齐名。清·冯煦说:“其词与元献(晏殊)同出南唐,而深致则过之。宋至文忠,文始复古,天下翕然师尊之,风尚为之一变。即以词言,亦疏隽开子瞻,深婉开少游。”(见《宋六十一家词选·例言》)传世的欧词有《六一词》和《醉翁琴趣外编》,前者多写景、抒情、咏史等内容,后者主要为艳词。

临江仙

柳外轻雷池上雨,雨声滴碎荷声。小楼西角断虹明。阑干倚处,待得月华生①。　　燕子飞来窥画栋②,玉钩垂下帘旌③。凉波不动簟纹平,水精双枕④,傍有堕钗横⑤。

【注释】

①月华:月光,此指月亮。

②窥画栋:向室内画梁窥视。窥:暗中偷看。画栋:有彩画的栋梁。

③帘旌:竹帘上用布做成的横额,亦称帘额。这句说卸下玉钩,放下帘子。

④水精:即水晶。

⑤堕钗：落下的金钗。

【评析】

据明代蒋一揆《尧山堂外纪》记载，欧阳修任河南推官时，一日，西京留守钱惟演设宴，客已齐而欧阳修和一歌女迟到。钱惟演很不悦。歌女解释说："中暑往凉堂睡觉，失金钗，犹未见。"钱惟演说如能得到欧阳推官一首词，马上赔你金钗。于是欧阳修即席写成此词，满座皆击节称赏。这只是传说，观其词意，可能出于李商隐《偶题》诗："小亭闲眠微醉消，石榴海柏枝相交。水纹簟上琥珀枕，旁有堕钗双翠翘。"词中写一女子先是倚楼待月，然后垂帘就寝。夏日的雷声、雨声、荷声及雨后的彩虹和月华都写得鲜明生动，历历如在目前。而此中的佳人，虽未直接描绘她的容貌，但从行动和细节的描写中，已如见其人。笔法极简练，而提供给读者的想象却极丰富。清人许昂霄评曰："不假雕饰，自成绝唱。"（见《词综偶评》）词的格调也不俗，王闿运认为"此写闺人睡景，非狎语也"（见《湘绮楼词选》），艺术上值得借鉴。

踏莎行

候馆梅残[①]，溪桥柳细，草薰风暖摇征辔[②]。离愁渐远渐无穷，迢迢不断如春水[③]。　寸寸柔肠[④]，盈盈粉泪[⑤]，楼高莫近危阑倚[⑥]。平芜尽处是春山[⑦]，行人更在春山外。

【注释】

①候馆：指旅舍。《周礼·地官·遗人》："五十里有市，市有候馆。"注："远郊之内有候馆，可以休止沐浴也。"

②薰：香草，这里引申为香气。南朝梁·江淹《别赋》："闺中风暖，陌上草薰。"摇征辔：边行边摇着马的缰绳。喻骑马缓

行。辔(pèi):驾驭牲口的缰绳。

③迢迢(tiáo):遥远,绵延。

④寸寸柔肠:意犹肝肠寸断。

⑤盈盈粉泪:谓女子饱含泪水。

⑥危阑:即危栏,高高的栏杆。

⑦平芜:茂密平坦的草地。

【评析】

此词从征人与思妇两方面描写离愁。上阕写行人忆念家中,“言时物暄妍,征辔之去自是得意,其如我之离愁不断”。(黄苏《蓼园词选》)下阕写闺中女子忆念征人,“言不敢远望,愈望愈远也”。(同上)词的上下两结,前人称为“走对”。前结写离愁不断,犹如迢迢不尽的春水;后结写望眼无涯——平芜已远,春山犹在平芜之外,更远,行人又在春山之外,则又加倍遥远。一层远似一层,令人不能目睹,仅留下邈远绵长的想象空间。娓娓写来,极为婉转醇厚。明·李攀龙说:“春水写愁,春山骋望,极切极婉。”又说:“不着一愁语,而寂寂景色,隐隐在目,洵一幅秋光图。”(见《草堂诗余隽》)清·王士禛说:“‘平芜尽处是春山,行人更在春山外’,升庵(杨慎)以为似石曼卿‘水尽天不尽,人在天尽头’,未免河汉。盖意近而工拙悬殊,不啻霄壤。且此等入词为本色,入诗即失古雅。”(见《花草蒙拾》)这里分析诗词不同的特色,说明欧阳修并非以诗为词,尽管本篇诗意盎然,然而音律谐婉,词情婉约,仍保持词的本色。

少年游

阑干十二独凭春①,晴碧远连云。千里万里,二月三月,行色苦愁人②。　　谢家池上③,江淹浦畔④,吟魄与离魂⑤。那堪疏雨滴黄昏!更特地⑥,忆王孙⑦。

【注释】

①阑干十二：古乐府《西洲曲》："楼高望不见，尽日阑干头。阑干十二曲，垂手明如玉。"此句形容倚栏远望的惆怅心情。

②行色：指旅行者的表情。

③谢家池上：南朝宋·谢灵运《登池上楼》诗："池塘生春草，园柳变鸣禽。"

④江淹浦畔：南朝梁·江淹《别赋》："春草碧色，春水渌波；送君南浦，伤如之何！"

⑤吟魄：指谢灵运吟《登池上楼》诗时的思想感情。相传他极为赏识从弟谢惠连，"每有篇章，对惠连辄得佳语"。在永嘉（今温州）西堂苦思作诗，竟日未成，忽然梦见惠连，即得名句"池塘生春草"，自以为得神助。离魂：指江淹《别赋》所咏的离情。

⑥特地：特别、格外。

⑦忆王孙：见前温庭筠〔菩萨蛮〕（玉楼明月）注③。

【评析】

据宋人吴曾说：一天，诗人梅尧臣在欧阳修座上，有人以林逋〔点绛唇〕为最美的咏草词，梅尧臣不服，依题填了一首〔苏幕遮〕，赢得欧阳修的击节称赏，然后欧阳修自己又填了这首〔少年游〕。吴曾评曰："不惟前二公所不及，虽置诸唐人温、李集中，殆与之为一矣。"（《能改斋漫录》卷十七）近人王国维则称此词为"咏春草绝调"，并说它的上阕"语语如在目前，便是不隔"，"至云'谢家池上，江淹浦畔'，则隔矣。"（《人间词话》）所谓不隔，是指情趣与意象恰相熨帖。人们见到"晴碧远连云"的意象，随即产生"行色苦愁人"的情味，情之与景，如水之融于乳，自然是不隔。反之，把谢灵运和江淹的名句硬凑成"谢家池上，江淹浦畔"两个典故，意象既不明晰，情趣又不真切，使读者的感情不能自然地进入词人所刻画的意境，这就变成了隔。我们细细体会王氏语，确能了解个中三昧。此词与林逋的作品一样，也是终篇不出一个"草"字，却能突破时间与空间的限制，描绘出芳草无边、春愁无限的境界。近人吴梅说欧阳修词，“以〔少年游〕咏草为最工切超脱，当亦百世之公论也”。（《词学通论》第七章）这个评价，基本是公允的。

生查子

去年元夜时[①]，花市灯如昼。月上柳梢头[②]，人约黄昏后。　　今年元夜时，月与灯依旧。不见去年人，泪满春衫袖[③]。

【注释】

①元夜：即农历正月十五日元宵节之夜。唐代以来，有元宵节观灯的习俗，因又称之为灯节。

②月上：一作“月到”。非。

③泪满：一作“泪湿”。

【评析】

此词亦载朱淑真《断肠集》，明·沈际飞《草堂诗余续集》卷上按曰：“淑真又有《元夕》诗：‘火树银花触目红，极天歌吹暖春风。新欢入手愁忙里，旧事经心忆梦中。但愿暂成人缱绻，不妨长任月朦胧。赏灯那得工夫醉，未必明年此会同。’与词意相合，其行可知矣。”并说此词：“调甚佳，非良家妇所宜有。”前人多认为误作朱淑真词，实为欧阳修作。词的上阕回忆一年前与情人的约会，用灯好、月明、人团圆，反映了少女初恋的喜悦。下阕写今年灯节，灯月依旧，人去无踪，触景伤情，表现出失恋的悲痛。作者用通俗的语言，对比的手法，抒写真挚的恋情，风格清新，节奏明快，曾孳乳散曲，故明·卓人月说：“元曲之称绝者，不过得此法。”（见《古今词统》卷三）

生查子

含羞整翠鬟[①]，得意频相顾。雁柱十三弦[②]，一一春莺语。　　娇云容易飞[③]，梦断知何处[④]？深院锁黄昏，阵阵芭蕉雨。

【注释】

①鬟(huán)：古代妇女的环形发髻。

②雁柱：古筝的弦柱斜列，如飞行的雁行，故称"雁柱"。

③娇云：形容女子的踪迹，暗用宋玉《高唐赋》"朝云"故事，参见李珣〔巫山一段云〕注④。容易：轻易。

④梦断：梦醒。

【评析】

此词《类编草堂诗余》卷一、《草堂诗余隽》、《蓼园词选》均误作张先词，《全宋词》列为欧阳修作。词系咏一女子在情人面前弹筝，上阕写弹筝时始而含羞，继而得意的姿态。"雁柱十三弦，一一春莺语"，描写筝声极为形象，盖从韦庄〔菩萨蛮〕"琵琶金翠羽，弦上黄莺语"衍化而来。下阕写情人宛似朝云，轻抛易别，行踪无定。结语写离别后的愁苦，以雨打芭蕉形容筝声的急促，抒写心情的烦躁，亦深刻动人。全词前乐后悲，感情上形成明显的对比。其法为以乐景衬哀情，故能一倍增其哀怨。明·李攀龙说："以莺声拟筝声，依依在飞云暮雨中。此景描得迫切。"(《草堂诗余隽》卷三)清·黄苏说："前一阕写得意时情怀，无限旖旎；次一阕写别后情怀，无限凄苦，胥于筝寓之。凡遇合无常，思妇中年，英雄末路，读之皆堪下泪。"(《蓼园词选》)以上说明此词比喻贴切，情景婉美，寄兴深远，感人至深，容易引起各类读者思想上的共鸣，是一首绘声绘影的佳作。

诉衷情

眉意

清晨帘幕卷轻霜,呵手试梅妆[①]。都缘自有离恨[②],故画作远山长[③]。　　思往事,惜流芳[④],易成伤。拟歌先敛[⑤],欲笑还颦[⑥],最断人肠。

【注释】

①呵手:因天气寒冷,呵气暖手。梅妆:相传南朝宋武帝刘裕之女寿阳公主,人日(正月初七)卧于含章殿下。有梅花落在额上,拂之不去。宫女争相仿效,因称梅花妆。

②都缘:只因。

③远山:喻浅色的眉峰。汉·刘歆《西京杂记》:"文君姣好,眉色望如远山。"《赵飞燕外传》:"女弟合德入宫为薄眉,号远山黛。"

④流芳:似流水一般逝去的芳年。

⑤拟歌:欲歌。敛:即敛眉,表示庄重。一作"咽"。

⑥颦:皱眉。《韩非子·内储》:"吾闻明主之爱,一颦一笑。"此处表示愁闷。

【评析】

此词曾误为黄庭坚作。词中围绕眉色,描写了女子的离愁别绪。上阕写歌女清晨梳妆,因思念远方的意中人,故意把双眉画成淡淡的颜色,以示忧愁。起首二句,颇有生活气息。呵手这一细节,极其新颖。下阕写她抚今忆昔,叹息年华流逝,连唱歌与欢笑也感到心绪烦乱。"拟歌先敛,欲笑还颦",写出感情的曲折变化,含蓄蕴藉,极有分寸。后来周邦彦〔风流子〕词云:"欲说又休,虑乖芳信;未歌先咽,愁近清觞。"李清照〔凤凰台上忆吹箫〕云:"生怕离怀别苦,多少事,欲说还休。"词意皆仿佛,似受此词影响。

朝中措

送刘仲原甫出守维扬①

平山阑槛倚晴空②，山色有无中③。手种堂前垂柳④，别来几度春风。　　文章太守⑤，挥毫万字，一饮千钟。行乐直须年少，尊前看取衰翁⑥。

【注释】

①刘仲原甫（1019—1068）：即刘原甫，名敞，人称公是先生，临江新喻（今属江西）人。原甫是其字，因其兄弟行二，故称仲，官至中书舍人。维扬：即今江苏省扬州市。

②平山：即平山堂，欧阳修任扬州地方官时所建。《舆地纪胜》说堂“在大明寺侧。负堂而望，江南诸山，拱列檐下，故名”。

③山色有无中：此句谓江南山色，若隐若现，语本王维《汉江临泛》诗：“江流天地外，山色有无中。”

④堂前垂柳：平山堂前，欧阳修曾手植杨柳一株，人称“欧公柳”。

⑤文章太守：指刘原甫。

⑥“尊前”句：尊，酒杯。取，语助辞，犹“着”。衰翁，作者自指。

【评析】

宋仁宗嘉祐元年（1056），刘原甫出守扬州，欧阳修写下此词送行。古代送人赴任，大都用诗，至于词，则大多用于赠妓。像李煜以〔阮郎归〕词赠郑王十二弟，在词史上为第一次。欧阳修以词赠别，无异是将被视为艳科的小词提高到与诗同等的地位。欧词风格多承南唐，深情婉曲，酷似冯延巳。然此词写景状物，抒情述怀，均坦率真实，直起直落，大开大阖，在风格上属于豪放一路。词一发端即带来突兀的气势，使实际上并不很高的平山堂呈现巍峨的雄姿。庆历八年(1048)，词人为扬州太守，在平山堂前种下杨柳。相隔八年，时时在念。此处通过垂柳写深情，婉而不柔，深而能畅。“几度春风”四字，更能给人以欣欣向荣、格调昂扬的感觉。过片三句写刘敞，点明送客的主题。据《宋史·刘敞传》载：敞文思敏捷，尝一挥九制(九份诏书)，欧阳修常常写信向他讨教。词云“挥毫万字”，把刘敞的倚马之才作了精确的概括。缀以“一饮千钟”四字，则使一位气度豪迈、才华横溢的文章太守的形象栩栩如生地站在我们面前。结尾二句抒发人生感慨，思想比较消极。但由于豪迈之气，通篇流贯，词笔至此，并不令人感到低沉欲绝，无形之中却有一股苍凉郁勃之气，动人心弦。全词从平山堂写到堂前垂柳，从刘原甫写到词人自己，层层转折，一气呵成，不落一般酬赠之作的俗套。在豪放词的发展史上，上承范仲淹，下开苏东坡，确是一首颇有影响的佳作。

南歌子

凤髻金泥带[①]，龙纹玉掌梳[②]。走来窗下笑相扶，爱道“画眉深浅入时无[③]”？　　弄笔偎人久，描花试手初[④]。等闲妨了绣功夫[⑤]，笑问“双鸳鸯字怎生书[⑥]”？

【注释】

①凤髻：凤凰形状的发髻。金泥带：用金色颜料画成的带子，用以束发。金泥：亦称“泥金”。

②龙纹玉掌梳：刻有龙纹的手掌形玉梳。

③入时：合乎时尚。此句出自唐·朱庆余《近试上张水部》诗：“妆罢低眉问夫婿，画眉深浅入时无？”

④描花试手初：是说初次试试描花的手艺。

⑤等闲：轻易。

⑥怎生：怎样。

【评析】

此词写一位新嫁娘的新婚生活。起首二句描绘了她的华丽装饰；以下数句描绘了她娇羞怯怯的姿态和小鸟依人的神情，非常生动活泼。这些都是通过人物动作和语言表现出来的。两结的问句尤为细腻传神，反映了人物微妙的心理活动，明·沈际飞说："前段态，后段情，各尽，不得以荡目之。"又说："蛾眉不肯让人，即在'入时'句中。"（见《草堂诗余别集》卷二）不仅"入时"一句如此，"笑问"一句也颇饶韵味。全词笔致轻灵，丰神独具，洋溢着青春的气息，一个对生活充满热爱的新嫁娘呼之欲出。

采桑子

群芳过后西湖好[1]，狼籍残红[2]。飞絮濛濛[3]，垂柳阑干尽日风。　笙歌散尽游人去，始觉春空[4]。垂下帘栊[5]，双燕归来细雨中。

【注释】

①西湖：此指颍州西湖，在今安徽阜阳县西北，原长十二里，宽二里，汇颍河诸水而成。以下欧词凡写湖上风光者，皆指此湖。

②狼籍：同"狼藉"，散乱错杂的样子。

③飞絮：飘扬的柳絮。

④春空：春意消失。

⑤帘栊：窗外的帘子。栊为挂窗帘的横木。

【评析】

词人晚年退居颍州（府名，治所在今安徽阜阳），作〔采桑子〕一组咏西湖。这首词写西湖暮春景色。上阕写落花遍地，飞絮满天，春风骀荡，游人自乐；下阕写歌尽人散，湖上留下一片寂静。而翩翩双燕，软语呢喃，则更反衬出词人"始觉春空"的寂寞之感。通篇于景中见情，语言清淡，文字疏隽。然清代先著却认为"'始觉春空'语拙，宋人每以'春'字替人与事，用极不妥"。(见《词洁》)清·谭献说："'群芳过后'句，扫处即生。'笙歌散尽游人去'句，语语是恋语。"(见《谭评·词辨》)所谓"扫处即生"，就是说上句语意似尽，却又逗起下句，欲断还连，妙趣无穷。此为填词最妙章法之一。

浣溪沙

湖上朱桥响画轮①，溶溶春水浸春云②，碧琉璃滑净无尘③。　　当路游丝萦醉客，隔花啼鸟唤行人，日斜归去奈何春。

【注释】

①朱桥：漆着红色栏杆的桥梁。画轮：指装饰华丽的车辆。

②溶溶：水盛貌。

③琉璃：一种矿石质的有色半透明体材料，常见有绿、金黄两色。此句形容风平浪静，水面像玻璃一样平滑清澈。

【评析】

这首词写春游时所看到的湖上景色。首句写桥上车辆往来，表示游人众多。"溶溶"二句写俯瞰湖水，只见一碧无尘，春云倒映湖中，显得无比美丽。过片一联说路上游丝萦客，花外啼鸟唤人，更加富于诗情画意。明·李攀龙说："'萦醉客'，'唤行人'，自是游春图。"又说："寥寥数语，画出春光不尽，其笔头都活矣。"(《草堂诗余隽》)词中讲究前后呼应，因而结构完整，意境浑成。清·黄苏说："'奈何春'三字，从'萦'字、'唤'字生来。'萦'字、'唤'字下得有情，而'奈何'字自然脱口而出。不拘是比是赋，读之亹亹情长。"(《蓼园词选》)这是从用字及章法上加以分析，实在很有见地。

浣溪沙

堤上游人逐画船，拍堤春水四垂天①，绿杨楼外出秋千。　　白发戴花君莫笑，《六幺》催拍盏频传②，人生何处似尊前③？

【注释】

①四垂天：谓湖面宽广，四周水天相接。

②六幺：唐宋时琵琶曲名。白居易《琵琶行》："轻拢慢撚抹复挑，初为霓裳后六幺。"又作"绿腰"。盏：酒盏。

③尊前：指酒宴前。

【评析】

这首词写湖上泛舟的乐趣。起首二句既写湖上游船，也写堤上游人，更写湖水拍堤，在读者面前展开一幅游湖鸟瞰图。后来晁补之说词的上半阕"要皆绝妙"，并特别指出"绿杨楼外出秋千"，"只一'出'字，自是后人道不到处"。（见吴曾《能改斋漫录》卷十六）王国维《人间词话》也说："欧九〔浣溪沙〕词'绿杨楼外出秋千'，晁补之谓'只一出字，便后人所不能道'；余谓此本于正中（冯延巳）〔上行杯〕词'柳外秋千出画墙'，但欧语尤工耳。"其实这一"出"字，正如宋祁〔玉楼春〕词"红杏枝头春意闹"的"闹"字，着一"出"字而境界全出。由于语言工致，词中临水人家的富丽景象，便如特写镜头涌入读者眼帘。下阕触景生情，谓老成意趣自在众人喧嚣之外，描绘了一位狂放不羁的诗人形象，其中寓有及时行乐思想。清·黄苏说："末句写得无限凄怆沉郁，妙在含蓄不尽。"（见《蓼园词选》）也就是说结尾带有发人深思的意味，含而不露，耐人玩索，但这是消极的。

韩琦

韩琦(1008—1075),字稚圭,安阳(今属河南省)人,宋仁宗天圣五年(1027)进士,历官太子中允、太常丞、同中书门下平章事、昭文馆大学士,累封魏国公。卒后谥“忠献”。有《安阳集》,词存四首。

点绛唇

病起恹恹①,画堂花谢添憔悴。乱红飘砌②,滴尽胭脂泪。　惆怅前春,谁向花前醉?愁无际,武陵回睇③,人远波空翠。

【注释】

①恹恹(yān):精神不振貌。

②乱红:谓落花纷飞。砌:台阶。

③武陵:地名,在今湖南常德县境内。晋·陶渊明《桃花源记》:“晋太元中,武陵人捕鱼为业,缘溪行,忘路之远近,忽逢桃花林。”后世遂以为理想境界。

【评析】

此词一本题作“怀旧”。《青箱杂记》卷八说:“韩魏公晚年镇北州,一日病起,作〔点绛唇〕小词。”词的上阕写病后看花,只见落红飘砌,因而心情惆怅,倍添憔悴。下阕回忆前春同醉花前,如今武陵人远,不禁怅惘万分。词中写景,极富有色彩,如将纷纷乱飘的落花比作随风飘洒的胭脂泪,至为婉丽。杜诗“林花着雨胭脂湿”,仍静止不动地停留在枝头,李煜词“林花谢了春红”及“胭脂泪”等句,则将物与人分开,俱不若此词具有动态美和浑成感。词中写人,亦极富有感情,如“病起恹恹”、又“添憔悴”等,意态宛然,令人怜惜。结尾三句尤富于意境。李清照〔凤凰台上忆吹箫〕云:“念武陵人远,烟锁秦楼。”同时写出双方的离恨。此词则单写远去之人回首远望，不胜依依，愁情与景色交织，兼有苍茫无际之感。明·沈际飞说："魏公事业与词藻风致又未易匹，见于此矣。"（《草堂诗余别集》卷一）将他的词采与作为宰相的事业相提并论，评价是相当高的。

李师中

李师中(1013—1078),字诚之,楚丘(今山东曹县东南)人,曾中进士,仁宗朝,提点广西路刑狱,后为吕惠卿排挤,贬至和州,复迁右司郎中。有《李诚之集》,不传。词存一首。

菩萨蛮

子规啼破城楼月[1],画船晓载笙歌发[2]。两岸荔枝红,万家烟雨中。　　佳人相对泣,泪下罗衣湿。从此信音稀,岭南无雁飞[3]。

【注释】

①子规:鸟名,一名杜鹃,旧历三月啼鸣,古人以为声似"不如归去",易动旅客归思。

②晓:早晨。发:出发。

③岭南:指五岭以南地区。相传雁飞不过衡阳,故云"无雁飞"。此喻岭南偏远,音信难通。

【评析】

据《续资治通鉴长编》记载,李师中于宋仁宗嘉祐三年(1058)为广西提刑。又《过庭录》云:"李师中诚之,帅桂罢归,一词题别(略)。"词当作于卸任归朝之际。上阕是说天还未亮,子规就不断啼鸣,催人归去,于是载满音乐和歌声的画船便出发了。子规、城楼与月亮,本是三个单独的概念,然仅在一句中,通过一个"破"字,便把它们连接成为一个整体,既写了景色,也点明了时间,富于意境,可谓高度的艺术概括。"笙歌"暗喻送行的歌女,用的是以物代人的方法。李白《江上吟》"玉箫金管坐两头,载妓随波任去留"与此同一机杼。"两岸荔枝红,万家烟雨中"二句,极富岭南特色。《过庭录》说:"荔枝烟雨,盖桂实景也。"广西多荔枝,且为亚热带气候,多雨水。词人以如画之笔,描绘了一幅绚丽多彩的南国江上送别图，颇有朦胧的诗意美。下阕写洒泪而别，此后去者自去，留者自留，从此再无音信，从侧面反映了那时男子"甘别离、轻抛掷"的恶习，刻画了女子的多情和伤感。"岭南无雁飞"，用典亦合于地方特点。秦观〔阮郎归〕云："衡阳犹有雁传书，郴阳和雁无。"可互证。古典诗词写岭南生活的不多见，此词系继欧阳炯、李珣词后又一佳作。

王安石

王安石(1021—1086),字介甫,临川(今江西抚州)人。仁宗庆历进士,嘉祐三年(1058)上书建议变法。神宗熙宁二年(1069),任参知政事,次年始实行变法,后封荆国公。因保守派激烈反对,至熙宁九年(1076)被迫去职,退居金陵,自号半山老人。死后谥曰"文",追封舒王。乃"唐宋八大家"之一,散文成就突出。词虽不多,然意境开阔,感慨深沉,打破五代绮靡旧习。有辑本《临川先生歌曲》,收词二十余首。其中〔桂枝香·金陵怀古〕长调,被前人推为绝唱。

菩萨蛮

数间茅屋闲临水,轻衫短帽垂杨里①。今日是何朝②?看余度石桥③。　　娟娟新月偃④,午醉醒来晚。何物最关情⑤?黄鹂一两声⑥。

【注释】

①短帽:一种便帽。

②今日是何朝:一作"花是去年红"。

③看余度石桥:一作"吹开一夜风"。度:走过。

④娟娟:一作"梢梢"。偃(yǎn):仰卧,安卧。偃月:横卧形的半弦月。

⑤何物:一作"何许"。

⑥一两声:一作"三两声"。

【评析】

宋·吴曾《能改斋漫录》说:"王荆公筑草堂于半山,引八功德水作小港,其上叠石作桥,为集句填〔菩萨蛮〕。"此词作于熙宁九年(1076)隐居江宁(今南京市)半山之时。所集前人诗句,今已考出大部:"数间茅屋闲临水",乃刘禹锡《送曹璩归越中旧隐》诗句;“今日是何朝”,乃韩愈《次同关峡》诗句:“看余度石桥”,乃骆宾王(一作宋之问)《灵隐寺》诗句;“今日”二句,亦作“花是去年红,吹开一夜风”,前一句乃唐人殷益《看牡丹》诗句;“梢梢新月偃”,乃韩愈《南溪始泛》诗句;“午醉醒来晚”,乃唐人方域失题诗句;末句“黄鹂一两声”,乃用本朝宋祁《题山居》诗句。余不详。足见此老腹笥甚深。集句被前人讥为“百家衣”,很不易写好,然此词却恍如己出,真实地表达了词人致仕以后隐居金陵钟山的心情。上阕首句写新建的草堂,依山傍水,环境十分幽静。“茅屋”言其简朴,“闲”字言其恬适清幽。次句写一位身着便服的老人在茅屋前的垂杨下悠闲地散步。所谓“轻衫短帽”正与做官时的峨冠博带相对比,说明词人已经退隐。三、四两句进一步写词人的悠闲自得。词人是北宋时的一位政治家,曾立志改革,推行新法,但在新旧两党斗争中终于失意而归。“今日是何朝,看余度石桥”两句,描绘了词人退隐后的悠然神态。下阕写晚来闲适的心境,第一、二句乃是倒装。就是说词人中午喝醉了酒,及至醒来,一弯美好的新月已高挂空中。结尾两句是说,世间的一切,他已置之度外,唯有几声婉转动听的黄鹂鸣声才能引起他的兴趣。这似乎在表明他离开政界以后思想上已完全超脱。然而事实并非如此,神宗元丰八年(1085),司马光为相,全部废除新法,他愤而成疾,翌年便病逝了。此词清新雅逸,情景交融,非但在字里行间渗透词人的闲适心情,而且在临水茅屋、石桥垂杨以及黄鹂鸣啭的描绘之中,将词人的自我形象融入于画面之中,形成浑然一体的境界。词的上下两结均以问句提唱,使感情上形成轻微的跌宕起伏。这种写法正如作者在《题张司业》诗中所说:“看似寻常最奇崛,成如容易却艰辛。”后来黄庭坚曾仿效其体填了一首〔菩萨蛮〕,其中有句云:“江山如有待,此意陶潜解。”认为王安石此词在一定程度上带有陶渊明的隐逸思想。

孙洙

孙洙(1031—1080),字巨源,真州(今江苏仪真)人。年十九,举进士,历官秀州法曹、集贤校理、太常礼官、史馆检讨、翰林学士。有《孙贤良集》,不传。词存二首。

菩萨蛮

楼头尚有三冬鼓,何须抵死催人去[①]?上马苦匆匆,琵琶曲未终。　　回头肠断处,却更廉纤雨[②]。漫道玉为堂[③],玉堂今夜长[④]。

【注释】

①抵死:《诗词曲语辞汇释》卷一:"急急或竭力也。"

②廉纤:细微、纤细。唐·韩愈《晚雨》诗:"廉纤晚雨不能晴,池岸草间蚯蚓鸣。"

③漫道:空道,休说。

④玉堂:汉时侍中居玉堂办公,宋以后翰林院亦称玉堂。

【评析】

据洪迈《夷坚志》说:有一天上朝之时,孙洙正在外戚李端愿家中听美姬弹琵琶。朝廷派人到处寻找,终于在李家找到他。时已二鼓,迫于宣召,他不得不上朝。在殿中,他"草三制罢,复作此长短句寄别"。(见沈际飞《草堂诗余正集》卷一)词中反映了对官场生活的厌倦,在唐宋词题材中殊不多见。起首二句写出鼓声催人上朝之急,次二句写出对琵琶妙乐的留恋,在矛盾中刻画了人物的心情。"抵死"及"苦"字,颇有感情色彩。过片二句,写词人冒雨上朝,途中犹自频频回首。此刻乐声缭绕,细雨绵绵,更加烘托出他的伤感情绪。结尾二句则是直截发泄不满。全词"落笔豪快"(沈际飞语),一气而下,突破了花间词遗留的绮靡习尚。

晏几道(约1030—1106),字叔原,号小山,晏殊第七子。曾任太常寺太祝,熙宁七年(1074),因郑侠上书反对新法,受株连入狱。元丰五年(1082)曾监颍昌府许田镇(今河南许昌),徽宗崇宁四年(1105),为开封府推官。年未至乞身,退居京师赐第。黄庭坚在《小山词序》中说他有“四痴”:“仕宦连蹇,而不能一傍贵人之门,是一痴也;论文自有体,不肯一作新进士语,此又一痴也;费资千百万,家人寒饥,而面有孺子之色,此又一痴也;人百负之而不恨,己信人,终不疑其欺己,此又一痴也。”在创作上喜欢以诗人句法填词,每得一首,即交给其友沈廉叔、陈君宠两家所养的名叫莲、鸿、蘋、云的歌女,通过她们的演唱,流播于人间。词风似其父而造诣却过之,能反映北宋时代的升平气象,描写人情物态,多感伤情调,前人认为“妙在得于妇人”(王铚《默记》),但也有些作品清壮顿挫,能摇动人心。其小令色彩绮丽,音韵和美,感情深挚,宋王灼《碧鸡漫志》卷二称其词“秀气胜韵,得之天然”,在词史上颇负盛名。有《小山词》传世。

临江仙

梦后楼台高锁,酒醒帘幕低垂。去年春恨却来时[①]。落花人独立,微雨燕双飞[②]。　记得小蘋初见[③],两重心字罗衣[④]。琵琶弦上说相思。当时明月在,曾照彩云归[⑤]。

【注释】

①却来:又来。

②“落花”二句:出自五代翁宏《宫词》。原诗是:“又是春残也,如何出翠帏;落花人独立,微雨燕双飞。”

③小蘋:歌女名。

④两重心字罗衣：似指罗衣上绣有重叠的心字图案。

⑤彩云：古代常用以比美人，此喻小蘋。李白《宫中行乐词》八首之一："只愁歌舞散，化作彩云飞。"

【评析】

这首词为怀念歌女小蘋而作。开头二句写居处的凄凉和意兴的阑珊。"楼台高锁"是外景，"帘幕低垂"是内景。词人梦后酒醒，见景生情，不禁产生人去楼空的落寞之感。康有为对此评价极高，说"起二句纯是华严境界"。（见梁令娴《艺蘅馆词选》）所谓华严境界，当如武则天所云："斯乃诸佛之密藏，如来之性海，视之者莫识其指归，挹之者罕测其涯际。"（《华严经序》）足证此词境界之深远寥廓。第三句稍近回忆，起到疏通上文、引起下文的过渡作用。"落花"二句，原为前人诗句，并不甚著名，移置词中，浑然天成，恰到好处，原因在于前后映衬得当，并且不明说春恨，只是创造了一个优美而又感伤的意境让人领会。落花、微雨，一派迷濛，境极美；人独立，燕双飞，两相对照，情又极苦。因颇为耐人寻味，故觉其美。故清人谭献说："'落花'两句，名句千古，不能有二。"（见《谭评·词辨》）此词上阕文字绵密，下阕便换成疏淡，做到疏密有间，浓淡相宜。"记得"以下进入回忆。词人最初印象有两点：一是见这歌女穿着绣有双重心字花样的罗衣；二是被她演奏的琵琶曲调所深深打动。这三句虽系写实，然实而不腻。"当时"二句则为虚写，词人因见皓月当头，便又联想到当年同是这轮明月，曾照小蘋归去；而今明月犹在，小蘋却不知流落何处。含蓄不尽，感慨无涯。因此清人陈廷焯说："既闲婉，又沉着，当时更无敌手。"（见《白雨斋词话》）

鹧鸪天

彩袖殷勤捧玉钟①，当年拚却醉颜红②。舞低杨柳楼心月，歌尽桃花扇底风[3]。　　从别后，忆相逢，几回魂梦与君同[4]。今宵剩把银釭照[5]，犹恐相逢是梦中。

【注释】

①彩袖：代指女子。玉钟：酒盏的美称。

②拚却：毫不顾惜，犹甘愿。

③桃花扇：绘有桃花的歌扇，系歌女的道具，用以掩口和表演。张先〔师师令〕："不须回扇障清歌，唇一点，小于朱蕊。"或云扇上书各种曲目，以供点唱。

④同：相聚。

⑤剩把：尽把，只管把。银釭（gāng）：银灯，多作油灯的美称。梁元帝《草名诗》："金钱买含笑，银釭影梳头。"

【评析】

这首词写词人与其思念已久的一位歌女的重逢。上阕追忆当年彻夜歌舞的狂欢情景：一位衣装艳丽的女子手捧玉盅，殷勤劝酒。他被女子的浓情密意所感动，因而畅怀豪饮，然后忘情地听歌赏舞，以至连绿杨掩映的楼头之月西垂、夜半天凉桃花扇已完全停止摇动都全然不觉。晁补之见此二句，说是"自可知此人必不生于三家村中也"，又说："不蹈袭人语而风调闲雅，自是一家。"（见赵德麟《侯鲭录》）词的章法极富变化，上阕浓至板重，下阕遂用回环的句法、淡远的笔调，将悲喜错杂的真情迤逦写来，于是浓艳就被化开，显得轻灵。"从别后"三句是说别后相忆之深，此处的"相逢"乃是回忆中的初遇，它给词人留下深刻的印象，以至魂牵梦萦。"今宵"的"相逢"，方是实境。回忆中的"相逢"是虚境，因回忆之深遂成梦。梦中相逢也是虚，但却疑为真；及至果真相逢，翻疑为梦。写来曲折婉转，层层深入，奕奕动人。王楙《野客丛书》说："晏叔原'今宵剩把银釭照，犹恐相逢是梦中'，盖出于老杜'夜阑更秉烛，相对如梦寐'，戴叔伦'还作江南梦，翻疑梦里逢'，司空曙'乍见翻疑梦，相悲各问年'之意。"然而小晏用"剩把""犹恐"四个虚字呼应，不仅化诗为词,而且把质实变为空灵了。因而前人常举此二句,作为诗词分界的例证。晚清陈廷焯对此词评价极高,他说:"仙乎丽矣!后半阕一片深情,低回往复,真不厌百回读也。言情之作,至斯已极!"(见《词则·闲情集》卷一)可见此词艺术魅力之高。

鹧鸪天

小令尊前见玉箫①,银灯一曲太妖娆②。歌中醉倒谁能恨,唱罢归来酒未消。　　春悄悄,夜迢迢③,碧云天共楚宫遥④。梦魂惯得无拘检⑤,又踏杨花过谢桥⑥。

【注释】

①玉箫:人名。据唐·范摅《云溪友议》卷三引《玉箫传》说:韦皋少时游江夏,馆于姜氏,与侍婢玉箫有情。韦皋归家,一别七年,玉箫绝食而死,后再世为韦皋妾。此代指歌女。

②银灯:即〔剔银灯〕,词牌名,双调七十五字,仄韵。妖娆:形容歌声优美动听。辛弃疾〔御街行〕:"临风一曲最妖娆,唱得行云且住。"

③迢迢:遥远。形容夜长。

④楚宫:楚襄王宫殿。暗用宋玉《高唐赋》巫山神女故事,参见李珣〔巫山一段云〕注④。

⑤惯:纵容,放任。拘检:约束。

⑥谢桥:即谢娘桥。谢娘,唐时名妓,全称谢秋娘。此指歌女所住的地方。

【评析】

这是一首怀人的小词。上阕写从前在歌筵酒席前和这位歌女相见,被她所唱的〔剔银灯〕所深深感动。次句的"银灯一曲"是承首句的"小令"而来,用"太妖娆"三字形容他当时听歌的印象极为深刻。三、四两句写他在歌中醉倒,把歌曲的迷人和美酒的醉人结合起来描写，究竟是美酒醉人还是歌曲醉人，令人难以分辨。这是一种反衬的写法，目的在于突出歌声之美，最终也是为了突出歌女这个人物。过片写别后情景。春夜孤栖，所以觉得“悄悄”；久不成眠，所以觉得长夜“迢迢”。其所以如此，乃是因为怀人。自从与其人——那位歌女别后，天各一方，音信杳然，所以说她的住处（楚宫）像碧云天那样遥远。唐·李商隐《过楚宫》诗云：“巫峡迢迢旧楚宫，至今云雨暗丹枫。微生尽恋人间乐，只有襄王忆梦中。”和此词寓意有些相似。结尾二句是本词的精妙之处。当时的理学家程颐说它是“鬼语”。（见邵博《邵氏闻见后录》）明·卓人月说：“末句见赏于伊川（即程颐），所谓我见犹怜也。”（见《古今词统》卷七）可见多么富于魅力。所以托之“梦魂”，乃是因为在现实中要和这女子相会多所间阻，唯有在梦中才能毫无拘束、放纵自如地出去寻找。踏着轻飘飘的杨花走过歌女近旁的画桥，那梦境是多么虚无缥缈！着一“又”字，更可见他在梦中不知寻找了多少次。这样的笔法确实高超。

生查子

金鞭美少年[①]，去跃青骢马[②]。牵系玉楼人[③]，绣被春寒夜。　　消息未归来，寒食梨花谢[④]。无处说相思，背面秋千下[⑤]。

【注释】

①金鞭：一作“金鞍”。此句指贵族子弟。

②青骢马：毛色黑白相间的马，今名菊花青。

③玉楼人：指闺中女子。玉楼：指装饰华丽的高楼。

④寒食：节令名，在清明前一日。

⑤“背面”句：李商隐《无题》诗：“十五泣春风，背面秋千下。”背面，背过脸。

【评析】

这首词写春恨。上阕写一贵族子弟,身骑骏马,倏然远去。闺中女子从此魂牵梦萦,长夜孤眠。下阕写自从少年去后,消息杳然。值此寒食,闺中女子愈觉相思难耐。词中写少年,只用"金鞭"、"青骢马"这样的坐骑,便点出其身份。着一"跃"字,便将其神气十足的姿态生动地表现出来。清·黄苏说:"'去跃'二字,从妇人目中看出,深情挚语。"(《蓼园词选》)"从妇人目中看出",可见她对这位少年多么凝情和专注,而印象又是多么美好。词中写女子,还多从环境着笔。"绣被春寒",写其单栖之苦;"寒食梨花谢",是暗写伤春之意。"寒食"二字正与上面的"春寒"相应。"无处"二句构思极妙,是通过人物的背影描写其精神状态,好似著名戏曲演员刻画人物时常常"背上有戏"。读者虽未获睹女子面部表情,但其掩面而泣的内心活动则可于中体味。宋·曾季貍《艇斋诗话》说:"吕东莱(即吕本中)极喜诵此词,以为有思致。"黄苏说:"末联'无处'二字意致凄然,妙在含蓄。"(同上)含蓄有思致,正是这两句的特点。

生查子

坠雨已辞云①,流水难归浦②。遗恨几时休?心抵秋莲苦。　　忍泪不能歌,试托哀弦语。弦语愿相逢,知有相逢否?

【注释】

①坠雨:落下的雨。辞云:离开了云层。汉·王充《论衡》:"云散水坠,名为雨矣。"南齐·谢朓《辞记室笺》:"邈若坠雨,翩似秋蒂。"

②浦:指流入江海的港汊。

【评析】

这首词描写了失恋的痛苦。从痛苦之深切来看,在这之前,词中女子与那位情人必有一段热恋的过程。因为爱得深,所以也恨得切。然而词人却略去了这一段,仅仅截取失恋后一个横断面,集中笔墨刻画女主人公的感情。开头二句,连用两个意象鲜明的譬喻,说明恢复感情已无望。接着,以秋莲为喻,表明心情之苦不堪言,其间先用一个问句提领,音调突然升高,使人仿佛听到她的喟叹;再用一句作答,音调顿趋低沉,使人仿佛听到她的呻吟。就在这种起伏跌宕的旋律中,这位女子内心的悲哀被生动细致地描绘出来。下阕紧承上阕意脉,说她想用歌声来发泄心头的苦闷,可是未曾开口,眼泪就要夺眶而出。一个"忍"字,刻画了她的性格和神态。在爱情受到挫折时,她并没有低沉欲绝,而是极力克制内心的悲痛,力图振作一下精神。虽歌喉仍然舒展不开,但她却把一腔哀怨托之冰弦。悠扬的琴声似乎给了她一些慰藉,"弦语愿相逢",是错觉,亦是痴语,反映了女子内心深处还存有一丝幻想,尽管那男子已经十分薄情。在这里,作者揭示了一颗善良而又倔犟的心灵。末句"知有相逢否"又一转折,写出女主人公清醒而又迷惘的内心矛盾。词以问句作结,实际上也在读者心中留下问号,耐人寻味。近代夏敬观批小山词云:"齐梁新体诗之佳者,不能过之。"所评切中肯綮。

菩萨蛮

哀筝一弄湘江曲[①],声声写尽湘波绿。纤指十三弦[②],细将幽恨传。　　当筵秋水慢[③],玉柱斜飞雁[④]。弹到断肠时,春山眉黛低[⑤]。

【注释】

①筝:弦乐器,相传秦时蒙恬所造,故又名秦筝。湘江曲,即

〔湘江怨〕,曲名。相传舜帝南巡苍梧。娥皇、女英二妃追之不及,投湘江而死,成为湘江女神。后人以此题材写成乐曲。

②十三弦:汉·史游《急就篇》之三,颜师古注:"筝,亦小瑟类也,本十二弦,今则十三。"

③秋水:喻眼波。白居易《筝诗》:"双眸剪秋水,十指剥春葱。"秋水慢:形容眼神凝注。

④玉柱:即古筝的弦柱。因斜列如雁行,故又称"雁柱"。

⑤春山:喻眉峰。黛:画眉的颜料。

【评析】

此首为咏筝之作。可与欧阳修的〔生查子〕媲美。上阕写一女子弹出哀怨的乐曲,倾诉胸中隐秘的爱情。"声声写尽湘波绿"一句,以乐曲的音波比喻湘江的水波,并揭示感情的波澜,意境深远。过片"当筵"一句,点出此筝是在歌筵酒席前所弹,弹者为歌女。她始而秋波凝注,继而眉黛低垂,感情随着乐曲的变化而变化。"弹到断肠时",表明音乐已发展到高潮,使弹筝者的"幽恨"也发展到顶点。明·沈际飞评曰:"'断肠'二句俊极,与'一一春莺语'(欧词)并美。"(见《草堂诗余正集》卷一)此词声情并茂,形神毕现,使人感到如临小窗观一女子当筵抚筝。然除咏筝以外,恐有深意。清·黄苏说:"写筝耶?寄托耶?意致却极凄婉。末句意浓而韵远,妙在能蕴藉。"(见《蓼园词选》)这个提示,是值得我们玩味的。

木兰花

秋千院落重帘幕①,彩笔闲来题绣户②。墙头丹杏雨余花③,门外绿杨风后絮。　　朝云信断知何处?④应作襄王春梦去。紫骝认得旧游踪⑤,嘶过画桥东畔路。

【注释】

①重帘幕:重重帘幕。幕,一作"暮"。

②彩笔:即五色笔。相传南朝梁·江淹有五色笔,一日梦中被郭璞索去,自此所作平庸无奇,人称"江郎才尽"。(见《南史·江淹传》)

③雨余花:雨后花,指杏花多已凋谢。

④朝云:见前李珣〔巫山一段云〕注④。

⑤紫骝:良马名。

【评析】

这首词写旧地重游的感慨。起首两句是想象别后,庭院寂寥,所爱之人唯有把笔题诗,抒写离愁。次二句以墙头门外的景色,描写此时此刻的落寞情怀,妙在以雨余之花暗喻墙内之人,以风后之絮,暗喻门外行人。此种写法,同周邦彦的〔玉楼春〕(天台)结句颇为相似。所以明人沈际飞说:"'雨余花、风后絮','入江云、粘地絮',如出一手。"(见《草堂诗余正集》)过片以朝云比喻所爱之人,因为久未通信,下落不明,所以想象她可能另有新欢。"襄王春梦",指幽会而言。结尾两句是全词的点题之笔,也是全词的精妙之处。清人沈谦说:"填词结句,或以动荡见奇,或以迷离称隽,著一实语败矣。康伯可'正是销魂时候也,撩乱花飞',晏叔原'紫骝认得旧游踪,嘶过画桥东畔路',秦少游'放花无语对斜晖,此恨谁知',深得此法。"(《填词杂说》)小晏这两句是"以动荡见奇",紫骝马可爱的姿态,令人想见。旧地重游,马尚有情,何况人乎?颇为含蓄有味。

少年游

离多最是,东西流水[1],终解两相逢。浅情终似,行云无定,犹到梦魂中。　　可怜人意,薄于云水,佳会更难重[2]。细想从来,断肠多处,不与者番同[3]。

【注释】

①东西流水:汉·卓文君《白头吟》:“蹀躞御沟上,沟水东西流。”

②佳会:美好的相会。难重:难再。

③者番:这番,这一回。

【评析】

这首词写离愁,其特点是:第一,全用比喻,深受民歌影响;第二,从分到合,写来层次分明。行云流水,一般作为一个整体的比喻,此词上阕却把它分开。到下阕又把它合起来。近人夏敬观说:“云水意相对,上分述而又总之,作法变幻。”(引自龙榆生师《唐宋名家词选》)词人的命意是说:即使世界上许多不可能办到的事情(如行云流水),终能办到,情人的分离也永无再聚的可能。此为决绝语,可见离恨之深。词史上也有反用其意以写乐观情绪的,如苏轼的〔浣溪沙〕说:“谁说人生无再少,门前流水尚能西。”便是一例。

思远人

红叶黄花秋意晚,千里念行客[①]。飞云过尽,归鸿无信[②],何处寄书得?　　泪弹不尽临窗滴,就砚旋研墨[③]。渐写到别来,此情深处,红笺为无色。

【注释】

①行客:在外旅行的人。

②归鸿:相传鸿雁可以传书,故云。参见李煜〔清平乐〕(别来春半)注③。

③旋:随即。

【评析】

这首词的主题与词调一致，是写对远人的思念。首两句以景起兴，因红叶黄花、秋意萧条而想起远在千里的行客。以下三句写遥望长空，唯见云飞雁过，于是联想到无人寄信而发出喟叹。过片承上而言，因无由寄书，所以泪流不止。虽然如此，仍抱一线希望，勉强作书。泪滴入砚，就泪磨墨。以这一细节表现离情之苦，真是痴人痴事，感人肺腑。晚清陈廷焯《词则》赞云此处“就泪墨二字，渲染成词，何等姿态！”下文更进一层，当写到分别前后的情况时，早已泪湿红笺，不能下笔。于此，词人不说笺之红色因泪而淡，却说笺上红色，因情深而无。语似无理，但表现了人物真情，极宛极深。因此近人陈匪石说：“词中‘渐’字极宛转，却激切。‘写到别来，此情深处’，墨中纸上，情与泪粘合为一，不辨何者为泪，何者为情。故不谓笺色之红因泪而淡，却谓红笺之色因情深而无。”（见《宋词举》）这样的分析，至为深刻。全词语言，深入浅出，风格质朴而又含蓄，在小山词中别具特色。

阮郎归

天边金掌露成霜[①]，云随雁字长[②]。绿杯红袖趁重阳[③]，人情似故乡。　　兰佩紫[④]，菊簪黄，殷勤理旧狂。欲将沉醉换悲凉，清歌莫断肠。

【注释】

①金掌：指仙人掌。汉武帝在长安柏梁台立铜柱，高二十丈，上有仙人掌擎盘承露。班固《西都赋》：“抗仙掌以承露，擢双立之金茎。”

②雁字：雁群飞行，排成人字或一字，故称雁字。

③绿杯红袖：代指美酒佳人。重阳：节令名，农历九月初九。

④兰佩紫：屈原《离骚》：“纫秋兰以为佩。”《九歌·少司

命》:"秋兰兮青青,绿叶兮紫茎。"

【评析】

此词作于汴京重阳宴饮之际,风格凝重深厚。起首二句用典,写汴京一带霜寒云薄,已呈深秋景象,悲凉之意,亦隐约透露。三、四两句写到重阳。小晏是江西临川人,作客汴京本已无聊;因时值重阳佳节,又有美酒佳人,故不妨随俗应时。着一"趁"字,恰好点出这种乘机力求解脱悲凉的心情。"人情似故乡",说明主人情重,使他有如归之感。过片紧承前结而来,佩兰簪菊与"绿杯红袖"相应,表现了北宋东京节日人物之盛,服饰之美。在此环境中,词人不禁要把旧日的狂情逸兴重新激发起来。清·况周颐说:"'殷勤理旧狂',五字三层意:狂者,所谓'一肚皮不合时宜'发见于外者也;狂已旧矣,而理之;而殷勤理之,其狂若有甚不得已者。"(见《蕙风词话》)这个"旧狂",也就是前面作者介绍中所说的"四痴",是一种落拓不羁、不合时宜的表现。结尾二句是说,虽欲以"沉醉"来解除"悲凉"的意绪,但恐一听"清歌",又会引起"断肠"之痛。着一"莫"字,先自宽慰,意已敦厚。况周颐说:"'清歌莫断肠',仍含不尽之意。此词沉着厚重,得此结句,便觉竟体空灵。"(同上)此评至为恰切。

浣溪沙

日日双眉斗画长①,行云飞絮共轻狂。不将心嫁冶游郎②。　　溅酒滴残歌扇字③,弄花熏得舞衣香。一春弹泪说凄凉。

【注释】

①斗画长:争着把眉毛画长。

②冶游郎:指轻薄子弟。

③歌扇字:歌女扇上常记曲名,以供歌时点唱,故有字。

【评析】

此词写歌女生活及其内心苦闷。上阕为虚写，起句反用唐人秦韬玉《贫女》“不把双眉斗画长”诗意，写这位歌女天天细描双眉，欲与女伴争妍斗艳。然而这是职业的要求，内心并非如此，故次句紧接着点明随人摆布的命运。“行云”暗用宋玉《高唐赋》“朝为行云、暮为行雨”句意，代替歌女身份，表示漂浮不定。“飞絮”是用杜甫《绝句漫兴》“颠狂柳絮随风舞”之意，象征下文“冶游郎”的轻薄寡恩，于是逼出第三句“不将心嫁冶游郎”。此句从李商隐《无题》诗“见我佯羞频照影，不知身属冶游郎”来。其中的“心”字与上面的“斗”字相互呼应，恰好刻画出这位歌女内心感情与外在动作的不一致。下阕为实写，因在宴前对酒唱歌，故扇子上面常被酒溅残。因陪贵人游赏园林，故舞衣常染有花香。唐人于良史《春山夜月》诗“掬水月在手，弄花香满衣”是此句所本。“歌扇”“舞衣”，点明身份；“溅酒”“弄花”，描摹情态。全词选取典型细节，描摹人物，仅以此二句便真切地展示了此歌女的卖笑生涯和娇美形象。结句骤然转折：面对春日的万紫千红，歌女却不感到欢乐，而是弹泪歌唱，用歌声诉说内心的凄凉。因此也客观地反映出那个社会对于美丽善良女性的摧残和蹂躏。

虞美人

疏梅月下歌金缕①，忆共文君语②。更谁情浅似春风，一夜满枝新绿替残红。　　蘋香已有莲开信③，两桨佳期近④。采莲时节定来无？醉后满身花影倩人扶⑤。

【注释】

①疏梅：疏影横斜的梅花。金缕：即《金缕衣》，乐府《近代曲辞》，传为唐时杜秋娘作。

②文君：卓文君，西汉临邛（今属四川）卓王孙之女，相传她新寡在家，司马相如以琴曲挑之，遂相与私奔。见《汉书·司马相如传》。

③蘋：浮萍之大者，约在莲花之前开花。

④佳期：此指美好的时刻。

⑤醉后句：唐·陆龟蒙《和袭美春夕酒醒》诗："觉后不知明月上，满身花影倩人扶。"

【评析】

此词寄托对某歌女的思念。词中"蘋""莲"，似为双关语，兼指其友沈廉叔、陈君宠家的两个歌女。起首二句回忆当年在月下梅边听这二位歌女唱曲，曲名《金缕衣》，词曰："劝君莫惜金缕衣，劝君须惜少年时。花开宜折直须折，莫待无花空折枝。"文君，卓文君，尝私奔司马相如，此处借指唱曲的歌女，同时暗喻爱情关系。次二句回应《金缕衣》中词意，说是经不起一夜春风，花枝尚未及折下，已经换上满枝绿叶，意在怨恨歌女的薄情。比喻新颖，含思凄婉。过片写眼前景，从蘋花正香、莲花将开，联想到名叫蘋和莲的两位歌女，盼望在将要到来的采莲时节，能一同荡桨湖中。最后二句为倒装句法，说是到了那时他将在花丛之中开怀一醉，让这两位歌女扶着归来；然而他又怀疑那时她们是否会来。曲折委婉，形象鲜明，特别是最后一句非常优美，充满了诗情画意。与起句"疏梅月下歌金缕"首尾呼应，意境浑成，饶有美学意味。

清平乐

留人不住，醉解兰舟去[①]。一棹碧涛春水路，过尽晓莺啼处。　　渡头杨柳青青，枝枝叶叶离情。此后锦书休寄[②]，画楼云雨无凭[③]。

【注释】

①兰舟:即木兰舟,详见后慕容嵓卿妻〔浣溪沙〕注②。

②锦书:《晋书·窦滔妻苏氏传》:"滔,苻坚时为秦州刺史,被徙流沙。苏氏思之,织锦为回文旋图以赠滔,宛转循环以读之,词甚凄婉。"后遂以锦字或锦书比喻爱人之间的书信。

③画楼:华丽的高楼,此指女子所居之处。云雨,见前李珣〔巫山一段云〕注④。

【评析】

此词写别情。上阕一开头就说"留人不住",可见词人离开之前,曾被数度挽留,然而终于没有留住。"留人"句在构思上很像孙光宪的〔谒金门〕:"留不得,留得也应无益。白纻青衫如雪色,扬州初去日。"不过孙词是从女方着眼,晏词是从男方落笔。"一棹"两句,写船儿在春水碧波上行驶,所过之处不断听到黄莺的鸣啭。此句由李白诗"两岸猿声啼不住,轻舟已过万重山"句意转化而来,两者都写出了舟行的快感,然晏词较婉丽。过片一转,从轻快转入低沉。当船儿经过渡口时,只见岸上杨柳青青,于是词人又从传统的折柳赠别联想到方才与恋人的分离,顿觉株株柳枝、片片柳叶都充满了离情别绪。此二句从唐人张籍《忆远》诗"唯爱门前双柳树,枝枝叶叶不相离"化出,而反用其意。最后二句写词人的感慨,说是今后不要再写情书了,那位住在画楼中的女子是不可靠的。清人周济说:"结语殊怨,然不忍割。"(见《宋四家词选》)此词写别情较有起伏,起首二句很为激动,三、四两句十分平和,五、六两句渐趋缠绵,七、八两句则发展为怨恨。因此令人感到节奏鲜明,感情真挚,反复阅读,愈感哀怨无边。

王 观

王观(生卒年不详),字通叟,如皋(今属江苏省)人。仁宗嘉祐二年(1057)进士,曾任大理寺丞。元丰三年(1080)在江都知县任上,枉法受财,除名永州编管。因自号逐客。吴曾《能改斋漫录》说他做翰林学士时曾奉诏作〔清平乐〕一首,高太后以为亵渎神宗,因而罢职。此说不确。有《冠柳集》,已佚,今有辑本,存词六首,风格近柳永。

卜算子

送鲍浩然之浙东[①]

水是眼波横[②],山是眉峰聚[③]。欲问行人去那边,眉眼盈盈处[④]。　　才始送春归,又送君归去。若到江东赶上春[⑤],千万和春住。

【注释】

①鲍浩然:作者友人,生平不详。之:往。浙东:宋代置两浙东路,简称"浙东",今浙江东南部。

②眼波横:眼波横流。李白《长相思》:"昔时横波目,今作流泪泉。"

③眉峰聚:双眉紧锁,好似山峰簇聚。

④盈盈:清澈貌。《古诗十九首》之十:"盈盈一水间,脉脉不得语。"

⑤江东:一作"江南",皆通。

【评析】

此词题为送别,实兼送春。古典诗词中常以自然界的春山秋水形容美人的眉眼,这首词却以美人的眼波和眉峰形容江南的山水,比喻翻用,别出心裁,使人顿感江南山水异样地明秀。以下二句写友人前往眉眼盈盈之处,是对友人的前途美好的祝愿。明人沈际飞说："水眼山眉，人出口即是；下二句运用不同，遂胜。"意思说作者写山水之美最后落到写人，这是他独到之处。下片把送别和送春结合起来，祝愿友人青春永驻，比一般的祝词高雅新颖。和春同住，语似无理，但沈际飞说："没理有无穷深衷。"（同上）这是词家抒写感情的一种手法，凡是浅语、淡语、痴语、无理语，常常是至情语，这一点很值得我们学习。

张舜民

张舜民(生卒年不详),字芸叟,自号浮休居士,邠州(今陕西彬县)人,约与苏轼同时,为陈师道姐丈。英宗治平二年(1065)进士,神宗元丰间,授秘阁校理、监察御史。在环庆前线,因作诗讥讽前线失败获罪,贬郴州。哲宗朝为吏部侍郎,曾因坐元祐党籍,被贬商州。有《画墁集》,今传本系从《永乐大典》辑出。存词四首。

卖花声

题岳阳楼①

木叶下君山②,空水漫漫。十分斟酒敛芳颜③。不是渭城西去客,休唱阳关④。　　醉袖抚危栏⑤,天淡云闲。何人此路得生还⑥?回首夕阳红尽处,应是长安⑦。

【注释】

①岳阳楼:在今湖南岳阳市西门,下临洞庭湖。

②君山:在洞庭湖中,与岳阳楼相对。此句从屈原《九歌·湘夫人》"洞庭波兮木叶下"而来。

③敛芳颜:即收敛笑容。意即态度严肃。

④阳关:阳关曲,唐人送别时所唱。其词本为唐·王维《送元二使安西》:"渭城朝雨浥轻尘,客舍青青柳色新。劝君更尽一杯酒,西出阳关无故人。"

⑤危栏:高楼上的栏杆。

⑥此路:指岳阳至郴州之路。

⑦长安:今陕西西安,因系汉唐故都,宋人常借指汴京。

【评析】

张舜民在环庆前线写过"白骨似沙沙似雪"的诗句,讽刺北宋永乐城之战的惨败,因而得罪了当时与西夏作战的宋王朝,于元丰五年(1082)冬十月被贬监郴州酒税。途经湖南,登岳阳楼,写下此词。范仲淹《岳阳楼记》谓此楼“北通巫峡,南极潇湘,迁客骚人,多会于此”。舜民登临此楼,时值初冬,更多迁客之感。其词首二句云“木叶下君山,空水漫漫”,在读者面前展开一幅落叶萧萧、水天相接的寥廓景象。三、四两句写离开前线、贬谪南方的一腔怨愤。词人原在环庆统帅高遵裕幕下赞画机宜,本可施展才能,建功立业;此时却因写诗获罪,迁谪郴州。壮志难酬的苦闷自然郁结心头。“不是渭城西去客,休唱阳关”二句,以唐代出塞征戍的人相比,婉曲地抒发了胸中怨愤,正话反说,于沉痛中饶有疏放之致。过片写词人抚栏远望:向上看,天淡云闲,长空澄澈;向前看,去路茫茫,吉凶未卜;向后看,那夕阳西下之处,想必是京城汴梁。俯仰之间,不禁感慨万千。宋·周晖说此词“亦岂无去国流离之思,殊觉婉而不伤也”。(《清波杂志》卷四)正说明此词风格沉郁,语言婉曲,非一般婉约之作可比。结尾二句前人认为系从白居易《题岳阳楼》诗“换骨”而来,但能融化无迹,将对朝廷的依恋之情隐藏在景色描绘之中,自然浑成,可与辛弃疾〔菩萨蛮·书江西造口壁〕中“西北望长安,可怜无数山”媲美。

魏夫人

魏夫人(生卒年不详),名玩,字玉汝,襄阳(今湖北襄阳市)人,魏泰之妹,曾布之妻,封鲁国夫人。曾燠《江西诗徵》载有小传。在宋代女词人中与李清照齐名。清·陈廷焯说:"朱晦庵(朱熹)谓宋代妇人能文者,惟魏夫人及李易安二人而已。魏夫人词笔颇有超迈处,虽非易安之敌,然亦未易才也。"(《白雨斋词话》卷二)近人周泳先辑有《鲁国夫人词》。

菩萨蛮

溪山掩映斜阳里,楼台影动鸳鸯起①。隔岸两三家,出墙红杏花。　　绿杨堤下路,早晚溪边去。三见柳绵飞②,离人犹未归。

【注释】

①楼台影动:溪中的楼台倒影随波荡漾。

②柳绵:即柳絮。

【评析】

此词写离愁。相传曾布出仕在外,三年未归,魏夫人感而赋此。上阕着重写景,亦以起兴,水上鸳鸯,墙头红杏,俱足以触起其对丈夫曾布的思念。宋·叶绍翁《游园不值》诗云:"春色满园关不住,一枝红杏出墙来。"与此词相比,一则灵秀,一则雅逸。下阕着重写情,直抒离愁。闺中之人,早晚须到溪边汲水,经过绿杨堤下,已经三度看见柳絮纷飞。寓时序变迁于景物变化之中,暗示离思与日俱增,语淡而情深,意婉而不俗,不似花间派词人写离情必用艳语。这是闺情词的一大进步。

苏轼(1037—1101),字子瞻,一字和仲,自号东坡居士,眉山(今属四川)人,与父苏洵、弟苏辙,并称"三苏"。仁宗嘉祐二年(1057)举进士,主考官欧阳修大赏其才。神宗朝,曾上书要求改革时政,然而在王安石变法时,他看到某些弊端,上书反对。不久,通判杭州,又历知密州、徐州、湖州、杭州、颍州、扬州。元丰二年(1079),在湖州任上,以作诗讥刺时政被逮,贬为黄州团练副使。哲宗绍圣初,坐元祐党籍,贬惠州,徙昌化(今海南岛昌化县)。徽宗即位时,赦还,提举玉局观,不久卒于常州。他是北宋最伟大的文学家,诗、文、词俱有杰出成就。其所为词,风格豪放,王灼称其"偶尔作歌,指出向上一路,新天下耳目,弄笔者始知自振"。(《碧鸡漫志》卷二)有人说他"以诗为词","不协音律",但这只是一个方面。对此,陆游说他"非不能歌,但豪放不喜剪裁以就声律耳,试取东坡诸词歌之,曲终,觉天风海雨逼人"。(见《历代诗余词话》卷五)苏轼词也有婉约之作,写儿女情思,清丽而有风致。词自花间至北宋,一直走着绵软香艳的狭窄道路;至柳永大作慢词,始用以反映市民生活;至苏轼又在柳永基础上大大扩展了词的领域,提高了词的表现能力。他用词来抒情述志,伤时感世,咏史怀古,几乎"无意不可入,无事不可言"。(刘熙载《艺概》卷四)而在用词描写农村风光这一点上,他又是孙光宪以后用力最多的人。所有这些,都决定了苏轼在词史上的独特地位,对后来的辛弃疾产生了直接影响。有《东坡乐府》传世,存词三百余首。

西江月

顷在黄州,春夜行蕲水中[①],过酒家饮。酒醉,乘月至一溪桥上,解鞍曲肱,醉卧[②]少休。及觉已晓,乱山攒拥,流水锵然,疑非尘世也[③]。书此语桥柱上。

照野浾浾浅浪[4]，横空暧暧微霄[5]。障泥未解玉骢骄[6]，我欲醉眠芳草。　　可惜一溪明月，莫教踏碎琼瑶[7]。解鞍攲枕绿杨桥[8]，杜宇一声春晓[9]。

【注释】

①蕲(qí)水：河流名，在湖北蕲水县境内，黄州(今黄冈)东南。

②曲肱(gōng)：即曲肱而枕，弯着胳膊做枕头。

③尘世：即人间。

④弥弥：水满貌。

⑤暧暧(ài)：昏暗不明貌。微霄：薄薄的云气。明·杨慎《词品》说这句"乃用陶渊明'山涤余霭，宇暧微霄'之语"。

⑥障泥：马鞯。因垫在马鞍下，垂于马背两旁以挡泥土，故名。玉骢(cōng)：玉花骢，即青白色的马。

⑦琼瑶：美玉，指映在水中的月亮。

⑧绿杨桥：旧址在黄州东。

⑨杜宇：即杜鹃鸟，相传是古蜀帝杜宇之魂所化，故名。

【评析】

这首词作于宋神宗元丰五年(1082)作者贬谪黄州之时。后人建春晓亭于桥旁作为纪念。词之有序，始自东坡。词中反映了作者超尘脱俗的胸怀，小序也写得饶有情味，与词相互补充，构成一个完整的意境。词的上阕，紧承小序，写旷野中的蕲水，在月光照耀下荡漾着满河浅浪，而它的上空又横盖着昏暗的云气。景色极为幽美、恬静。于是带着醉意的词人便解下马鞍，准备在如茵的绿草上休息。明·沈际飞说："未解障泥，有故。"这个典故出自《晋书·王济传》，大意是说王济(字武子)善解马性，尝乘一匹配有障泥的马，遇水，马不肯渡，王济看出是马怕湿了障泥，便使人解去，马才渡了过去。苏轼用此典故形容骏马的可爱而不露痕迹。词的下阕承"玉骢骄"而来，"可惜"二句写他醉眠之前的心情。是希望马儿于解鞍之后不要涉水。"莫教踏碎琼瑶”，乃一篇之警策。明·李攀龙说：“山谷词‘走马章台，踏碎满街月’，坡公偏不忍踏碎，都妙。”（见《草堂诗余隽》卷六）“解鞍”二句写他醉眠溪桥之上，一声杜鹃，把他从梦中唤醒，而此时他犹沉醉于清净杳邈的境界之中。这种旷达情怀反映了他贬居黄州后复杂心情的一个侧面。词中出语自然，不从人意想中来，人亦不能说出，故能卓荦不群，自成一家。

鹧鸪天

林断山明竹隐墙，乱蝉衰草小池塘。翻空白鸟时时见，照水红蕖细细香①。　村舍外，古城旁，杖藜徐步转斜阳②。殷勤昨夜三更雨③，又得浮生一日凉。

【注释】

①红蕖：红色的荷花。蕖（qú）：即芙蕖，荷花的别名。

②杖藜：拄着拐杖。藜（lí）：植物名，一年生草本。其茎可作拐杖。

③殷勤：情意恳切深厚。

【评析】

此词作于元丰六年（1083）作者贬谪黄州之时，词中写傍晚在城边散步的闲情逸致。上阕写景：远处林断山明，人家隐于竹阴深处；近处小池塘边，衰草几茎，蝉声杂乱，高处时见白鸟飞翔，低处常闻荷花幽香。远、近、上、下，写来层次分明，色彩鲜丽，确似一幅好画。下阕抒情，写词人在村外城旁手扶藜杖，安闲地散步。“转斜阳”一语，将词人缓慢的步履与渐渐西斜的夕阳结合起来描写，自铸新词，颇有意境。结尾二句于闲适之中抒发对人生欢娱难得的感叹，实是对贬居黄州的不满，从中我们可以看到一个政治上失意而思想上旷达的词人形象。这首词似受陶渊明的影响。郑文焯说：“渊明诗：‘啸傲东轩下，聊复得此生。’此词从陶诗中得来，愈觉清异，较‘浮生半日闲’句，自是诗词异调。论者每谓坡公以诗笔入词,岂审音知言者?”(《手批东坡乐府》)说明此词虽从诗中来又不同于诗,而世人认为东坡“以诗为词”的说法也不一定正确。这一意见可供研究苏词者参考。

少年游

润州作[①]

去年相送,余杭门外[②],飞雪似杨花。今年春尽,杨花似雪,犹不见还家。　　对酒卷帘邀明月,风露透窗纱。恰似姮娥怜双燕[③],分明照,画梁斜。

【注释】

①润州:今江苏镇江市。

②余杭门:宋时杭州城北门,为离杭北上时必经之地。

③姮(héng)娥:即嫦娥,相传上古时为后羿之妻。因偷吃不死药而奔月。见《淮南子·览冥训》。

【评析】

此词写闺情,词题一作“代人寄远”,作者时年三十九岁,正在杭州通判任上,因放赈至镇江。据王文诰《苏诗总案》说:“甲寅四月,有感雪中行役作。公以去年十一月发临平,及是春尽,犹行役未归,故托为此词。”甲寅为神宗熙宁七年(1074)。上阕用对比手法,表现女子对丈夫的怀念。“飞雪似杨花”,语出《诗经·采薇》:“昔我往矣,杨柳依依,今我来思,雨雪霏霏。”词人用以比喻时序的变迁。下阕由户外转至室内,写思妇对月饮酒,其中暗用李白《月下独酌》“举杯邀明月,对影成三人”诗意。“邀明月”一词,说明现实中无人相伴,凄然幽怨,溢于言外。结尾二句,谓双燕栖梁,犹有明月相照,足见明月多情;相比之下,自己空房独守,却无人怜惜,足见离恨之深。此词语言通俗,比喻贴切，情致婉约，含思凄婉，体现了苏词之一特色。

南乡子

重九涵辉楼呈徐君猷[①]

霜降水痕收[②]，浅碧鳞鳞露远洲[③]。酒力渐消风力软，飕飕[④]。破帽多情却恋头。　　佳节若为酬？但把清尊断送秋[⑤]。万事到头都是梦，休休。明日黄花蝶也愁[⑥]。

【注释】

①重九：即重阳节。涵芬楼，又名栖霞楼。徐君猷，名大受，建安（今福建建瓯县）人。东坡来黄州，君猷为太守，能以礼相待。

②水痕：谓水退后岸边留下的痕迹。

③鳞鳞：形容水的波纹像层层鱼鳞。洲：水中小块陆地。

④飕飕（sōu）：风声。

⑤清尊：犹清酒。尊：酒杯。断送：消磨、打发。《诗词曲语辞汇释》卷五："断送，犹云逗引也，亦犹云发付也。……王之道〔南歌子〕词（戊午重九）：'龙山胜集古今同，断送一年秋色酒杯中。'"与此词同一意趣。

⑥明日：指重阳节后。黄花：指菊花。古人多于重阳节赏菊，明日黄花，兼寓迟暮不遇之感。

【评析】

这首词亦作于谪居黄州之时，时为元丰五年（1082）重阳节。词中以幽默的语气表现了旷达的襟怀。上阕先写清秋景象，次写酒后畏寒。"破帽多情却恋头"句极为风趣。清·黄苏说："破帽恋头，语奇而稳。"（《蓼园词选》）晋代孟嘉曾于重阳登高之时落帽于龙山，后世传为登高雅事。苏轼这里不说落帽，而说“破帽恋头”，不仅是同传统的习俗开玩笑，主要是对自己境遇的解嘲。故明人沈际飞评曰：“自来九日多用落帽，东坡不落帽，醒目！”（见《草堂诗余正集》卷二）下阕写聊用一樽清酒酬佳节，送清秋，已多寥落之感。继又发出人生如梦的叹息，同他政治上遭受打击是分不开的。沈际飞说：“东坡升沉去住，一生莫定，故开口说梦，如云：‘人间如梦’‘世事一场大梦’‘未转头时皆梦’‘古今如梦’‘何曾梦竟’‘君臣一梦，今古虚名’。屡读之，胸中鄙吝，自然消去。”（同上）由此可见东坡深受老庄思想影响，表面上似超脱，实际上反映了他在政治上遭受打击后的消极情绪。此词用元丰初在徐州所作《九日次韵王巩》“相逢不用忙归去，明日黄花蝶也愁”成句，清·黄苏《蓼园词选》评云：“‘明日黄花’句，自属达观，凡过去未来，皆几非在我，安可学蜂蝶之恋香乎！”细审之，中有哲理，颇堪寻绎，故东坡一再用之。

南乡子

送述古①

回首乱山横，不见居人只见城②。谁似临平山上塔③，亭亭④。迎客西来送客行。　　归路晚风清，一枕初寒梦不成。今夜残灯斜照处，荧荧⑤。秋雨晴时泪不晴。

【注释】

①述古：即陈襄，时为杭州太守，述古是他的字。

②“不见”句：化用唐·欧阳詹《初发太原途中寄太原所思》诗“高城已不见，况复城中人”。

③临平山：在杭州市东北五十四里。上有塔，下临湖。见《杭州府志》。

④亭亭：孤耸貌。

⑤荧荧：亮晶晶的样子，形容灯火和泪光。

【评析】

这首词作于宋神宗熙宁七年(1074)七月。这时述古由杭州调任南京(今河南商丘)太守,苏轼写词送行。词中表现了深厚的友情。起首两句写送出余杭门外,回望杭州,只见城郭,不见居民,句意从唐人欧阳詹《初发太原途中寄太原所思》诗中来,反映了述古对故地的留恋之情。以下三句写经过临平山时的感受。"迎客西来"谓此时杨绘自西边来杭接任杭州太守,而"送客行"谓此时陈述古离杭调任南京,皆在塔下经过。一语兼含两意,将亭亭耸立的宝塔拟人化,说它在迎客送客,设想奇妙,寄情深挚。过片描述了回城之后的怅惘心情,写他一路之上已感凄凉,秋夜独对残灯,又闻雨打纱窗,尤感孤单,不禁两行清泪,潸潸而下。秋雨可晴,而泪流不止,以一"晴"字,兼写雨和泪,通俗而富于形象性;两相映衬,愈见感情之深。

望江南[①]

超然台作

春未老[②],风细柳斜斜。试上超然台上看[③],半壕春水一城花[④],烟雨暗千家。　寒食后,酒醒却咨嗟[⑤]。休对故人思故国,且将新火试新茶[⑥]。诗酒趁年华[⑦]。

【注释】

①望江南:此为双调,由原来的两首合成。

②春未老:犹春未暮,从下文"寒食后"看,时为农历三月初,故云。

③超然台:在密州(今山东诸城)北城上,苏轼任郡守时因旧台修建而成,由其弟苏辙命名。

④壕:城壕,俗名护城河。

⑤咨嗟:叹息。

⑥新火：旧时寒食禁火，节后重新举火，故名。新茶：指"雨前""明前"茶。

⑦年华：指美好的青春时光。

【评析】

此词作于神宗熙宁九年春（1076）密州任上。另有优秀散文《超然台记》，可以参看。超然台筑于城头，苏轼经常登临游憩，站在台上可以眺览全城。此词上阕写眼中所见之景。风细柳斜，半壕春水，一城鲜花，色调明丽，紧接一句"烟雨暗千家"，则变成一种朦胧的意境。所谓"暗千家"，乃指寒食不举火，家家无炊烟，唯有细雨笼罩。下阕写酒醒之后的故国之思。苏轼为眉山人，此时眉山丹棱县令赵成伯，来密州与他相会。寒食为扫墓之时，兼有故乡人来，因而引起故乡之思。为了聊慰乡愁，故以诗酒自遣。所抒之情，曲折细腻，而又不伤于婉弱。因此近人俞陛云说："下阕故人故国，触绪生悲；新火新茶，及时行乐，以此易彼，公诚达人也。"（见《两宋词选释》）末句以旷达语作结，更有超迈之感。

卜算子

黄州定慧寺寓居作[①]

缺月挂疏桐，漏断人初静[②]。时见幽人独往来[③]，缥缈孤鸿影[④]。　惊起却回头，有恨无人省[⑤]。拣尽寒枝不肯栖，寂寞沙洲冷[⑥]。

【注释】

①定慧寺：一作"定惠院"。在今黄冈市东南长江边。苏轼于神宗元丰三年（1080）贬黄州，曾寓居此院。

②漏断：指夜深。漏：即更漏，古代计时器。见前和凝〔江城子〕（竹里风生月上门）注①。

③幽人:幽隐之人,犹高人。
④缥缈:恍忽,飘逸。隐约高远貌。
⑤无人省:无人理解。
⑥寂寞沙洲冷:一作“枫落吴江冷”,地点不合,当非是。

【评析】

这首词作于元丰三年(1080)初到黄州之时,前人评价极高,黄庭坚跋云:“东坡道人在黄州时作,语意高妙,似非吃烟火食人语。非胸中有万卷书,笔下无一点尘俗气,孰能至此?”词的意境很深远,反映了词人初出诏狱,惊魂甫定,尚有余悸的孤寂心理。词中,词人、幽人、孤鸿,三位一体,水乳交融,恰切地表现了苏轼彼时彼地的处境。上阕首句写景,次句写时,第三句、第四句写人(或雁),把万籁无声、纤尘不到的幽静气氛烘托极浓。下阕写孤鸿惊惶不定,有恨无人省的苦衷,借以自喻。“惊起”二句,刻画孤鸿神态,惟妙惟肖。孤鸿心事,实即词人心事。“拣尽”二句承上而言。宋人胡仔认为“鸿雁未尝栖宿寒枝……此亦语病”。(见《苕溪渔隐丛话》前集卷三十九)后人多驳之,如陈鹄云:“盖取兴鸟择木之意,所以为高妙。”(见《耆旧续闻》卷二)王楙则找出根据,说隋朝李元操《鸣雁行》也说过“夕宿寒枝上”,殊为有理,此云因为含恨无人理解,无枝可依,所以自甘寂寞,独宿沙洲,从而表达了词人不愿与世浮沉的高洁品格。清·黄苏说:“此词乃东坡自写在黄州之寂寞耳,初从人说起,言如孤鸿之冷落;第二阕专就鸿说,语语双关,格奇而语隽。斯为超诣神品!”(《蓼园词选》)就风格而言,此词脱尽绮靡蹊径,为小令别调,而一片神行,备极吞吐含蓄之妙,在温韦晏欧词中是找不到的。

阮郎归

初夏

绿槐高柳咽新蝉[①],熏风初入弦[②]。碧纱窗下水沉烟[3]，棋声惊昼眠。　　微雨过，小荷翻，榴花开欲燃[4]。玉盆纤手弄清泉[5]，琼珠碎却圆[6]。

【注释】

①咽：哽咽，形容蝉声断断续续。

②熏风：《家语》："舜作五弦之琴，歌《南风》之诗曰：'南风之熏兮，可以解吾民之愠兮。'"此谓南风乍起。

③水沉：即沉水香，古代用以燃烧的香料。

④开欲燃：形容榴花盛开，好似火烧一般鲜红。

⑤纤手：指美人的手。《古诗十九首》："纤纤出素手。"

⑥琼珠：形容水泡。

【评析】

此词写初夏生活，显得清和婉丽。上阕先写庭院内槐柳成阴，新蝉初鸣；次写室内香烟缭绕，下棋落子之声惊扰午睡。下阕写微雨过后，轻风翻动新荷，榴花红似火焰，而室内佳人手弄盆内清泉，借以消夏。词的特点一是细腻准确：词人紧扣初夏这个季节来描写景物，蝉的鸣声不用"嘶"而用"咽"，说明它是"新蝉"，声音不大，也不连贯；荷叶新生，所以称"小荷"；榴花盛开于旧历五月，所以说它"开欲燃"。二是通过细节的描写来造成意境，传递人情。上下两结，尤富情趣。惊昼眠的棋声、碎而复圆的水珠，都十分传神。所以明·李攀龙说："棋声惊午梦，素手弄清荷。……景中写情，情在笔先，景描楮上，色色如画。"（见《草堂诗余隽》卷三）也就是说词中具有浓厚的诗情画意。

虞美人

湖山信是东南美[1]，一望弥千里[2]。使君能得几回来[3]？便使尊前醉倒且徘徊。　　沙河塘里灯初上[4]，水调谁家唱[5]？夜阑风静欲归时，惟有一江明月碧琉璃[6]。

【注释】

①“湖山”句：嘉祐初，学士梅挚任杭州太守，仁宗作诗送行曰：“地有湖山美，东南第一州。”梅挚到任后筑有美堂于吴山，欧阳修写有《有美堂记》。此句即从宋仁宗诗来。信是：确是。

②弥：满。

③使君：对州郡长官的称谓。此指杭州太守陈襄（述古）。

④沙河塘：在杭州城南，宋时为繁华之地。

⑤水调：商调曲，相传隋炀帝开汴渠，自作《水调》。

⑥碧琉璃：形容水面平滑澄澈如镜。参见前欧阳修〔浣溪沙〕（湖上朱桥响画轮）注③。

【评析】

据《本事集》记载，神宗熙宁七年（1074）秋，杭州太守陈襄（述古）将调往南京（今河南商丘），行前宴客于有美堂。苏轼时为通判，是陈襄的属吏，席间赋此词。上阕写他登上吴山有美堂，放眼远眺，觉得千里江山，无比壮丽，热情地劝陈襄畅饮，说是纵然醉倒宴前，也不忍离开这美好的杭州，从而表达了对述古的深厚友情。下阕写晚间景色，只见沙河塘上华灯初上，悠悠扬扬传来了《水调》歌声。直到席终人散，扶醉欲归时，又见在一轮明月映照下，钱塘江水澄澈得像碧绿色的琉璃。词中表现了祖国湖山优美的景色，而在描绘月明水净的夜景之时，也反映了词人恬淡闲适的心境。

虞美人

波声拍枕长淮晓[1]，隙月窥人小[2]。无情汴水自东流[3]，只载一船离恨向西州[4]。　　竹溪花浦曾同醉[5]，酒味多于泪。谁教风鉴在尘埃[6]？酝造一场烦恼送人来。

【注释】

①长淮:指淮水,源出河南省桐柏山,东流经安徽,至江苏淮安合于运河,经高邮、江都入长江。

②隙月:从云缝里露出来的月亮。

③汴水:见前白居易〔长相思〕(汴水流)注①。

④西州:此指东晋时扬州公廨的西门。沈际飞《草堂诗余正集》卷二:"扬州廨,王敦所创,开东西南三门,俗谓之西州。"《晋书·谢安传》谓谢安死后,其甥羊昙不忍经过谢安生前所经之西州门,即指此。

⑤竹溪:唐时李白与孔巢父、韩准、裴政、张叔明、陶沔六人隐于徂徕山,酣歌纵酒,时号"竹溪六逸"。此处借喻与秦观之间的交游。

⑥风鉴:指风度识见。《晋书·陆机陆云传论》:"风鉴澄爽,神情俊迈,文藻宏丽,独步当时。"

【评析】

据《冷斋夜话》说:"东坡与秦少游维扬饮别,作此词。"揆之词意,似元丰七年(1084)东坡量移汝州时所作。这时他经过高邮,弟子秦观把他送到淮河边,写下此词作别。上阕是东坡回忆昔年被贬时乘船经汴水、入淮河、抵扬州、西向金陵的情怀。"离恨"二字,寓贬谪之恨于字里行间。下阕是写与少游的情谊。"竹溪"句系忆旧游,"酒味"句乃抒今愁。结尾二句则对少游的处境(按:少游元丰初应试落第,落拓乡里)表示同情。正如黄苏所说:"风鉴在尘埃,是惜少游,此其所以烦恼也。"(《蓼园词选》)"隙月窥人小",是说月亮从云缝中钻出来窥视船中的词人,没有夜宿船篷下的经验是很难写出这种意境的。明·王世贞《弇州山人词评》说:"'隙月窥人小',又'天涯一点青山小'……俱妙在押字。"下面的"船载离恨",亦为妙语,形象地表现出离恨之深之重。张耒《绝句》云:"不管烟波与风雨,载将离恨过江南。”李清照〔武陵春〕词云：“只恐双溪舴艋舟，载不动、许多愁。”与此词同义，俱是将抽象的愁恨化作可以装载的具体事物，令人可以捉摸。故明人沈际飞说此句“与‘载取暮愁归去’同妙”。(《草堂诗余正集》卷二)“酒味多于泪”，状其辛酸，写离情更进一层。明·李攀龙评曰：“离情无限，故泪多于酒，与‘离愁渐远渐无穷，迢迢不断如春水’同意。”(《草堂诗余隽》卷三)这首词虽是寻常赠别之作，但将离愁与谪恨、酒味与泪水交织成篇，感情极为浓挚，不愧为大家手笔。

浣溪沙

游蕲水清泉寺[①]，寺临兰溪，溪水西流

山下兰芽短浸溪，松间沙路净无泥。萧萧暮雨子规啼[②]。　谁道人生无再少？门前流水尚能西。休将白发唱黄鸡[③]。

【注释】

①蕲水：见前苏轼〔西江月〕词注释①。

②萧萧：形容不停的雨声。唐·白居易《寄殷协律》诗自注云：“江南吴二娘曲词云：‘暮雨萧萧郎不归。’”子规：即杜鹃鸟。

③“休将”句：意为不要叹息年华易逝。白居易《醉歌示妓人商玲珑》：“谁道使君不解歌？听唱黄鸡与白日。黄鸡催晓丑时鸣，白日催年酉时没。”

【评析】

此词作于神宗元丰五年(1082)。词人在《东坡志林》卷一中说：“闻麻桥人庞安常善医而聋，遂往求疗。……疾愈，与之同游清泉寺，寺在蕲水郭门外二里许，有王逸少(羲之)洗笔泉，水极甘。下临兰溪，溪水西流，予作歌云云，是日剧饮而归。”由于词人久病新愈，又为大好春光所感染，故词中反映的思想比较积极。上阕写景：兰芽浸水，沙路无泥，暮雨萧萧中还有杜鹃的啼声不时传来，境界极为清远，反映了词人心情的恬适。下阕就溪水西流抒发感慨，虽涉议论，但因饱含激情，仍富感发人心的魅力。故清陈廷焯《白雨斋词话》卷六评曰："愈悲郁，愈豪放，愈忠厚，令我神往"。中国大陆西部有山，地势高，东濒大海，河水西流，一般是不可能的，如今词人眼见溪水西流，用以证明人生也有返老还童的可能，这种乐观思想是难能可贵的。全词色调明朗，语言浅易。清人先著说："坡公韵高，故浅语亦觉不凡。"（见《词洁》卷一）说明此词语浅意深，韵清格高，具有一定的思想意义。

浣溪沙

旋抹红妆看使君①，三三五五棘篱门。相挨踏破蒨罗裙②。　　老幼扶携收麦社③，乌鸢翔舞赛神村④。道逢醉叟卧黄昏。

【注释】

①旋抹红妆：很快地擦好脂粉。旋，急忙。使君：对州郡长官的称谓。作者时为徐州太守，故称。

②蒨罗裙：红罗裙。蒨（qiàn），通"茜"，草名，其汁红，可作染料。

③收麦社：收麦后祭祀社神（土地神）。

④乌鸢（yuān）：乌鸦和老鹰。祭神时陈列的祭品未撤去，故乌鸦与老鹰会在村子上空盘旋，伺机攫取。赛神：古代一种迷信礼俗，用仪仗、鼓乐、杂戏迎神出庙，周游村巷，也叫迎神赛会。

【评析】

宋神宗元丰二年（1079）徐州遭春旱，作为地方官的苏轼遵照旧例向天求雨。雨降，他又到徐州城东二十里的石潭对天谢雨，在谢雨途中吟成〔浣溪沙〕五首。此词为其中的第二首，上阕写农村妇女听说太守经过本村，连忙梳妆打扮，三五成群地挤在棘篱门外，争着围观。“相挨踏破蒨罗裙”一语出自杜牧《村行》“篱窥蒨裙女”，然而词人将它化为三句，又加上“相挨踏破”几个动词，便更加形象，既表现了妇女之多，也反映了她们对这位使君的热爱。下阕写当时农村的习俗，得雨之后，农民们扶老携幼观看迎神赛会，描绘了一片欢乐景象。而村子上空的乌鸢翔舞，道旁的醉叟酣眠，更是以烘托笔法描绘了一幅丰年行乐图。

浣溪沙

麻叶层层苘叶光①，谁家煮茧一村香？隔篱娇语络丝娘②。　　垂白杖藜抬醉眼③，捋青捣麨软饥肠④。问言豆叶几时黄⑤？

【注释】

①苘（qing）：同“檾”。即檾麻，叶子大如手掌，麻丝细软如绵。

②络丝娘：指缫丝的妇女。

③垂白：谓须发将白。杖藜：拄着拐杖。参见苏轼〔鹧鸪天〕（林断山明竹隐墙）注②。

④捋（lǚ）青：用手捋下尚未黄熟的麦穗。捣麨（chǎo）：捣碎炒熟的麦子，今称“碾专”“饪蒸”，为青黄不接时食品。软饥肠：义犹聊以充饥。软：苏轼《发广州》诗：“三杯软饱后，一枕黑甜余。”自注：“浙人谓饮酒为软饱。俗谓睡为黑甜。”

⑤问言：问与答。

【评析】

这首与上一首作于同一时间，写走进村落所见的情景。一场雨后，碧绿茂密的麻叶在太阳照耀下闪闪发光，呈现欣欣向荣的景象，村子里到处飘荡着煮蚕茧的香味。词人正待要问谁家在煮茧，忽然隔着篱笆传来缫丝女子娇柔的笑语声。此句似从项斯《山行》诗“缫丝声隔竹篱闻”来，又与前句“煮茧”相呼应。写来笔致轻灵，引人入胜。及至下阕，词人又看见一位刚喝过酒，拄着拐杖，须发灰白的老汉，抬起醉眼向村外观望，原来有人在捋下青麦穗，准备炒熟做食品。于是词人意识到这是青黄不接的时刻，接下去就想问一问庄稼几时黄熟。上下阕中两个问句非常自然地表达了词人关心民瘼的心情。

浣溪沙

簌簌衣巾落枣花[①]，村南村北响缫车[②]。牛衣古柳卖黄瓜[③]。　　酒困路长惟欲睡，日高人渴漫思茶[④]。敲门试问野人家。

【注释】

①簌簌(sù)：象声词，形容枣花落下的声音，兼指纷纷落下的样子。衣巾：衣服和帽子。

②缫车：缫丝车，用以抽茧丝。

③牛衣：亦称“牛被”。乱麻或稻草编成，用来给牛御寒，相传汉代王章发迹前，穷至无被，卧于牛衣中。此指贫家百姓简朴的衣着。

④漫思茶：想随便找杯茶喝。唐·皮日休《闲夜酒醒》诗：“酒渴漫思茶。”

【评析】

这首与以上二首作于同时，写村中所见。上阕写词人走进枣树荫下，枣花纷纷落在他的衣帽上。“簌簌”二字，既描写了枣花之多，也反映了词人的感觉。而在读者面前，则呈现了一个

“满身花雨”的美丽形象。“村南村北响缫车”，与前一首“隔篱娇语络丝娘”有异曲同工之妙，并且都反映了男耕女织的自然经济中的农村面貌。此句前人评价极高，《高斋诗话》以之与诗僧参寥子的“隔林仿佛闻机杼，知有人家在翠微”，以及秦少游的“菰蒲深处疑无地，忽有人家笑语声”相提并论，说是“大同小异，皆奇句也”。试加玩索，深感意境相似，韵味无穷。“牛衣古柳卖黄瓜”一句尤为古朴，使人联想到陶渊明诗中的某些景象，有“羲皇上人”意味。所以明人沈际飞说它是一幅“乡落图”。(见《草堂诗余续集》卷上)下阕进一步描写了词人的自我形象。一场新雨之后，他感到分外快乐，带着醉意在村中走了好久，被暖烘烘的太阳晒得口渴，想随便讨点茶喝，于是就去敲开一家农户的门。信笔写来，不事雕琢，却栩栩如生，将一位太守与普通农民的关系写得非常亲切自然。作者另有《偶至野人汪氏之居》诗，亦云：“酒渴思茶漫叩门。”与本篇意正同。词中的“漫”字贯串整个下阕，与“试问”句衔接尤紧，有一气呵成之感。

浣溪沙

软草平莎过雨新①，轻沙走马路无尘。何时收拾耦耕身②？　　日暖桑麻光似泼③，风来蒿艾气如薰④。使君元是此中人⑤。

【注释】

①莎(suō)：莎草，地下的根叫香附子，可入药。

②耦耕：指古代两人各执一耜(农具)并耕。《论语·微子》：“长沮桀溺耦而耕。”

③光似泼：形容日光下油光闪亮的叶子如水泼一般。

④薰：即蕙草，俗名佩兰，又名零陵香。

⑤使君：作者自谓。元是：即“原是”。

【评析】

此词与前三首为同时之作,写雨后农村景象。首二句写词人雨后骑马走过草坪和沙路,心中充满轻快之感和喜悦之情,于是迸出第三句:“何时收拾耦耕身?”所谓“耦耕身”,义犹农民出身,作者一直是这样自认的。例如他的《题渊明诗》说:“非余之世农,亦不能识此语之妙也。”他还有诗说,“我昔在田间”“我是田中识字夫”。词中“何时收拾耦耕身”一句,表明了作者历尽宦海风波,切望抽身归田的心情。下阕前两句写雨后庄稼蓬勃生长,表现了一派生机。“光似泼”“气如薰”,对仗工稳,体物入妙。一个“泼”字,将叶子的光泽渲染无余。结句与上阕结句相呼应,进一步反映了作者热爱乡村生活的思想及其与农民亲切相处的感情。

浣溪沙

春情

道字娇讹苦未成①,未应春阁梦多情②。朝来何事绿鬟倾③? 彩索身轻长趁燕④,红窗睡重不闻莺⑤。困人天气近清明⑥。

【注释】

①道字娇讹:义谓少女爱娇,说话时咬字不清,易生讹错,语出李白诗“道字不正娇唱歌”。秦观《拟韦应物》诗亦有句云:“痴儿踏吴歌,娅姹足讹音。”

②未应:犹言未必,揣测之辞。

③绿鬟(huán)倾:形容女子低头沉思。鬟:环形发髻。

④彩索:指秋千架上的绳索。趁:赶,追逐。

⑤睡重:指熟睡。

⑥清明:节气名,在公历四月五日前后。

【评析】

这首词写一位少女天真烂漫、无忧无虑的情态。苏词以豪放为主，此首却很婉约。近人吴梅说："余谓公词豪放缜密，两擅其长。世人第就其豪放处论，遂有铁板铜琶之诮，不知公婉约处何让温韦，如〔浣溪沙〕'彩索身轻长趁燕，红窗睡重不闻莺'云云。"（见《词学通论》第七章第一节）清代贺裳也说："如此风调，令十七八女郎歌之，岂在'晓风残月'之下？"（见《皱水轩词筌》）他们所举这两句确实写得婉娈多姿。这位少女荡秋千时体态轻盈，好似在追逐燕子飞舞，而当她熟睡的时候，又马上酣然入梦，连窗前的莺声也充耳不闻。唐人金昌绪《春怨》诗说："打起黄莺儿，莫教枝上啼。啼时惊妾梦，不得到辽西。"苏轼于此则反其意而用之，生动地刻画了一个少女的天真性格。

浣溪沙

春情

风压轻云贴水飞，乍晴池馆燕争泥①。沈郎多病不胜衣②。　　沙上不闻鸿雁信③，竹间时听鹧鸪啼④。此情唯有落花知。

【注释】

①池馆：池畔的馆阁。

②沈郎：即沈约，南朝宋武康人，字休文，历仕齐、梁，官至尚书令。在诗歌创作上首创"四声八病"之说，著有《四声韵谱》。他在《与徐勉书》中说："百日数旬，革带常应移孔；以手握臂，率计月小半分。以此推算，岂能支久？"就是说因多病而腰围瘦损，后世遂以"沈腰"作身体消瘦的通称。不胜衣：连衣服都承受不起，形容消瘦无力。

③鸿雁信：见前晏殊〔清平乐〕（红笺小字）注②。

④鹧鸪：鸟名。

【评析】

此词本集不载，录自《草堂诗余正集》卷一，主要从男性角度写春情。词中的男主人公生了一场病，在久雨初晴的一天，他刚刚起床闲眺，只见微风中一双燕子像轻云一般贴着水面倏然飞过，在池畔馆阁间衔泥营巢，忙个不休。首句“轻云贴水”，善于状物，有如在目前之感，而着一“压”字，颇有力度，亦极富形象性。所以明人沈际飞说是“化腐为新”。（见《草堂诗余正集》卷一）次句“燕争泥”，写出喧腾的春意，奕奕动人。过片一联，谓长久未见鸿雁飞来，不免离情种种，难以排遣（鸿雁在此有双关意）。结句写得相当含蓄，说他此时的情怀唯有落花才能理解，而究竟是什么感情，作者不明言，让读者去领会。故沈际飞称之为“味远”。（同上）看来是反映了作者政治上遭受打击后的心情。清·黄苏说：“此作其在被谪时乎？首尾自喻，‘燕争泥’喻别人得意，‘沈郎’自比，未闻鸿雁，无佳信息也，鹧鸪啼声，凄切也。通首惋恻。”（见《蓼园词选》）这些话道出了此词题旨和基本风格，可备一说。

李之仪

李之仪（1038—1117），字端叔，自号姑溪居士，李之纯从弟，沧州无棣（今山东境内）人。神宗熙宁三年（1070）进士，元祐中为枢密院编修官，后从苏轼于定州幕府。徽宗初，因为范纯仁草遗表、作行状获罪，被编管太平州（今安徽省当涂县），终朝请大夫。有《姑溪词》，明人毛晋谓其“小令更长于淡语、景语、情语”。（《姑溪词跋》）《四库全书提要》亦称“之仪以尺牍擅名，而其词亦工，小令尤清婉峭蒨，殆不减秦观”。

卜算子

我住长江头，君住长江尾。日日思君不见君，共饮长江水。　　此水几时休？此恨何时已[1]？只愿君心似我心，定不负相思意[2]。

【注释】

①已：停止、了结。

②定：此字为衬字。

【评析】

此词富于民歌风味。上阕以长江为引子，说明二人分处两地，相思却不得相见；而每当饮水之际，又彼此产生思念之情，可谓一水牵连两地心。故毛晋跋《姑溪词》时引此句说：“直是古乐府俊语矣！”全篇语言通俗，近似直白，然而在直白时又不露痕迹地含有隐喻，人们从“共饮长江水”中，可以感到“我”与“君”之间爱情之深。其中不是在暗示每当饮水时即引起相思么？下阕“此水几时休，此恨何时已”，仿佛脱胎于汉乐府《上邪》，然于众多的比喻中仅仅撷取“江水为竭”一则，而加以通俗化，却收到了以少胜多的好处。结尾二句同《花间词》顾敻〔诉衷情〕中的“换我心，为你心，始知相忆深”，极其相似，然顾词热烈，李词敦厚，各臻其美。全词歌颂了坚贞的爱情，浅而实深，质而能腴，是一首意味隽永的抒情小品。

舒亶（1041—1103），字信道，号懒堂，明州慈溪（今属浙江）人。英宗治平二年（1065）进士，试礼部第一。神宗元丰二年（1079），同李定劾苏轼“乌台诗案”。五年（1082），知制诰，次年试御史中丞，权直学士院，不久除名。徽宗朝，累除龙图阁待制。有集，不传。存词五十首，语言通俗，清·丁绍仪说：“词亦不减秦黄。”唯因元丰二年“乌台诗案”中弹劾过苏轼，故“今词坛艺苑中绝无齿及者”。（见《听秋声馆词话》卷二）

菩萨蛮

画船捶鼓催君去[1]，高楼把酒留君住。去住若为情[2]，江头潮欲平。　　江潮容易得，却是人南北。今日此尊空[3]，知君何日同[4]？

【注释】

①挝（zhuā）鼓：击鼓。挝，一作“捶”，误。

②若为情：难以为情。若，有“奈何”义。

③尊：酒器。

④同：指相逢。

【评析】

此词写离情。它的特点，一是语言朴素，词意晓畅。故清·丁绍仪《听秋声馆词话》云：“纵不识字人，亦知是天生好言语。”二是在矛盾冲突中刻画人物内心的感情，所以显得曲折深刻。例如上阕，一面写船工不断击鼓（启程信号），催促旅客上船，一面写楼上友人频频把盏，殷勤款留。在去和留之间，已经使征人十分为难，无可奈何；恰恰在这个时候又听船工报告“江头潮欲平”，船非开不可了，至此，难分难舍之情即被烘托得极为浓重。下阕写征人已去，留者难堪。江潮退了容易再来，然而征人去了

相逢难再。此情此景娓娓道来,犹如内心独白,真挚感人。正如宋代黄昇所说:“此词极有味!”(见《花庵词选》)

王雱

王雱(1044—1076),字元泽,王安石之子。年未二十,举进士,调旌德县尉,历太子中允、崇德殿说书、龙图阁直学士。为人气度豪迈,睥睨一世,作策二十余篇,纵论天下事,常称商鞅为豪杰之士。《扪虱新话》云世传其一生不作小词,今仅存二首。

眼儿媚

杨柳丝丝弄轻柔,烟缕织成愁。海棠未雨,梨花先雪,一半春休①。　　而今往事难重省②,归梦绕秦楼③。相思只在,丁香枝上④,豆蔻梢头⑤。

【注释】

①"海棠"三句:旧时谓自小寒至谷雨共八个节气,一百二十日,每五日为一候,计二十四候,每候应一种花信。在春分这个节气中,一候海棠,二候梨花。故以上三句是指春分时节而言,即每年二月二十一日前后。未雨:未经雨。先雪:先开,梨花开时似雪,故云。

②难重省:难以回忆。省(xǐng):明白。此指记忆。

③秦楼:犹凤楼,见前李白〔忆秦娥〕词注①。此指女子的住处。

④丁香:一名百结花。见前李璟〔摊破浣溪沙〕(手卷真珠)注③。

⑤豆蔻:多年生常绿草本植物,形似芭蕉,初夏开花,一穗数十蕊,每蕊有两瓣相并。旧时常用以比少女。唐·杜牧《赠别》诗:"娉娉袅袅十三余,豆蔻梢头二月初。"此指妙龄的妻子。

【评析】

此词一作无名氏作,但据况周颐《历代词人考略》卷十八引

《古今词话》云:“王荆公子雱多病,因令其妻楼居而独处,荆公别嫁之。雱念之,为作〔秋波媚〕词云云。”〔秋波媚〕即〔眼儿媚〕,则此词应为王雱所作。明代杨慎亦云:“元泽词不多,此其得意者。”(见忏花庵本《草堂诗余》卷一)上阕写春光已去一半,有伤春、惜春之意。起首二句寓情于景,以丝丝杨柳构成的迷濛景象比喻浓重的愁绪,其意虽似从李白〔菩萨蛮〕“平林漠漠烟如织,寒山一带伤心碧”而来,然而表现得较为婉约细腻。以下“海棠未雨”三句,以对景物的准确描写表现节序的变迁,抒发伤春之感,亦颇形象鲜明,感人至深。下阕抒发相思之情。起首二句是说,往日的欢娱不堪回首,唯有在梦中才能回到妻子所住的楼台。此处已催人泪下,加上结尾三句以丁香和豆蔻描写忧愁与相思,更是情味悠长,沁人肺腑。在结构上是以感情作为纽带,把上下阕紧密地联成一体。明·李攀龙说“‘相思’应上‘愁’字,乃针门一线妙手”,(见《草堂诗余隽》卷一)正是指出了这一特点。语言亦有特色,清·黄苏说:“语语清新婉倩,后人争鲜斗艳,终不能及,数百年来脱口如新。”(见《蓼园词选》)但亦有异议,如许昂霄《词综偶评》说:“词固佳,嫌太软媚似妇人耳。”可见乃典型的婉约之作。

黄庭坚

黄庭坚(1045—1105),字鲁直,晚号山谷道人,一号涪翁,洪州分宁(今江西修水县)人。英宗治平四年(1067)举进士,调叶县尉。熙宁初,为国子监教授。苏轼见其诗文,以为"超轶绝尘,独立万物之表,世久无此作"。从此声名始振。哲宗立,为校书郎、国史编修。绍圣初,出知宣州,改鄂州,旋即贬为涪州别驾,移戎州。徽宗即位,召还,知太平州;不久获罪除名,编管宜州,卒于贬所。他是"苏门四学士"之一,以诗见长,因而又与苏轼并称"苏黄"。他是江西诗派的开宗人物。词史上与秦观齐名,并称"秦黄"。陈师道曾说:"今代词手,惟秦七、黄九耳,唐诸人不逮也。"(见《后山诗话》)但其词实际上不及秦观。少年所作多艳词,晚年词风重拙,用意至深,略近苏轼。"惟故以生字、俚语侮弄世俗,若为金、元曲家滥觞。"(清·刘熙载《艺概》卷四)有《山谷词》及《山谷琴趣外编》。

虞美人

宜州城楼宴集[1],见梅作

天涯也有江南信[2],梅破知春近[3]。夜阑风细得香迟,不道晓来开遍向南枝[4]。　　玉台弄粉花应妒[5],飘到眉心住[6]。平生个里愿杯深[7],去国十年老尽少年心[8]。

【注释】

①宜州:今广西宜山县。

②天涯:此指宜州,因距中原甚远,故云。江南信:《荆州记》:"吴陆凯与范晔善,自江南寄梅花诣长安与晔,并赠诗曰:'折花逢驿使,寄与陇头人。江南无所有,聊赠一枝春。'"

③梅破:谓梅蕊绽开。

④不道:不知不觉。向南枝:《白氏六帖》卷九十九"梅南

枝”:“大庾岭上梅,南枝落,北枝开。”南枝向阳,故先开。

⑤玉台:玉镜台,妇女梳妆时用。

⑥飘到眉心住:此指梅花妆。相传南朝宋武帝女寿阳公主,人日(正月初七)卧于含章殿檐下,梅花落在额上,成五出之花,拂之不去,此后宫中遂有梅花妆。(见唐·韩鄂《岁华记丽》卷一)

⑦个里:犹言此中。

⑧去国:指离开汴京。作者自哲宗绍圣元年(1094)第一次被贬,至徽宗崇宁三年(1104)第二次被贬,正相距十年,故云。

【评析】

徽宗崇宁三年(1104),作者编管宜州,冬天赋此词。上阕写乍见梅开的喜悦。词人远谪宜州,时值冬寒,境遇已自凄凉。一日忽见梅开,不禁心头一亮,感到冬天即将过去,春天就要来临。首句写得极为婉曲,“也有”两个虚字寓有深刻含意,表示词人由绝望到产生希望。第四句中的“不道”,正与“也有”相呼应,进一步表达了词人的惊喜心情。下阕首二句由梅花飘落,想到妇女的梅花妆,情绪为之一扬;接着三、四两句来一个转折,写词人经过十年的贬谪生涯,已经心灰意懒,无复少年时代的狎兴疏狂了。全词委婉曲折,跌宕多姿,把词人政治上失意后的心情恰到好处地表现出来,耐人寻绎。故近人俞陛云说:“此词写殊方逐客,重见梅花,仅感叹少年,而绝无怨尤之语,诵其词可知其人矣。”(《两宋词选释》)

踏莎行

临水夭桃[1],倚墙繁李[2],长杨风掉青骢尾[3]。尊中有酒且酬春,更寻何处无愁地? 明日重来,落花如绮[4]。芭蕉渐展山公启[5]。欲笺心事寄天公[6],教人长对花前醉。

【注释】

①夭桃：指秾艳的桃花。《诗经·周南·桃夭》："桃之夭夭，灼灼其华。"

②繁李：盛开的李花。

③青骢：马名，即菊花青。见前晏几道词〔生查子〕（金鞭美少年）注②。

④绮（qǐ）：有花纹的丝织品。

⑤山公启：晋代山涛任吏部尚书，对所选用的人才，都亲作评论，各加品题，时称"山公启事"。（见《晋书·山涛传》）此处比喻芭蕉叶子像"山公启事"的用笺。

⑥笺：此处作动词，犹书写。

【评析】

据清·黄苏《蓼园词选》说："山谷云：'余亲书此词遗祝有道，云诸乐伎虽有赏叹其词而未深解其义味者，故并奉寄。'"可见此词可应歌，乐伎亦喜唱，但其意味深远，不易理解。词的上阕连用三句铺写春景，并把摇摆的杨柳比作春风吹拂的马尾，显得健劲而不柔弱。然而到了四、五两句，调子突然变得低沉，从侧面反映了当时社会的黑暗和压抑。过片紧承上阕，首二句谓今日纵然桃李芳菲，可是到了明日就会落红成阵，隐寓及时行乐的思想。末三句是说欲借渐渐舒展的芭蕉叶为笺，把自己"长对花前醉"的心事写成一道"启事"，寄给天公。唐宋诗词中常用芭蕉叶子比作书卷信札。唐·钱珝《未展芭蕉》诗云："一缄书札藏何事，会被东风暗拆看。"黄词则将芭蕉与山涛启事的故事联系起来，寄寓自己的难言之隐。词的上下两结都说要醉酒，其"义味"何在？无非是他政治上遭受打击，心中有痛苦不便明言，所以采取了这种"欲说还休"的方法。黄苏说："辞旨浓郁，结二句虽近纤新，而辞旨亦自沉郁有致。"（《蓼园词选》）说明此词纤而不柔，骨子里尚带有遒劲的意味。

清平乐

春归何处？寂寞无行路[①]。若有人知春去处，唤取归来同住[②]。　　春无踪迹谁知，除非问取黄鹂[③]。百啭无人能解[④]，因风飞过蔷薇[⑤]。

【注释】

①行路：指春天的踪迹。

②唤取：呼唤。取：语助词。下阕“问取”同。

③黄鹂：又名黄莺、黄鸟。

④啭(zhuǎn)：鸟鸣。

⑤因风：顺着风势。

【评析】

此词表现了伤春、惜春的感情。其特点是构思新颖，把春天和黄鹂都作了拟人化的艺术处理。上阕首二句是问春天回到哪里，而找来找去却找不到春天归去的踪迹。三、四两句是想借助他人，希望一起来唤回春天。此种奇想与王观〔卜算子〕“若到江南赶上春，千万和春住”基本相似，而语气却较温和。宋代胡仔说王观这几句是“体山谷语也”(见《苕溪渔隐丛话》后集卷三十九)，究竟谁学谁，很难分得清，但其艺术构思却是一样的。所以明人沈际飞说：“‘赶上和春住’，‘唤取归来同住’，千古一对情痴，可思而不可解。”(《草堂诗余别集》卷一)下阕是在自己找不到、他人不知晓的情况下，无可奈何地去问黄鹂。问黄鹂也有根据，俞平伯说：“全篇宛转一意，但何以特提出这黄莺呢？冯贽《云仙杂记》卷二引《高隐外书》云：‘戴颙携黄柑斗酒，人问何之，曰往听黄鹂声，此俗耳针砭，诗肠鼓吹，汝知之乎？’这里借喻自己身份怀抱，恐亦非泛泛之笔。”(《唐宋词选释》)作者去问黄鹂，然而黄鹂只是对他鸣啭了一番，究竟是什么意思，谁也不能理解，然后它就顺着风势飞过蔷薇去了。到头来，春的踪迹依然不知，其怅惘、怜惜之情溢于言表。全词极有层次：一是自问，二是问人，三是问鸟，委婉写来，一波三折，颇饶情致。可见在结构布局上多么完整而有层次！

望江东

江水西头隔烟树，望不见江东路[①]。思量只有梦来去，更不怕江阑住[②]。　　灯前写了书无数[③]，算没个人传与[④]。直饶寻得雁分付[⑤]，又还是秋将暮。

【注释】

①江西、江东：即江北、江南，长江在江西省至安徽省一段，由西南而东北，故古人有此说。

②阑住：即拦住。《战国策·魏三》："晋国之去梁也，千里有余，有河山以阑之。"此用其义。

③书：书信。

④算：算计、料想。

⑤直饶：任是，尽管是。张相《诗词曲语辞汇释》卷一："直字与饶字联用，假定之义更显，曲笔之力量亦愈足。"

【评析】

这首词为自度曲，写相思之情，设想奇警，语言通俗。陈廷焯《白雨斋词话》卷六评曰："笔力奇横无匹，中有一片深情，往复不置，故佳。"词中的一对恋人分处大江南北，朝夕相思，不能相见，所以一则思量托诸梦魂，因为梦魂飘然而去，不怕长江拦阻；二则写了不计其数的情书，但又怕没人帮助传递；三则想找鸿雁传书，然而已到秋暮，雁已飞过。最后当然只有遗憾而已。层层写来，曲折动人，下阕尤妙，故明人沈际飞评曰："较梦不怕险飞过大江，宛些，活些，幽些，欲不为词，不可得矣。"（见《草堂

诗余别集》卷一)

南乡子

重阳日宜州城楼宴集,即席作[①]

诸将说封侯,短笛长歌独倚楼。万事尽随风雨去,休休。戏马台南金络头[②]。　　催酒莫迟留,酒味今秋似去秋。花向老人头上笑,羞羞。白发簪花不解愁[③]。

【注释】

①宜州:今广西宜山县。

②戏马台:在今江苏铜山县南,即项羽掠马台。晋安帝义熙十二年(416),刘裕北征,九月九日,会僚属于此,赋诗为乐,谢瞻和谢灵运各赋一首,推为盛事。金络头:即有雕饰的马笼头,此处形容立功受赏。

③篸(zān)花:即簪花,戴花。篸:通"簪"。

【评析】

这是词人最后一首词,号称"绝笔"。据旧题王明《道山清话》说:"山谷之在宜也,其年乙酉,即崇宁四年也。重九日,登郡城之楼,听边人相语:'今岁当鏖战取封侯。'因作小词云云,倚栏高歌,若不能堪者。是月三十日,果不起。"此词写得苍凉悲壮,比较接近东坡风格。词的上阕先铺叙了一个环境:许多年轻的边防将士在谈论想以沙场激战换取封侯的功名。其论宏,其气豪,然而对这位老死投荒的词人来说丝毫激发不起热情;相反,只能引起一阵伤感,于是他"短笛长歌独倚楼",一抒悲凉的怀抱。下阕写以酒浇愁,及时行乐;然而年华已逝,即使白发簪花,心里也不感到愉快。在此之前,作者在〔定风波〕词中说:"莫笑老翁犹气岸,君看,几人黄菊上华颠。戏马台南追两谢,驰射,风流犹拍古人肩。"而到此时,他对到戏马台南跃马鏖战,已经完全丧失信心。词中以豪放衬托悲哀,则其哀益深,悲益切,可见写作手法之高明。

晁端礼

晁端礼(1046—1113),字次膺,其先祖澶州清丰(今属河南)人,徙居彭门(今江苏徐州)。神宗熙宁六年(1073)举进士,两度为县令,因忤上官及触犯新法去职。娴音律,政和三年(1131),曾制〔并蒂芙蓉〕一词以进,深得徽宗赞赏,任命为大晟乐府协律郎,未就职而卒。晁补之常与他唱和,称他为“十二叔”。词集有《闲斋琴趣外编》六卷,署晁元札。

清平乐

深沉玉宇①,枕簟清无暑。睡起花阴初转午,一霎飞云过雨②。　　雨余隐隐残雷③,夕阳却照庭槐。莫把绣帘垂下,妨它双燕归来。

【注释】

①玉宇:天空。

②一霎:一会儿。

③雨余:雨后。

【评析】

这首词,从午睡方起,写到夕阳斜照,真切地描述乍晴乍雨的气候和恹恹难振的闺中心境,其中似有寄托。“一霎飞云过雨”是全词的转折:之前,是一片晴和;之后,是夕阳斜照。准确地抓住了夏季的气候特点,同时又把寂寥平淡的闺情写得起伏有致,跌宕生姿。下阕结尾二句尤为精警,明人沈际飞评曰:“着人!”(《草堂诗余正集》卷一)“着人”者,就是感人至深,耐人寻味。试读“莫把绣帘垂下,妨它双燕归来”,仿佛窥见词人美好的心灵。而这心境又是与周围环境融合的,可谓情景交融,与欧阳修词“双燕归来细雨中”同其美妙。清人黄苏对这首词的结构和词旨也有所评述,他说:“飞云过雨,残雷夕阳,总见非清平时候，借燕归巢以寄其招隐之心耳。先从清平写入，'一霎'字斗转，引起下阕，局法一变，有见几不俟终日之意。”（《蓼园词选》）所谓“招隐之心”，盖指词人因忤上官去职之后，盼望归朝复职。然而词意却是隐晦的，我们只能通过景象中的意趣去慢慢体会。

李元膺

李元膺(生卒年不详),东平(今属山东)人,与蔡京同时,约哲宗绍圣前后任南京教官,曾为李孝义《墨谱法式》作序。词见于《花庵词选》,仅四首。宋人王灼《碧鸡漫志》卷二评其词曰:"思致妍密,要是波澜小。"近人赵万里辑有《李元膺词》一卷,所作〔洞仙歌〕(雪云散尽),颇受前人称许。

鹧鸪天

寂寞秋千两绣旗,日长花影转阶迟。燕惊午梦周遭语[①],蝶困春游落拓飞[②]。　　思往事,入颦眉[③],柳梢阴重又当时。薄情风絮难拘束,飞过东墙不肯归。

【注释】

①周遭:四周、周围。唐·刘禹锡《石头城》诗:"山围故国周遭在,潮打空城寂寞回。"

②落拓:放荡不羁,形容乱飞。

③颦眉:皱眉。

【评析】

此词写春愁。上阕写秋千架上两面绣旗寂寞地挂在空中,春日迟迟,连花影也缓慢地移到阶前。这两句是写静景。接着写到处都是燕语呢喃、蝶影翩跹。这是以动衬静,也是重在写静景。在物态描绘之中,作者很自然地融入人情,所谓"寂寞",所谓"转阶迟",皆为主人公的感觉。而"燕惊午梦"一句,则明显地点出此中有人。下阕转入抒情,主人公看到眼前美丽的春景,不禁回想起幸福的往事,眉宇间染上淡淡的哀愁。"柳梢"句是暗用欧阳修〔生查子〕"月上柳梢头,人约黄昏后"词意,可见当时曾在柳阴下有过美好的约会。结尾二句是说自从那次约会以后,她(或他)就像柳絮一样薄情,飞到另外一处再也不肯回来了。“东墙”是暗用宋玉《登徒子好色赋》故事,暗示东邻有一位美人。词中融化了许多则典故,但却自然浑成,不露痕迹。“燕惊”一联工整而又自然,其中“周遭”“落拓”四字,系用双声叠韵,音节极为优美。整个画面也描绘得很美:绣旗、花影、燕语、蝶飞、柳阴、飞絮,组成一幅色彩绚丽的春色图,读后有轻灵妍倩之感。

刘弇

刘弇(1048—1102),字伟明,幼聪颖,神宗元丰二年(1079)举进士,继而又中博学宏词科,历知峨眉县,改太学博士。元符中进《南郊大礼赋》,深得哲宗赏识,被任命为秘书省正字。徽宗立,改著作佐郎、实录院检讨。著有《龙云集》三十二卷,词存八首。

清平乐

东风依旧,着意隋堤柳①。搓得鹅儿黄欲就②,天气清明时候③。 去年紫陌青门④,今朝雨魄云魂⑤。断送一生憔悴⑥,能消几个黄昏!

【注释】

①隋堤柳:隋炀帝时开运河,堤上广植柳,故名。隋堤:此指汴河河堤。

②鹅儿黄:淡黄色,形容初春的杨柳。王安石《南浦》诗:“含风鸭绿粼粼起,弄日鹅黄袅袅垂。”

③时候:一作“厮句”。句,通“够”。

④紫陌:指京城的道路。青门:即灞城门,汉时长安东南城门。此处借指汴京城门。

⑤雨魄云魂:形容飘泊的命运。

⑥“断送”句:张相《诗词曲语辞汇释》卷五:“言逗引人一生憔悴也。”

【评析】

此词一作赵令畤作,但宋·胡仔《苕溪渔隐丛话后集》卷四十引《复斋漫录》说:“刘伟明既丧爱妾而不能忘,为〔清平乐〕词云……与唐阿灰之词有间矣。”认为此词为刘弇所写的悼亡之作。唐阿灰,指唐代张曙,其〔浣溪沙〕亦系代拟的悼亡之作。

(词见前)上阕写初春时节,东风骀荡,柳枝上绽出鹅黄色的嫩芽。“着意”二字写东风的多情。“搓得”二字承“着意”而来,亦写东风。四字均以拟人手法出之。过片首句写去年与爱妾春游之地,暗寓欢乐;次句写今日独自漫游,中多飘泊之感。结尾二句是说黄昏时节,倍感凄凉。明·沈际飞说:“‘能消几个黄昏’,恒语之有情者。‘能’字更吃紧。”(《草堂诗余正集》卷一)“恒语”即是常语,也就是说用日常口语反映真挚感情,颇合婉约词本色。而着一“能”字,则加强了感情的深度,所以说此字“更吃紧”。

秦 观

秦观(1049—1100),字少游,一字太虚,别号淮海居士,扬州高邮(今属江苏)人。少豪隽,强志盛气,慷慨溢于文辞。神宗元丰间,在徐州见苏轼,作《黄楼赋》,苏轼称他有屈宋之才,又荐其诗于王安石,安石亦谓清新似鲍谢。元丰八年(1085)举进士,授定海主簿,未就职,调蔡州教授。元祐中任秘书省正字兼国史院编修。在"苏门四学士"中,他最受苏轼赏识。绍圣初,因受党争的牵连,出为杭州通判,又贬处州监酒税。后徙郴州,编管横州,移雷州。徽宗立,复宣德郎,放还,至藤州,卒于华光亭。著有《淮海集》四十六卷,词名《淮海居士长短句》,体制淡雅,语工入律,深得"花间""尊前"遗韵,又能自出清新。近人夏敬观说:"少游词清丽婉约,辞情相称,诵之回肠荡气,自是词中上品。"并称之为"纯乎词人之词"。(见《吷庵手校淮海词跋》)有人甚至说他的成就"允在苏黄之上"。(见纪昀《四库提要》)在婉约派词人中,他确是杰出的代表。

鹊桥仙

纤云弄巧①,飞星传恨②,银汉迢迢暗度③。金风玉露一相逢④,便胜却人间无数。　　柔情似水,佳期如梦,忍顾鹊桥归路⑤。两情若是久长时,又岂在朝朝暮暮!

【注释】

①纤云弄巧:谓纤薄的云彩变幻出各种图景。梁·宗懔《荆梦岁时记》:"七月七日世谓织女牵牛聚会之日。是夕陈瓜果于庭中以乞巧。"

②飞星:天空中的流星。

③银汉:银河。迢(tiáo)迢:遥远貌。

④金风玉露:秋风白露。唐·李商隐《辛未七夕》诗:"由来

碧落银河畔，可要金风玉露时。”

⑤忍顾：怎忍回顾。鹊桥：传说牛郎、织女终年被银河阻隔，只有七夕（七月初七）才能相会，此时喜鹊为他们架桥。

【评析】

此词咏七夕，题材在古典诗词中是习见的，但作者命意极高，通过这一习见题材表现了坚贞永恒的爱情观，故明·沈际飞说：“七夕以双星会少别多为恨，独谓情长不在朝暮，化腐朽为神奇。”（见《草堂诗余正集》卷二）上阕写牛郎、织女相会，这天晚上天空中纤薄的彩云变化着各种各样的图案，好似显示着织女织锦的高度技巧，而飞过银河的流星又像是为他们传递终年间阻的怨恨。然而他们终于静悄悄地渡过鹊桥相会了。“金风玉露”是写相会时的时序和景色。一度相逢，便胜过人间的无数次聚会，说明匆匆短聚的真情挚爱，比整日卿卿我我的庸情俗趣要珍贵得多。下阕写临别的感情。“柔情似水”，形容爱情的缠绵无尽；“佳期如梦”，形容相会的短暂和美妙；而“忍顾鹊桥归路”，则把他们一步一回头、不忍遽别的心情细腻地描画出来。结尾两句是在依依惜别之后作出的断然表示，似乎安慰自己，也在安慰对方，把全词的意境升华到一个新的高度。这种恋爱观是相当可取的，在唐宋词中极为罕见，即使在今天也具有一定的现实意义。

踏莎行

郴州旅舍[①]

雾失楼台，月迷津渡[②]，桃源望断无寻处[③]。可堪孤馆闭春寒[④]，杜鹃声里斜阳暮。　　驿寄梅花[⑤]，鱼传尺素[⑥]，砌成此恨无重数[⑦]。郴江幸自绕郴山[⑧]，为谁流下潇湘去[⑨]？

【注释】

①郴(chēn)州:今湖南郴州市。

②津渡:河流的渡口。

③桃源:县名,在今湖南省郴州之北,以其地有桃花源而得名。晋·陶渊明作有《桃花源记》,虚构了一个与世隔绝的人间乐土,谓其地人人丰衣足食,怡然自乐,不知世间有战乱祸患。后因称这种理想境界为"世外桃源"。

④可堪:哪堪,怎能经受。

⑤驿寄梅花:喻寄书信。详前黄庭坚〔虞美人·宜州城楼宴集〕注②。

⑥鱼传尺素:见前晏殊〔清平乐〕(红笺小字)注②。

⑦砌:堆砌。

⑧郴江:在湖南郴州市,北流合耒水入于湘江。幸自:本自,原来是。

⑨为谁:为什么。潇湘:见前刘禹锡〔潇湘神〕注③。

【评析】

此词作于迁谪途中,抒发了羁旅之愁。今郴州苏仙岭有《三绝碑》,上刻少游词、东坡跋、米芾书。"斜阳暮"作"残阳树";"幸自"作"本自"。此处据日藏乾道癸巳高邮军学本。起首三句写夜雾弥漫,月色朦胧,看不见楼台和渡口,更看不见安居乐业的世外桃源。从实到虚,表现了归路茫茫、仙境难求之感。"可堪"两句,景中见情,极富于意境。近人王国维说:"少游词境,最为凄惋。至'可堪孤馆闭春寒,杜鹃声里斜阳暮',则变而凄厉矣。"又说这种境界是一种"有我之境"。(见《人间词话》)词人所处的是"孤馆",所感的是"春寒",所听的是"杜鹃声",所见的是"斜阳",这几种景色,只需一种已足以令人产生忧愁,何况集中起来构成一种完整而又浓重的意境呢?虽不说愁而愁已令人难堪了。下阕进一步写迁谪之恨。"驿寄"三句是说寄来的书信纵然多极,然愈多愈显愁恨之深。以有形之书信,象征无形之愁恨,既富于形象性,又表达了一个迁客彼时彼地的特定心境。结尾二句以郴水本自围绕郴山,竟倏然远逝,比喻自己离开故国远谪南方,语虽无理,意却沉痛,自伤迁谪,一至于此。所以与少游"同升而并黜"的苏轼深明其中含意,"绝爱此词尾两句,自书于扇云:'少游已矣,虽万人何赎!'"(见明·毛晋汲古阁本《淮海词》篇末附注)

浣溪沙

漠漠轻寒上小楼①,晓阴无赖似穷秋②。淡烟流水画屏幽。　　自在飞花轻似梦,无边丝雨细如愁。宝帘闲挂小银钩。

【注释】

①漠漠:弥漫貌。韩愈《同水部张员外曲江春游寄白二十二舍人》诗:"漠漠轻阴晚自开,青天白日映楼台。"一作"密布"解,见前李白〔菩萨蛮〕注①。

②无赖:无奈,无可如何。晓阴:清晨阴郁的天气。穷秋:晚秋。

【评析】

此词写春愁,它的特点是通过环境的铺叙、景物的描写,烘托出词人的愁绪。上阕写词人清晨登上小楼,感到弥漫而至的阵阵寒意。凭高四望,又觉阴云笼罩,宛似深秋;回到室内,只见屏风上的图画展现着清幽的意境。从自然界的气候到室内的陈设,仅用简单几笔便勾勒殆尽,而一股淡淡的寂寞和哀愁也自然而然地流露出来。下阕一联,工巧而又自然,将幽细的景物与缥缈的梦境、微妙的情感和谐地结合在一起,变成可以触摸的具体形象。当代著名女学者沈祖棻说:"'飞花'和'梦','丝雨'和'愁',本来不相类似,无从类比。但词人却发现了它们之间有'轻'和'细'这两个共同点,就把四样原来毫不相干的东西联成两组，构成了既恰当又新奇的比喻。”又说：“一般的比喻，都是以具体的事物去形容抽象的事物……但词人这里却反其道而行之。他不说梦似飞花，愁如细雨，而说飞花似梦，丝雨如愁，也同样很新奇。”（见《宋词赏析》）对此梁启超也评之为“奇语”。（见《艺蘅馆词选》）最后一句，可以唤醒全篇。因为有此一句，就把帘外的愁境与帘内的愁人，联成一体，构成一种幽深的境界。王国维说：“境界有大小，然不以是而分高下。……‘宝帘闲挂小银钩’，何遽不若‘雾失楼台，月迷津渡’也？”（见《人间词话》）在艺术上，这一句与李璟《摊破浣溪沙》的“手卷真珠上玉钩”有异曲同工之妙。

如梦令

遥夜沉沉如水①，风紧驿亭深闭②。梦破鼠窥灯③，霜送晓寒侵被。无寐，无寐④，门外马嘶人起。

【注释】

①遥夜沉沉：一作“冬夜月明”。遥夜，长夜。沉沉，深沉。

②驿亭：指馆驿，古代旅客住宿之处。

③梦破：梦醒。鼠窥灯：古代以植物油点灯，老鼠因想偷油吃而在暗处偷看灯盏。

④无寐：失眠，睡不着。

【评析】

此词作于绍圣三年（1096）贬徙郴州之时。今郴州苏仙岭有郴州旅舍，经历代修葺，尚完整。起首二句写漫长的夜晚像水一般深沉寂静，北风紧吹，驿亭深闭，词人远谪南方，倍感凄苦。“梦破”二句进一步表现了旅途中的孤单寂寞。“鼠窥灯”这一生活细节，也见于他的《题郴阳道中一古寺壁》诗中，有句云“饥鼠相追坏壁中”。此情此景，唯荒凉境界中才会有，唯夜不成眠者才能见，给人以一种凄清可怖的感觉。词人内心况味，于此也隐隐透露。可见提炼得多么精确。辛稼轩〔清平乐〕云："绕床饥鼠，蝙蝠翻灯舞。"词境相似，一豪放，一婉约，各极其妙。"无寐"二叠句，径承上句，说明霜重衾单，难以入睡。接下去一句"马嘶人起"，表明差役们整顿行装，又一天的旅途奔波即将开始。词中虽未正面描写贬谪之苦，而通过艺术形象已将一腔愁怨曲折地反映出来。

如梦令

门外绿阴千顷，两两黄鹂相应①。睡起不胜情②，行到碧梧金井③。人静，人静，风弄④一枝花影。

【注释】

①黄鹂：鸟名，即黄莺。

②不胜情：犹言心绪不佳。不胜，不堪。

③金井：井栏有雕饰的水井。此指庭园内、水井旁。

④风弄：一作"风动"。

【评析】

此词本集失载，录自毛晋汲古阁本《淮海词》，词写午睡后的感觉。明·沈际飞说："'不胜情'，三字，包裹前后。"（见《草堂诗余正集》卷一）也就是说"不胜情"三字是全词主旨。前二句写暮春之际，门外原野上一片绿阴，而枝上的黄鹂，一对对鸣声相应，把词人从午梦中惊醒。后几句写既醒之后，词人心绪不佳，便漫步庭园，直至井边梧桐树下。此时寂静异常，唯见一枝花影在春风中摆动。清·黄苏说："此首韵味清远"，结构上也十分完整，"'不胜情'从'千顷''相应'字生出，因'不胜情'而行，行而无人，只见'风弄一枝花影'，更难为情。'一枝'字幽隽。"（见《蓼园词选》）其所以"幽隽"，乃是在于以动衬静，在整个静谧的环境之中,写一枝花影在摇动,给人以悠远而又神秘的遐思,愈显其幽静之致。

阮郎归

湘天风雨破寒初[①],深沉庭院虚[②]。丽谯吹罢小单于[③],迢迢清夜徂[④]。　　乡梦断,旅魂孤,峥嵘岁又除[⑤]。衡阳犹有雁传书[⑥],郴阳和雁无[⑦]。

【注释】

①湘天:指湘江流域的天空。破寒初:谓严冬刚过。

②庭院虚:庭院中空荡荡的。

③丽谯:城门楼。《庄子·徐无鬼》:"君亦必无盛鹤列于丽谯之间。"郭象注:"丽谯,高楼也。"小单于:乐曲名。

④迢迢:漫长。徂(cú):逝去。杜甫《倦夜》:"万事干戈里,空悲清夜徂。"

⑤峥嵘:不平凡。杜甫诗:"旅食岁峥嵘。"岁又除:指年终。

⑥衡阳:在今湖南省。宋·陆佃《埤雅》:"鸿雁南翔,不过衡山。盖南地极燠,雁望衡山而止,恶热故也。"雁传书:见前李煜〔清平乐〕(别来春半)注③。

⑦和雁无:连雁也没有。

【评析】

此词作于绍圣四年(1097)词人贬谪郴州之际,写除夕之夜的羁旅之愁。上阕写郴州一带的天气,风雨如晦,令人生愁,而词人所处的孤馆,空荡荡一片,倍感凄凉。"丽谯"二句,是说词人心乱无眠,直到角声吹彻,眼看着漫漫长夜渐渐逝去。在中国有个传统的习惯,除夕之夜,合家团聚,通宵守岁,那是非常欢乐的。而此刻词人却以待罪之身,远谪南荒,在风雨画角声中度过清冷的除夕,其心境之悲凉可想而知。下阕由景及情,抒写客地寂寞之感和思乡之苦。回乡的梦已经做尽了，只落得孑然一身，飘泊天涯，度过一个又一个不平静的岁月，如今又到了年终，不知即将来到的日子又将如何。语意含蓄，令人低徊不已。“衡阳”二句，不说自己贬谪以来音信断绝，度日如年，而说雁儿只能飞到衡阳，却飞不到衡山以南的郴州，暗用鸿雁传书的典故，委婉曲折地表现一腔怨愤之情。因此明人沈际飞评此词说：“伤心！”（见《草堂诗余正集》卷一）清人冯煦也称秦观“真古之伤心人也。其淡语皆有味，浅语皆有致，求之两宋词人，实罕其匹”。（见《蒿庵论词》）此词正以淡语、浅语抒写了词人心中深重的悲哀而又韵味浓挚，思致凄苦，不辨是泪是血，所以是宋词中的一首佳作。

阮郎归

春风吹雨绕残枝，落花无可飞。小池寒绿欲生漪[①]，雨晴还日西[②]。　　帘半卷，燕双归，讳愁无奈眉[③]。翻身整顿着残棋，沉吟应劫迟[④]。

【注释】

①漪：涟漪，波纹。

②日西：红日西斜。

③讳愁无奈眉：谓欲掩春愁，而无奈愁眉难展。讳，隐瞒。

④应劫：着棋的方法，犹言应敌。《棋经》：“劫，夺也。先投子曰抛，后应子曰劫，乃有实东击西之功。”

【评析】

此词本集失载，录自《乐府雅词拾遗》卷下，原署秦观作。写伤春之情。明·李攀龙评云：“以春花点春景，以春燕触春情，情景逼真。”（见《草堂诗余隽》卷二）上阕首二句写春残时刻，花已落尽，风雨犹打残枝。风雨无情，于此已达顶点。三、四两句写小池涟漪乍起，寒意未消；天虽放晴，而日已西斜，隐喻好景不长，微露迟暮之感。下阕写词人卷帘枯坐，等待燕子归巢。然而又感无聊，而去整顿残棋。可是在下棋之时，思绪又极纷繁，以至于落子迟缓。词中写的是生活小事，而人物的神态宛然，如在目前。明人沈际飞说："'讳愁无奈眉'，想深且慧。"就是说词人欲待隐瞒内心忧愁，而眉头却不自觉地又流露出愁来。此种写法极高明，所以沈氏又说，作者是一位"写生手"。（见《草堂诗余正集》卷一）清·黄苏则说："此词疑少游坐党籍、被谪后作，言已被谪而众谤尚交构也。……辞旨清婉凄楚，结末'沉吟'二字，妙在尚有含蓄。"（见《蓼园词选》）他联系少游身世来理解词意，可供参考。

鹧鸪天

春闺

枝上流莺和泪闻①，新啼痕间旧啼痕②。一春鱼鸟无消息③，千里关山劳梦魂。　　无一语，对芳樽④，安排肠断到黄昏⑤。甫能炙得灯儿了⑥，雨打梨花深闭门。

【注释】

①流莺：指黄莺的鸣叫声。流，状其鸣声流利圆转。李白《对酒》诗："流莺啼碧树，明月窥金罍。"

②间：间隔，意犹夹杂。

③鱼鸟：犹鱼雁。指书信。参见前晏殊〔清平乐〕（红笺小字）注②。

④芳樽：盛有美酒的酒杯。

⑤安排：准备。肠断：喻极其悲痛。

⑥甫能：犹云方才。炙：燃烧。

【评析】

此词本集失载，录自毛晋汲古阁本《淮海词》。这是一首绝妙的抒情之作，词人可能托意于春闺，写个人迁谪途中的幽怨。上阕写闺中人含着两眶眼泪谛听着枝上黄莺流利婉转的歌唱，这是以鸟的欢乐衬托人的悲哀。“新啼痕间旧啼痕”一句，表明她哭了不知多少时候。啼痕而有新旧，且相互交织，足见造语之工。三、四两句揭示闺中人所以流泪的原因：原来征人一春无信。欲求相见，怎奈关山阻隔，只好在梦中寻求片刻的安慰。下阕写她默默无语，打算以酒浇愁。熬到黄昏时分，她又陪着一盏孤灯，独守深闺。“甫能”二字为当时民间方言，使秾丽的词风变为浅俗，符合人物口吻。“炙”字非但描写熬尽灯油，亦象征人心痛苦，如同火炙。结句写雨打梨花，愁情更甚。她不忍目睹如此凄惨情景，只好闭门深坐，愁听苦雨，其境界有如温庭筠〔更漏子〕(玉炉香)，而更为幽隽。明·王世贞《弇州山人词评》谓一日相思“则十二时无间矣，此非深于闺恨者不能也”，可谓知言。《古今词话》说：“此词形容愁怨之意最工，如后叠‘甫能炙得灯儿了，雨打梨花深闭门’，颇有言外之意。”《蓼园词选》则把闺情与政治感情结合起来理解，说是“孤臣思妇，同难为情。‘雨打梨花’句，含蓄得妙。超诣也!”评价如此之高，在唐宋词中是罕见的。

好事近

梦中作

春路雨添花，花动一山春色。行到小溪深处，有黄鹂千百。　　飞云当面化龙蛇，夭矫转空碧①。醉卧古藤阴下，了不知南北②。

【注释】

①夭矫：屈伸自如的样子。空碧：即碧空，因押韵而倒装。

②了:全然。

【评析】

这是一首含意至深、艺术性极强的小词。清·周济说:“檃括一生,结语遂作藤州之谶。”(见《艺蘅馆词选》引)意谓少游后来死于广西藤州华光亭,早在处州作此词时就隐含了不详的预兆。这当然是封建迷信的说法。周济又说:“造语奇警,不似少游寻常手笔。”(同上)词中写了一个美丽奇幻的梦境,一场春雨,给山路上增添了鲜花;鲜花在风中摆动,又给满山带来了盎然春色。而天空则另是一番景象:飞云变化为龙蛇形态,在碧空中屈伸舒展,十分自如。此时,词人正醉卧古藤阴下,朦胧惬意,入虚渺之境,全然不知南北东西。明·沈际飞说这是“白眼看世之态”,又说:“酷似鬼词,宜其卒于藤州。”(见《草堂诗余续集》卷上)卓人月则谓“少游此词,如鬼如仙”。(《古今词统》卷五)实际上这首词抒写了词人历尽沧桑之后,寻求精神解脱的心理状态,表现了消极浪漫主义的倾向,对研究秦观思想性格的发展亦有特殊意义。

阮 阅

阮阅，生卒年不详，字闳休，自号散翁，又号松菊道人，安徽舒城人。神宗元丰八年（1085）进士，与秦观同榜，榜名美成。初为钱塘幕官。后以户部郎官知巢县。徽宗宣和七年（1125）以朝散大夫知郴州。高宗建炎元年（1127）以中奉大夫知袁州。致仕后定居江西宜春。著有《郴江百咏》《诗话总龟》。所著《松菊集》，已佚。词存六首。

眼儿媚

春景

楼上黄昏杏花寒，斜月小阑干[①]。一双燕子，两行归雁，画角声残[②]。　　绮窗人在东风里[③]，无语对春闲。也应似旧，盈盈秋水[④]，淡淡春山[⑤]。

【注释】

①阑干：即栏杆。

②画角：军中号角，以竹木或铜制成，上有彩绘，故名。

③绮窗：镂花的窗棂。唐·王维《扶南曲》："朝日照绮窗，佳人坐临镜。"此代指闺房。

④盈盈：清澈貌。秋水：喻眼波。

⑤春山：喻眉峰。《西京杂记》："（卓文君）眉色望如远山。"

【评析】

此词别题秦观作，疑非是。实乃阮阅久别忆内之作。上阕写二月的一天黄昏，轻寒恻恻，词人倚楼远望，只见月光之下，燕子回巢，鸿雁北归；而城门楼上的号角也在有气无力地吹送着衰飒的秋声。杏花、斜月，构成了凄清的夜景；双燕、归雁，触发了词人的乡思。而衰残的号角，则加强了凄凉的气氛。虽未直接写情，而情却自然地寓于景中。下阕写词人想象中，自已的妻子此刻坐在绮窗前面,默默无语,充满了闲愁闲恨。“也应”三句,尤富无穷情致,用具体的记忆表明了词人历久不忘的美好印象。同杜甫《月夜》诗中的“香雾云鬟湿,清晖玉臂寒”,有异曲同工之妙。清·黄苏说:“语语是意中摹想而得,意致缠绵中绘出,尽是镜花水月,与杜少陵‘今夜鄜州月’一律同看。”(见《蓼园词选》)也正是指的这一点。结尾二句,比喻恰切。四印斋本陈钟秀校刊《草堂诗余》卷上释云:“谓佳人眼如秋水之清,眉如春山之秀也。”经这一解释,所思女子形象更为鲜明清丽,更具有艺术魅力了。明·李攀龙评价尤高,他说此词“写景欲鸣,写情如见,语意两到”。(见《草堂诗余隽》卷一)细细体味,确有此种妙处。

米芾(1051—1107),字元章,北宋大书法家、画家,本襄阳(今属湖北)人,自号鹿门居士,曾寓居京口(今江苏镇江)。以母亲曾侍宣仁后藩邸,蒙恩补校书郎、太常博士,出知无为军。逾年,召为书画博士,擢礼部员外郎,知淮阳军。为文奇险,书法得王献之笔意,所画山水人物自成一家,词中亦带画意。今存《宝晋英光集》八卷,词存十五首,名《宝晋长短句》,收入《彊村丛书》。

浣溪沙

野眺

日射平溪玉宇中①。云横远渚岫重重②。野花犹向涧边红。　　静看沙头鱼入网,闲支藜杖醉吟风③。小春天气恼人浓④。

【注释】

①平溪玉宇:犹言平静的河水倒映出的天空景色。

②远渚:远处河中小洲。岫:峰峦。南齐·谢朓《郡内高斋闲望答吕法曹》诗:"窗中列远岫。"

③藜杖:藜茎所制的拐杖。藜,一年生草本植物,其茎韧,可作杖。

④小春:旧历十月。

【评析】

此词别见《草堂诗余续集》。米芾是一位大画家,这首词的特色就是有画意,可称为画家之词,它在我们面前呈现了一幅"江村野眺图"。开头二句写远景:太阳照射着平静的溪水,水中倒映着澄澈的天空。朵朵云彩横列在远处的沙洲上,重重叠叠的峰峦隐约可见。下面一句写近景:涧边几朵野花仍然红得可爱。着一“犹”字说明夏秋已过，与下阕的“小春”相呼应。下阕写滩边水中鱼儿，不知不觉地钻入网中，而一位老人扶杖迎风，乘醉微吟，立于岸上。“静看”“闲支”等神态的描摹，都微妙地透露出老人闲适超然的心境。最后一句虽是写初冬十月，天气犹暖似春天，令人心醉，给画面抹上了一层初冬时节的盎然景色。可见词中有画，画中有词。故明·沈际飞惊叹说：“词最纤婉合体，何独以墨妙传也！”（见《草堂诗余续集》卷上）墨妙，指精妙的书画。就是说他的词可与书画媲美，并传于世。

赵令畤(1051—1134),字德麟,宋宗室,燕王德昭玄孙。元祐中,签书颍州公事,因与苏轼交往,坐党籍;后官右朝请大夫,改右监门卫大将军,迁洪州观察使;绍兴初,袭封安定郡王,卒后赠开府仪同三司。有《侯鲭录》,词有赵万里辑本《聊复集》,其中《商调·蝶恋花》十首演绎莺莺故事,最为有名。

乌夜啼

春思

楼上萦帘弱絮①,墙头碍月低花②。年年春事关心事,肠断欲栖鸦③。　　舞镜鸾衾翠减④,啼珠凤蜡红斜⑤。重门不锁相思梦,随意绕天涯。

【注释】

①萦帘:萦绕于竹帘之上。弱絮:指柳絮。

②碍月:挡住月光。

③欲栖鸦:谓黄昏时刻,乌鸦即将归巢。

④舞镜:犹鸾镜。见前温庭筠〔菩萨蛮〕(宝函钿雀)注④。

⑤凤蜡:凤烛,即绘有凤形图案的蜡烛。

【评析】

此词如题目所示,是写春思。上阕首二句属对工整而又自然,是从室内观察室外:弱絮萦帘,低花碍月,烘托出一派朦胧景色,不写人而人自在其中。以下二句即写其人伤春的感情,谓每逢黄昏时刻,啼鸦归巢,最易使人伤感。过片一联琢句奇峭,鸾衾翠减,蜡珠红斜,是写室内凄清寂寞的气氛。上句表明孤栖时间之长,下句象征闺人独居之苦。“凤蜡”啼珠从杜牧《赠别》诗“蜡炬有心还惜别,替人垂泪到天明”翻出。蜡烛燃烧时滴下点点烛泪,故称啼珠。结尾二句写梦境。明·杨慎说:“僧齐己诗:‘重门不锁梦,每夜自归山。’此词末句本此。”明·王世贞说:“休文诗:‘梦中不识路,何以慰相思。’此词反其指而用之,各自佳。”(均见《古今词统》卷六引)说明词人融会前人诗意,铸成新辞,而且不着痕迹,刻画了一个无拘无束的思妇形象,可见艺术手法之高。宋人胡仔则说:“赵德麟‘重门不锁相思梦,随意绕天涯’、徐师川‘门外重重叠叠山,遮不断愁来路’,二词造语不同,其意绝相类。”(见《苕溪渔隐丛话》)同是写愁,却有不同写法,亦值得我们学习。

贺铸(1052—1125),字方回,其先山阴(今浙江绍兴)人,生于卫州(今河南汲县),为人喜谈当世事,敢于讥评权贵。十七岁到汴京,娶宗室女,为右班殿直。元祐中历任泗州、大平州通判,悒悒不得志。晚年退居苏州,自号庆湖遗老。工于词作,尤长于度曲,掇拾他人遗弃的素材,稍加檃括,即为新词,语言工丽,深婉绵密,曾自诩云:"吾笔端驱使李商隐、温庭筠,常奔命不暇。"(《宋史·文苑传》)张耒称其词"盛丽如游金张之堂,而妖冶如揽嫱施之祛,幽洁如屈、宋,悲壮如苏、李。"(《东山词序》)生平曾与苏轼、秦观交游,词风也受他们的影响,既以婉约为其主要特色,亦带有豪放的色彩。曾因〔青玉案〕一词而获得"贺梅子"称号,在词坛传为美谈。

减字浣溪沙

鹜外红绡一缕霞[①],淡黄杨柳暗栖鸦。玉人和月摘梅花[②]。　　笑撚粉香归洞户[③],更垂帘幕护窗纱。东风寒似夜来些[④]。

【注释】

①鹜(wù):即鸭子,此指野鸭。红绡:丝织物,轻薄似纱。鹜外红绡:一作"楼角初销"。

②玉人:容貌如玉的美人。和月:趁着月色。

③洞户:深邃的内室,此指闺房。

④些(shā):语助词,古代楚地方言。

【评析】

这首词全篇写景,无句不美;虽无情语,却能融情入景,寄情言外。起首二句写傍晚景色。"鹜外"句似从唐人王勃《滕王阁序》"落霞与孤鹜齐飞"来,用得极好,写出了残照当楼的景象。

"淡黄"一句写新柳栖鸦，在鹜外红霞之下，有淡黄杨柳相映；而淡黄杨柳之中，又有栖鸦点缀，色彩鲜丽，境界优美。"玉人"一句，写月下玉人、月下梅花，以景色衬托人物，使人感到月美、花美，而人更美。下阕写玉人折得梅花，喜孜孜飘然入户，形象生动活泼，令人想见其声容态度。在修辞上以梅花为主要特征——"粉"和"香"代替梅花，亦富于美感。"更垂"一句，写出对花的护惜，同时显示了女子的华贵和娇怯。结句谓入夜的东风带来寒意，补叙上句垂帘的必要，而且文笔轻灵，曲曲传神。同秦观〔浣溪沙〕（漠漠轻寒）相似，均为绝妙小品。但秦观写人情较为凄迷悲凉，而贺铸此首则有潇洒出尘之致。宋代胡仔说："词句欲全篇皆好极为难得，如贺方回'淡黄杨柳暗栖鸦'、秦处度'藕叶清香胜花气'二句，写景咏物，可谓造微入妙。"（见《苕溪渔隐丛话前集》卷五十九）此调作法，非但两片首二句须如此沉稳，而第三、第六两句因系单句，常有不稳定感，如此写法，方显得丰神摇曳，余味无穷。

半死桐①

重过阊门万事非②，同来何事不同归？梧桐半死清霜后③，头白鸳鸯失伴飞。　　原上草，露初晞④，旧栖新垅两依依⑤。空床卧听南窗雨，谁复挑灯夜补衣？

【注释】

①半死桐：即〔鹧鸪天〕。

②阊（chāng）门：苏州西北城门名。

③梧桐半死：汉·枚乘《七发》："龙门之桐，高百尺而无枝。……其根半死半生。"唐·白居易《为薛台悼亡》诗："半死梧桐老病身。"此处用来比喻丧偶之痛。

④晞（xī）：晒干。《诗经·秦风·蒹葭》："蒹葭萋萋，白露未晞。"汉乐府《薤露》："薤上露，何易晞。露晞明朝更复落，人

死一去何时归?”此处喻人生短促。

⑤旧栖:故居。新垅:新坟。

【评析】

这是一首悼亡词。古人多以诗悼亡,以词悼亡自苏轼始,而贺铸继之。此词上阕写重游故地,想起死去的妻子,不禁悲从中来。“同来”一句极其质朴,表达了发自内心的悼念之情。“梧桐”二句沉痛万分,谓自己惨遭霜打,犹如半死的梧桐,和妻子中途分手,又如鸳鸯失伴,不能白头偕老。过片两个短句,既是写景,也是借古代挽歌以抒情,谓人生短促,如同朝露。“旧栖”一句以旧居新坟代表生者和死者,即使生死相隔,而感情上仍是依依不舍。结尾两句写词人深夜不眠,卧听秋雨敲窗,并回忆当年共同生活时妻子为他挑灯补衣的情景,至此心潮愈益翻腾不安。此词的特点,一是感情深挚,哀婉动人;二是比喻恰切,境界凄凉;三是“挑灯补衣”这个细节,非常真实地表现了夫妻之间清贫自守的生活。清·陈廷焯说:“方回词胸中眼中,另有一种伤心说不出处,全得力于楚骚,而运以变化,允推神品。”(《白雨斋词话》卷一)此首虽将伤心话说出,而楚骚沉郁之致,依然可以看出。此词在悼亡词中,可与苏轼的〔江城子〕(十年生死)媲美。

芳心苦[①]

杨柳回塘[②],鸳鸯别浦[③]。绿萍涨断莲舟路[④]。断无蜂蝶慕幽香,红衣脱尽芳心苦[⑤]。　　返照迎潮[⑥],行云带雨,依依似与骚人语[⑦]。当年不肯嫁春风[⑧],无端却被秋风误。

【注释】

①芳心苦:调名,即〔踏莎行〕。

②回塘:迂回曲折的池塘。

③别浦:江河的港汊。

④莲舟:采莲的船。

⑤红衣:指荷花的花瓣。芳心:指莲心。

⑥返照:斜阳自水中折射的光。

⑦骚人:诗人。

⑧不肯嫁春风:语本唐·韩偓《寄恨》诗:“莲花不肯嫁春风。”

【评析】

此词咏荷花,亦借以自况。起首二句写荷花所在之地,回塘、别浦,皆为偏僻而不为人所注意之处,此示环境的冷落。杨柳在岸上,荷花在水中,一红一绿,着色鲜艳。鸳鸯是水中禽鸟,荷花是水中植物,二者相映成趣,构成了一幅美丽的图画。“绿萍”句一转,说荷花的不被采摘,是由于莲舟未来,莲舟之所以不来,是由于绿萍涨断了水路,以此暗喻自己的不见用于世是由于引荐之难,而引荐之难是由于小人占据仕途。“断无”一句进一步作比喻,以荷花的幽香比喻自己的品德,以蜂蝶的断然不来,比喻最高统治者对自己全不欣赏。“红衣”句承上作结:莲舟不来,蜂蝶不慕,则美而香的荷花唯有自开自落而已。这是借以自伤不遇之辞。“芳心苦”以莲心之苦比喻自己心境之苦,语婉而曲,辛酸感人。过片推开一层,于情中布景。落日的余晖迎接着从浦口流入的潮水,行云带着阵阵细雨洒向荷塘,这两句以荷花的历尽阴晴,比喻自己的饱经沧桑,是景语,也是情语。“依依”一句,显系从李白《渌水曲》“荷花娇欲语,愁杀荡舟人”变化而来。荷花由于莲舟不来,蜂蝶不慕,自开自落,所以要将满腔心事告诉骚人。“当年”二句是荷花的语言,也是词人的自白。张先〔一丛花令〕曾说:“沉恨细思,不如桃杏,犹解嫁东风。”此是反用其意,表现了荷花(也就是词人)不肯趋时的高尚品格和遭受时代摧残的命运。全词继承《楚辞》以来的比兴手法,寄托政治感情,融情于景,形象鲜明,真如黄苏所说:“意致

浓腴，得《骚》《辩》之遗韵。”（见《蓼园词选》）

陌上郎[①]

西津海鹘舟[②]，径度沧江雨[③]。双橹本无情，鸦轧如人语[④]。　　挥金陌上郎[⑤]，化石山头妇[⑥]。何物系君心，三岁扶床女。

【注释】

①陌上郎：作者自拟调名，即〔生查子〕。

②西津：渡口名，旧址在江苏镇江市西。海鹘（hú）：雕的一种，又名海东青。船行速如海鹘，故以名之。

③径度：直截渡过。

④鸦轧：象声词，形容摇橹声。

⑤陌上郎：相传鲁国的秋胡出外做官五年，途中遇一女子采桑于陌上，便以黄金引诱，女子不为所动。归家方知是自己的妻子。（见汉·刘向《列女传》）后遂以陌上郎比喻对爱情不忠实的丈夫。

⑥化石山头妇：南朝宋·刘义庆《幽明录》：“武昌阳新县北山上有望夫石，状如人立。相传昔有贞妇，其夫从役，远赴国难。妇携弱子，饯送此山，立望夫，而化为立石，因以为名焉。”江西、安徽等地均有望夫石。

【评析】

此词以民间传说为题材，表示了对妇女不幸遭遇的同情。上阕写在西津渡口送别的情景，商人乘着海鹰似的快船，迎着辽阔江面上的风雨，径直驶向远方。这两句意境开阔，“径度”二字是从思妇眼中观之，点出商人遽然远逝的情景。“双橹”二句以拟人化手法写橹声，表示此时的思妇有千言万语需要倾诉。过片一联，用典如同己出，比喻恰切。丈夫负心，挥金如土；思妇凝情，身化为石。结尾两句，语极沉痛，意思是说，你纵然不把妻子放在心上，也该挂念刚会扶床行走的三岁女儿呀！这是企图用父母共同的感情来打动对方，富有强烈的感染力。

浣溪沙

云母窗前歇绣针①，低鬟凝思坐调琴②。玉纤纤按十三金③。　　归卧文园犹带酒④，柳花飞度画堂阴⑤。只凭双燕话春心。

【注释】

①云母：即云母石，可装饰窗台或屏风。

②鬟：古代妇女的环形发髻。调琴：即弹琴。

③玉纤纤：形容女子白皙纤细的手指。十三金：即十三弦。金：是指琴上金属的弦柱。

④文园：指汉代司马相如。相如曾客于临邛（今属四川）卓王孙家，以琴音挑动卓氏女文君，后同赴成都卖酒。据说相如有消渴疾（即糖尿病），旧时认为是饮酒所致。后来相如献赋，得到汉武帝赏识，被封为孝文园令。此喻丈夫。

⑤柳花：即柳絮。

【评析】

此词写年轻夫妇的日常生活。上阕写丈夫外出，闺中女子做完女红，低头沉思，然后又对窗弹琴，抒写一腔幽怨。低鬟凝思，写调琴的神情；玉指按弦，绘调琴的动作。绿窗人静，独坐调琴，表现了境美、人美及琴声之美；而日长困倦，独处无聊的心情，也自然而然地流于言外。至此，这位女主人翁的形象便栩栩如生地呈现于读者面前。词人用笔细腻，构思奇妙，不明写幽怨而幽怨自在其中。下阕借用司马相如的故事，写丈夫带着浓重的酒意归来，自然是倒头便睡。此时女子环顾室内，只见柳絮轻轻地飞进画堂，消失在阴影里，写出了环境的寂静，更写出了女子心中的寂寞。这里没有正面写她的感情变化，然而她的失望之情已可想而知。清人况周颐说：“‘柳花’句融景入情，丰神独绝。近来纤佻一派，误认轻灵，此等处何曾梦见？”（见《蕙风词话》卷二）可见评价之高。结尾一句写女子面对醉汉，依旧无聊，只能同飞来飞去的呢喃双燕说说知心话。这一设想，也很奇妙，与上阕通过调琴诉说幽思之境，遥相激射，恰到好处地表现了人物内心的苦闷。

僧仲殊

僧仲殊，俗姓张，名挥，字师利，吴(今江苏苏州市)人，生年不详，卒于宋徽宗崇宁(1102—1106)中。曾举进士，其妻甚妒，曾以毒药加害，遂弃家为僧，先后住苏州承天寺、杭州宝月寺，与苏轼交谊甚厚。他常食蜜解药，东坡戏称为“蜜殊”。在词史上，王灼说他与晏几道、贺铸、周邦彦“各尽其才力，自成一家”。(见《碧鸡漫志》卷二)词风婉丽华赡，有晚唐风致。

诉衷情

寒食[1]

涌金门外小瀛洲[2]，寒食更风流[3]。红船满湖歌吹[4]，花外有高楼。　　晴日暖，淡烟浮，恣嬉游[5]。三千粉黛[6]，十二阑干[7]，一片云头。

【注释】

①寒食：节名，在清明前一日。

②涌金门：杭州西南城门。小瀛洲：在杭州外西湖偏南湖面上，历来被誉为“湖中之岛”。

③风流：此谓风光美好。

④歌吹：唱歌与奏乐。

⑤恣：纵情。

⑥粉黛：指美女。

⑦十二阑干：谓栏杆有十二曲，此谓倚遍栏杆，状望人之切。阑干，即栏杆。

【评析】

此词写寒食节杭州的春游。上阕说，到了寒食这一天，外西湖的小瀛洲周围，热闹非常。湖中，红船满目，笙歌盈耳；岸上，春花簇簇，高楼掩映。前两句写词人的直感，后两句概括湖边和湖上的风光,一气呵成,凝练而富于形象性。过片写天晴日暖,淡烟浮动,更添游兴。于是,结尾三句抓住三个典型细节,以数字组成排句,写了美丽的人物,美丽的建筑,美好的天气,犹如电影的连续镜头,给人留下深刻的印象。清·黄苏说:"一片云头'四字,真力弥满,杰句也。"(见《蓼园词选》)至今杭州灵隐寺前还有书法家沙孟海写的"一片云"三字,令人神往。这首小词是小令中精品,宋代黄昇说:"仲殊之词多矣,佳作固不少,而小令为最。小令之中,〔诉衷情〕一调又其最。盖篇篇奇丽,字字清婉,高处不减唐人风致也。"(见《花庵词选》卷九)

柳梢青

岸草平沙,吴王故苑[①],柳袅烟斜。雨后寒轻,风前香软,春在梨花[②]。　行人一棹天涯[③]。酒醒处,残阳乱鸦。门外秋千,墙头红粉,深院谁家。

【注释】

①吴王故苑:指春秋时吴国苑囿,故址在今苏州市西南灵岩山上。

②春在梨花:指春分后期。旧时称自小寒至谷雨共八气,一百二十日,每五日一候,共二十四候。春分时节,一候海棠,二候梨花。

③行人:旅行之人。

【评析】

此词一作秦观作,非。词中写春景,含有羁旅之思。上阕写苏州城外旧时吴王的苑囿,细草微风,柳枝摇曳,梨花飘香,轻寒袭人。"雨后"三句,颇为妍倩。下阕写词人乘船远游,酒醒之后,只见残阳返照,寒鸦乱飞,同时又看到岸上人家,门外挂着秋千,墙头露出红花。于是词人不禁悬想:在那深院之中住着什么样的人呢？全词如一幅江南图画：低处有岸草平沙，高处有柳袅烟斜，还有白色的梨花，墙头的红粉，有人（行人）有物（乱鸦），并且通过秋千和深院的暗示，还使读者想象到一位没有出场的人物——风姿绰约的美人。意境极为含蓄，幽深，启人遐思。所以明人李攀龙说："梨花春在，谁家深院，何等对景传情？"（见《草堂诗余隽》卷一）另外，词人还工于炼字着色，明·沈际飞指出："春在梨花"的"在"字妙，又说："残阳乱鸦，着色疑有化工。"（见《草堂诗余正集》卷一）其实这两句的意境同柳永的〔雨霖铃〕"今宵酒醒何处？杨柳岸晓风残月"，秦观的〔满庭芳〕"斜阳外，寒鸦数点，流水绕孤村"，颇为相近，而又各极其妙，是不可多得的名句。

南歌子

十里青山远，潮平路带沙[①]。数声啼鸟怨年华。又是凄凉时候在天涯！　　白露收残暑[②]，清风衬晚霞。绿杨堤畔闹荷花[③]。记得年时沽酒那人家[④]。

【注释】

①潮平：此指落潮以后。

②白露：秋天的露水。《礼·月令》孟秋之月："凉风至，白露降，寒蝉鸣。"残暑：一作"残月"，非。

③闹荷花：形容荷花盛开的景象。闹，一作"问"，非。

④年时：即当年，那时。沽酒：卖酒。

【评析】

此词《草堂诗余正集》卷一题作"忆旧"，一作"秋日"。词中描写了初秋的景象，表达了对旧时生活的忆念。上阕起首二句，从远景写到近景，表现了自由舒畅的情绪。第三句来一个跌宕，数声啼鸟，似乎在叹息年华的易逝，于是触起了词人的离愁。

“又是”二字，表明沦落天涯，非止一年，语言质朴而感情极沉痛。过片“白露”二句写季节的变化，兼写景色，对仗工稳，诗意浓郁。故沈际飞评曰：“‘白露’二句，初唐律诗。”（《草堂诗余正集》）“绿杨堤畔闹荷花”，着色秾艳，有如宋祁〔玉楼春〕“红杏枝头春意闹”，着一“闹”字，而境界全出。结句含蓄蕴藉，沈际飞说：“‘沽酒那人家’，情思都在里面。”（同上）西汉卓文君曾在成都当垆沽酒，韦庄〔菩萨蛮〕词又说过“垆边人似月，皓腕凝霜雪”，所以此处所说的“沽酒那人家”，亦含有类似的情思，暗寓有个美人在焉，但含而不露，耐人寻味。故明·李攀龙说：“追思远人，追忆往事，委婉真切，堪当一‘悲秋赋’。”（《草堂诗余隽》）

晁补之

晁补之(1053—1110),字无咎,济州巨野(今属山东)人。少时遇苏轼于杭州,称其文博辩隽伟,远胜他人。元丰二年(1079)举进士,调国子监教授,后为太学正、秘书省正字、校书郎、扬州通判。绍圣初,因修《神宗实录》被控失实,降为亳州通判。徽宗立,召回拜礼部郎中,出知河中府。大观四年(1110),知泗州,卒于任上。其人才气飘逸,善为长短句,有词集名《琴趣外编》。清人冯煦说:"晁无咎为苏门四学士之一,所为诗余,无子瞻之高华,而沉咽则过之。"(见《蒿庵论词》)词风与苏轼接近,尤以长调〔买陂塘〕一首为著。其词评亦多灼见,载《诗人玉屑》中。

忆少年

别历下[①]

无穷官柳,无情画舸[②],无根行客[③]。南山尚相送,只高城人隔[④]。　　罨画园林溪绀碧[⑤],算重来、尽成陈迹。刘郎鬓如此[⑥],况桃花颜色!

【注释】

①历下:山东历城县,即今济南市。

②画舸:有彩绘的游船。

③无根:比喻行踪无定。

④高城人隔:唐·欧阳詹《初发太原途中寄太原所思》诗云:"高城已不见,况复城中人。"此用其意。

⑤罨(yǎn)画:杂色的彩画。绀(gàn):深青带红的颜色,俗称天青色。

⑥刘郎:唐·刘禹锡《戏赠看花诸君子》诗:"玄都观里桃千树,尽是刘郎去后栽。"此处为作者自指。

【评析】

作者是济北人，这首词写他离开故乡时的感情。起首三个叠句写岸上的杨柳、水中的画舸、船中的行客，满腔离愁，一气呵成。清人先著说："'花无人戴，酒无人劝，醉也无人管'（案：此为黄公绍〔青玉案〕结句），与此词起处同一警绝。唐以后特地有词，正以有如许妙语，诗家收拾不尽耳。"（见《词洁》）"南山"，指千佛山，因在历城之南，故名。此二句，写与城中人的眷恋之情，而以南山烘托之。自然界之南山，对人尚有情；城中之人，其情之深，自是不言而喻，只因被高城所隔，不能相送而已。下阕写此刻离开，园林红红绿绿，有如彩画。可是他日归来，这些景物恐怕早已消失。于是想到唐人刘禹锡重游玄都观的诗，说是自己的鬓发都已渐次变白，何况一年一度的桃花，岂能永远保持鲜艳的颜色？前结"只高城人隔"，后结"况桃花颜色"，历来为人称道。清人沈雄说："前结如奔马收缰，须勒得住，又似住而未住；后结如泉流归海，要收得尽，又似尽而不尽者。"（见《古今词话》）两结都佳，是这首词的特色。

周邦彦

周邦彦(1056—1121),字美成,自号清真居士,钱塘(今浙江杭州)人。疏隽少检,博览群书。神宗元丰初,献《汴都赋》,召为太学正。后为庐州(今安徽合肥)教授、溧水(今属江苏)县令。哲宗绍圣三年(1096),回京任国子监主簿、校书郎等职。徽宗朝,仕至徽猷阁待制,提举大晟乐府。未几,知顺昌府,徙处州。有《片玉词》,一称《清真集》。他妙解音律,能自度曲,尝与万俟咏、田为等研讨古调,创制新声,承前启后,可称“集大成”的词人。在北宋,继柳永发展慢词之后,他与秦观几乎同时致力于婉约派慢词的创作,虽大多为艳词,但亦有伤时怀古、写景咏物之作。结构缜密,音律谐婉,注意用字用典。宋·陈振孙说:“清真词多用唐人诗语,檃括入律,浑然天成;长调尤善铺叙,富艳精工。”(见《直斋书录解题》卷二十一)近人王国维说:“美成深远之致,不及欧、秦,唯言情体物,穷极工巧,故不失为第一流之作者。”(见《人间词话》)他的词风对南宋姜夔、吴文英、周密、张炎、王沂孙影响极大。方千里、杨泽民、陈允平均有和清真词的集子。清代常州词派对他亦甚推崇,周济在《宋四家词选目录序论》中提出,要以清真词为楷模,“问涂碧山(王沂孙),历梦窗(吴文英)、稼轩(辛弃疾),以还清真之浑化”。可见他在词史上的崇高地位。

浣溪沙

楼上晴天碧四垂①,楼前芳草接天涯。劝君莫上最高梯。　　新笋已成堂下竹,落花都上燕巢泥。忍听林表杜鹃啼②。

【注释】

①四垂:谓天幕从四周下垂。

②忍听:即怎忍听。林表:林外。

【评析】

此词一作李清照作，姑系于清真名下。词中写春景，兼抒异乡孤寂之感。上阕写登楼远望，只见芳草连天，碧空如洗，境界开阔，读之令人心胸为之一畅。然第三句忽然来一个转折。唐人王之涣《登鹳雀楼》诗云："欲穷千里目，更上一层楼。"此词则云"劝君莫上最高梯"，语虽沉痛哀婉，但词人所以不忍登高临远，当有深衷。盖登上最高一层，则望乡之情愈切，愈引起伤感。过片一联，对仗工整，形象鲜明。堂下新笋已长成竹子，说的是"新生"；落花沾泥又被燕子衔来筑巢，说的是"迟暮"。"新生"与"迟暮"互见，表明了词人对春深且喜且悲的复杂感情。孙光宪〔浣溪沙〕有"粉箨半开新竹径，红苞尽落旧桃蹊"之句，盖为此一联所本，然却更加显豁。"忍听"一句表明词人是身在异乡，因古人认为杜鹃鸟鸣声凄切，似"不如归去"，故他乡游子，不忍闻听。由此可见，上下两结正起了相互呼应的作用，进一步加重了乡愁。

浣溪沙

雨过残红湿未飞[①]，珠帘一带透斜晖[②]。游蜂酿蜜窃香归。　　金屋无人风竹乱[③]，衣篝尽日水沉微[④]。一春须有忆人时[⑤]。

【注释】

①残红：指枝上残花。

②珠帘：一作"疏篱"。一带：又作"一行""一桁"，然平仄未合，应以"一带"为是。

③金屋：相传汉武帝幼时，其姑母指着女儿阿娇问道："阿娇好否？"武帝笑对曰："好，若得阿娇作妇，当作金屋贮之也。"此指闺房。

④衣篝:熏衣的竹笼,一称熏笼。水沉:即沉水香,简称"沉香"。古代熏笼罩在炉上,炉内燃沉香。

⑤须有:终有。《琵琶记·南浦嘱别》:"但愿得双亲康健,须有日,拜堂前。"

【评析】

此词一作欧阳修作,误。词中写春闺闲愁,可能有所寄托。上阕写户外:雨后斜阳照着枝上残花,游蜂窃得花香,飞进蜂窝酿蜜。下阕写户内:闺房之内,悄无一人,只见窗外春风掠过,竹影斑驳映地,香炉内的水沉香料,整天吐着轻微的氤氲。面对这春日幽静的环境,词人不禁设想:金屋的主人总归会有怀念心上人的时候吧?而此刻这位女主人何在,又是何等样人呢,词中故不明言,使人遐思难已,悬想不置,收到了有无相生的艺术效果。就填词艺术而言,〔浣溪沙〕词的体制,前两句一组,较易工稳,后一句如一只脚,则难稳难工,因为不用气力便收煞不住,过于用力便轶出题外。此词通体停匀,轻重平衡,尤以两结轻灵蕴藉,如一足亭亭玉立,饶有无穷情致。

少年游

并刀如水①,吴盐胜雪②,纤手破新橙③。锦幄初温④,兽香不断⑤,相对坐调笙⑥。　　低声问:"向谁行宿?城上已三更。马滑霜浓,不如休去,直是少人行⑦。"

【注释】

①并刀句:并刀,唐代并州(相当于今山西阳曲以南、汶水以北的汾水中游地区)以制造锋利的剪刀著称。杜甫《戏题王宰画山水图歌》:"焉得并州快剪刀,剪取吴淞半江水。"

②吴盐:唐肃宗时,盐铁铸钱使第五琦于两淮煮盐,以洁白

著名，后世因称淮盐为吴盐。

③纤手：形容女子细柔的手。

④锦幄：犹锦帐。《周礼·天官·幕人》注："帷幕皆以布为之，四合像宫室，曰幄。"

⑤兽香：指兽形香炉中升起的烟缕。

⑥调笙：指吹笙。笙，簧管乐器。

⑦直是：犹即使、可能。张相《诗词曲辞语汇释》卷一："吴融《关西驿亭即事》诗：'直是无情也肠断，鸟归帆没水空流。'言即在无情之人亦不免肠断也。李九龄《咏鹤》诗：'不须更饮人间水，直是清流也污君。'言即使清流亦不饮也。"

【评析】

据张端义《贵耳集》、周密《浩然斋雅谈》记载，某日周邦彦正在东京名妓李师师家，闻宋徽宗来到，急忙躲于床下。徽宗坐定，拿出江南初进新橙，与师师一起品尝、谈笑。邦彦听后，檃括成〔少年游〕一词。此系附会之辞，王国维《清真遗事》中已辨之甚详，时邦彦年满六旬，官至列卿，不可能有此艳事。但词中描写了一对情人的生活片断，艺术性却极高。上阕着重写闺中之景，暖玉温馨，风流旖旎，在写实中透露出疏朗的色调，把人的美感与心理反映，表现得匀融无间。其间妙处在于简洁。如"吴盐胜雪"一句，本之于李白《梁园吟》"吴盐如花皎白雪"，但因删去了"如花皎"三字，便觉青胜于蓝，意象明晰。"并刀如水"，正如以一"雪"字形容盐一样，也非得以一"水"字形容刀不可。在灯光映照下，刀光怎不像水！并刀用以破橙，吴盐用以中和橙之酸味，作者通过这三件典型事物，便将人物关系与所处环境形象地概括出来。下阕记人物语言，言中见景。几句低声问话，絮絮道来，温柔体贴，缠绵委婉，昵人无那。清人谭献评曰："丽极而清，清极而婉，然不可忽过'马滑霜浓'四字。"（《谭评·词辨》）"马滑霜浓"，是说室外极其凄苦，与前面所写的室内温馨相映衬，于叙景之中含情脉脉。俞平伯以为词至"不如休去"，意辞俱竭而调未尽，忽又找补了一句"直是少人行"，宛转伤悲，风情如活，章法亦奇幻之至。（此段参见《清真词释》）其实这是词中的加倍法，前面的“马滑霜浓”，谓路滑难行，此处的“直是少人行”，谓夜深可怖；以两层联想强调“不如休去”，表现了这位女子对恋人的关切，而殷勤挽留之意，自然溢于言外。

玉楼春

桃溪不作从容住①，秋藕绝来无续处②。当时相候赤栏桥③，今日独寻黄叶路。　　烟中列岫青无数④，雁背夕阳红欲暮。人如风后入江云，情似雨余粘地絮。

【注释】

①桃溪：指桃源，用刘阮天台遇仙女事，见前李存勖〔忆仙姿〕注①。

②绝：断。

③赤栏桥：装有赤色栏杆的桥梁。温庭筠《杨柳枝》：“正是玉人肠断处，一渠春水赤栏桥。”

④列岫：排列着的峰峦。南齐·谢朓《郡内高斋闲望》诗：“窗中列远岫。”

【评析】

这是一首绝妙好词，上阕借刘晨、阮肇上天台的传说，叙写词人当年的一段爱情生活，即周济所谓“只赋天台事，态浓意远”。（见《宋四家词选》）下阕由景及情，表达了失恋后的悲哀。清·陈廷焯说：“美成词有似拙实工者，如〔玉楼春〕结句云：‘人如风后入江云，情似雨余粘地絮。’上言人不能留，下言情不能已。呆作两譬，别饶姿态，却不病其板，不病其纤，此中消息难言。”（见《白雨斋词话》卷一）一般人读此词，都觉得好，但好处却难说出。据俞平伯先生分析，“词情与调情相惬”，这是第一个好处。〔玉楼春〕为四平调，适于排偶铺叙，也就是说调情宜拙，所以此调的词情也安排得很拙，给人以工稳的感觉。“着色之秾酣”，这是第二个好处。“桃溪”“秋藕”“赤栏桥”“黄叶路”以及青青的列岫，红红的夕阳，都色彩斑斓，艳丽无比。“用大排偶法”，这是第三个好处。同是对偶，三、四句，七、八句易为人知；一、二句，五、六句则需细细品味。一、二句“桃”与“藕”对，实是以春对秋，与三、四句“赤栏桥”对“黄叶路”也是以春对秋相应。此外在谋篇立意上亦有妙处，首二句直揭本事，引出当年艳遇，“当时”一句是全词转折点。下阕文字都是从“独寻黄叶路”生出。及至末联，便缴足“今日独寻”的意绪，更如神龙掉尾，不但回顾赤栏桥，甚至径直写到桃花溪上了。词中“独寻”二字好比词眼，全词境界当从此二字探求。至如“雁背夕阳红欲暮”，则是传诵千古的名句，令人一唱三叹。

虞美人

疏篱曲径田家小[1]，云树开清晓。天寒山色有无中[2]，野外一声钟起送孤蓬[3]。　　添衣策马寻亭堠[4]，愁抱惟宜酒[5]。菰蒲睡鸭占陂塘[6]，纵被行人惊散又成双。

【注释】

①田家：农家。

②“山色”句：王维《汉江临泛》诗：“江流天地外，山色有无中。”

③孤蓬：喻漂泊的旅客。蓬，草名，即飞蓬。

④亭堠(hòu)：古代用来侦察、瞭望的岗亭，此处指馆驿。

⑤愁抱：愁怀。

⑥陂塘：指池塘。

【评析】

此词写旅情。上阕写清晨太阳从茂密的树林中钻出，照着疏疏落落的篱笆、弯弯曲曲的小径和一些农家小屋。远山还罩着淡淡的晨雾，若隐若现。忽然，野外一声晨钟，似在催促漂泊如飞蓬的旅客赶快登程。下阕写晚间旅行。词人添衣策马，寻找投宿的馆驿，由于天寒，也由于满怀愁绪，故而想饮酒。结尾二句写路边池塘，菰蒲深处，鸭子正在安睡，行人走来忽被惊散，但不一会儿又聚拢在一起。"又成双"三字，是以鸭子的相伴而居，反衬自己的孤独漂泊。清·陈廷焯说："美成小令以警动胜，视飞卿色泽较淡，意态却浓，温、韦之外，别有独至处。"(《白雨斋词话》)他所说的"警动"和色淡意浓，在这首词中都有所表现。上下两结可称警动，尤其"菰蒲睡鸭占陂塘，纵被行人惊散又成双"，由静到动，又由动到静，非但形象鲜明，而意态浓至，令人神往。比他稍前的秦观在《还自广陵》第四首中说："过尽行人都不起，忽闻冰响一齐飞。"二者颇为相似：一写鸟被行人惊散，一未惊散，意境不同，韵味俱深永，令人回味无穷。

关河令

秋阴时晴渐向暝①，变一庭凄冷。伫听寒声②，云深无雁影③。　　更深人去寂静，但照壁、孤灯相映。酒已都醒，如何消夜永④？

【注释】

①向暝：天色将晚。

②伫：伫立。寒声：指凄厉的雁鸣声。

③云深：一作"云淡"。

④夜永：指漫长的夜晚。

【评析】

此词写凄清的旅况。上阕是写日间的凄清。时当秋季，气候乍阴乍晴。由于天色逐渐暗下来，旅邸里变得格外冷寂。此时，旅人正伫立庭院之中，忽听长空雁叫，可是举目一看，唯见浓云，不见雁影。陈廷焯说："云深无雁影，五字千古。"（见《云韶集》）其中的确有着高度的艺术概括。上一句先写寒声入耳，这一句却写天高云低，雁在云外。于是天气的阴沉，寒云的浓重，便构成了朦胧的意境，使人浮想联翩，觉得诗意盎然。下阕写夜间的凄情。此时夜深人静，旅人独伴孤灯，借酒消愁。然而，自己孤独的身影却被灯光映照到墙壁上，酒醒之后，更觉凄清难耐。陈廷焯说，这里"不必说借酒消愁，偏说酒已都醒，笔力劲直，情味愈见"。（同上）末尾两句，一收一纵，哀不可抑。全词着眼于"凄清"二字，日间的凄清是通过从阴到暝到冷表现出来的，夜间的凄清是通过从入暝到更深到夜永表现出来的。写景抒情，层层深入，句句精妙。小词能如此刻画，正如搏兔而用全力，而又一反秾艳之姿，全无雕琢痕迹，语言清淡，意味隽永，实为难能可贵。无怪乎清人周济以"淡永"二字概括了它的艺术特色。（见《宋四家词选》）

李廌

李廌(1059—1109),字方叔,华州(今陕西华县)人,原籍郓州(今山东东平)。因其父李惇与苏轼同年举进士,少时以文章谒苏轼于黄州,轼谓其笔墨澜翻,有飞沙走石之势。苏轼知贡举时,廌应礼部试,但未被录取,后为“苏门六君子”之一。中年绝意仕进,以颍州为人物渊薮,故定居于州之长社。喜议论古今治乱,元祐中曾献《兵鉴》言西夏事。著有《济南集》《师友谈记》《德隅斋画品》。词存四首。

虞美人令

玉阑干外清江浦①,渺渺天涯雨。好风如扇雨如帘,时见岸花汀草涨痕添②。　　青林枕上关山路③,卧想乘鸾处④。碧芜千里信悠悠⑤,惟有霎时凉梦到南州⑥。

【注释】

①阑干:即栏杆。浦:此指江滨。

②汀草:水边青草。

③青林:青色之林,多指清净避世之处,庾信《任洛州酬薛文学见赠别诗》:“白石仙人芋,青林隐士松。”关山:关隘山川。古乐府《木兰辞》:“万里赴戎机,关山度若飞。”

④鸾:凤凰一类的鸟。乘鸾驾鹤,古代作升仙远逝解,有超尘脱俗之意。

⑤碧芜:犹绿芜;茂密的青草。信:随意、任凭。一作“思”。

⑥南州:杜牧《忆齐安郡》诗:“平生睡足处,云梦泽南州。”齐安,即黄州。

【评析】

此词上阕写初夏景色。词人凭栏望远,只见水天相连之处,迷濛一片，雨意正浓。顷刻，一阵好风，带来大片细雨。以扇喻风，以帘喻雨，善于状物。次写江上水涨，岸边的花草渐次淹进水中。清·况周颐《蕙风词话》卷二说："李方叔〔虞美人〕过拍云：'好风如扇雨如帘，时见岸花汀草涨痕添。'春夏之交，近水楼台，确有此景。'好风'句绝新，似乎未经人道。"下阕似在怀念谪居黄州的苏轼。这时词人"青林"闲卧，不觉悠然入梦，乘鸾升空，霎时掠过碧芜千里，飞到渺远的黄州，与苏轼相会。况周颐说此词"歇拍云：'碧芜千里思悠悠，惟有霎时凉梦到南州'，尤极淡远清疏之致"。（同上）闭目思之，确有此等境界。"碧芜千里"似受李煜〔清平乐〕"离恨恰如春草，更行更远还生"和欧阳修〔少年游〕（咏春草）"千里万里，行色苦愁人"影响，然经镕铸，一反愁苦之调，不露痕迹，情思悠然，沁人心脾。词中从对景抒情到入梦怀人，写来自然而然，思致宛转，在不知不觉中把读者带进词的意境。

谢逸

谢逸（1068—1113），字无逸，号溪堂，临川（今江西抚州）人，少孤，博学，工于文词，曾作《咏蝶》诗三百首，一时盛传，因此被呼为“谢蝴蝶”。屡举进士，未中，遂以布衣终。所著有《溪堂集》十卷，《溪堂词》一卷，词风清丽轻倩，温雅有致。

玉楼春

弄晴数点梨梢雨①，门外画桥寒食路②。杜鹃飞破草间烟，蛱蝶惹残花底雾③。　东君着意怜樊素④，一段韶华都付与⑤。妆成不管露桃嗔⑥，舞罢从教风柳妒⑦。

【注释】

①弄晴：指晴雨不定的天气。

②寒食：节令名，在清明前一日。

③蛱蝶：蝴蝶的一种，翅有各种鲜艳的色斑。

④东君：日神，又指春神。樊素：唐·白居易宠姬，白有诗云：“樱桃樊素口，杨柳小蛮腰。”（见《白氏长庆集》卷七十《不能忘情吟·序》）此处借指樱桃。

⑤韶华：此指美好的春光。

⑥露桃：露井旁的桃树。唐·贺知章《望人家桃李花》诗：“桃李从来露井旁。”王昌龄《春宫曲》：“昨夜风开露井桃。”露井：没有盖子的井。

⑦“舞罢”句：暗用小蛮故事，见本调注④。小蛮亦是白居易宠姬。从教，听任。

【评析】

此词写春景，《草堂诗余》题作“寒食”。前阕起句写主人公春游，见数点细雨，洒在梨树梢头，把春天乍晴乍雨的景象极其精炼地描绘出来。次句紧承起句，点明时间和地点。三、四两句写细雨迷濛之时，草间如有一层烟雾，一只杜鹃突然从草间飞过，似乎把烟雾划开一条缝。“飞破”二字，看似平易，实为精心锻炼而得，意境至美！“蛱蝶”一句，词人着一“残”字，遂将静止的画面赋予动态美。这二句，对仗工稳，富于画意。其间虽颇费经营，然而读来却感到极其自然。明·沈际飞说此词写得“苍翠侵人”，又说：“‘飞破’‘惹残’，极推敲之致”。（见《草堂诗余正集》）后阕借用樊素、小蛮故事，描写樱桃和杨柳。过片二句是说春神似乎特别宠爱樱桃，把美好的春光都交给了它。虽未正面描写桃花的绰约风姿和秾艳色彩，而桃花的美丽已从赞叹声中充分地表现了出来。结尾二句，赋予桃花杨柳以人的感情和风貌，沈际飞说：“桃嗔柳妒，对仗工整。”（同上）确是指出了它的艺术特色。但用樊素、小蛮二事，妨碍情趣与意象的自然融合，不免令人有“隔”的感觉。

苏庠

苏庠(1065—1147),字养直,澧州(今湖南澧县)人。因有眼疾,自号眚翁。后徙居丹阳(今属江苏)后湖,改号后湖居士(或曰后湖病民)。苏轼曾称他为"吾家养直"。高宗绍兴年间,与徐俯同受召,辞不赴。今人刘毓盘有《后湖词》一卷。

阮郎归

西园风暖落花时①,绿阴莺乱啼。倚栏无语惜芳菲②,絮飞蝴蝶飞③。　　缘底事④,减腰围?遣愁愁着眉。波连春渚暮天垂⑤,燕归人未归。

【注释】

①西园:指西池(金明池),在汴京西郑门外,为北宋游览胜地。

②芳菲:形容花草的香和美。

③絮:柳絮。

④底事:何事。

⑤春渚:布满春色的江中小洲。暮天垂:天幕下垂,形容暮色。

【评析】

这首词沈本《草堂诗余》和《蓼园词选》都列于欧阳修[阮郎归·南园春半](实为冯延巳所作),秦观[阮郎归·春风吹雨]之后。沈际飞说:"似从前二首脱胎。"黄苏说:"此首意在句中,比前两首意在句外者,自是不同。"又说:"此乃闺怨词耳。'絮飞'句,言花飞而蝶亦无可采也,言之黯然自伤。次阕是心系闺人也。"(《蓼园词选》)沈际飞则说:"前句好在'絮飞',后句好在'人未归'。愁不可讳,亦不可遣,各领一奇;因思'愁来无着处',又非确论。"(《草堂诗余》)所谓"句中""句外",就是说作者所要写的闺怨都包含在字句中间，不像冯词、秦词韵流弦外。所谓“愁不可讳”，是指秦观〔阮郎归〕词“讳愁无奈眉”，与此句相比，一则“想深且慧”，一则语直而婉，故称“各领一奇”。上阕“倚栏无语”，表现了默默伤春、满怀幽怨的神态；下阕腰围瘦减，愁上眉梢，更是怨情的直截流露。至“燕归人未归”，则径自点明所思之人尚未归家。所有这些，便是此词的特色。此外，花落莺啼，絮飞蝶舞，波连远渚，夜幕四垂，写景极工，并能做到融情于景，也不失为特色之一。

毛 滂

毛滂(1064—1124 后),字泽民,江山(今浙江县名)人。哲宗元祐年间为杭州法曹,元符二年(1099)知武康县。苏轼曾以“文章典丽可备著述”荐之。徽宗政和中知秀州。后为曾布所赏识,擢至馆阁。曾布南迁,滂亦遭谪。与蔡京同为王氏婿,蔡京当政时,滂上一词,因而骤得进用,从此为人所轻。诗文豪放恣肆,词作较婉约,在一定程度上受秦观影响。有《东堂词》。

惜分飞

富阳僧舍代作别语[1]

泪湿阑干花着露[2],愁到眉峰碧聚[3]。此恨平分取[4]。更无言语空相觑[5]。 短雨残云无意绪,寂寞朝朝暮暮[6]。今夜山深处,断魂分付潮回去。

【注释】

①富阳:县名,在浙江省富春江附近。

②阑干:形容眼泪纵横。

③眉峰碧聚:形容双眉紧皱,犹似簇聚的碧山。

④取:语助词。

⑤觑(qù):细看。

⑥朝朝暮暮:用宋玉《高唐赋》故事,见前李珣〔巫山一段云〕注④。

【评析】

相传元祐中,苏轼守杭州,毛滂为法曹。任期届满时,毛滂离杭,已行抵富阳,忽被苏轼发信召回,原来苏轼听到有人歌唱毛滂〔惜分飞〕词,大为赞赏,挽留达数月,毛滂从此知名。(见叶申芗《本事词》)本词写别情,至为逼真细腻。上阕写泪痕纵横，愁聚眉峰，一对恋人，相对无言。“泪湿阑干”，在形象上算不上美，但词人却以“花着露”相比，犹如白居易《长恨歌》“玉容寂寞泪阑干，梨花一枝春带雨”，遂生美感。皱起双眉，虽也不美，但词人以“眉峰碧聚”来形容，给人以青山叠翠的意象，亦产生了美感。所以沈际飞说：“第一个相别情态，一笔描来，不可思议。”（见《草堂诗余正集》卷一）下阕用楚襄王会巫山神女故事，描写短期欢会之后的无聊意绪。结尾点明分别所在之地是在深山之中，而离情萦怀，不忍遽去，身虽离别而思绪仍回山中。故近人张相释此句云：“言将断魂交付与潮水同回去也。”（《诗词曲语辞汇释》卷五）潮水无涯，断魂同去，当亦无限悠远。由于欢会时间极短，故别后相思愈长。有了前两句作铺垫，这两句更显得伤感，语意含蓄，余味无穷。故宋代周晖将此词与秦观〔踏莎行〕（郴州旅舍）相比，说它“语尽而意不尽，意尽而情不尽，何酷似少游也”！（《清波杂志》卷九）这两首词都受到苏东坡的赏识，是小令中的佳作。

秦湛

秦湛，字处度，秦观之子，高邮人，曾官宣教郎。高宗绍兴二年（1132），添差通判常州，四年（1134）致仕。存词一首。

卜算子

春情

春透水波明，寒峭花枝瘦[①]。极目烟中百尺楼[②]，人在楼中否？　　四和袅金凫[③]，双陆思纤手[④]，拟倩东风浣此情[⑤]，情更浓于酒。

【注释】

①寒峭：春寒料峭。

②极目：尽目力所及。百尺楼：犹言高楼。

③四和：香料名，一称四合香。金凫（fú）：即金鸭，指鸭形香炉。

④双陆：古代博戏，常以两人相博，因局如棋盘，左右各有六格，故名。纤手：指女性纤嫩的手。

⑤倩（qiàn）：请人代做。浣：洗刷、冲淡。

【评析】

此词一作秦观作，误。词中写离情。起首二句以工整的对仗写乍暖还寒的春天景象，表现了极目远望、无限伤神的意绪。在构思上深受黄庭坚〔蓦山溪〕的影响，所以明·沈际飞说："山谷词'春未透，花枝瘦'，极为学者称赏，秦盖法此。"（见《草堂诗余正集》卷一）黄词调名［蓦山溪］，在这两句下有"正是愁时候"一句，点明春愁；此则仅在景物描写中寓有愁情，至"人在楼中否"方正面说出所思之人居于高楼。沈际飞说："人在否，从'宛在水中央'悟出。"（同上）下阕写独处的凄清寂寞。炉中的香烟，袅袅上升，词人面对双陆棋局，忆起当初相博情景，而今局在人去，殊觉离情种种，难于排遣。虽"拟倩东风浣此情"，而此情却比酒还浓，无法浣去。这一"浣"字用得极工，非经推敲不能至此。此二句意犹李白《宣城谢朓楼饯别校书叔云》诗的"抽刀断水水更流，举杯消愁愁更愁"，曲折缠绵，昵人无那。清·黄苏评此词说："怀人之作，自饶清微淡远之致，自是俊才，可药纤秾恶俗之病。"（见《蓼园词选》）就是说这种清微淡远的作品，可以拿去纠正秾艳纤丽的词风。

赵子发

赵子发〔生卒年不详〕，字君举，宋宗室，燕王德昭五世孙，官保义郎。今人赵万里辑有《赵子发词》，词存十七首。

阮郎归

马蹄踏月响空山，梅生烟壑寒①。水妃去后泪痕干②，天风吹佩兰③。　纫香久④，怕花残，与君聊据鞍⑤。一枝欲寄北人看⑥，如今行路难。

【注释】

①壑(hè)：山谷。

②水妃：原谓火。《左传·昭公九年》："火，水妃也。"此处疑指湘妃。唐·岑参《秋夕听罗山人弹三峡流水》诗："楚客肠欲断，湘妃泪斑斑。"此处意相近。

③佩兰：指以兰草为佩饰。屈原《离骚》："纫秋兰以为佩。"以兰草喻高尚的品德和节操。

④纫：即纫佩，指缀饰、佩带。此句承上"佩兰"而言。

⑤据鞍：《后汉书·马援传》写马援在光武帝前据鞍顾盼，以示勇武可用。帝笑曰："矍铄哉，是翁也！"后用以形容年虽老而壮志不衰。此处疑指驻马稍息。

⑥"一枝"句：用陆凯赠梅与范晔故事，见前黄庭坚〔虞美人·宜州城楼宴集〕注②。

【评析】

此词盖为南渡后作品，词中通过咏梅表达了深厚的爱国感情。上阕写词人骑马踏月夜行，但见空山寒壑，烟笼梅梢。此时，在词人的幻想境界中，仿佛看见湘妃啼哭之后，留下斑斑泪痕，悠然而去。湘妃本为哭竹，此处用来咏梅，是典故的活用。后来姜夔〔小重山令〕咏潭州红梅，亦用湘妃哭竹典故，盖为同一机杼。下阕紧承上阕结句，说在天风吹拂之下词人胸前的兰草已经佩带很久，唯恐花残人衰，于是据鞍顾盼，驻马稍息，振作精神，表示身处逆境而壮志不衰。结尾二句，借陆凯赠梅与范晔的故事，表示对北方遗民的关怀，并对宋师北进，收复失地感到困难重重。此词的特点，一是塑造了一个在空山中骑马行进的诗人形象，"马蹄踏月响空山"，比李后主的〔玉楼春〕"待踏马蹄清夜月"，意境更为高远，真是空谷足音，感人至深；二是通过山中景色的描绘，微微透露了流亡之感和复国之思，"如今行路难"一句，除了写北进无望，同时也对当时政府的投降主义含有讽喻之意；三是把梅花、兰草等不同的事物，把湘妃哭竹、陆凯赠梅等不同的历史传说融会贯通，构成了浑然一体的意境。

叶梦得

叶梦得(1077—1148),字少蕴,苏州吴县(今属江苏)人。哲宗绍圣四年(1097)中进士;徽宗朝,自婺州教授召为编修官,累官龙图阁直学士,知汝州、蔡州,移帅颍州府。南渡后,除资政殿学士。绍兴初,出为江东安抚使,兼知建康府。生平以经术文章著称,所作歌词,初极婉丽,有温韦之风;晚岁洗尽铅华,能于简淡中表现出雄杰的气韵。宋代王灼说:"后来学东坡者,叶少蕴、蒲大受亦得六七,其才力比晁(补之)、黄(庭坚)差劣。"(见《碧鸡漫志》卷二)有《石林词》一卷。

虞美人

雨后同干誉、才卿置酒来禽花下作[①]

落花已作风前舞,又送黄昏雨。晓来庭院半残红,惟有游丝千丈罥晴空[②]。　　殷勤花下同携手,更尽杯中酒。美人不用敛蛾眉[③],我亦多情无奈酒阑时。

【注释】

①干誉:姓许,名亢宗,饶州人,徽宗政和间进士,有《行程录》。才卿:作者友人,姓氏不详。来禽:即林檎。今名花红,北方又称沙果。

②罥(juàn):牵挂缠绕。一作"袅"。

③敛蛾眉:皱眉。

【评析】

这首词风格极似东坡。起首二句言昨晚风雨交加,花落无数。"风前舞"写得极有气势,虽写落花而无低沉之感。"晓来"二句写早起放晴,庭院内堆满落花,天空中飘荡着游丝。"游丝千丈罥晴空",给人以高骞的印象。过片写花下携手,饮酒尽欢。及至酒阑之时,美人意识到即将人散,所以愁眉不展。于是逗出结尾二句,词人既是安慰对方,同时也在安慰自己,意为美人如欢乐，我亦欢乐；美人若蛾眉不展，我也跟着不愉快了。语言婉而多情，曲折尽意。所以明·沈际飞说："下场头话，偏自生情生姿，颠播妙耳。"（见《草堂诗余正集》卷二）全词自然浑成，虽经雕琢，却无雕琢之痕。因此清人彭孙遹说："词以自然为宗，但自然不从追琢中来，则亦率易无味。"并以此词歇拍为例，说它是"自然而然者也"。（见《金粟词话》）在这里，提示了一条艺术辩证法，对我们的创作很有启迪作用。

汪　藻

汪藻(1079—1154),字彦章,饶州德兴(今属江西)人。徽宗崇宁中举进士。高宗朝,累官中书舍人,翰林学士。绍兴八年(1138),知徽州,因曾为蔡京门客,被削职,居永州。有《浮溪词》一卷。清人沈雄说:"汪藻词亦美赡,一时不为流传者,曾为张邦昌雪罪故也。"(见《古今词话》)看来,在政治斗争中,他曾经站在蔡京、张邦昌等奸人一边,大节有亏,但据传后来他也曾作词讥讽过汉奸秦桧。

点绛唇

新月娟娟[①],夜寒江静山衔斗[②]。起来搔首,梅影横窗瘦。　　好个霜天,闲却传杯手[③]。君知否?乱鸦啼后,归兴浓于酒[④]。

【注释】

①娟娟:美好貌。

②山衔斗:谓星斗在两山之间,其状如口衔一般。

③传杯:谓聚饮。

④归兴:归家的情兴。

【评析】

此词一作苏过作,疑非是。据王明清《玉照新志》说:"汪彦章在京师,尝作〔点绛唇〕云云。绍兴中,彦章知徽州,仍令席间歌之。坐客有挟怨者亟纳桧(秦桧)相,指为新制以讥会之(秦桧字)。会之怨,讽言者迁之于永(州)。"如此,则应为汪作。吴曾《能改斋漫录》亦以为汪作。词中抒发了作者秋夜的感受。上阕写词人在清幽寂静的夜晚,耿耿不寐,中夜起身,搔首踟蹰。抬头看,只见一弯秀丽的新月高挂中天,两山之间嵌着几颗星星,而附近的江上风平浪静。再看窗口,梅影横斜,恰如一幅图画。潘游龙说:“此乃‘月落乌啼霜满天’景。”(见《古今诗余醉》)二者确有相似之处。下阕写霜天寂寥,闲愁难耐,本欲饮酒销愁,但无人对饮。黄苏说:“霜天无酒,落寞可知,写来却蕴藉。”(见《蓼园词选》)蕴藉之处,全在“闲却”二字。结尾二句,《能改斋漫录》说:“或问曰:‘归兴浓如酒,何以在晚鸦啼后?’汪曰:‘无奈这一队畜生聒噪何!’”意思是指秦桧一伙非常嚣张。汪藻的思想水平恐未必如此高,清人张宗橚在《词林纪事》中已辨之甚明。实质上这两句是写归思乡愁。这一结句和上阕结句都写得自然贴切,十分精采,为全词增色不少。

万俟咏

万俟咏(生卒年不详),字雅言,自号大梁词隐,每出一章,第二天即喧传都下。徽宗崇宁中(1104 年前后),充大晟乐府制撰,依月用律,月进一曲,与晁端礼齐名。他的词"源流从柳氏(永)来"(王灼《碧鸡漫志》)。著有《大声集》五卷,周邦彦作序,黄庭坚称他为一代词人。黄昇称其词"发妙音于律吕之中,运巧思于斧凿之外,平而工,和而雅,比诸刻琢句意而求精丽者远矣。"(《花庵词选》卷七)

梅花引

冬怨

晓风酸,晓风干,一雁南飞人度关。客衣单,客衣单,千里断魂,空歌《行路难》[①]。　　寒梅惊破前村雪[②],寒鸡啼破西楼月。酒肠宽,酒肠宽,家在日边[③],不堪频倚栏。

【注释】

①行路难:乐府《杂曲歌辞》篇名。《乐府解题》说:"《行路难》,备言世路艰难及离别悲伤之意。"

②寒梅句:僧齐己《咏早梅》诗:"前村深雪里,昨夜一枝开。"

③日边:比喻京都附近。作者为大梁(今开封)人,故云。

【评析】

此词写冬日客中愁怨。上阕写早行时北风吹来,鸿雁南飞,而身上衣单,尤觉寒气侵人,前进艰难。以"酸""干"二字形容晓风的凛冽,恰到好处。以"一雁南飞"映衬"千里断魂",更见孤独飘零之苦。明·沈际飞说:"'客衣单',即'寒到君边衣到无'之意,重一句,怆然。"(见《草堂诗余正集》卷二)这是就闺妇思念征人而言;然就词意,应为征人的自我感觉。“空歌《行路难》”,是说道路险阻,歌之也无济于事,旅客愁思,凄然言外。过片二句写途中所见所闻,寒梅乍开,似将覆盖它的白雪惊破。“惊破”二字,充分地表现了梅花冲霜斗雪的精神。“寒鸡啼破西楼月”一句,与李师中〔菩萨蛮〕中“子规啼破城楼月”颇相似,其中的“破”字与上句的“破”字相呼应,有音节重复之美,但另是一番意境。“酒肠宽”,是说冬天寒冷,加以愁绪萦怀,渴望饮酒。沈际飞说:“冬夜宜酒,客邸宜酒,‘酒肠宽,酒肠宽’忽下篇中,奇爽!”(同上)最后二句反映了流落南方,不堪北望家乡的感情。由此可见,此词当作于南渡之后。清·黄苏说:全篇“写得寒气凛凛,客中人更难为怀”。(《蓼园词选》)没有国破家亡之痛,没有羁旅漂流之感,是写不出这样沉痛的词来的。明·杨慎说:“野店寒鸡,冻梅残雪,装点旅思。”(见忏花庵本《草堂诗余》卷二)指出了此词融情于景的艺术特色,亦颇有见地。

长相思

山驿[①]

短长亭[②],古今情。楼外凉蟾一晕生[③],雨余秋更清。　　暮云平,暮山横。几叶秋声和雁声,行人不要听。

【注释】

①山驿:山中馆驿。

②短长亭:即长亭、短亭,见前李白〔菩萨蛮〕注⑥。

③楼:指驿楼。凉蟾:指秋月。相传月中有蟾蜍,故用为月的代称。李白《古朗月行》:“蟾蜍蚀圆影,大明夜已残。”晕:指月亮周围的模糊光影,古人多以为是起风的预兆。

【评析】

此词上阕写旅人在山中馆驿极目远望，只见十里一长亭，五里一短亭，不禁产生羁旅穷愁。所谓“古今情”，即指此种感情。“楼外”二句写登楼远望时的夜景。过片仍写楼上所见。结尾二句，秋声雁声，织成一种萧瑟的乐曲，客中听来，倍觉伤感。明·沈际飞评论说：“此词发字新刺。”（见《草堂诗余正集》卷一）明·杨慎亦云：“景真语近，胜雕镂者多矣。”（见忏花庵本《草堂诗余》卷一）这些都说明此词音韵谐和，抒情婉转，写景逼真，语言通俗，而无雕琢痕迹。清·黄苏则说：“‘一晕生’三字仍带有‘古今情’之意，末句‘不要听’三字，含无限婉恻。”（见《蓼园词选》）说明此词前后映射，气脉流贯，结构相当完美。

长相思

雨

一声声，一更更，窗外芭蕉窗里灯，此时无限情。
梦难成，恨难平。不道愁人不喜听①，空阶滴到明。

【注释】

①不道：犹云不管或不顾。

【评析】

此词写雨声引起的愁绪。全篇文字通俗，音节谐婉。上阕“窗外芭蕉窗里灯”，是写窗外雨打芭蕉，窗内孤灯荧然，此时此刻，最使愁人难以为情。下阕深受温庭筠〔更漏子〕（玉炉香）影响，写愁人中夜听雨的凄苦心境。而“空阶滴到明”则径用温词成句，将雨和愁组成哀婉动人的和声，雨耶，泪耶，潺湲淅沥，终夜不止。明·沈际飞说：“口齿妙甚，能使人老。”（见《草堂诗余别集》卷一）也就是说这种凄惋的人籁不管谁听了，也会感到痛苦不堪，形容变老。

田　为

田为(生卒年不详),字不伐,善弹琵琶,徽宗政和末年,充大晟乐府典乐。宣和元年(1119),为大晟乐府乐令。宋·王灼说:"田不伐才思与雅言(万俟咏)抗行,不闻有侧艳。"(见《碧鸡漫志》)近人赵万里辑有《芊呕集》。

南柯子

春景

梦怕愁时断,春从醉里回。凄凉怀抱向谁开[1]?些子清明时候被莺催[2]。　　柳外都成絮,栏边半是苔。多情帘燕独徘徊,依旧满身花雨又归来。

【注释】

①怀抱向谁开:杜甫《奉待严大夫》诗:"一生襟(一作怀)抱向谁开。"

②些子:一些。

【评析】

此词写春日闲愁。上阕写愁不可解,唯有在醉梦中度过时光。"凄凉怀抱向谁开",极言孤独无偶。"些子"句是说莺声渐老,清明时候极其短暂,春光转瞬即逝。词人一股伤春惜春的感情,通过以上描写很生动地反映出来,具有一种动人的魅力。所以明·沈际飞说:"魂动!"(《草堂诗余别集》卷二)下阕写絮飞苔生,落红如雨,也都是暮春景象。结尾二句,谓燕子多情,在帘子中间徘徊不定,最后仍然披着满身花雨飞回庭内,写得非常艳丽。故沈际飞说:"说燕,冶!"(同上)但是这种冶艳,艳而不腻,并带有凄冷情味,跟所谓"侧艳之词"有所不同。其中"多情帘燕独徘徊"一句,写燕子在帘前动态,颇为得体。南宋史达祖〔双双燕〕有句云:"差池欲住,试入旧巢相并。还相雕梁藻井,又软语商量不定。”同此句在精神上极为相似，俱较具体细腻，生动传神。“满身花雨又归来”一句，又似从韦庄〔浣溪沙〕“满身香雾簇朝霞”、晏殊〔浣溪沙〕“似曾相识燕归来”翻出，然又工丽纤巧，别具丰神。

陈　克

陈克(1081—1137),字子高,自号赤城居士,临海人,一说天台(今均属浙江)人。北宋元丰间,吕祉帅建康,辟入幕府为参议官。南宋绍兴中,为敕令所删定官。曾侨居金陵。绍兴七年(1137),随吕祉赴淮西(今合肥)抚军,八月,郦琼叛,遇难。有《赤城词》一卷,收入《彊村丛书》。"词格丽",前人以为"晏(殊)、周(邦彦)之流亚"。(见陈振孙《直斋书录解题》)兼有温韦之长。清人陈廷焯说:"陈子高词,婉雅闲丽,暗合温韦之旨。晁无咎、毛泽民、万俟雅言等,远不逮也。"(见《白雨斋词话》卷一)可见在词史上地位之高。

谒金门

愁脉脉[①],目断江南江北[②]。烟树重重芳信隔[③],小楼山几尺。　　细草孤云斜日,一向弄晴天色[④]。帘外落花飞不得,东风无气力。

【注释】

①脉脉:含情不语貌。

②目断:犹望断、望尽。

③芳信:指书信。梁·刘孝绰《酬陆长史倕》:"薄暮阍人进,果得承芳信。"

④一向:一霎时。向,通"晌""饷"。弄晴:欲晴又似不定。

【评析】

此词泛写闺情,语甚悲凉。词中所写的一对恋人,分处大江南北。所以一开头便说"愁脉脉,目断江南江北"。其意境与《古诗十九首》"盈盈一水间,脉脉不得语",颇为相似,唯突出一"愁"字,更见离恨之深。"烟树"二句,写倚栏平眺,山与楼之间,空旷无阻,峰峦似在眼前,所以说只隔"几尺";虽然此山相距似只有几尺，却能遮人望眼，加之烟树重重，更能隔断书信。清人陈廷焯《词则·大雅集》评云："和凝词'拂水双飞来去燕，曲槛小屏山六扇'，此词用其语，更觉婉丽。"确有见地。整个上阕着重写一个"隔"字：先是江隔，再是树隔，最后又是山隔。阻隔重重，则离情之深可想而知。下阕主要写景，过片首句写细草、孤云、斜日，两字一顿，一句三折，从地上写到空中，以至于写到"弄晴天色"，景象凄迷。最后二句写满地落红，因东风无力，不能重新飞起。其实，即使好风凭借力，又岂能扬起落花，使它重上枝头？结语显得轻淡而意味隽永。清·王士禛说："'东风无气力'，五字妖甚；如'落花无可飞'，便不佳。"（见《花草蒙拾》）黄苏评此词说："落花到地听无声，怨矣！曰'飞不得'，其怨更深。前阕言事多阻隔，次阕言少吹嘘之力，总是为身世而感也。"（《蓼园词选》）俞平伯先生也说："江南江北""东风无气力"等句似有寓意。（《唐宋词选释》中卷）这个寓意，实已被黄苏说破了。

菩萨蛮

赤栏桥尽香街直[①]，笼街细柳娇无力[②]。金碧上晴空[③]，花晴帘影红。　　黄衫飞白马[④]，日日青楼下[⑤]。醉眼不逢人，午香吹暗尘。

【注释】

①赤栏桥：装有赤色栏杆的桥。

②笼街：指柳阴。笼，笼罩。

③金碧：形容柳枝的颜色。晴空：一作"青空"。

④黄衫：即黄衫客。蒋防《霍小玉传》谓有豪士衣轻黄纻衫，骑骏马，将李益带至霍小玉住所，使二人和好。此指豪侠之士。

⑤青楼：妓女所住之处。

【评析】

这首词清·张惠言《词选》认为“以刺时也”，宋·黄昇则以为写春景。上阕说走到赤栏桥的尽处，有一条笔直的飘着花香的街道，上有浓密的柳阴笼罩，妖娆的柳枝，被风吹起，似乎要荡到空中；花影映在帘子上呈现一片红光。沿路所见，由桥至街，再至青楼，笔触极细，境界极深，此中仿佛有人。一、二句及三、四句之间各以顶真格蝉联，“街直”后继以“笼街”，“晴空”后继以“花晴”，虽经精心结构，然却自然贴切，无斧凿之痕。下阕即正面点出人物：一位傲岸不羁的豪侠之士，天天眠宿在青楼之中，末尾二句写他傲岸不羁的姿态，所谓“不逢人”，是说知音难遇。“午香吹暗尘”，是写从醉眼中望去，唯见迷濛一片，其中盖有所指。故清人谭献认为“午香”句“风刺显然”。并以为词似“李义山诗，最善学杜”（见《谭评·词辨》），可见其风格雅丽，寄情幽远，有唐人风味。

菩萨蛮

绿芜墙绕青苔院[①]，中庭日淡芭蕉卷。蝴蝶上阶飞，风帘自在垂。　　玉钩双语燕，宝甃杨花转[②]。几度簸钱声[③]，绿窗春梦轻。

【注释】

①绿芜：绿茸茸的青草。

②甃（zhòu）：井壁。此指水井。

③簸钱：掷钱为戏。唐·王建《宫词》之九十三：“暂向玉花阶上坐，簸钱赢得两三筹。”

【评析】

这首词写春日闲静的情致。上阕写庭院中的寂静：四周是长满青草的围墙,中间是布满苔痕的庭院。淡淡的阳光照着未展的芭蕉,蝴蝶飞到阶前,挡风帘悠然自在地下垂。这是静景。“风帘自在垂”一句极其轻灵淡远,与秦观〔浣溪沙〕词中“宝帘闲挂小银钩”,同其幽趣,而意境却更深远,故清·谭献说此句“以见不闻不见之无穷也”。(见《谭评·词辨》)下阕写帘钩之上,燕语呢喃;井栏旁边,杨花飘转。此刻,词中主人公午梦迷离,微微听到窗外有“簸钱”的声音。“几度”二句中,明·卓人月说:“一‘轻’字全首俱灵。”(见《古今词统》)近人梁启超说:“亡友陈通甫最赏此语。”(见《艺蘅馆词选》)这两句确实极有意境。“几度簸钱声”,如“鸟鸣山更幽”一样,正所以烘托静景。而末句着一“轻”字,也把静谧的气氛从人的感觉中反映出来,极有余味。

朱敦儒

朱敦儒(1081—1159),字希真,号岩壑,洛阳(今属河南)人。早年在北方,插花醉酒,优游林下,自号“清都山水郎”。“靖康之变”后,流亡江左,辗转至南雄州。高宗绍兴二年(1132),诏为右迪功郎,下肇庆府,累迁浙东提刑。后因与主战派李光“交通”,被劾。晚年惧祸而应秦桧征召,为删定官及鸿胪少卿,思想趋于消极;桧死,亦废,居嘉禾(浙江嘉兴)。《宋史》称他“素工诗及乐府,婉丽清畅”。《花庵词选》说他“天资旷逸,有神仙风致”。清·阮元说他“音律谐婉,情至文生,宜其独步一时也”。(见《四库未收书目提要》卷三)其词可分三期,南渡前较婉丽;南渡后颇多家国之恨,身世之悲;及至晚年则变为乐天自适。有《樵歌》三卷。

相见欢

金陵城上西楼①,倚清秋②。万里夕阳垂地大江流。

中原乱,簪缨散③,几时收?试倩悲风吹泪过扬州④。

【注释】

①金陵:今江苏南京。

②清秋:凄清的秋季。

③簪缨:古代官吏的冠饰,因作显贵的代称。

④倩:请人代做。

【评析】

此词作于南渡以后,时为高宗建炎元年(1127)。上阕写清秋时节在金陵倚楼远眺,只见万里夕阳垂地,滚滚长江东流。“万里”二句,气势壮阔,可与杜甫《旅夜书怀》中的“月涌大江流”媲美。下阕抒发一腔爱国感情。起首三句说中原大乱,连显贵之家都不免流离失所，不知几时才能得以恢复，出以问句，愈见关心之切，感慨之深。末句要托悲风吹送忧国之泪给中原父老，与李清照“欲将血泪寄山河，去洒青州一抔土”（见《上枢密韩公兵部尚书胡公》诗）同其悲慨，表达了当时南渡诸人的共同思想，语极沉痛，感人至深。在艺术手法上则与李白的“我寄愁心与明月，随风直到夜郎西”相似。这首词的特点是词虽小而气魄大、语虽浅而感慨深，有一股冲击人心的力量。因此清人陈廷焯对此特别赞赏，他在《云韶集》中说：“希真词最清淡，惟此章笔力雄大，气韵苍凉，悲歌慷慨，情见乎词。”又在《白雨斋词话》中说，此词“慷慨激烈，发欲上指，词境虽不高，然足以使懦夫有立志”。因为建炎元年即“靖康之难”发生的下半年，金人南侵，北宋沦亡，中原人民纷纷逃难。当此之际，词人南渡至金陵，颇有国破家亡之感，因而慷慨悲歌，其中的爱国思想感人肺腑，“足以使懦夫有立志”。

鹧鸪天

唱得梨园绝代声①，前朝唯数李夫人②。自从惊破霓裳后③，楚奏吴歌扇里新④。　秦嶂雁⑤，越溪砧⑥，西风北客两飘零⑦。尊前却听当时曲，侧帽停杯泪满巾⑧。

【注释】

①梨园：唐玄宗曾选乐工三百人，宫女数百人，教授乐曲于梨园，亲自订正声误，号“皇家梨园子弟”。（见《新唐书·礼乐志》）后世因称戏班为梨园。此指歌楼。绝代：旷代，形容前所未有。

②李夫人：指李师师。张邦基《墨庄漫录》卷八：（徽宗）“政和间李师师、崔念月二妓，名著一时。……声名著于中国，李生者门第尤峻”。

③霓裳：唐·白居易《长恨歌》："渔阳鼙鼓动地来，惊破霓裳羽衣曲。"宋人晁叔用亦有诗咏李师师云："看舞霓裳羽衣曲，听歌玉树后庭花。……坐客半惊随逝水，吾人星散落天涯。"（见《墨庄漫录》卷八）指靖康之变后，汴京城破，李师师流落江南。

④楚奏：即南方音乐或指用楚地乐器伴奏。三国·王粲《登楼赋》："钟仪幽而楚奏兮，庄舄显而越吟。"吴歌：指今南京、苏州一带的江南民歌。相传李师师流落江南，士大夫犹邀她唱歌。此句即指此事。

⑤秦嶂：秦地（指今西北地区）的山峰。此处泛指北方。

⑥砧：捣衣石。

⑦北客：指来自北方的旅客。

⑧侧帽：帽子歪戴。

【评析】

此词可能是作者在江南听李师师唱曲后所作，词中抒发了怀旧思乡的感情，同杜甫的《江南逢李龟年》诗相似。上阕称颂李师师唱歌名擅天下，独步前朝；然而自从靖康之变以后，李师师流落江南，唱起了当地民歌。下阕以"秦嶂雁""越溪砧"烘托李师师歌曲中的声情，因而引起南渡之人的感慨。西风闻雁，北客听砧，本极容易勾起乡思，所以说是"两飘零"。结尾两句写此时再听李师师唱歌，曲子仍是汴京时所唱，而人却飘泊南方，所以听后倍受感动。刘子翚《汴京纪事》诗云："辇毂繁华事可伤，师师垂老过湖湘。缕衣檀板无颜色，一曲当时动帝王。"所抒发的感情和此词相近。"侧帽停杯泪满巾"，描写词人听歌时的表情，至为真切，栩栩然如见其人。由于社会的动乱，民族灾难的深重，宋词至此遂由缠绵悱恻之调变为苍凉感慨之音。在此前后，北宋宰相吴栻之子吴激出使金国被留，一日在张侍御家宴席上听被掳至北方的宋官人唱歌，感而作〔人月圆〕词一首，云："南朝千古伤心事，犹唱《后庭花》。旧时王谢，堂前燕子，飞向谁家？　恍然一梦，仙肌胜雪，宫髻堆鸦。江州司马，青衫泪湿,同是天涯。"他们两人,一个在江南听歌,一个在北国听唱,由于处境不同,发出了不同的感慨,俱为苍凉沉郁之作,在词史上留下了浓重的一笔,值得后人吟味。

好事近

春雨细如尘,楼外柳丝黄湿。风约绣帘斜去[①],透窗纱寒碧。　　美人慵剪上元灯[②],弹泪倚瑶瑟。却上紫姑香火[③],问辽东消息[④]。

【注释】

①风约:犹风挽。约,收束。

②慵剪:懒得剪。上元:节日名,即农历正月十五,亦称元宵节。王仁裕《开元天宝遗事》:"韩国夫人置百枝灯树,高八十尺。竖之高山,上元夜点之,百里皆见,光明夺月色也。"

③紫姑:即坑三姑,传说中的厕神。《显异录》说她是莱阳人,姓何名媚,字丽卿,为人作妾。因被大妇杀于厕间,上帝命她为厕神,"故世人以其日(通常为正月十五日)作其形于厕间迎祝,以占众事"。

④辽东:郡名,今辽宁省东南部辽河以东地区。宋时属辽,后辽灭于金。唐宋时以"辽东"泛指边地。白居易《闺妇》诗:"辽阳春尽无消息,夜合花前日又西。"陆游〔采桑子〕:"鳞鸿不寄辽东信,又是经年。"

【评析】

此词通过写景抒情,表达了对北宋边事的关心。上阕写春景。细雨如尘,把嫩黄的柳丝都淋湿了。春风把帘子吹向一边,初春带有寒气的碧色透进窗纱。此景从楼内人眼中看出,人物的情态寓于景中,可以想见。下阕即明写楼中之人。时值元宵佳节,丈夫出征边地,至今未有消息。她独处楼中,神思慵怠,对一年一度家家乐的灯节毫无兴趣，只是倚着瑶瑟弹泪。（古代用琴瑟和谐，象征夫妇好合，故此时女子逢佳节，见瑶瑟便触发起离恨。）接着又给厕神紫姑上香火，想问问边境上战事的胜败以及征人的吉凶。这里，通过对征人的怀念，表现了对国事的忧虑。词中写景极其细致，思想性也较强，同一般艳词迥不相同，在某种程度上类似古乐府。因此陈廷焯说："朱希真'春雨细如尘'一阕，饶有古意。"（见《白雨斋词话》卷一）

好事近

渔父词

摇首出红尘①，醒醉更无时节②。活计绿蓑青笠③，惯披霜冲雪。　　晚来风定钓丝闲，上下是新月。千里水天一色，看孤鸿明灭④。

【注释】

①红尘：指人世间。陆游〔鹧鸪天〕："插脚红尘已是颠，更求平地上青天。"

②更无时节：意谓不论时刻。

③活计：生计。

④明灭：忽明忽暗，此指时隐时现。

【评析】

宋高宗绍兴十九年（1149），作者寓居嘉兴放鹤洲，写有《渔父词》六首，这是其中之一。词中塑造了潇洒出尘的渔父形象，其实就是词人自己的写照。梁启超评此词"飘飘有出尘想，读之令人意境翛远"。（见《艺蘅馆词选》）上阕写渔父醉醒无时，披霜冲雪，一年到头，靠打渔为生。"摇首"一句，表现了傲岸不羁、超尘脱俗的姿态，形象极其鲜明，令人有挣脱羁绊之感。"活计"一句，语本唐人张志和〔渔歌子〕"青若笠，绿蓑衣，斜风细雨不须归"，而更为凝练。下阕写湖边晚钓，新月初升，倒映湖中，水天一色，孤鸿时隐时现。全词意境悠远，反映了作者闲适疏放的襟抱。"上下是新月"尤为优美，有此一句则全篇为之生色。

卜算子

旅雁向南飞[1]，风雨群相失。饥渴辛勤两翅垂，独下寒汀立[2]。　　鸥鹭苦难亲[3]，矰缴忧相逼[4]。云海茫茫无处归，谁听哀鸣急？

【注释】

①旅雁：犹征雁，南朝宋·谢灵运《九日从宋公戏马台集送孔令》诗："季秋边朔苦，旅雁违霜雪。"

②寒汀：冷落凄清的河中小洲。

③鸥鹭：即沙鸥、白鹭。

④矰缴：猎取飞鸟的射具。矰(zēng)：用丝绳系住的短箭。缴(zhuó)：系在箭上的丝绳。

【评析】

此词通过咏雁表现了词人在战乱年代的流亡生活和痛苦心情。起句"旅雁向南飞"，系用唐人张籍《望行人》诗成句，言旅雁在风雨交加的时刻失群孤飞，已够凄凉；加以饥渴辛勤，两翅无力，又不得不降落在寒汀之上，其苦况更可想而知。又晚唐陆龟蒙《孤雁》诗云："我生天地间，独作南宾雁。哀鸣慕前侣，不免饮啄晏。"也为此词所本。然而此处词人在继承前人的基础上又加以发展和深化，说这只孤雁想找沙鸥、白鹭做伴，可是又非同类，难于亲近；它还时刻担忧猎人的箭头对准自己。云海茫茫，不知何处是它的归宿；尽管哀鸣声声，可又有谁会来同情自己？词中所写的旅雁，实际上是作者自己南渡后流离迁徙、历尽艰辛的写照。托物寄兴，意境悠远，风格沉郁，读后令人郁悒不已。

慕容嵓卿妻

慕容嵓卿妻，其夫为姑苏（今江苏苏州）士人。

浣溪沙

满目江山忆旧游，汀洲花草弄春柔[①]。长亭舣住木兰舟[②]。　　好梦易随流水去，芳心空逐晓云愁[③]。行人莫上望京楼。

【注释】

①弄春柔：在春风中摆弄着柔枝。秦观《江城子》："西城杨柳弄春柔，动离忧。"

②舣住：让船停靠在岸边。木兰舟：木船的美称。南朝梁·任昉《述异记》卷下："木兰洲在浔阳江中，多木兰树。……七里洲中，有鲁般刻木兰为舟，舟至今在洲中。诗家云木兰舟，出于此。"

③晓云：犹朝云。

【评析】

关于这首小词，有一个神话传说，见于周紫芝《竹坡诗话》卷三，云："冯均州为余言，顷年平江府（即苏州）雍熙寺，每深夜月明，有妇女歌小词于廊庑间者，就之，不见。客有闻而录之者，姑苏士子慕容嵓卿见而惊曰：'君何从得此词？客语之故，嵓卿悲哭久之，曰，'此余亡妻之词，无知之者。明日视之，乃其妻旅榇所在。"其实词中反映了怀念旧京的思想。上阕写舣舟长亭，触景生情，引起了对旧游之地的回忆。下阕仍就地抒情，谓昔日的好梦已随流水逝去，一片真情也随着朝云飞向远空。结句"行人莫上望京楼"，家国之思，溢于言表。全词音韵谐婉，情景交融，语言通俗流畅，思想感情健康，也可能是民间词人的作品。托之于神话，遂蒙上一层浪漫色彩。

周紫芝

周紫芝(1082—1155),字少隐,宣城(今安徽县名)人,自号竹坡居士。曾从李之仪、吕本中游。高宗绍兴十七年(1147),为枢密院编修官。绍兴二十一年(1151),知兴国军。著有《太仓稊米集》及《竹坡诗话》,并有《竹坡词》三卷。孙竞序其词云:“竹坡乐府,清丽婉曲,非苦心刻意为之。”毛晋则说:“紫芝尝评王次卿诗云:‘如江平风霁,微波不兴,而汹涌之势,澎湃之声,固已隐然在其中。’其词约略似之。”(见《汲古阁宋六十名家词》本《竹坡词跋》)词中时有俊语,风格似晏几道。

宴桃源[①]

林外野塘烟腻[②],衣上落梅香细。瘦马步凌兢[③],人在乱山丛里。憔悴,憔悴,回望小楼千里。

【注释】

①即〔如梦令〕。

②烟腻:烟浓。

③凌兢:原指寒冷的地方。《汉书·扬雄传·甘泉赋》:“驰阊阖而入凌兢。”注:“入凌兢者,言寒凉战栗之处也。”此处义犹恐惧战栗。

【评析】

这首小词写旅客愁思。起首二句写他在林外行走,野塘上腾起浓密的烟雾,阵阵梅花飘落在衣上。“烟腻”“香细”,描写物态以及人的感觉,极为自然妥帖。三、四两句写他身骑瘦马,行在乱山丛中。马儿瘦骨伶仃,步子战栗不已,人的心情也可想而知。“憔悴”两个短语,径承以上二句,补叙人的容颜和心情。末句写他眷恋故乡,虽远在千里,犹频频回望。此词清丽婉曲,表面上平静,微波之下似有汹涌之声,而内中包蕴的感情却很深邃。

鹧鸪天

一点残釭欲尽时[①],乍凉秋气满屏帏[②]。梧桐叶上三更雨,叶叶声声是别离。　　调宝瑟[③],拨金猊[④],那时同唱鹧鸪词[⑤]。如今风雨西楼夜,不听清歌也泪垂。

【注释】

①残釭:犹残灯。釭,一作“红”。

②屏帏:屏风和帏幕。

③宝瑟:瑟的美称。

④拨金猊:拨去炉灰,使香烟易燃。金猊(ní):狮子形的铜香炉。猊:狻猊,即狮子。

⑤鹧鸪词:即〔鹧鸪天〕,词牌名。

【评析】

此词写听雨引起的感慨。上阕首二句,点明是秋天夜凉灯残之时,次二句用温庭筠〔更漏子〕(玉炉香)词意,描写夜雨,好像打在梧桐叶上的三更雨,叶叶声声都在诉说离情。下阕写旧时与恋人相处的欢乐。那时,他们调宝瑟,拨金猊,同唱〔鹧鸪词〕,柔情密意,令人陶醉。“如今”二句,回笔写当前悲苦,“不听清歌也泪垂”,情深语哀。其所以泪垂,是因为沉浸在往事的回忆之中。此词特点,一是以景衬情,以情融景,达到情趣与意象的融合无间,观上阕可知;一是以浅语、俊语道深情,下阕“那时”以下三句,宛如随口吟成,而孤凄之感,离索之思,悠然言外。词之风格,亦如毛晋所说,于江平风霁之中有“澎湃之声”。

李清照

李清照(1084—1155?),号易安居士,原籍绣江(今山东省章丘县明水镇)。父李格非,曾受苏轼赏识,为“后四学士”之一。清照幼承家学,早有才名,十八岁嫁给赵明诚。她能写散文、骈文、诗词,并能作画、考证金石。明诚所著《金石录》,清照亦曾笔削其间。一生分南渡前后两个时期:前期居历城、汴京、青州、莱州和淄州,后期飘泊至建康、越州、临安和金华。词有《漱玉集》,不传。今人辑有《李清照集》。早年词作多描写闺房生活,清丽婉约,似受花间影响。中年以后,因国破家亡,词中多寄身世之感、故国之思,且工于造语,富于意境,南宋·张端义说她能“以寻常语度入音律”。(《贵耳集》卷上)抒写情感,多用白描,使“绚烂之笔,归于平淡”。她还著有《词论》,提出词应“别是一家”,要求严格区分四声阴阳,对苏轼等豪放词颇有微辞,对婉约词风却推崇备至。她的词于哀婉之中含亢爽之致,在一定程度上发展了婉约派的词风,故人称“婉约之宗”。

如梦令

昨夜雨疏风骤,浓睡不消残酒①。试问卷帘人②,却道“海棠依旧”。“知否?知否?应是绿肥红瘦③。”

【注释】

①浓睡:睡意很浓,即酣睡。

②卷帘人:指侍女。

③绿肥红瘦:形容绿叶繁茂,红花萎谢。

【评析】

此词写晚春时的愁闷。前一天晚上,风雨交加,词人借酒浇愁,醉后即酣睡了一夜。及至天明,酒意未消,忽然想起门外的海棠,便关切地问起侍女。侍女漫不经心地答了一句"海棠依旧"。于是她极感不快,说:"知道吧,知道吧?该是绿肥红瘦——叶多花少了。"南宋·胡仔说:"'绿肥红瘦',此语甚新。"(见《苕溪渔隐丛话前集》卷六十)陈郁则说:"李易安工造语,故〔如梦令〕'绿肥红瘦'之句,天下称之。"(《藏一话腴》)词人以"肥""瘦"摹写花叶的形态,表达自己的伤春感情,恰是一种创造,人工天巧,可称绝唱。词中通过女主人和侍女的问答,揭示出暮春时节自然界变化的情景,表现了惋惜春光易逝的微妙感情,亦极富特色。黄苏说:"一问极有情,答以'依旧',答得极淡,跌出'知否'二句来;而'绿肥红瘦',无限凄婉,却又妙在含蓄。短幅中藏无数曲折,自是圣于词者。"(见《蓼园词选》)恰是道出了此中三昧。

点绛唇

蹴罢秋千[①],起来慵整纤纤手[②]。露浓花瘦,薄汗轻衣透。　　见客入来,袜刬金钗溜[③]。和羞走[④],倚门回首,却把青梅嗅。

【注释】

①蹴:蹬踏。

②慵整:懒散、漫不经心地调整(双手)。

③袜刬:只穿袜子不穿鞋子。参见前李煜〔菩萨蛮〕注①。溜:滑下。

④和羞:含羞。

【评析】

此词近人赵万里《校辑宋金元人词》认为作者"存疑",然据《历代诗余》《词林万选》及四印斋所刻词,均题李清照作。词中塑造了一个天真活泼的少女形象,似为清照前期之作。上阕说她打完秋千，两手极度疲劳，便懒散而漫不经心地活动着手关节。这两句是写实，描述了一个少女娇柔的形象。下面两句写汗水渗透了她薄薄的罗衣。“露浓花瘦”是写景，亦用以写人，说她薄汗浸衣，好似稀疏的花朵上带着浓重的露水，比喻得非常美妙。下阕是说此时忽然有个陌生男子进来，羞得她连鞋子也来不及套上，只穿着袜子就匆忙避开，头上的金钗也在慌乱中滑落下来。然而跑了几步，却又停下，倚门回首，好奇地打量来客。可又不好意思直视，便摸出一颗青梅嗅着，以掩饰自己的失态。此时此刻，似乎可以听到她怦怦的心跳，可以窥见她怯怯的娇态。笔触如此细腻，并且是通过人物自己的行动来刻画人物的性格，在古代诗词中是极为少见的。故《续草堂诗余》卷上说它“曲尽情悰”。李继昌《左庵词话》也把它与李煜“烂嚼红茸，笑向檀郎唾”并列，说是“皆酷肖小儿女情态”。

浣溪沙

绣面芙蓉一笑开①，斜飞宝鸭衬香腮②。眼波才动被人猜。　一面风情深有韵③，半笺娇恨寄幽怀④。月移花影约重来。

【注释】

①绣面：形容面颊的美丽。芙蓉：荷花。此喻人面。唐·白居易《长恨歌》：“芙蓉如面柳如眉。”

②斜飞宝鸭：指香炉中升起的氤氲。宝鸭：鸭子形的铜香炉。亦可指头饰。

③韵：气派、风度。《南史·谢弘微传》：“康乐（谢灵运）诞通度，实有名家韵。”

④幽怀：犹幽情，指隐秘的感情。

【评析】

此词清人王鹏运、近人赵万里均以为“词意儇薄，不类易安他作”。然《古今词统》《续草堂诗余》《林下词选》等均题易安作。词中大胆地描写了爱情，正是清照敢于冲破封建礼教束缚的表现。上阕着重刻画了一位少女的形象，她面容秀丽，温柔动人，好似初绽的荷花。加之鸭形铜香炉内升起的袅袅香烟，衬托着她的香腮，更有一种雾里花开的朦胧美。“眼波”一句，《古今女史》卷十二评论说：“摹写娇态，曲尽如画。”眼睛是心灵的窗户，词人通过少女的眼波，揭示其内心奥秘，可算“曲尽如画”。又有人说此句“传神阿堵，已无剩美”。（见沈谦《填词杂说》）过片首句是对上文具体描写的一个概括，说这位少女婉娈多情，绰有风韵。“半笺”二句，王鹏运说“明明是淑真（按，应为欧阳修）‘月上柳梢头，人约黄昏后’词意”。（见四印斋本《漱玉词注》）也就是说这位少女写信与对方约会，“月移花影”则点出了约会时间和地点。全词语言通俗，音韵和美，贺裳《皱水轩词筌》说：“词虽以险丽为工，实不及本色语之妙。”并说此词不像宋祁〔玉楼春〕“红杏枝头春意闹”，“安排一个字，费许大力气”。足见此词语言不事雕饰，自然浑成，具有本色而又轻灵之美。

浣溪沙

淡荡春光寒食天①，玉炉沉水袅残烟②。梦回山枕隐花钿③。　海燕未来人斗草④，江梅已过柳生绵⑤。黄昏疏雨湿秋千。

【注释】

①淡荡：形容春光摇动的样子。寒食：清明前一日。

②沉水：香料名，即沉香。

③山枕：古代枕头两端隆起，中间低凹，故名。隐花钿：谓美

人凝妆,凭枕而卧。隐,凭倚。《孟子·公孙丑》:"隐几而卧。"花钿,古代妇女用珠玉镶嵌而成的首饰。

④海燕:古人以为燕子从海上来,故名。斗草:古代五月五日,女子有"斗百草"的游戏。宋时在二月间。

⑤江梅:一种野生梅,又名直脚梅。绵:指柳絮。

【评析】

此词为词人早年之作,词中描写少女的春情。上阕写寒食节那天,春光淡荡,词人梦醒之后,斜倚山枕,凝视着香炉内吐出的缕缕残烟。那种倦怠的神情,无聊的意绪,如在目前。下阕写燕子尚未归来,而那些天真快乐的少女们已开始玩起"斗百草"的游戏。并以梅花已经凋谢殆尽,柳树又吹出那撩人愁绪的柳絮作为烘托。这是对上阕淡荡春光的补叙,寄寓了惜春、伤春的感情。最后,以"黄昏"一句作结,不仅描写了客观景物,而且词人那种默默含愁、凝神注视的神情也隐然在目。清·黄苏说:"'黄昏疏雨湿秋千',可与'丝雨湿流光''波底夕阳红湿''湿'字争胜。"(见《蓼园词选》)一个"湿"字,表现了凄清的意境,可见词人在炼字上下了不少工夫。

醉花阴

薄雾浓云愁永昼,瑞脑销金兽①。佳节又重阳②,玉枕纱厨③,半夜凉初透。　　东篱把酒黄昏后④,有暗香盈袖。莫道不销魂⑤,帘卷西风,人比黄花瘦⑥。

【注释】

①瑞脑:香料,一名龙脑,又名冰片。金兽:兽形铜香炉。

②重阳:农历九月初九。

③玉枕:瓷枕的美称。纱厨:纱帐。

④东篱:晋·陶渊明《饮酒》诗之五:"采菊东篱下,悠然见

南山。”后遂以指菊圃。

⑤销魂：形容极度感伤。江淹《别赋》：“黯然销魂者，唯别而已矣。”

⑥黄花：即菊花。《礼记·月令》：“鞠有黄花。”“鞠”通“菊”。我国古代菊花多黄色，故名。

【评析】

关于这首词有一个传说。据元·伊世珍《琅嬛记》卷中引《外传》云：“易安以〔重阳·醉花阴〕词函致明诚。明诚叹赏，自愧弗逮，务欲胜之，一切谢客，忘食忘寝者三日夜，得五十阕，杂易安作，以示友人陆德夫。德夫玩之再三，曰：‘只三句绝佳。’明诚诘之。曰：‘莫道不销魂，帘卷西风，人比黄花瘦。’政易安作也。”这一记载反映了李清照与丈夫赵明诚诗词唱和的生活，同时歌颂了李清照的才华。词的上阕写重阳佳节，阴云笼罩，轻雾弥漫，而室内的瑞脑香烟袅袅上升，犹如白昼一样悠长，教人烦闷生愁。到得夜半，纱厨之内，瓷枕之上，渐渐透进了凉意，这里明写外在的凉意，暗寓词人单栖独宿时心上难言的冷寂、沉重的离愁和对丈夫赵明诚的深切怀念。下阕写黄昏时刻，独酌赏菊，从“暗香盈袖”想到远在外地的赵明诚（语本《古诗十九首》的“馨香盈怀袖，路远莫致之”）。结尾三句是全词的精彩之处，好似一组电影特写镜头，先以一句提唱，唤醒人们注意，继而推出“帘卷西风”的近景，最后让一个清癯消瘦的妇女形象出现在观众的眼前。明·王世贞说：“词内‘人瘦也、比梅花、瘦几分’。又‘天还知道，和天也瘦’。又‘莫道不销魂，帘卷西风，人比黄花瘦’。三‘瘦’字俱妙。”（见《弇州山人词评》）一个“瘦”字，将人的特征与黄花的特征一齐点明，起到相互映衬的作用。陈廷焯《云韶集》卷十说，全词“无一字不秀雅。深情苦调，元人词曲往往宗之。”《自怡轩词选》卷二又说：“幽细凄清，声情双绝。”这些评价，都不是过誉之词。

诉衷情

夜来沉醉卸妆迟，梅萼插残枝①。酒醒熏破春睡，梦断不成归②。　　人悄悄，月依依③，翠帘垂。更挼残蕊④，更燃余香，更得些时。

【注释】

①梅萼：环列于梅花外部的一层绿色花被，用以保护花瓣。此指梅花。

②梦断：梦醒。

③依依：对人恋恋不舍的样子。

④挼（ruó）：揉搓。

【评析】

此词当作于南渡以后。此时，词人从青州逃到建康，不久丈夫赵明诚病逝。因此她的心情特别悲凉。词中写她晚来饮酒消愁，很迟才卸掉头饰，准备歇息，可头上还剩有梅花的残枝未忍卸去。及至酒醒，枕边的梅花发散出浓烈的香味，熏得她心绪撩乱再也无法入睡。她怅怅地回忆梦中还乡的情景，可是由于被梅花的香气熏醒，旧梦难续，连借助幻觉回到沦陷的故乡也成泡影。语极沉痛，一腔家国之思，溢于言外。下阕写夜阑更深之时，人声岑寂，月色柔和，词人垂帘枯坐。结尾三个叠句，与上阕梅枝句相呼应，深刻地表现了她那惆怅难耐的心境。酒醒梦断，如何排遣这漫长的夜晚呢？词人只有把残蕊余香揉了又揉，搓了又搓，手里做着这样的小动作，心里却在盘算：还得打熬一些时候吧？……《玉梅词隐》曾举包括这三个叠句在内的几个例子说："叠法各异，每叠必佳，皆是天籁，肆口而成，非作意为之也。"（况周颐《漱玉词笺》引）这样的笔触，可谓细腻已极，我们仿佛看到她的神态，窥见她的思绪。由此可见，一是以梅萼残枝贯串全词，犹如戏中有道具一般，人物的感情自始至终通过这一线索表现出来；二是词中动作性极强，从“卸妆迟”到“插残枝”，到“熏破春睡”，到“挼残蕊”“燃余香”，在在都是通过人物的动作刻画内心的感情。这两点是这首词独具的特色。

菩萨蛮

风柔日薄春犹早①，夹衫乍着心情好。睡起觉微寒，梅花鬓上残。　　故乡何处是？忘了除非醉。沉水卧时烧②，香消酒未消。

【注释】

①日薄：谓阳光不甚强烈。

②沉水：香料名，即沉香。

【评析】

此词亦作于南渡之后，表现了浓重的乡思。上阕说初春时节风柔日淡，换上夹衫，感到心情舒畅。可是睡醒以后又觉薄寒侵人，对镜梳妆，忽又发现鬓上留有梅花的残枝。此处与〔诉衷情〕较相似，在措语轻松、意境平和之中透露出淡淡的哀愁。下阕愈趋深刻，说作者思乡之情，无时或释，唯在酒醉以后，才会暂时忘却。“沉水”一句写就寝时燃起沉香，到沉香燃尽，酒还未醒。沉香自燃至熄时间是很长的，可见她醉得多么沉酣，则乡愁之深，更可想而知了。明人俞仲茅说：“‘沉水卧时烧，香消酒未消’，亦宕开，亦束住，何等酝藉，易安自是专家。”（见况周颐《漱玉词笺》引）说明词人的笔法能够放得开，也能收得住，而且蕴藉含蓄，余味无穷。另一方面，作者的感情虽沉痛，而笔致却婉曲，故而不觉其沉重，与前面轻灵淡永的风格是一致的。这正是婉约派的本色。

武陵春

春晚

风住尘香花已尽[①]，日晚倦梳头。物是人非事事休，欲语泪先流。　　闻说双溪春尚好[②]，也拟泛轻舟。只恐双溪舴艋舟[③]，载不动、许多愁。

【注释】

①风住：风停。

②双溪：在今浙江金华东南，由东港、南港二水汇成，为著名风景区。

③舴艋（zéměng）：见前张先〔木兰花〕（乙卯吴兴寒食）注②。

【评析】

此词作于高宗绍兴五年（1135）词人避乱金华之时。词情悲苦，寄寓了身世之感。起首一句极为凝练，不仅写狂风劲吹之后落红无数，而且还写落红化为尘土，留有余香。既点明了春暮时节，又暗写了春花风骨，可谓一波三折，含意深远。继以“日晚倦梳头”一句，便把伤春之情刻画了出来。三、四两句直抒一腔悲痛。所谓“物是人非”，不仅指香闺虽在，良人已逝，而且也指山河依旧，人事皆非。她以一颗破碎的心承担国破家亡的双重痛苦，所以话未出口，泪已先流。词人通过平易的语言把个人、时代、民族的深愁惨痛准确地表达出来，所以具有撼人心弦的艺术力量。过片二句，略一转折，将词意宕开一笔。听说此时双溪那边的春光依然美好（不似眼前“花已尽”），所以词人也想一泛轻舟，到双溪去游春。其中“尚好”“也拟”和下句“只恐”等几组虚词，用得极其恰切，表现出词人犹豫不决的思想活动。唐宋词有一个规律，凡用虚字呼唤的地方，便显得轻灵而不凝滞。这首词从上阕开始情感已悲痛欲绝,若一直这样写下去,便使读者感情上难以承受。因此词人连忙用了这几组虚字,以迂回的手法,把感情再深挖一层,达到词意"婉曲"的目的。结尾二句说"只恐双溪舴艋舟,载不动、许多愁",是以舟之小,烘托愁之重,托喻至为形象。王实甫《西厢记·长亭》一折中有句云:"遍人间烦恼填胸臆,量这些大小的车儿如何载得起?"手法和这相似,都是将无形之思化作有形之物,使之生动形象。而李清照此处,表现得尤为出色。所以清人王士禛说:"'载不动、许多愁'与'载取暮愁归去''只载一船离恨向西洲',正可互观。'八桨别离船,驾起一天烦恼',不免径露矣。"(《花草蒙拾》)经过这一比较,清照词的含蓄韵味,自可明见。

吕本中

吕本中(1084—1145),字居仁,世称东莱先生,元祐宰相吕公著之孙。原籍河南,一作寿州(州治今安徽寿县),南渡后定居金华(今属浙江)。钦宗靖康初,官祠部员外郎。高宗绍兴六年(1136),赐进士出身,历中书舍人,权直学士院,因触犯秦桧,被罢职,提举太平观。作有《江西诗社宗派图》,为"江西诗派"名称的创始人。另有《东莱集》《紫微诗话》和《紫微词》。曾季狸说:"东莱晚年长短句,尤浑然天成,不减唐花间之作。"(见《艇斋诗话》)

采桑子

恨君不似江楼月,南北东西,南北东西。只有相随无别离。　　恨君却似江楼月,暂满还亏①,暂满还亏。待得团圆是几时②?

【注释】

①亏:犹缺。

②团圆:一作"团团"。

【评析】

此词咏离情,全首以月为喻,酷似民歌。上阕抓住月影随人远近的特点,埋怨对方不能像月亮那样"只有相随无别离"。下阕抓住月亮"暂满还亏"的另一特点,表达了期待与爱人团圆的热望。比喻的运用,在于撷取事物的类似之点,这首词却从两个侧面做到了,并且以重叠、对比的手法予以加强。这样,词中所要表达的主题思想就更为突出,给读者留下深刻的印象。全词语言朴素,感情真挚。明·沈际飞说:"语语无饰,似女子口授,不由笔写者。情语不在艳而在真,此也。"(见《草堂诗余别集》卷一)也就是说这是一首本色之作。

清平乐

柳塘新涨[1]，艇子操双桨[2]。闲倚曲栏成怅望[3]，是处春愁一样[4]。　　傍人几点飞花，夕阳又送栖鸦。试问画楼西畔[5]，暮云恐近天涯。

【注释】

①柳塘：柳堤围绕的池塘。

②艇子：少年船工。

③怅望：怅然怀想。唐·李白《折荷有赠》诗："相思无由见，怅望凉风前。"

④是处：到处、处处。

⑤画楼：楼阁的美称。

【评析】

此词写春愁。词中主人公的立足点是在画楼之上。一场春雨过后，池塘水涨，有人在水面上荡起双桨。这时女主人公倚栏远望，心中不觉一阵怅惘。过片仍写倚栏时的情景，落花挨着她的身边飞过，夕阳西下，乌鸦归巢，景色凄黯，人物的伤春情绪自然反映在景色描写之中。结尾二句，表现对恋人的思慕。"暮云"句暗用南朝梁·江淹《拟汤惠休怨诗》"日暮碧云合，佳人殊未来"句意，然措语含蓄，颇饶余味。《词林纪事》引《啸翁词评》说："居仁直忤柄臣，深居讲道，而小词乃工稳清润至此。"细读此词，确有"工稳清润"的感觉。

南歌子

驿路侵斜月[1]，溪桥度晓霜。短篱残菊一枝黄，正是乱山深处过重阳。　　旅枕原无梦，寒更每自长。只言江左好风光[2]，不道中原归思转凄凉[3]。

【注释】

①驿路：即为传车、驿车通行而开辟的交通大道，沿途设驿站。犹今之公路。

②江左：江南。

③不道：不知。转：更加。

【评析】

此词似作于南渡之初的一个重阳节日。词中抒发了思念中原的感情，反映了靖康之变后上层人士流离生活的一个侧面。开头两句写早行，意境颇似温庭筠《商山早行》诗："鸡声茅店月，人迹板桥霜。"不同的是嵌上"侵""度"两个动词。三、四两句借景抒情，词人见到路边短篱残菊，于是想到自己这回是在乱山深处度过重阳佳节。句中隐喻着对昔日在中原欢度重阳的怀念。过片写晚间旅舍的凄凉。旅枕无梦，是说思潮起伏，难以入睡，因而感到寒气侵人，长夜漫漫。结尾二句是说美好的江南风光，系不住客子归心；而沦陷的中原却时刻牵萦在词人的胸怀，每念及此，则美景就会变得凄凉。措语质朴自然，感情真挚动人。前后两结正起了相互呼应的作用，从而把乡思这一主题深刻地表现出来。

赵鼎

赵鼎(1085—1147),字元镇,号得全居士,解州闻喜(今属山西)人,徽宗崇宁五年(1106)进士,累官开封市曹。南渡后,高宗擢为右司谏,历官至尚书右仆射,同中书门下平章事。力主抗金,反对奸臣。在汴京时,金人议立张邦昌,他与张浚拒不书写议状。后来又遭秦桧忌恨,贬徙泉州、潮州等地,绝食而死。孝宗追赠"忠简"。史称中兴名臣,与宗泽、李纲齐名。著有《得全居士词》,词中多反映故国之思和壮志难酬的悲愤,明人杨慎《词品》卷四称其"小词婉媚,不减《花间》《兰畹》"。

鹧鸪天

建康上元作①

客路那知岁序移②,忽惊春到小桃枝③。天涯海角悲凉地,记得当年全盛时。　　花弄影,月流辉,水精宫殿五云飞④。分明一觉华胥梦⑤,回首东风泪满衣。

【注释】

①建康:今江苏省南京市。上元:即农历正月十五日元宵节。

②客路:犹旅途。作者是北方人,客居江南,故云。

③小桃:一种早开的桃花,元宵时可见。见陆游《老学庵笔记》。

④水精宫殿:用水晶构成的宫殿。此指豪华的屋宇,比喻记忆之中的北宋皇宫。水精,通"水晶"。五云:五色的祥云。

⑤华胥:传说中的国名。《列子·黄帝》:"(黄帝)昼寝,而梦游于华胥氏之国……。盖非舟车足力之所及,神游而已。"后遂用为梦境的代称。

【评析】

赵鼎是一位爱国名臣，这首词系南渡之后作于建康的一个元宵节。词人抚今忆昔，表现了沉痛的爱国之思。词的一开头就点出身处客地，整日戎马倥偬，连时间观念也淡漠了，直到发现小桃枝上的春蕾，方才惊觉春天已到。“天涯海角”是对“客路”的补叙，同时引起“记得当年全盛时”一句，回忆了北宋汴京元宵的盛况。南渡词人，每遇元宵佳节，总是回忆“中州盛日”。像李清照、刘辰翁的〔永遇乐〕，都是这方面的名篇。此词重在抒情，对过去的元宵未具体着笔，然与“天涯海角悲凉地”的现状相对照，已足感人。过片也只是虚写旧时元宵的京城美景：皎月流辉，花枝弄影，美丽的宫殿上飘着五色云彩；但随着金人的入侵，这一切便像梦幻一般消逝。于是词人感到无比的悲痛，两眶热泪不禁潸潸而下。词中主要采用回忆对比的手法：一是用今昔对比，二是用凄凉与繁华对比。另外还采用了情景交融的写法，突破了时间和空间的限制，构成浑然一气的整体美。清人况周颐评论说：“清刚沈至，卓然名家，故君故国之思，流溢行间句里。”（见《蕙风词话》卷二）说明作者的人格和词风是一致的。

点绛唇

春愁

香冷金炉[①]，梦回鸳帐余香嫩[②]。更无人问，一枕江南恨。　　消瘦休文[③]，顿觉春衫褪[④]。清明近，杏花吹尽，薄暮东风紧。

【注释】

①金炉：铜制的香炉。

②鸳帐：绣有鸳鸯图案的帐子。香嫩：指温润的香味，犹温馨。

③休文：即沈约，南朝著名文学家。参见苏轼〔浣溪沙〕（风

压轻云贴水飞)注②。

④褪:此指宽松。

【评析】

此词通过描写艳情,表现南渡以后的愁闷心情。上阕起首,写人物梦醒以后看到炉内即将燃尽的沉香,尚余一些香气缭绕在鸳鸯帐内。此处炼字极讲究,一个"嫩"字,将香烟的视觉和嗅觉化为触觉,获得了"通感"的艺术效果。因此清人彭孙遹《金粟词话》评此句曰:"极有情致,尽态穷妍。"接着抒发了满腹离愁别恨。"更无人问",说明处境极其孤独,由此可见,可能作于主和派得势、作者惨遭权臣秦桧打击之时。而所谓"江南恨",自然也就是家仇国恨了。下阕以沈约自比,由于政治上压力重重,词人忧愁成疾,以致形容消瘦,连衣服都感到宽松而不合体了。结尾三句,是写自然界的美好事物被摧残,同时也似象征着金人入侵南宋的紧张局势。《古今词话》说此词"较花间更饶情思",就词的风格而言,可以这样认为;但结合词人身世及其主要创作倾向来看,应该认为,词中是有所寄托的,它使花间词风在时代激流的影响下注进了新的血液,无复旧时香而软的情调了。

向子諲

向子諲(1085—1152),字伯恭,临江(今江西省清江县)人,哲宗元符初,以向太后恩补官;徽宗政和五年(1115),知咸平县,后任淮南东路转运判官。高宗朝,历官徽猷阁直学士,知平江府。有《酒边集》,其中分为“江南新词”和“江北旧词”;前者多写国破家亡之痛,后者多为吟风弄月、描写艳情之作。

阮郎归

绍兴乙卯大雪,行鄱阳道中①

江南江北雪漫漫,遥知易水寒②。同云深处望三关③,断肠山又山。　天可老,海能翻,消除此恨难。频闻遣使报平安,几时鸾辂还④?

【注释】

①绍兴乙卯:即绍兴五年(1135)。鄱阳:今江西省鄱阳县。

②易水寒:《史记·刺客列传》载荆轲与燕太子丹诀别时歌云:“风萧萧兮易水寒,壮士一去兮不复还。”易水,源出今河北省易县附近,战国时是燕国南面的疆界。此指徽、钦二帝被掳至金国。

③同云:即彤云,指下雪前的阴云。三关:《后汉书·冯衍传》:“夫上党之地,有四塞之固。东带三关,西为国蔽。”注:“三关,谓上党关、壶口关、石陉关也。”此指北方边界。

④鸾辂:指徽、钦二帝的车驾。鸾,鸾铃。辂,古代的一种大车。

【评析】

此词表现了作者对被掳北去的徽、钦二帝的怀念和对国土沦陷的悲愤,其中充满了爱国主义的深情。上阕写词人在鄱阳道中行进，由眼前的大雪纷飞，想到大江两岸及遥远的北方，一定也都被漫漫白雪覆盖。于是联想起荆轲“风萧萧兮易水寒”的诗句和典故，进而想到囚禁在北方的二帝所受的严寒之苦，及沦陷的国土和人民。“同云”二句，写词人透过浓密的阴云遥望北方的边界，只见层峦起伏，山脉绵延，不禁感到肝肠寸断。下阕继续写亡国之恨。在自然界中，天是不可能老的，海是不可能翻的；然而词人却说“天可老”“海能翻”，而亡国之恨却不能消除。语似无理，情却至真。结尾二句，表达了词人盼望迎回徽、钦二帝的强烈愿望。“频闻遣使报平安”句，有一定的史实依据：高宗建炎三年(1129)五月，宋以洪皓为大金通问使，绍兴二年(1132)以潘致尧等为金国军前通问使，四年(1134)又遣章谊等为金国通问使，均问及二帝消息并提出迎回，但当有可能实现时，由于高宗等心怀鬼胎，屈膝求和，二帝终未能南返。词人这里殷勤提问，实是对南宋统治者的有力鞭笞。

秦楼月

芳菲歇[①]，故园目断伤心切[②]。伤心切，无边烟水，无穷山色。　　可堪更近乾龙节[③]，眼中泪尽空啼血。空啼血，子规声外[④]，晓风残月。

【注释】

①芳菲歇：指花草已经零落。

②故园：指在中原的旧居。作者〔西江月〕（五柳坊中）小序称：“政和间，余卜筑宛丘，手植众芗，自号芗林居士。建炎初，解六路漕事。中原俶扰，故庐不得返，卜居清江之五柳坊。”宛丘，今河南淮阳。

③乾龙节：钦宗赵桓生日。孟元老《东京梦华录》卷九：“钦宗四月十三日生，为乾龙节。”

④子规：杜鹃鸟。

【评析】

此词描写对故园的思念，表达了对国土沦丧的痛切之情。上阕以百花飘零起兴，写对中原旧居的思念。故园望而不见，在他的眼前，只是无边的烟水，无穷的山色，因此感到悲伤欲绝。下阕进一步写这种感情，眼看四月十三日钦宗赵桓的生日到了，而此刻他却身陷北国，是存是亡，不得而知。因此词人更加悲痛，他眼泪哭干，继之以血；可是啼血又有何用？钦宗的下落仍然不明，所以着一“空”字，再叠上一句，借以强调内心的失望。结尾二句，与起首呼应，系从《离骚》“恐鹈鴂之先鸣兮，使夫百草为之不芳”化出，并融合了柳永〔雨霖铃〕“杨柳岸、晓风残月”一句，组成了新的意境。相传子规（即杜鹃，一称鹈鴂）鸣声凄切，似“不如归去”。所以词人听到子规鸣声，更触起对故国的萦念。“晓风残月”，在柳永词中表现了凄迷怅惘的情怀，在这首词中则是反映了幽邃的乡愁，而这乡愁是和亡国之痛交织在一起的，因此具有比较深刻的思想意义。

宋齐愈

宋齐愈,生卒年不详,蜀人,字文渊,一云字退翁。徽宗宣和三年(1121)登太学上舍第一。钦宗靖康初,官右谏议大夫。高宗建炎元年(1127),为左司员外郎,试起居郎。不久,因为他曾推举伪楚张邦昌,被处以死刑。词存一首。

眼儿媚

霏霏疏影转征鸿①,人语暗香中。小桥斜渡,曲屏深院②,水月朦胧。　　人间不是藏春所,玉笛晓霜空。江南处处,黄垂密雨③,绿涨熏风④。

【注释】

①霏霏:形容密雨。征鸿:飞行中的大雁。

②曲屏:曲折的屏风。一作"西亭"。

③黄:指黄熟的梅子。

④绿:指绿叶。熏风:东南风,和风。详苏轼〔阮郎归·初夏〕注②。

【评析】

此词咏梅。据《宣和遗事》记载:"宣和中,宋齐愈为太学官,徽宗召对,曰:'卿文章新奇,可作梅词进呈,须是不经人道语。'齐愈立进〔眼儿媚〕词,徽宗称善。次日,谕近臣曰:'宋齐愈梅词,非惟不经人道,且自开花说至结子、黄熟,并天气亦言之,可谓尽致矣!"(《花庵词选》卷八同此)这首词虽为应制之作,但写得极为自然、优美。上阕起句虽暗用林逋"暗香疏影"之语,然却脱尽畦畛。花上细雨霏霏,空中雁行阵阵,在此环境渲染中,梅花更具有朦胧之美,凄婉之情。"人语暗香中",类似皇甫松〔梦江南〕中的"人语驿边桥",然易以"暗香中",便令人感到香气氤氲,心旷神怡。下阕起二句暗用笛曲《梅花三弄》之意,渲染了一阵音乐气氛。后三句以高度概括的笔法,描绘了一幅江南梅熟图,意境亦从皇甫词来,而着色秾丽,措语新颖,让人看到颗颗黄熟的梅子挂在细雨濛濛的枝头,而青翠的梅叶又在温暖的东南风中渐渐形成浓浓的绿荫。全词景色迷茫,意境悠远,无愧于作为画家和词人的宋徽宗的称许。清人许昂霄《词综偶评》也说此词语言精美,"可谓珠琲字字圆矣!"所云至为贴切。

蒋氏女

蒋氏女，生卒年不详，宜兴（今江苏县名）人，一作浙西人。父兴祖，为阳武（今河南原阳）县令，靖康初，金兵围城，抵抗而死，妻儿亦死难。韦居安《梅磵诗话》卷下谓："其女为贼掳去，题字于雄州驿中，叙其本末，乃作〔减字木兰花〕词云……蒋令，浙西人，其女方笄，美颜色，能诗词，乡人皆能称之。"

减字木兰花

题雄州驿①

朝云横度，辘辘车声如水去②。白草黄沙③，月照孤村三两家。　飞鸿过也，万结愁肠无昼夜。渐近燕山④，回首乡关归路难。

【注释】

①雄州：宋代辖境，相当今河北雄县、容城。在大清河中游、白洋淀以北。

②辘辘（lù）：车行声。

③白草：西北边地的一种草。《汉书·西域传》颜师古注："白草似莠而细，无芒，其干熟时正白色，牛马所嗜也。"

④燕山：指燕京，金时为中都，即今北京市。

【评析】

这首词作于钦宗靖康初（1126）作者被掳北去的途中。此时词人父母兄弟为国牺牲，自己则因年轻貌美，被金兵掳往燕京。国破家亡之痛煎熬着词人的心，于是她便将一腔悲愤倾泄在词中。起首二句写凌晨从阳武出发的时间和天气：阴云横飞，不仅是说自然界气候恶劣，同时也隐喻当时政治形势的险恶和心境的黯淡。在惨淡的画面中表达了作者的悲苦情怀。"辘辘车声如水去"，写车行声如流水声，辘辘而去，反映了词人一路上枯坐囚车中的主观感觉。“白草”二句，极写北地的荒凉。白草遍野，黄沙蔽天，到得晚来，一轮孤月照着孤村中几户人家，其凄凉寥落之状，令人心酸。荒原上仅剩“孤村”，已够苍凉了；而孤村中仅有“三两家”，则愈益荒凉不堪。作者虽是写实，亦见修辞之妙。下阕写词人正在愁苦之际，猛然听到一阵雁鸣，原来是鸿雁南飞。鸿雁尚能南飞，自己却被迫北去，两相对照，悲痛难禁。“万结愁肠无昼夜”，这是她整个行程中的内心写照。结尾二句写渐近金人腹地燕山，犹频频回首，望故乡。想到到了敌人的中都，就将陷入痛苦的深渊，再无生还的可能，所以说是“归路难”。词写到此，一个战争年代中弱女子的哀鸣，宛然可闻。清人况周颐说此词“寥寥数十字，写出步步留恋、步步凄恻”之情。又说：“当戎马流离之际，不难于慷慨，而难于从容。”（见《蕙风词话续编》卷一）从容写来，真实地表现流离之苦，是此词的特色。它高出于一些徒作豪语的慷慨之词，更非那些无病呻吟之作可比。反映战争年代妇女现实生活的小词，除此之外不多见，因此它在词史上应有一定地位。

何　㮚

何㮚(1089—1127?),字文缜,仙井监(今四川省仁寿县)人。徽宗政和五年(1115)中进士第一,历官中书舍人、尚书右仆射,兼中书侍郎,死于靖康之难。存词二首。

虞美人

分香帕子柔蓝腻①,欲去殷勤惠②。重来直待牡丹时,只恐花枝知后故开迟③。　　别来看尽闲桃李,日日阑干倚。催花无计问东风,梦作一双蝴蝶绕芳丛④。

【注释】

①柔蓝:一作"揉蓝",深蓝色。腻:浓。

②惠:惠赠。

③花枝:一作"花知"。

④芳丛:花丛。

【评析】

这是一首赠别词。据宋人王灼《碧鸡漫志》卷二记载:"何文缜在馆阁时,饮一贵人家。侍儿惠柔者,解帕子为赠,约牡丹开再集。何甚属意,归作〔虞美人〕曲,曲中隐其名。"宋代词人常将人名嵌在词中,秦观的〔水龙吟·赠营妓娄琬〕中有"小楼连苑横空",〔南歌子·赠陶心儿〕中有"天外一钩残月带三星",都是写得比较好的。这首词也很自然,起首二句便将侍儿"惠柔"的名字嵌进,若不注意很难察觉,只当它在叙事。三、四两句点明"约牡丹开再集",但却用拟人化手法,谓"只恐花枝知后故开迟",好似牡丹也具有灵性,故意与人为难,其实是在说时间过得太慢,语甚幽默,曲折而有情趣。下阕首二句写等待约期的到来,其间日日凭栏,看尽一般的桃花李花,都无意趣,也就是说他心中唯有牡丹。结尾二句写他盼望"再集"的心情十分急迫，想催花早开，但又没有办法和东风搭话，语甚婉曲有味。于是便异想天开，“梦作一双蝴蝶绕芳丛”，幻想着能和自己的恋人自由相爱，设想奇特，形象美丽，象征着理想境界的实现。对后来戏曲（如越剧《梁祝》中的化蝶）在艺术手法的运用上有所启发。

僧如晦

僧如晦，生卒年不详，名皎，居剡县(今浙江嵊州市，明心寺，曾与汝阴王铚相酬答。存词一首。

卜算子

送春

有意送春归，无计留春住。毕竟年年用着来，何似休归去①。　目断楚天遥②，不见春归路。风急桃花也似愁，点点飞红雨③。

【注释】

①何似：犹不如。

②楚天：楚地的天空。此处泛指南方的天空。

③红雨：形容纷飞的桃花。唐·李贺《将进酒》："况是青春日将暮，桃花乱落如红雨。"

【评析】

这首词写送春、惜春和伤春之情。春天要回去了，词人准备送春；但由于惜春，词人又要把春天留住，可是却没有什么办法挽留。于是似劝亦似自慰地说：毕竟年年都需要来，不如不要归去吧。作者把春天当作有知觉的人同它对话，设想奇妙。这是痴语，也是情语。痴语、无理语，皆为无理而妙的至情之语，这在词中是一种很重要的写作手法，关键是用得自然，无矫揉造作的痕迹。僧如晦做到了。下面写词人举目远望，只见南方的天空无比寥廓，却不见春从何处归去，这是继续以痴语写对春天的留恋。最后写狂风吹来，桃花飘落，红雨纷飞，有似春愁弥漫。这两句通俗自然，富于意境。柴虎臣把它与李清照〔醉花阴〕的"人比黄花瘦"相提并论，说是"语情则红雨飞愁，黄花比瘦，可称雅畅"。(见清·毛先舒《诗辨坻》卷四引)明·沈际飞评价更高，他说："送春词中，此为第一，清空超脱，不滑熟，不沾滞，当得一'隽'字。"（见《蓼园词选》引）隽，即隽永，谓韵味醇厚，耐人寻绎也。这个评价十分恰切。

孙　舣

孙舣，字济师，生平不详。

菩萨蛮

落梅

一声羌管吹呜咽[①]，玉溪夜半梅翻雪[②]。江月正茫茫，断桥流水香。　　含章春欲暮[③]，落日千山雨。一点着枝酸[④]，吴姬先齿寒[⑤]。

【注释】

①羌管：笛子，相传笛子出于羌中，故名。

②玉溪：水名，在河南济源县西北王屋山中。唐·李商隐曾在其中习业，故自称玉溪生。其《奠令狐公文》云："故山嵯峨，玉溪在中。"元·耶律楚材《王屋道中》诗："行吟想象覃怀景，多少梅花坼玉溪。"此处形容吴地美好的溪水。

③含章：殿名。相传南朝宋·寿阳公主，人日卧于含章殿下，梅花飘在额上，拂之不去，宫人效为梅花妆。

④一点：犹一颗，指梅子。

⑤吴姬：吴地女郎。李白《金陵酒肆留别》诗："吴姬压酒劝客尝。"

【评析】

宋人胡仔《苕溪渔隐丛话前集》卷五十九说："孙舣，字济师，尝作落梅词，甚佳。"起首二句是说笛子奏了一支《梅花落》的曲子，声调呜咽，以致梅花在夜半时刻纷纷飘落，玉溪上面好似翻滚着雪浪。从笛曲联想到落梅，且加以夸张，写来颇为自然巧妙。三、四两句写月色茫茫，照着水面，断桥之下的流水也散发着落梅的阵阵香味。语言节奏顿趋缓慢，意境也变得迷濛静谧。过片用南朝寿阳公主事，重点在写"春欲暮"。"落日千山雨”五字极有气势:夕阳西下,雨暗千山,黄梅时节到了。紧跟一句“一点着枝酸”,说明梅熟,而吴姬采下来先尝一尝,更感到酸到牙根。此词不着重于写色,而着重于写味,上阕写梅花之香,下阕写梅子之酸,末着一“寒”字,写酸到极点,化味觉为触觉,至为熨帖。至于玉溪翻雪、江月茫茫、千山雨暗,写景亦极富有形象性。用典亦不甚生僻,尚有助于意境的刻画。

李重元

李重元，生平不详，黄昇《花庵词选》卷七录其〔忆王孙〕词四首，分别咏春、夏、秋、冬四季。

忆王孙

春词

萋萋芳草忆王孙①，柳外楼高空断魂②。杜宇声声不忍闻③。欲黄昏，雨打梨花深闭门。

【注释】

①王孙：指贵族公子。参见温庭筠〔菩萨蛮〕（玉楼明月长相忆）注③。

②空断魂：形容极度悲伤。

③杜宇：即杜鹃鸟，相传是古代蜀帝杜宇之魂所化，故名。

【评析】

此词一作秦观作，非。李重元作有〔忆王孙〕四首，分别以女子怀人口吻写春景、夏景、秋景和冬景，当属一组。或误为李甲作，亦非。本篇写春日见芳草而念王孙，登高望远，不见伊人归来，唯闻杜鹃声声，似在诉说“不如归去”。最后二句渲染出黄昏时刻的凄凉气氛，似可看到一位伤春女子闭门深坐，谛听着雨打梨花的声音。“雨打梨花深闭门”，虽用秦观〔鹧鸪天〕（枝上流莺和泪闻）词中成句，意境却有异，故明人沈际飞评曰：“一句一思。”又说：“因楼高曰空，因闭门曰深，俱可味。”（见《草堂诗余正集》卷一）这是从炼字方面着眼，也有一定道理。歇拍一句，极有意境，然似有出处，宋·吴聿《观林诗话》云：“半山（王安石）酷爱乐府‘雨打梨花深闭门’之句。”清人黄苏对此词评价甚高，他说：“高楼望远，‘空’字已凄恻，况闻杜宇乎？末句尤比兴深远，言有尽而意无穷。”（见《蓼园词选》）他的见解是很深刻的。

聂胜琼

聂胜琼，京城妓，归嫁李之问。《古今词话》云："李公之问仪曹，解长安幕，诣京师改秩。都下（京城）聂胜琼，名娼也，资性慧黠，公见而喜之。李将行，胜琼送之别，饮于莲花楼，……李复留经月，为细君（妻子）督归甚切，遂别。"（《绿窗新话》卷下引）词存一首。

鹧鸪天

寄李之问

玉惨花愁出凤城①，莲花楼下柳青青。尊前一唱阳关后②，别个人人第五程③。　　寻好梦，梦难成，况谁知我此时情。枕前泪共帘前雨，隔个窗儿滴到明。

【注释】

①玉惨花愁：形容女子的惨淡愁容。凤城：指京都。

②尊前：指筵前。阳关：古代送别曲，详见张舜民〔卖花声〕注④。

③人人：对所爱者的昵称。欧阳修〔蝶恋花〕："翠被双盘金缕凤，忆得前春，有个人人共。"第五程：犹第五站。程：路程，里程。白居易《醉忆元九》诗："计程今日到梁州。"

【评析】

据《古今词话》云："（李之问别后）不旬日，聂作一词以寄之，名〔鹧鸪天〕。李在中路得之，藏于箧间，抵家为其妻所得。因问之，具以实告。妻喜其语句清健，遂出妆奁资募，后往京师取归。"这首词，首二句是写实，记载词人带着满面愁容送李之问到汴京城外，在莲花楼中饯别。三、四两句是写作词之时，也就是别后"不旬日"的心情，此刻她料想所爱之人已走得很远了。"第五程"三字，可见词人是在屈指计行程，其惦念之殷，见于言外。过片进一步写其思念之情。“寻好梦”,是说现实生活中分处两地,唯有从梦境中寻求相会的欢娱,但是连梦也做不成,则其苦痛可知。“况谁”一句,是说这种痛苦的心情无人理解。结尾二句写夜梦难成,通宵流泪。“枕前泪共帘前雨,隔个窗儿滴到明”,是高度的艺术概括,它把周围的环境气氛与词人悲哀的心境融合成一个艺术整体,同温庭筠的〔更漏子〕(玉炉香)相比,毫不逊色。明·卓人月又拿它与周邦彦词相比,说“美成词‘珠泪都作秋宵枕前雨’,泪与雨,吾不知其是一是二?”(见《古今词统》卷七)此词也是泪与雨隔窗相应,更使人不知何者为雨,何者为泪了。清末况周颐在《蕙风词话》中对此词也赞不绝口,说它“纯是至情语,自然妙造,不假造琢,愈浑成,愈秾粹,方之闺帏之彦,虽幽栖(朱淑真)、漱玉(李清照),未遑多让。诚坤灵间气矣!”就是说,这首词同朱淑真、李清照的作品相比,也毫不逊色。

陈与义

陈与义(1090—1139),字去非,号简斋,本蜀人,自曾祖希亮开始徙居河南洛阳。徽宗政和三年(1113)登上舍甲科,曾任太学博士等职。金兵陷汴京,他避乱湖广,南逾五岭,于高宗绍兴元年(1131)到达临安,历官中书舍人、吏部侍郎、参知政事。他是南宋有名的受江西诗派影响的诗人,有《简斋诗集》,其诗"体物寓兴,清邃纡余,高举横厉,上下陶、谢、韦、柳之间"。(节录《宋史》本传)且善学杜,多感时伤乱之作。亦能词。宋人黄昇说:"词虽不多,语意超绝,识者谓其可摩坡仙之垒也。"(见《中兴以来绝妙词选》卷一)也就是说豪爽之处近似苏轼。以〔临江仙〕(忆昔午桥)一阕最为著名。胡仔称其语言"奇丽","《简斋集》后载数词,惟此词最优"。(见《苕溪渔隐丛诗后集》卷三十四)他词亦不涉艳情,风格与诗相近。

虞美人

余甲寅岁,自春官出守湖州①。秋杪②,道中荷花无复存者。乙卯岁③,自琐闼以病得请奉祠④,卜居青墩⑤。立秋后三日行,舟之前后,如朝霞相映,望之不断也。以长短句记之。

扁舟三日秋塘路,平度荷花去⑥。病夫因病得来游,更值满川微雨洗新秋。　去年常恨拏舟晚⑦,空见残荷满。今年何以报君恩?一路繁花相送到青墩。

【注释】

①甲寅岁:高宗绍兴四年(1134)。春官:指礼部,作者是年以礼部衔出守湖州。

②秋杪:秋末。

③乙卯岁:绍兴五年(1135)。

④琐闼:古代宫殿门上镂刻连琐图,故称宫门为琐闼。奉

祠:指退休领取祠禄。

⑤卜居:择地居住。

⑥平度:谓平稳地渡过荷塘。

⑦拏舟:指乘船。拏(ná 拿),牵引。

【评析】

这首词写作者因病退休,乘船前往湖州青墩镇的情景。上阕说,从临安(杭州)出来,船在秋天的河塘中平稳地行了三日,一路上都是荷花。他在繁华的临安住了多时,平时政务繁冗,无暇出游,这回看到如许风光,不禁自我安慰说:"病夫因病得来游,更值满川微雨洗新秋。"机会真是太好了,所以他的心情像天气一样晴朗。细玩词意,所谓"君恩",表面是感谢,实际上是怨恨。语言婉曲,蕴含至深。故今人白敦仁《陈与义年谱》引此二句按云:"盖有怨于赵鼎也。"时赵鼎为宰相,准他退休。然而赵乃执行高宗意旨,所以怨赵鼎实乃怨高宗也。下阕回忆去年(即甲寅岁自春官出守湖州时)经过此地的情况:因为船乘得太晚了,时已深秋,所以只能看到满塘残荷。结尾二句,又写这回高兴的心情。"君恩"是指皇帝准他请病假。"一路繁花相送到青墩",不仅写出沿途所见的景物,而且写出了舟行的快感。其意境有如李白《早发白帝城》诗"两岸猿声啼不住,轻舟已过万重山",不过一个是写"一路繁花",一个是写"两岸猿声",具体景物有所不同而已。此词将眼前之景与记忆中之景,交错描写,全凭感情作为纽带,使词中前后情景,自然绾合,意境浑成。宋人张炎曾称其〔临江仙〕中"杏花疏影里,吹笛到天明","真是自然而然,清婉奇丽",这句话可以同样拿过来评价此词。

张元幹

张元幹(1091—1161),字仲宗,号芦川居士,又号真隐山人,向子諲之甥,永福(今福建县名)人。北宋末为太学生,金兵南侵时为李纲行营僚属,积极支持李纲抗金,反对朝廷议和。后钦宗罢免李纲,元幹亦因而获罪。高宗绍兴初,因不愿与奸相秦桧同朝,以将作监致仕,寓居三山(今福州)。复因作词送主战派李纲、胡铨,遭秦桧迫害削籍。秦桧死后,又来临安官舍,至绍兴末尚在世。有《芦川归来集》及《芦川词》,以长调〔贺新郎〕(送李纲和胡铨)二首为最著名。词风慷慨悲凉,骏发踔厉,中寓诗人句法,间有清新婉丽之作。明末毛晋说:“芦川词,人称其长于悲愤。及读《花庵》《草堂》所选,又极妩秀之致,真堪与片玉(周邦彦)、白石(姜夔)并垂不朽。”(《芦川词跋》)从词的发展历史来看,他是一位承前启后的词人,对南宋诸家影响较大。

谒金门

鸳鸯浦①,春涨一江花雨②。别岸数声初过橹,晚风生碧树。　　艇子相呼相语③,载取暮愁归去。寒食烟村芳草路,愁来无着处。

【注释】

①浦:江河的港汊。一作“渚”。

②花雨:形容落花如雨。

③艇子:少年船工。

【评析】

此词写春愁,一作秦湛词,非。作者《归来集》卷九《跋苏绍君楚语后》云:“芦川老人于槜李弭棹亭中,丁丑仲夏望日。”槜李,嘉兴的别称。丁丑仲夏望日,即高宗绍兴二十七年(1157)

五月十五日。据此可知，时作者在嘉兴。词中鸳鸯浦，即今南湖也。南湖又名鸳鸯湖。词的上阕首二句写词人站在鸳鸯湖边，只见春水上涨，上有迷濛花雨，景色非常美丽，其意境似与韦庄〔菩萨蛮〕(洛阳城里)"桃花春水绿，水上鸳鸯浴"相似。三、四两句写词人忽闻别岸(对岸)一阵摇橹之声，又见碧树在晚风中摇曳。"晚风生碧树"，着一"生"字，语似无理，却有无穷韵味。过片首句承上阕橹声而来，作者先闻橹声，再闻船工语声，有一种自远而近的感觉。"载取暮愁归去"和后面的"愁来无着处"，常受前人称赞。明人沈际飞说："欲载愁，愁又无着，意绪纡回惝恍。"(见《草堂诗余正集》卷一)有些评论家还把它与苏轼的"只载一船离恨向西州"、李清照的"载不动许多愁"一起，列为写愁的名句。清·黄苏评此词说："似亦为忧时而作，言浦涨春江，正拟鸳鸯戏暖，谁知数声柔橹，忽又碧树生秋，乃舟子欲载愁归去，而无处非愁，将从何处载将归去乎？托意深微矣。"(见《蓼园词选》)结合词人的身世和当时的形势来看，词中似有所寄托，但不可拘泥。

浣溪沙

山绕平湖波撼城[①]，湖光倒影浸山青。水晶楼下欲三更。　雾柳暗时云度月，露荷翻处水流萤。萧萧散发到天明[②]。

【注释】

①波撼城：唐·孟浩然《临洞庭湖上张丞相》诗："气蒸云梦泽，波撼岳阳城。"

②萧萧：头发花白稀疏貌。苏轼《次韵韶守狄大夫见赠》诗："华发萧萧老遂良，一身萍挂海中央。"散发：发不束整，指解官隐居。唐·李白《宣州谢朓楼饯别校书叔云》诗："人生在世不称意，明朝散发弄扁舟。"

【评析】

此词盖罢官归隐后作。词中水晶楼,在今浙江省湖州市。宋·胡仔《苕溪渔隐丛话》前集卷五十三云:"吴兴谓之水晶宫。"并引杨汉公《九月十五日夜》绝句云:"溪上玉楼楼上月,清光合作水晶宫。"由此可见,词乃作于吴兴,即今湖州也。词中描摹了美丽的山光水色,抒发了热爱自然的感情。起首二句写青山、平湖和城市相偎相映:青山围绕平湖,湖中波浪拍打着湖边的城基,湖光映出青山的倒影,字句回环往复,构成一幅佳图。第三句是写夜间景色:沐浴在月光下的水中楼台,明澈有如水晶,无一点尘俗气,这是词人罢官退隐以后的内心写照。过片继续写夜景:轻雾中的杨柳变暗了,那是由于一片云彩从月亮底下飘过。荷叶因风翻动,上面反射着月光的露珠,滚来滚去又好似水上的流萤。这两句对仗工整,虽经雕琢而不失自然之美。结句笔锋顿转,想到自己已无"乌纱"之累,可以披着一头稀疏的头发陶醉在美好的山光水色中直到天明,自由而又轻松,这是一种狂放不羁的态度。《四库提要》指出《芦川词》除一些豪放之作外,其他作品"则多清丽婉转,与秦观、周邦彦可以肩随"。此词以清丽婉转为其主要特色,然亦间有豪放洒脱的情致,兼得豪放、婉约词风之长。

邓 肃

邓肃(1091—1132),字志宏,南剑州沙县(今福建南平市南)人。曾与李纲唱和,结为忘年交。徽宗时因作诗讽刺"花石纲",被太学开除。钦宗朝,召对,补承务郎。张邦昌建立伪楚时,他奔赴南京依康王,自鸿胪寺主簿擢为左正言。李纲罢相,上疏力争,遂被罢职,主管江州太平观。有《栟榈集》。词存四十五首。

长相思令

一重山,两重山,山远天高烟水寒。相思枫叶丹①。

菊花开,菊花残,雁已西飞人未还②。一帘风月闲。

【注释】

①枫叶丹:枫叶至秋而红。故云。

②雁已西飞:一作"塞雁高飞"。

【评析】

此词《类编草堂诗余》及《花草粹编》均题李煜作,非。词中写秋怨。起首二句从女子眼中写出重重叠叠的山岭,表示所思之人身在远方。其意境有如欧阳修〔踏莎行〕词:"平芜尽处是春山,行人更在春山外",邈远无边,令人怀想。而山远天高,烟寒水冷,更饶凄然言外之致。"相思枫叶丹",沈际飞《草堂诗余正集》卷一以为从谢灵运《晚出西射堂诗》"晓霜枫叶丹"来,原句只有写景一层意思,而此句则既点季节,亦点相思;既是说从征人外出之时开始相思,如今已到枫叶红的时候,同时也是以枫叶之红来比拟相思的愁苦。在中国古典诗词中常有"红愁绿惨"的诗句,诗人们惯于用红色来象征忧愁。此处正是采用这一传统手法。如果说上阕起首两个短语是形容空间的扩展,过片两个短语则是象征时间的延长,从"菊花开"直到"菊花残",

女子都在盼望征人回来；可是一直盼到鸿雁西飞——春分时节到了，征人犹未还家，其失望可知。末句“一帘风月闲”，则于寂静无聊之中写主人翁的相思之苦，虽不似李重元〔忆王孙〕“雨打梨花深闭门”那样冷艳，但也是以景语作结，颇有言外意、味外味，令人百读不厌。此词沈际飞评曰：“冷艳。”然艳而不俗，意境高远。

朱翌

朱翌(1097—1167),字新仲,号潜山居士,舒州(治所在今安徽怀宁一带)人。一作龙舒(今安徽省舒城县)人。徽宗政和八年(1118),同上舍出身。南渡后寓家桐庐,为秘书少监、中书舍人。高宗绍兴十一年(1141),因反对秦桧,责授将作少监,韶州(今广东韶关)安置。桧死,充秘阁修撰。后出知宣州及平江府,官终敷文阁待制。晚年卜居鄞县(今浙江宁波市),自号"省事老人"。有《潜山集》《猗觉寮杂记》。词存三首,附于《潜山集补遗》。一说有《湘江集》。

点绛唇

流水泠泠①,断桥横路梅枝亚②。雪花飞下,浑似江南画③。　白璧青钱④,欲买春无价。归来也,风吹平野,一点香随马。

【注释】

①泠(líng)泠:轻妙貌,形容清脆的声音。

②断桥:在杭州西湖白堤东端。亚:通"掩"。蔡伸〔如梦令〕词:"人静重门深亚。"一释"压",可通,形容梅枝低垂。

③浑似:完全像是。

④青钱:即铜钱,青铜所铸。杜甫《北邻》诗:"青钱买野竹。"

【评析】

此词咏杭州西湖梅花。

据宋·陈鹄《耆旧续闻》记载,此词作于十八岁时,正值朱敦儒访其父未遇,"于几案间见此词,惊赏不已,遂书于扇而去"。但曾被误作僧惠洪及孙和仲词。词中咏梅,然不落陈套。上阕说断桥下流水发出清脆的响声,桥头路旁均有梅枝低垂掩映。雪花飞下,与梅花相映成趣,看上去宛然一幅江南梅雪图。下阕写惜春之情,说是尽管想用白璧青钱去买下大好春光,但是春光是无价的。春光挽留不住,于是词人怅然而归。结尾二句写平野中微风吹送梅香,好像香味尾随着马儿似的。《百川学海》载宋徽宗时试画诗云"踏花归去马蹄香",此则云"一点香随马",可谓异曲同工,各极其妙。《词苑》说:"朱新仲尝雪中至西湖看梅,作〔点绛唇〕词。西湖咏梅者多矣,而不为雕琢,自然大雅,首推此词。"(《词林纪事》卷九引)自然大雅,不事雕琢,确是这首词的特点。

孙道绚

孙道绚，女，号冲虚居士，黄铢之母，生当宋室南渡前后。近人赵万里辑有《冲虚居士词》。

清平乐

雪

悠悠扬扬，做尽轻模样。半夜萧萧窗外响①，多在梅边竹上。　　朱楼向晓帘开②，六花片片飞来③。无奈熏炉烟雾，腾腾扶上金钗④。

【注释】

①萧萧：象声词，形容下雪。

②向晓：天将亮。

③六花：雪花六角，古人因称六出之花。《宋书·符瑞志》："草木花多五出，雪花独六出。"六出，即六瓣。

④腾腾：蒸腾貌。仲子陵《五丝续宝命赋》："龙烂蛇伸，光气腾腾。"

【评析】

这是一首著名的咏雪词，别题赵彦端或郑文妻作，皆非。首二句写雪花的姿态，说它在空中悠悠扬扬地飘落下来，把各种各样轻盈的模样都作了充分的表演。清·潘游龙《古今诗余醉》评曰："形容飞雪之态，妙在'轻模样'五字。"第三句写雪花的声响，从室内听来，它在窗外是一片沙沙沙的声音。这种声音唯有半夜才能听得如此清晰。第四句写雪花落在梅边竹上，呈现一派美好的风光，比常人所写的"遍地银装"更为别致。过片二句写天将亮时，当女主人公打开窗帘，雪花便纷纷飞进室内，意境可能取自谢惠连《雪赋》："始缘甍而冒栋，终开帘而入隙。"（见《草堂诗余正集》卷一引）但更通俗生动。结尾二句写雪花在室内受了熏炉的暖气，顿时化成一股烟雾上升。“腾腾扶上金钗”，写烟雾在美人头上缭绕的景象，极为美丽。明·沈际飞评曰：“雪之形声，盈耳盈目。”（见《草堂诗余正集》卷一）能把雪花的形象描写得如此细致，在古代诗词中是少见的。宋人张炎《词源》说：“诗难于咏物，词为尤难。体认稍真，则拘而不畅；模写差远，则晦而不明。要须收纵联密，用事合题，一段意思，全在结句，斯为绝妙。”以之衡量此词，殊感处处道着。

康与之

康与之（生卒年不详），字伯可，号顺庵，滑州（今河南滑县）人。高宗建炎年间，曾献《中兴十策》，名振一时。后谄事秦桧，得到军器盖丞、籍田令等官职。桧死，他被编管钦州，绍兴二十八年移雷州。复送新州牢城，最后赦回杭州。著《顺庵乐府》五卷，今不传，有赵万里辑本。他是一位御用词人，高宗时，以文词待诏金马门，故应制之词为多。他在政治上依附权奸及皇室，然而在词坛上声誉极高。清·刘体仁说，词"至宋则极盛，周（邦彦）、张（先）、柳（永）、康，蔚然大家"。（《七颂堂词绎》）其词哀感顽艳，多温存旖旎之致，然失之诙谐，甚至还有鄙亵之作。

卖花声[①]

闺思

蹙损远山眉[②]，幽怨谁知[③]？罗衾滴尽泪胭脂。夜过春寒愁未起，门外鸦啼。　　惆怅阻佳期[④]，人在天涯。东风频动小桃枝[⑤]。正是销魂时候也，撩乱花飞。

【注释】

①〔卖花声〕：即〔浪淘沙〕。

②蹙损：犹言皱坏。远山眉：指女子淡而美的眉毛。见前欧阳修〔诉衷情·眉意〕注③。

③幽怨：隐藏在心底的怨情。

④佳期：指欢叙之日。

⑤小桃：于元宵前后开花，见陆游《老学庵笔记》。

【评析】

这首词写春暮时的闺思。上阕写词中女子终日含愁锁眉，夜间泪湿罗衾。虽多从外在表现去刻画，而人物内心的"幽怨”，却被隐隐透露。“门外鸦啼”一句，颇似秦观〔如梦令〕“门外鸦啼杨柳，春色着人如酒”。用以烘托春愁，极为含蓄。下阕点明人物惆怅的原因在于佳期受阻，人在天涯。然后以景结情，用飞花的撩乱，象征心绪的纷繁。清·田同之《西圃说词》引邹祗谟曰：“填词结句，或以动荡见奇，或以迷离称隽，着一实语便败矣。康伯可‘正是销魂时候也，撩乱花飞’，晏叔原‘紫骝认得旧游踪，嘶过画桥东畔路’，秦少游‘放花无语对斜晖，此恨谁知’，深得此法。”可见此词的结句是“以迷离称隽”的。通首看来，所写的闺情，不乏前人常用的语言，跟花间词没有什么不同，但与一般应歌的艳词相比，却较为清婉，因而受到前人的称赞。

长相思

游西湖

南高峰，北高峰[①]，一片湖光烟霭中。春来愁杀侬[②]。　郎意浓，妾意浓。油壁车轻郎马骢[③]，相逢九里松[④]。

【注释】

①南高峰，北高峰：在杭州西湖灵隐寺南北。

②侬：古代吴语中的“我”。

③油壁车：妇女所乘之车，因车厢用油漆涂饰而名。骢：青白色的马，今名菊花青。《玉台新咏》卷十：“妾乘油壁车，郎骑青骢马。”为此句所本。

④九里松：地名，在杭州市西湖北，唐·袁仁敬任杭州刺史时，在洪春桥至灵竺路之间，左右植松，各三行，人称九里松。宋室南渡，有高宗题字。

【评析】

这首词同林逋的〔相思令〕（吴山青）极相似。明人杨慎曾说林逋的那首小令"甚有情致",又说这一首"盖效和靖'吴山青'之调也,二词可谓敌手"。(见《词品》卷三)林词写江边送别,依依不舍,结句以江头潮平、船将起航暗示不得不离,格调清婉,词意含蓄。而这首词先铺写湖光山色,抒叙春日愁怀,后写男女双方怀着浓情蜜意,到九里松来约会。那种蓦地相逢的喜悦,写得极为轻灵活泼,比林词多了一层意思。下阕取义于《玉台新咏》,不着痕迹,而且加强了民歌风味,所以是一首极好的抒情小调。

丑奴儿令

促养直赴雪夜溪堂之约①

冯夷剪破澄溪练②,飞下同云③,着地无痕。柳絮梅花处处春。　　山阴此夜明如昼④,月满前村。莫掩溪门,恐有扁舟乘兴人⑤。

【注释】

①养直:即苏庠(见前)。

②冯夷:传说中的水神。魏·曹植《洛神赋》:"冯夷鸣鼓,女娲清歌。"练:白练,指洁白的熟绢。南齐·谢朓《晚登三山还望京邑》诗:"余霞散成绮,澄江静如练。"

③同云:即彤云,下雪时浓密的阴云。

④山阴:今浙江绍兴市。《晋书·王徽之传》:"(徽之)尝居山阴,夜雪初霁,月色清朗,四望皓然。……忽忆戴逵,逵时在剡,便夜乘小舟诣之。经宿方至,造门不前而返。人问其故,徽之曰:'本乘兴而来,兴尽而返,何必见安道(戴逵之字)耶?'"徽之,字子猷,大书法家王羲之之子。

⑤扁舟乘兴人:即王徽之,此喻苏养直。

【评析】

宋·黄昇《花庵词选》说："顺庵作此词，促养直赴雪夜溪堂之约。"上阕咏夜间雪景，但因天气较暖，且是初降，故雪花落到地面即融化，没有留下一点痕迹。"冯夷"二句，富于想象力，形容纷纷大雪好似水神将白练似的澄溪剪碎一般，从阴云上凌空飞下，写得极有气势。"柳絮梅花处处春"，是对"着地无痕"的补充，它不像孙道绚的词说雪花都落在"梅边竹上"，而是说像柳絮一样的雪花沾在梅花上，故觉处处显示着春意。过片用王徽之雪夜访戴逵的故事，"起句点明'夜'字，是承上，以下俱促养直赴约之意"。（黄苏《蓼园词选》）词人着眼于"促养直"而着手于写雪景。"夜明如昼""月满前村"把古诗所写的"明月照积雪"的意境描绘出来，具有美的诱惑力，不言促而促自在其中。"莫掩"二句是说明自己在热情等待苏养直的到来，也是隐喻一个"促"字。词心之细，可以想见。此词明人杨慎评曰："句句是雪，绝不露一'雪'字，与林君复咏草词同一格局。"（见忏花庵本《草堂诗余》）咏物而不点明所咏之物，亦符合古代写咏物词的标准。倘体认稍真，则拘而不畅了。

诉衷情令

长安怀古[1]

阿房废址汉荒丘[2]，狐兔又群游。豪华尽成春梦，留下古今愁。　　君莫上，古原头，泪难收。夕阳西下，塞雁南飞[3]，渭水东流[4]。

【注释】

①长安：今陕西省西安市。

②阿房（ē páng）：阿房宫，始建于秦始皇三十五年（前212），遗址在今西安市西阿房村。汉：指汉代。

③塞雁：北方边塞之雁。杜甫《登舟将适汉阳》诗："塞雁与

时集，樯乌终岁飞。”

④渭水：即渭河。黄河支流，经西安市。

【评析】

长安在南渡初还是宋朝的土地，绍兴十二年（1142）八月，高宗、秦桧为了讨好金人，“分画陕西地界，割商、秦之半畀金国”（《宋史·高宗本纪》），长安遂归金人。这首词当作于此前，词人登临其地，目睹秦宫、汉阙的遗址，不禁产生思古之幽情。狐兔群游，极写荒凉之甚。“豪华尽成春梦”，从前的长安如此，今日汴京又何尝两样？“留下古今愁”一句，正把秦汉的往事和宋代的现实联系起来，可见怀古正是为了伤今。他还有一首〔菩萨蛮〕令，也是写长安怀古，中云：“毕竟是荒丘，荆榛满地愁”，同这首相似。说明词人当时尚有一腔爱国热忱，因而登临古原，怀古伤今，泪下难收。“夕阳西下”三句犹如李白〔忆秦娥〕中的“西风残照，汉家陵阙”。李词气魄雄浑，康词则悠远含蓄，其用意是说山河依旧，人事已非。暗伤亡国之意，溢于言表。清·张宗橚《词林纪事》引王铚的评语说：“如此居然不俗，今有晏叔原，不得独擅。”说明这首词声情凄惋，同晏几道的小令不相上下，都是优秀的作品。

曾 觌

曾觌(1109—1180),字纯甫,号海野,汴京(今河南开封)人。高宗绍兴中,与龙大渊同为建王赵眘内知客。孝宗时受宠,以潜王府旧人除权知阁门事。淳熙初,官至开府仪同三司,加少保。有《海野词》。《词林纪事》引王弇州(世贞)曰:“曾觌、张抡辈应制之作,志在铺张,故多雄丽。”又引蒿庐师(许昂霄)曰:“海野东都故老,词多感慨,惜其人无足称。”

阮郎归

上苑初夏侍宴,池上双飞新燕掠水而去,得旨赋之。

柳阴庭馆占风光,呢喃清昼长[①]。碧波新涨小池塘,双双蹴水忙[②]。　萍散漫,絮飘扬,轻盈体态狂。为怜流去落红香,衔将归画梁。

【注释】

①呢喃:燕鸣声。

②蹴水:踏着水面。

【评析】

宋·周密《武林旧事》卷七载,乾道三年(1167)三月初十,宋孝宗与太上皇宋高宗“同至后苑看花,回至清妍亭看荼蘼,就登御舟,绕堤闲游。太上倚阑闲看,适有双燕掠水飞过,传旨令曾觌赋之,遂进〔阮郎归〕。”可见这是一首应制之作。上阕写柳阴庭院,独占风光。在这美好环境中,有呢喃燕语。这是从声音角度写燕子。以下二句写池塘上荡漾着碧波,燕子双双掠水而过。这是从动作上写燕子,亦用以点题。过片从燕子宕开去,然犹紧承池塘,下写浮萍散漫,上写柳絮飘扬,以柳絮的轻盈体态烘托燕子在空中飞翔的姿态。这样燕子就不是孤立的形象,画面便十分匀称。结尾二句是全词的警策，写燕子很有感情，将落花衔去筑巢。明·沈际飞说："怜香惜艳。燕，大不俗。'落花都上燕巢泥'（周邦彦〔浣溪沙〕语），根出在此。"他又说："'归'与'去'互照。"（见《草堂诗余正集》卷一）就是说这两个字是相互照应的。黄苏则说："末二句大有寄托忠爱之心，婉然可想。"（见《蓼园词选》）其实是作者通过燕子衔泥归巢，向皇帝表示了献媚之意，可见这是一首谀词。

忆秦娥

邯郸道上①

风萧瑟，邯郸古道伤行客。伤行客，繁华一瞬，不堪思忆。　　丛台歌舞无消息②，金尊玉管空陈迹③。空陈迹，连天草树，暮云凝碧。

【注释】

①邯郸：今河北省邯郸市。

②丛台：古迹名。相传战国时赵武灵王为观看兵士操演和歌舞而建，今辟为邯郸市人民公园。

③金尊：酒杯的美称。玉管：乐器。汉代刘歆《西京杂记》卷三："玉管，长二尺三寸，吹之则见车马山林隐辚相次，吹息亦不复见，铭曰：昭华之琯。"唐·白居易《想夫怜》诗："玉管朱弦莫急催，容听歌送十分杯。"

【评析】

南宋·黄昇说："纯甫东都故老，及见中兴之盛者，词多感慨。如〔金人捧露盘〕、〔忆秦娥〕等曲，凄然有黍离之悲。"（见《花庵词选》）这一首与前一首风格迥异，一个是歌功颂德，粉饰太平，一个是凭吊陈迹，暗伤亡国。从思想性上来讲，这一首应该首先肯定。它写词人出使金朝时，行走在邯郸道上，萧瑟的寒风,使他感到分外凄凉,也勾起他对往日繁华的回忆。词曰“不堪”,是形容感情上的痛苦。“丛台”二句是借战国时赵武灵王歌舞升平的故事比喻北宋汴京的繁华生活。如今这一带是金人的天下,昔日的歌楼舞榭已经化为丘墟,所以作者连连叹息说:“空陈迹!”此刻在他的眼前只有“连天草树,暮云凝碧”,一片苍茫景象。这是以景结情,同贺铸〔青玉案〕词的“试问闲愁都几许,一川烟草,满城风絮,梅子黄时雨”,手法是一样的。词人的“黍离之悲”,完全在这景物的描绘中体现出来。

黄公度

黄公度(1109—1156),字师宪,莆田(今福建县名)人。绍兴八年(1138)进士第一,签书平海军节度判官,受到秦桧诬陷,罢归。桧死复起,仕至尚书考功员外郎。有《知稼翁词》。《词林纪事》引洪景庐(迈)评其词曰:"宛转清丽,读者咀嚼于齿颊而不能已。"陈廷焯《白雨斋词话》则谓其词"气和音雅,得味外味,人品既高,词理亦胜。《宋六十一家词选》中载其小令数篇,洵风雅之正声,温韦之真脉也"。

卜算子

别士季弟之官①

薄宦各东西②,往事随风雨。先自离歌不忍闻③,又何况春将暮! 愁共落花多,人逐征鸿去。君向潇湘我向秦④,后会知何处?

【注释】

①士季:黄童之字,作者的从弟,于绍兴八年与黄公度同榜乙科及第。

②薄宦:形容官微俸薄,仕途不甚得意。

③离歌:送别时所唱之歌。

④潇湘:潇水在今湖南省零陵县西北汇于湘水,称潇湘。此处泛指南方。秦:即秦州(今陕西省南郑县)。

【评析】

此词写兄弟离别之情,可能作于两人考中进士、即将赴任之时。《词林纪事》谓黄童"有和章云:'不忍更回头,别泪多于雨。肺腑相看四十秋,奚止朝朝暮暮! 何事值花时,又是匆匆去?过了阳关更向西,总是思兄处。'语语真挚,不减考功。""语语真挚",也是这一首的特点。开头二句是说兄弟二人取得了卑微的官职,各奔前程,往事(指兄弟相处四十秋的生活)也将随之结束。“随风雨”三字用得极工,既象征往事飘然远逝,也使人联想到未来旅途的艰辛。三、四两句是说暮春之际听唱《离歌》,最易使人伤感。“又何况春将暮”与过片“愁共落花多”,疑自李贺《将进酒》中“况是青春日将暮,桃花乱落如红雨”化来,然而着一“愁”字,便明显地表示离情,不像李诗那样只是在景中寓情。“人逐征鸿去”,比喻兄弟二人像雁行一样分开,飞向遥远的地方。以下一句谅非实指,语出唐人郑谷《淮上与友人送别》诗:“数声风笛离亭晚,君向潇湘我向秦。”全词以朴素的语言抒写了真挚的别情,“清而不激,和而不流”(《词林纪事》引曾丰评),确实耐人寻味。

韩元吉

韩元吉(1118—1187),字无咎,号南涧,许昌(今属河南)人,韩维四世孙,寓居信州。孝宗隆兴间(1163—1164),官吏部尚书。提倡兴办学校,主张恢复中原。与张孝祥、范成大、陆游、辛弃疾等人常以诗词相唱和。有《南涧诗余》一卷。词风近似辛弃疾。宋代黄昇说:"南涧名家,文献、政事、文学,为一代冠冕。"(见《花庵词选》)

好事近

汴京赐宴,闻教坊乐有感[①]

凝碧旧池头,一听管弦凄切[②]。多少梨园声在[③],总不堪华发[④]。　　杏花无处避春愁,也傍野烟发[⑤]。惟有御沟声断[⑥],似知人呜咽。

【注释】

①汴京:今河南省开封市,原为北宋首都,此时被金朝占领。《金史·交聘表》:"大定十三年三月癸巳朔,宋遣试礼部尚书韩元吉、利州观察使郑兴裔等贺万春节。"金世宗大定十三年,即宋孝宗乾道九年(1173),此词当作于是时。教坊乐:唐代始设教坊,专司来自民间的音乐歌舞。此指原属北宋教坊的音乐。

②凝碧旧池头:凝碧池在唐·东都洛阳禁苑内。《明皇杂录》:"天宝末,禄山陷西京,大会凝碧池,梨园子弟,欷歔泣下。乐工雷海青掷乐器西向大恸。王维陷贼中,潜赋诗云:'秋槐叶落深宫里,凝碧池头奏管弦。'"据《祥符县志》载,宋时汴京亦有凝碧池。辛弃疾〔声声慢〕序云:"余儿时尝入京师禁中凝碧池。"

③梨园:唐玄宗时教练宫廷歌舞艺人的地方。此指教坊。

④华发:头发花白。

⑤野烟:王维《凝碧池》诗前二句云:"万户伤心生野烟,百

官何日再朝天?”此指战后荒凉的景象。

⑥御沟:亦称禁沟。皇城外的护城河。

【评析】

此词写宴前闻乐的感受。在尖锐的矛盾冲突中刻画词人内心的痛苦,颇为深刻。上阕首二句是纪实。“凄切”不是指教坊音乐的声情,因为在庆典上是不会有这样的悲调的,它主要是指作者闻乐时的感受。作者在被金人占领的故都听到的故国教坊音乐,纵然喜气洋洋,也不会引起他的快感,相反倒像一根钢针刺在心上,感到无比凄切。在这里,作者的爱国思想得到自然而然的体现。“多少”二句是说除了教坊音乐尚在之外,旧日北宋的一切都不复可见,因此词人感到悲痛难禁。从音乐到“华发”,写词人感情变化的过程极其凝练。音乐作用于词人的感情,使其凄切;由于万分凄切,竟愁白了头发。语似无理,但却深刻非常。写来自然真切,毫无雕琢之痕。过片首句点时间,杏花在二三月之间开花,汴京赐宴是三月初一,时间恰相当。杏花没有地方避开春愁,也在战后荒凉的土地上开花了;词人正用以自喻,意为自己虽欲避开敌人,但因身负使命,不得不参与宴会。这里把杏花也人格化了,手法非常巧妙,含意亦颇深远。结尾二句说,此刻御沟里的水也不流了,似乎怕水流的响声会惹得人们也跟着哭起来。词人不说自己痛苦得要哭出来,却说御沟对人十分同情,设想奇妙,拟人得当。近人麦孺博评曰:“赋体如此,高于比兴。”(见《艺蘅馆词选》)说明此词中所用“赋”的手法,比“比兴”更高一层。

霜天晓角

题采石蛾眉亭[①]

倚空绝壁,直下江千尺。天际两蛾凝黛[②],愁与恨,几时极[③]? 暮潮风正急,酒醒闻塞笛[④]。试问谪仙何处[5]？青山外[6]，远烟碧。

【注释】

①蛾眉亭：《安徽通志》："蛾眉亭在当涂县北二十里，据牛渚绝壁。前直二梁山，夹江对峙如蛾眉然，故名。"牛渚山突入长江的部分名采石矶，亭在其上。

②两蛾凝黛：把长江两岸的东西梁山（即天门山）比作含恨凝愁的蛾眉。黛，画眉颜料。

③极：尽。

④酒醒：一作"酒阑"。塞笛：边塞的笛声，此时采石矶处于抗金前线，故云。

⑤谪仙：指唐代诗人李白，他初到长安，贺知章一见倾慕，称为"谪仙人"。相传他在采石矶下醉酒泛舟时，捉月而死，后人筑亭纪念。

⑥青山：在当涂县东南，据李华《故翰林学士李公墓志》载，李白死于当涂。后由采石矶迁葬于青山北麓。

【评析】

此词写作者登临之感，充满了伤时怀古的情调。上阕首二句写采石矶的雄伟奇丽。词人站在蛾眉亭上，俯视采石矶，绝壁千尺，倚天而立。"直下"一词，描绘了采石矶险峻的气势。"天际"三句，写远望天门山引起的联想。长江东岸的东梁山（一称博望山）和西岸的西梁山，隔江对峙，形如天门。李白咏天门山诗曾描绘道："天门中断楚江开，碧水东流至此回。两岸青山相对出，孤帆一片日边来。"然而这里的描绘却由雄奇明快转为婉丽沉痛。词人将东西两山比作美人的蛾眉，并且赋予人的感情。"愁与恨，几时极？"在这样激愤而又深沉的问句中，无疑寄寓了词人的国愁家恨，也表达了词人渴望收复中原的爱国思想。"暮潮风正急"，写暮色降临之时，江潮汹涌，风声凄厉。词人把酒临江，一抒忧愤（这是暗写），然而酒醒之后，又听到悲壮苍凉的笛声，便引起了感慨。原来和平安宁的长江南岸此刻已变成南宋的前沿要地,随时有可能遭受金人的进攻。——绍兴三十一年(1161)虞允文曾在此地大败金兵,当时的大好形势,如今已不复存在,因而词人一闻塞笛,便悲痛难忍。怒潮、急风、塞笛,都用来刻画词人的心情。结尾二句写词人纵目远望,只见埋葬伟大诗人李白的青山,笼罩在烟霭之中,于是他感慨地发问:"试问谪仙何处?"一片缅怀之情,都隐寓在迷茫的景色之中。这首词既有泼墨挥洒,又有工笔勾勒,寓情于景,含蓄有力。所以元·吴师道说:"韩南涧题采石蛾眉亭词……未有能继之者。"(见《吴礼部诗话·词附》)

朱淑真

朱淑真，女，号幽栖居士，钱塘（今杭州）人。一作海宁人。约生于北宋神宗元丰二至三年，卒于南宋高宗绍兴初年。世居桃村，相传嫁为市井民妻，不得志而殁。工诗词，南宋宛陵人魏仲恭感其作品“清新婉丽，蓄思含情，能道人意中事”，遂辑为《断肠集》。四印斋刊有《断肠词》一卷，存词三十一首。在宋代女词人中，成就仅次于李清照。清人陈廷焯说：“朱淑真词风致之佳，情词之妙，真不亚于易安。宋妇人能诗词者不少，易安为冠，次则朱淑真，次则魏夫人也。”（见《词坛丛话》）

清平乐

夏日游湖

恼烟撩露①，留我须臾住②。携手藕花湖上路，一霎黄梅细雨。　　娇痴不怕人猜，和衣醉倒人怀③。最是分携时候④，归来懒傍妆台。

【注释】

①恼：撩惹，即惹人烦恼。

②须臾：片刻。

③“和衣”句：一作“随群暂遣愁怀”。

④分携：分手。

【评析】

此词写游西湖时产生的闲愁幽怨。上阕首二句先写湖上含烟带露的荷花，景色绝佳，可是只能留人稍住，而不能永远欣赏，故着以“恼”“撩”二字，犹言韶光无赖，令人情怀不惬。第三句点明“藕花”，前面的“烟”“露”至此便有所着落。荷花盛开，结伴游赏，本是快乐的事情，可是一会儿又下起黄梅细雨，令人不快，此处正是对首二句作时间和情绪上的补充。“一霎”，就是

"须臾"。"细雨",更增添人的烦恼。过片首句写女子的性格极为鲜明,在一起游湖时她娇小天真,无拘无束,不怕别人说长道短。清人吴衡照《莲子居词话》将此句与李清照相比,说:"易安'眼波才动被人猜',淑真'娇痴不怕人猜',放诞得妙,均善于言情。"说明她俩描写艳情时皆很大胆放纵,毫无顾忌。"和衣醉倒人怀",则具体写其放纵之态。明人沈际飞对此十分肯定,并引《地驱乐歌》相比,其歌曰:"枕郎左臂,随郎转侧,摩将郎须,看郎颜色。"又说:"《诗归》谓其千情万态,可作风流中经史,《注疏》'和衣倾倒',谓不可训,迂哉!"淑真此句够大胆,沈氏所评,也很大胆,充满了反封建精神,可算体现了人性的真实,在词史上实为罕见。最后二句的"分携"与前面"携手"相呼应,说明和所爱之人分别之后回到家中,顿感孤单无聊。"懒傍妆台",有《诗经·伯兮》"岂无膏沐,谁适为容"之意。全词结构严谨,前后呼应,个性鲜明,感情深挚,在女词人中不可多得。

减字木兰花

春怨

独行独坐,独倡独酬还独卧[①]。伫立伤神,无奈轻寒着摸人[②]。　　此情谁见?泪洗残妆无一半。愁病相仍[③],剔尽寒灯梦不成。

【注释】

①倡:即唱。《诗经·郑风·萚兮》:"叔兮伯兮,倡予和女(汝)。"酬:即和。此谓自唱自和。

②着摸:即捉摸、撩惹、沾惹的意思。

③相仍:相因,有前后相续的意思。

【评析】

这是一首抒写春怨之作。上阕首二句从诗词唱和、行走坐卧等各个方面来写自己的孤独无聊。两句共十一个字,却有五个“独”字,并由“独”字组成五组短语,首先在音节上就显得很特别,因而很深刻地反映了词人所嫁非偶的痛苦心情。三、四两句在字面上虽无“独”字,而所写的仍是孤独的感情。“伫立伤神”,是说她一个人在那里久久站立,黯然魂销。“无奈轻寒着摸人”,是说自己长时间地站立,对寒风的侵袭感到无可奈何,然而轻寒却偏要来撩惹,一腔幽怨,凄然言外。此句在诗词界影响甚大,清·吴衡照《莲子居词话》云:“朱淑真词‘无奈轻寒着摸人’,孔平仲、彭汝砺皆用之。”孔平仲、彭汝砺皆哲宗时人,生平在朱淑真之前,可见是朱淑真用他们诗中的成句,却是恰到好处,宛如己出。下阕写词人回到室内,依旧孤独无依。“此情谁见,泪洗残妆无一半”,是倒装句,说她由于泪流不止,脸上的脂粉几乎被泪水洗净,可是这种情形有谁看见?语极沉痛,仍不离“独”字。结尾二句写词人多愁亦复多病,深夜孤眠,独对寒灯,想到梦中一寻伴侣,然而却是“剔尽寒灯梦不成”。至此,“独”字的意境已写足。全词通过叙事来抒情,布局谨严,层次分明:以时间言,由白天到夜晚,以空间言,由室外到室内,步步开掘,将人物内心的感情刻画得极其细腻。

谒金门

春半

春已半,触目此情无限①。十二阑干闲倚遍②,愁来天不管。　　好是风和日暖,输与莺莺燕燕③。满院落花帘不卷,断肠芳草远。

【注释】

①此情:指春愁。

②十二阑干:见前欧阳修〔少年游〕注①。

③输与:比不上、还不如。

【评析】

此词抒写女子闺中春愁。上阕说仲春时节，春天已过去一半，一眼望去，到处都是无限的春愁。即使她倚栏闲眺，想摆脱春愁，然而总无法摆脱。“愁来天不管”，语言质朴，直抒胸臆，常受前人称赞。下阕写女子见到风和日暖的大好春光，却不能尽情游赏，还不如那些成双作对的莺莺燕燕。以鸟儿的自由烘托女子被深锁闺门的痛苦，极富于形象性。语言颇似陈亮〔水龙吟·春恨〕所说的“恨芳菲世界，游人未赏，都付与、莺和燕”。唯思想境界没有陈词高远。此种意象也见之于她的诗，其《恨春五首》之二云：“莺莺燕燕休相笑，试与单栖各自知。”结尾二句进一步写女子闭门独坐，远忆征人。“满院落花帘不卷”，如唐·刘方平的《春怨》诗“寂寞空庭春欲晚，梨花满地不开门”，李重元〔怨王孙〕词“雨打梨花深闭门”，寓情于景，意境深远。接着“断肠芳草远”，以景结情，情融于景，含有有余不尽的韵味。似乎她自己对此也很欣赏，其《晚春有感》诗云：“断肠芳草连天碧，春不归来梦不通。”亦此意。全词艺术水平甚高，颇受清人陈廷焯称许，他在《白雨斋词话》卷二中说：“朱淑真词，才力不逮易安（李清照），然规模唐五代，不失分寸。如‘年年玉镜台’‘春已半’等篇，殊不让和凝、李珣辈。惟骨韵不高，可称小品。”说明朱淑真的词，风格似花间派，而其成就也与某些花间词人不相上下。但情绪低沉，骨韵柔弱，反映了这位女性词人悲惨的身世与脆弱的个性。

眼儿媚

迟迟春日弄轻柔[①]，花径暗香流。清明过了，不堪回首，云锁朱楼[②]。　　午窗睡起莺声巧，何处唤春愁？绿杨影里，海棠亭畔，红杏梢头。

【注释】

①迟迟春日：谓春天的太阳运行迟缓。《诗经·豳风·七月》："春日迟迟，采蘩祁祁。"弄轻柔：谓温暖的阳光在温柔地抚弄花草。

②朱楼：犹红楼，指富家女子的住所。

【评析】

此词写词人的春愁。上阕写春日初长，和风送暖，花草的香气于暗中轻轻袭来。"清明"三句，写词人在明媚的春光中回首往事而愁绪万端。"云锁朱楼"句，实际上也反映出词人心灵所蒙上的阴云。下阕写词人午睡正浓，被莺声唤醒，于是春愁也随之而来。词意如秦观〔海棠春〕词："流莺窗外啼声巧，睡未足，把人惊觉。"结尾三个叠句，是对"何处唤春愁"的回答，就是说春愁从"绿杨影里，海棠亭畔，红杏梢头"被唤回来了。为什么那里会有春愁？因为清明过了，必将出现绿暗红稀或红愁绿惨的景象。这三个叠句是采取逐步加强的方法，以强调春愁之重。其句法同僧仲殊〔诉衷情〕词"三千粉黛，十二阑干，一片云头"极相似。然而从画面来讲，则更为鲜艳、明丽。全词极有层次，从感到暖意，写到嗅着暗香，听见莺啼，最后则写出红红绿绿的色彩，构成一幅鸟语花香的图画。

赵彦端

赵彦端(1121—1175),字德庄,号介庵,宋宗室,魏王赵廷美七世孙,鄱阳(今属江西)人,绍兴八年(1138)中进士,历任左修职郎、钱塘县主簿、江南东路转运副使、福建东路转运副使等职。乾道六年(1170),以直宝文阁知建宁府,终左司郎官。著有《介庵集》,不传。词风婉约清雅,有《介庵琴趣》。

谒金门

休相忆,明夜远如今日。楼外绿烟村幂幂[①],花飞如许急。　　柳外晚来船集[②],波底夕阳红湿[③]。送尽去云成独立,酒醒愁又入。

【注释】

①幂幂(mì mì):笼罩、覆盖貌。

②柳外:一作"柳岸"。

③夕阳:一作"斜阳"。

【评析】

南宋·张端义《贵耳集》说:"德庄,宗室之秀,赋西湖〔谒金门〕云:'波底夕阳红湿',阜陵(高宗)问:'谁词?'答云:'彦端所作。'上曰:'我家里人也会作此等语!'喜甚。"此词的背景是西湖,所咏的是离愁,劈头一句"休相忆",直抒胸臆,同孙光宪〔谒金门〕起首"留不得"句同一格局。"明夜远如今日",是说去者愈去愈远,即使"相忆"也无法将他留住,因而作此反语,其实正表现了相忆的深切。接下去两句写词中女主人公倚楼远望,只见楼外的杨柳绿烟浓重,把座座村落笼罩起来;而俯视近处,又只见落花在东风中急速地飞舞。所写的是景,而惜别伤春之情,自然流于言外。然而去者自去,来者自来,这时从柳阴外边来了一艘一艘船只,意味着他人都纷纷归来了。在此强烈对比之下，女主人公心头怎不充满悲哀？下面一句是全词的警策，它与李清照〔浣溪沙〕“黄昏疏雨湿秋千”中的“湿”字，同受前人称赞，但亦有所本，宋人陈鹄说：“赵德庄词‘波底夕阳红湿’，‘红湿’二字，以为新奇，不知盖用李后主‘细雨湿流光’（按：当为冯延巳〔南乡子〕词）与《花间集》‘一帘疏雨湿春愁’之‘湿’。”（见《耆旧续闻》）不管怎样，这个“湿”字用得确实很好，它真切地写出了夕阳倒映在湖中所给予人的主观感受：既红且湿，似乎可以让人触摸得到。最后二句写主人公仰观长空，目送飞云，直到云尽。这个“去云”正象征着已去之人，所以云去之后，他更感到独立无依。于是便试图以酒消愁，可是“酒醒愁又入”，离愁终难排遣。此处虽是以情语作结，但仍余味无穷，同那些以景语作结的词相比，也毫不逊色。

林 仰

林仰，字少瞻，福州长溪（在今福建霞浦县）人，绍兴十五年（1145）进士，曾为袁州宜春县尉。绍兴三十二年（1162），监登闻鼓院。存词一首。

少年游

早行

霁霞散晓月犹明①，疏木挂残星②。山径人稀，翠萝深处③，啼鸟两三声。　　霜华重迫驼裘冷④，心共马蹄轻。十里青山，一溪流水，都做许多情！

【注释】

①霁霞：晴空中的朝霞。

②疏木：指稀疏的树梢。

③萝：植物名，即女萝，一称薜萝，有藤蔓。

④驼裘：骆驼皮袄。

【评析】

这首词写清早在深山里行走的旅情。上阕首二句先写天空：朝霞方散，晓月犹明，几颗残星，高挂在稀疏的树梢上。接下去三句写山中：小径上行人稀少，两边是层层茂密的翠萝，翠萝深处，时而传来两三声鸟鸣，使山间显得分外幽静。这段写景文字，从空中到地下，都突出了一个“幽”字。范晞文《对床夜语》说：“‘风定花犹落，鸟鸣山更幽’，前辈谓上句置静意于动中，下句置动意于静中。”此词正是采用了以动衬静的手法，令人有身临其境之感。下阕写旅情，词人独自走在深山古坳，晨霜下降，虽然穿着驼毛皮衣，也觉得冷不可挡，然而他还是让马儿快跑。在前一句中，用一“重”字，以显示霜华的凛冽，后一句中用了一个“轻”字，以描写行走的疾速，两者对比得非常自然而又妥帖。

结尾三句用“十里青山，一溪流水”，也是比喻悠悠不尽的旅情，亦含蓄得妙，令人回味无穷。我们不妨拿它与温庭筠的《商山早行》诗对读，则体会可能更深一层。

向　滈

向滈(一作"镐",生卒年不详),字丰之,河内(今河南省沁阳县)人,向太后母家之后裔,从王卢溪(庭珪)游。卢溪生于神宗元丰二年(1079),卒于孝宗乾道七年(1171),丰之生时与之约相当,惜早亡。著有《乐斋词》(一作《喜乐词》)一卷。

卜算子

寄内①

休逞一灵心,争甚闲言语!十一年间并枕时,没个牵情处?　　四岁学言儿,七岁娇痴女②。说与傍人也断肠,你自思量取③。

原注:士平四岁解言,道庆七岁犹痴,皆病损,又是孺人所妳,故特及之尔。④

【注释】

①寄内:寄给妻子。古代称妻子为内人。

②娇痴:娇小天真,未知世故。

③取:语助词,犹今语"着"字。

④士平、道庆:皆人名,作者的儿女。孺人:宋代朝廷所封命妇,通直郎以上的眷属封"孺人"。一般指母亲或妻子。妳(nǎi):通"奶",此指哺育。

【评析】

据《湖海新闻夷坚续志》前集载,向滈"才调绝高,贫穷则甚","一日,妇翁恶其穷,夺其妻以嫁别人,丰之听其去,作一〔卜算子〕小词在其箧中","闻之令人鼻酸。后其妻见其词,毅然而归,与之偕老"。这首词风格特异,不写风花雪月,不写闺情闺怨,而是写一个穷秀才不幸的生活遭遇。上阕是在责备妻子,不要卖弄聪明,任性而为,我没有什么闲话好同你争论。难道做了十一年夫妻,竟没有一点牵动你感情之处?这是用夫妻之情在打动对方。下阕是说孩子都很小,而且不懂事,他们那样可怜,说给别人听了也会感到心酸,你自己想想吧!这是在用儿女之情打动对方。词里言之不足,便加附注说明。至此,一个贫穷而又善良的丈夫的内心世界便和盘托出。词中全用白描,语言朴实,词人心里怎么想,笔下就怎么写,因而显得特别真实亲切,感人至深,"闻之令人鼻酸"。

陆 游

陆游(1125—1210),字务观,晚号放翁,山阴(今浙江绍兴)人。以荫补登仕郎,历枢密院编修官。绍兴三十二年(1162),赐进士出身,后任镇江通判。乾道间,王炎为四川宣抚使时,辟他为幕僚。淳熙间,范成大帅蜀时,他为参议官。后召回临安。嘉泰初,同修国史,升宝谟阁待制。晚年居山阴。他是南宋著名爱国诗人,有《渭南文集》《剑南诗稿》。其诗由江西派入,而不由江西派出,精能圆熟,自成一家。有《放翁词》。刘克庄说:"放翁长短句,其激昂慷慨者,稼轩不能过;飘逸高妙者,与陈简斋(与义)、朱希真(敦儒)相颉颃;流丽绵密者,欲出晏叔原、贺方回之上,而歌之者绝少。"(《后村诗话》)他的词风兼有婉约与豪放两方面的特点,故《四库提要》说:"游欲驿骑东坡、淮海之间,故奄有其胜,而皆不能造其极。"词的内容和诗相似,充满寤寐不忘中原的感慨。一些言情之作,也寄托爱国思想。有的词则萧飒衰颓,带有隐士气息。

诉衷情

当年万里觅封侯[①],匹马戍梁州[②]。关河梦断何处[③]?尘暗旧貂裘[④]。　　胡未灭,鬓先秋[⑤],泪空流。此生谁料,心在天山[⑥],身老沧洲[⑦]。

【注释】

①万里觅封侯:指立功万里之外。《后汉书·班超传》记班超投笔从戎时说:"大丈夫无它志略,犹当效傅介子、张骞立功异域,以取封侯,安能久事笔砚间乎!"此指到南郑为王炎幕僚事。

②戍:戍守。梁州:故址在今陕西省南郑县东,当时是南宋与金人对峙的前线。

③关河:关塞河防,此指抗金前线。梦断:梦醒。

④貂裘：貂皮衣服。《战国策·秦策》："（苏秦）说秦王书十上，而说不行。黑貂之裘弊，黄金百斤尽，资用乏绝，去秦而归。"此喻政治上失意。

⑤鬓先秋：鬓先白。植物至秋黄落，故用以为喻。

⑥天山：古代亦称祁连山，在今新疆境内。《新唐书·薛仁贵传》载军中歌曰："将军三箭定天山，壮士长歌入汉关。"边塞：此处指抗金前线。

⑦沧洲：滨水之地，隐者所居。此指作者故乡绍兴鉴湖之滨。

【评析】

这首词当作于孝宗淳熙十六年（1189）作者罢归山阴以后。上阕回忆四十八岁时参加王炎幕府、活跃在南郑前线的战斗生活。那时他到过仙人原、黄花驿，参加过强渡渭水和大散关的遭遇战。正当王炎、陆游以为长安克日可下的时候，宋廷下令，调陆游为成都府路安抚使参议官，于是他失意而去。前二句描写了词人的勃勃英姿。后二句描写希望的破灭。"尘暗"句，用了苏秦游说失败的典故，但不晦涩，同他的《剑门道中遇微雨》诗所写的"衣上征尘杂酒痕，远游无处不销魂"完全相似，但调子更为激昂慷慨。下阕是写罢归山阴的感慨，敌人未灭，鬓已先秋，每念及此，热泪双流。结尾三句说虽然身老鉴湖一曲，此心却在抗金前线，依旧是壮志难酬的感喟。故俞平伯云："有'老骥伏枥，志在千里'意。"（见《唐宋词选释》）这首小词声情相称，神完气足，清空一气，明白如话，抒发了到老不忘匡复的豪情壮志，富有爱国主义激情。词旨沉郁，风格豪放，与苏辛词颇为接近。

秋波媚

七月十六日晚，登高兴亭望长安南山①

秋到边城角声哀，烽火照高台②。悲歌击筑③，凭高酹酒[4]，此兴悠哉！　　多情谁似南山月[5]，特地暮云开。灞桥烟柳[6]，曲江池馆[7]，应待人来！

【注释】

①高兴亭：在南郑子城西北，向北正对终南山。

②烽火：古代报警的信号，军情紧急时，连举三火；前方无事时，只举一火，称"平安火"。作者《感旧》诗自注："平安火并南山来，至山南城下。"又《辛丑正月三日雪》诗自注："予从戎日，尝大雪中登兴元城上高兴亭，待平安火至。"

③击筑：《史记·游侠列传》："荆轲嗜酒，日与狗屠及高渐离饮于燕市，酒酣以往，高渐离击筑，荆轲和而歌于市中，相乐也。"筑：古代弦乐器。以竹击之，故名筑。

④酹酒：把酒洒在地上表示祭奠或立誓。

⑤南山：即终南山。

⑥灞桥烟柳：灞桥在今陕西西安城东二十五里，汉唐时送客至此，常折柳赠别。

⑦曲江：池名。在今西安东南大雁塔附近，唐明皇时疏凿，为游览胜地。

【评析】

这首词作于乾道八年(1172)七月十六日，写准备进攻长安前的兴奋心情。据《宋史》本传载，陆游这时在南郑，向川陕宣抚使王炎献策，"以为经略中原，必自长安始；取长安，必自陇右始"。王炎颇为赞同，幕中充满了胜利的预感，这些在词中得到艺术地表现。上阕写登临高兴亭的所见所闻：秋天的边城上，不断传来悲凉的画角声；从终南山传来的平安火也不断地照耀着高兴亭。这时，词人和他的战友们心潮澎湃，慷慨悲歌，洒酒盟誓。下阕写词人向北方瞭望的情景。终南山上的月亮，似乎也理解战士们的心情，特地拨开乌云，放出耀眼的银辉。于是，词人联想到长安的灞桥杨柳和曲江池馆也许在期待我们的到来。词人不说自己想恢复中原，而托言故土有情。词意婉曲，反映了深挚的爱国主义感情。〔秋波媚〕，一名〔眼儿媚〕，人们常用来描摹婉丽的艳情，此处却用以抒发战斗豪情，词调与声情虽有未称，然就文字表现来讲，却朗朗上口，一气呵成，读后让人感到有股强烈的感情激荡心胸。

夜游宫

宫词

独夜寒侵翠被，奈幽梦、不成还起。欲写新愁泪满纸。忆承恩，叹余生，今至此。　　簌簌灯花坠①，问此际、报人何事？咫尺长门过万里②。恨君心，似危栏，难久倚。

【注释】

①簌簌：形容灯花不时坠落的状态。

②咫尺长门：西汉陈皇后，小字阿娇，本受武帝宠幸，后被冷落，居长门宫。故宋·王安石《明妃曲》云："君不见咫尺长门闭阿娇，人生失意无南北。"

【评析】

据夏承焘先生说："此词慨叹王炎之君臣遇合，亦即自悼壮志不酬。(《放翁词编年笺注》上卷)乾道间，王炎深受孝宗信任，出镇汉中，本欲从西北突破金人防线，经略中原。乾道八年(1172)，陆游至南郑，在王炎幕下任"干办公事"，曾献进攻策略。可是到了这年九月，孝宗突然变卦，将王炎调离前线，陆游随即转往成都。这首词作者即以失宠嫔妃自喻，认为皇帝的心情反复无常，不可凭信。上阕写嫔妃被冷落在长门宫中，夜阑孤栖，寒气袭人。"奈幽梦"二句，语极沉痛，谓理想在现实中无法实现，唯有到梦中去追寻，然而梦亦难成。说明词人报国的希望几乎彻底破灭。"欲写新愁泪满纸"，似李清照〔武陵春〕的"欲语泪先流”。“忆承恩”句,言犹未尽,可参看作者《长门怨》诗云“早知获谴速,悔不承恩迟”,怨恨之深,渗透纸背。下阕写嫔妃清宵无寐,独对残灯。灯花簌簌地落下,古时以为是来报喜的。可是这时她被冷落一旁,无喜可报。所以借嫔妃口气问一句:“报人何事?”以喜兆反衬悲情,更见怨恨之深。“咫尺”句,借喻朝廷近在咫尺,但失宠以后,不可复见,以“咫尺”与“万里”对举,正可以比喻君臣隔阂之深。最后三句,将君心比作“危栏”,并说不可久倚,识见非常深刻,比喻贴切而富于形象性。作者以“宫词”的形式,抒发政治上的悲哀,在词的发展史上,可称创举。其好处还在于不是呼号叫嚣,剑拔弩张,而是自然婉转,深挚动人,比之《花间》词要健康得多,比豪放派的苏、辛,也较细腻委婉。这是陆游词的特色之一。

清商怨

葭萌驿作①

江头日暮痛饮,乍雪晴犹凛。山驿凄凉,灯昏人独寝。　鸳机新寄断锦②,叹往事,不堪重省③。梦破南楼,绿云堆一枕④。

【注释】

①葭(jiā)萌:古城名,故址在今四川省广元县西南。

②鸳机:织布机,用苏蕙织锦为回文诗以寄其夫窦滔的故事,见前晏几道〔清平乐〕(留人不住)注②。断锦:犹言断织。用乐羊子的妻子引刀断织的故事,见《后汉书·列女传》。此谓对方寄书表示绝决。

③重省:回顾。

④绿云:喻女子浓密的黑发。

【评析】

此词作于乾道八年(1172)十一月自南郑调往成都途中。上阕写词人中途旅居山中驿站,雪后严寒,饮酒取暖。“山驿”二句,描写了客中的凄凉况味。下阕写当日南楼同枕,绿云缭绕,海誓山盟,恩情款洽,可是此刻寄来锦书,告以恩断义绝,顿令人不堪忍受。这里用传统的“比兴”手法,写在南郑时的政治失意。那时陆游所在的王炎幕府,秉承孝宗旨意,准备由长安方向进攻金人;可是不久,孝宗又下令调走王炎,一切都成泡影。因而词人托诸艳情,抒写政治理想破灭的苦闷,寓意深远,感情沉痛。读了这首词,可以想见当时词人“又悲愤、又伤感、又沉郁、又婉约的复杂心情”。(见朱东润注《陆游选集·词选》)

鹊桥仙

夜闻杜鹃

茅檐人静,蓬窗灯暗[①],春晚连江风雨。林莺巢燕总无声[②],但月夜、常啼杜宇[③]。 催成清泪,惊残孤梦,又拣深枝飞去。故山犹自不堪听[④],况半世、飘然羁旅!

【注释】

①蓬窗:犹蓬户,用蓬草编成的门窗,形容居室的简陋。

②林莺巢燕:林中之莺、巢中之燕。

③杜宇:即杜鹃鸟,相传是古蜀帝杜宇精灵所化,故名。(见《华阳国志》)

④故山:故乡。指山阴。

【评析】

此词作于乾道九年(1173)以后,在蜀中范成大幕下任参议时。上阕写在暮春风雨之夕,茅屋里一灯如豆,夜阑人静,词人谛听窗子内外，黄莺栖息在林中，紫燕栖息在梁上，一点声息也没有，只有当月亮出来的时候，才听到一声声杜鹃的啼叫。这里是以林莺、巢燕安居的背景烘托杜鹃的鸣声，因而突出了词人夜闻杜鹃的感受，为下阕作了有力的铺垫。“催成清泪，惊残孤梦”，是写杜鹃的鸣声作用于词人感情的结果。相传杜鹃鸣声凄厉，易动旅客归思，因而这两句的意思也就是说词人在思念自己的故乡。“又拣深枝飞去”，反衬杜鹃似乎是故意撩人，表达了词人无可奈何的心境。“故山”二句承“孤梦”而来，点明词人此刻身在他乡，道路辛苦，身世苍茫。明·卓人月说：“去国怀乡之思，触绪纷来，读之令人於悒！”（见《古今词统》）词中这种去国离乡之思都是通过夜闻杜鹃反映出来的，而杜鹃又是蜀中寓有传说的鸟，因而此词富于地方特色，切合词人此时此刻特定的心情，而且风格深沉郁勃，毫无纤弱柔靡之感。

卜算子

咏梅

驿外断桥边[①]，寂寞开无主[②]。已是黄昏独自愁，更著风和雨[③]。　　无意苦争春[④]，一任群芳妒。零落成泥碾作尘，只有香如故。

【注释】

①驿：驿站，见前温庭筠〔菩萨蛮〕（宝函钿雀）注③。

②无主：无人过问。

③更著：谓又遭受。著，同“着”。

④苦：苦苦地，意犹竭力。

【评析】

这首托物言志的小词，是古典诗词中不可多得的咏梅佳作。唐圭璋先生云：“此首咏梅，取神不取貌。梅之高格劲节，皆能显出。”(《唐宋词简释》)在作者一百多首咏梅诗词中,也是思想性最高、艺术性最强的作品。词中以梅花坚贞高洁的气质,象征作者自己孤高耿介、不与投降派同流合污的性格。起首二句写梅花开在驿外断桥边,而不开在玉堂金屋里,以喻自己满怀报国壮志,无人赏识,中途罢归山阴,投闲置散。以下二句从处境到遭遇,写梅花在昏暗的黄昏时刻,已不胜忧愁,偏偏又遭风雨的侵袭,其惨痛可知。极富象征性地写出了词人所处的风雨如磐的时代气氛:外有金人侵凌,内有奸臣当道,主战派和爱国志士横遭政治风雨的袭击。换言之,整个上阕是重在铺叙典型环境;到了下阕,则重在刻画典型性格。“无意苦争春,一任群芳妒”,描绘了梅花傲霜斗雪而不去争春斗艳的铮铮铁骨和高贵品格。明·钱允治评曰:“言梅虽零落,而香不替如初,岂群芳所能妒乎?”(《类编笺释草堂诗余》)这是比喻词人跟投降派不合作的态度。结尾二句把梅花的性格写到了光辉的顶点。梅花纵然飘落在地,被人践踏,碾作尘土,但彻骨清香仍和从前一样。词人以此明志,表示不管遭到任何险恶的命运,甚至粉身碎骨,他的高风亮节、爱国情怀都不会有丝毫改变。所以前人称赞说:“末句想见劲节。”(卓人月《古今词统》)乾道九年(1173),词人作有《言怀》诗云:“兰碎作香尘,竹裂成直纹。炎火炽昆冈,美玉不受焚。”所抒发的是同样坚贞不渝的感情。

范成大

范成大(1126—1198),字致能,号石湖居士,吴郡(今江苏苏州)人。高宗绍兴二十四年(1154)进士,官至参知政事。曾守蜀郡,后出使金国,晚年退居故乡石湖。他是南宋著名诗人,尤以田园诗成就较高。使金时所成纪行绝句七十二首,反映了沦陷区人民渴望恢复的心情。有《范石湖诗集》及《石湖词》。清·陈廷焯说:"石湖词音节最婉转,读稼轩词后读石湖词,令人心平气和。"(见《白雨斋词话》)其词虽不及辛词激昂,然时有感慨悲凉之音。小词写景状物,亦情韵兼胜。姜夔曾相与酬唱,在词风方面受他一些影响。

眼儿媚

萍乡道中乍晴,卧舆中。困甚,小憩柳塘[1]

酣酣日脚紫烟浮[2],妍暖破轻裘[3]。困人天色,醉人花气,午梦扶头[4]。　　春慵恰似春塘水,一片縠纹愁[5]。溶溶泄泄[6],东风无力,欲皱还休。

【注释】

①萍乡:县名,今属江西省。舆:肩舆,用人力抬的代步工具,犹后来的轿子。小憩:稍事休息。

②酣酣:形容浓烈的样子。日脚:穿过云层向下照射的日光。唐·岑参《送李司谏归京》诗:"雨过风头黑,云开日脚黄。"

③妍暖:风和日丽。破轻裘:谓敞开皮衣。

④扶头:易醉之酒,此喻花气浓香。唐·姚合《答友人招游》诗:"沽酒自扶头。"

⑤縠纹:像绉纱似的波纹。縠(hú):有纹的纱布。

⑥溶溶泄泄(yì):缓缓流动貌。

【评析】

据作者《骖鸾录》记载："乾道癸巳(1173)闰正月二十六日,宿萍乡县,泊萍实驿。"词盖作于此时。黄昇《花庵词选》云："词意清婉,咏味之如在画图中。"可见颇富诗情画意。上阕写词人坐在小轿中昏昏欲睡的状态。当时强烈的阳光穿过云层照在地面上,浮起一阵紫烟,词人感到分外暖和,解开了上身的皮衣。"妍暖破轻裘",写得极有味。以下三句写词人在轿中渐渐入睡。过片用"春慵"比作"春塘水",益以"溶溶泄泄""欲皱还休",则觉睡态可掬。秦观〔浣溪沙〕(漠漠轻寒)云"自在飞花轻似梦,无边丝雨细如愁",是以具体事物比抽象的感情,此处则以人物的状态比喻具体的景色,俱收到形象逼真,宛然可见的效果。看来,作者对这样的比喻很有些偏爱,其〔谒金门〕(塘水碧)一词中曾再次写道："泥泥縠纹无气力,东风如爱惜。"语言相似而略加变化,但只限于状物而未能写人。相比起来,还是这里写得较好。此词结构完整,文理细密,曾得前人好评。清·况周颐说："词亦文之一体,昔人名作,亦有脉理可寻,所谓'蛇灰蚓线'之妙。如范石湖〔眼儿媚·萍乡道中〕云云,'春慵'紧接'困'字、'醉'字来,细极。"(《蕙风词语》卷二)由于天气困人,花香醉人,所以令人感到慵怠无力。词人用形象的语言刻画了春日的倦怠,颇符合生活逻辑。而词之结构亦上下呼应,自然缜密,无怪乎受到况氏的称赞。

醉落魄

栖乌飞绝[①],绛河绿雾星明灭[②]。烧香曳簟眠清樾[③]。花影吹笙,满地淡黄月。　　好风碎竹声如雪,昭华三弄临风咽[④]。鬓丝撩乱纶巾折[⑤]。凉满北窗,休共软红说[⑥]。

【注释】

①栖乌飞绝:指乌鸦都已归巢。

②绛河:即银河。王维《同崔员外秋宵寓直》诗:"月迥藏珠斗,云消出绛河。"明灭:忽明忽暗。

③簟:竹席。清樾:清凉的树阴。樾:两棵树枝相连构成的树阴。

④昭华:乐器名。即玉管,此指笙。三弄:指《梅花三弄》,笛曲名。

⑤纶巾:配有丝带的头巾。

⑥软红:谓繁华的都市。苏轼《次韵蒋颖叔钱穆父从驾景灵宫》诗:"软红犹恋属车尘。"自注:"前辈戏语,'有西湖风月,不如东华软红香土'。"

【评析】

此词写夜闻吹笙。清·宋翔凤说:"高江村(士奇)曰:'"笙"字疑当作"帘",不然,与下"昭华"句相犯。'按:高说非也。此词正咏吹笙。上解从夜中情景点出吹笙。下解'好风碎竹声如雪',写笙声也。'昭华三弄临风咽',吹已止也。'鬓丝撩乱',言执笙而吹者,其竹参差,时时侵鬓也,如吹时风来,则'纶巾折',知'凉满北窗'也。若易去'笙'字,则后解全无意味,且花影如何吹帘?语更不属。"(《乐府余论》)他把此词的上下解(阕)分析得十分详细,且颇有见地。"花影吹笙,满地淡黄月",陆辅之《词旨》列为警句。为什么被称为警句?俞陛云释云:"'淡黄月'句,已颇清新,更有吹笙人在花影中,风情绝妙。"(见《宋词选释》)这两句确实富于意境,与陈与义〔临江仙〕"杏花疏影里,吹笛到天明",有异曲同工之致。结句"凉满北窗,休共软红说",则有超尘出世、作羲皇上人的感觉。总之,词中描写了清幽的夜景、优美的乐声以及清夜闻笙的心境。这样的格调同姜夔的某些词作极为相似,实际上是词的诗化。

严蕊，字幼芳，天台（今浙江县名）营妓。周密《齐东野语》卷二十说她“善琴弈、歌舞、丝竹、书画，色艺冠一时。间作诗词，有新语。颇通古今”。传词三首。

卜算子

不是爱风尘[①]，似被前缘误[②]。花落花开自有时，总赖东君主[③]。　　去也终须去，住也如何住！若得山花插满头，莫问奴归处。

【注释】

①风尘：喻娼妓生活。

②前缘：前世因缘，犹云命中注定。一作“前身”。

③东君：司春之神，借指主管妓女的地方官吏。

【评析】

据宋人周密《齐东野语》卷二十载，台州太守唐与正尝在酒边命严蕊赋红白桃花。其后朱熹以使节行部至台州，欲摭与正之罪，遂指其尝与严蕊“为滥”，系蕊月余。蕊虽备受箠楚，而一语不及唐。未几，朱熹调离，而岳霖接替，命她作词自陈。蕊略一构思，即口占此词。词中反映了一个下层人民反抗压迫，渴望自由的思想。上阕首二句说自己沦落风尘，不是出于本愿和爱好，而是命运不好，其中着一“似”字，很能引起人们的深思，它向读者暗示产生妓女的社会原因，申明善良的女性是无罪的。第三句作者以“花落”比喻自己身陷囹圄，“花开”比喻获得自由。“自有时”是说顺应自然时序的安排。第四句是以春神“东君”比喻清官，希望岳霖为自己作主，拯救她脱离苦海。下阕首二句写牢狱终须离开，在这里是没法再住下去的，词人以坚定的语气表达了对自由幸福的渴望。最后二句是说若能获得释放，情愿卸去艳妆，头插山花过着自由自在的山村生活，到那时人们也不必问我归向何处。结句深沉有力，不卑不亢，把上阕要求释放的信念升华为向往自由的理想，从而使作品的主题更加深化。“归处”不须问，是由于环境所逼，不便直言，提出“莫问”，表明她渴望保持人格尊严。整首词是一份申诉书，语言明快犀利，感情委婉而又强烈，它可以帮助人们认识那个吃人的社会，了解那些被侮辱、被损害的女性心声。

张孝祥

张孝祥(1132—1170),字安国,生于鄞县(今浙江宁波),移居历阳(今安徽和县)。高宗绍兴二十四年(1154)举进士第一。孝宗朝,历任中书舍人、直学士院。在建康留守任内,因力主张浚北伐而罢职。又因上疏言岳飞之冤而下狱。诗文均有名于当世,谢尧仁为其《于湖居士文集》作序说:"自渡江以来,将近百年,唯先生文章翰墨,为当代独步。"在词坛上与张元幹并称,其《于湖词》中有长调《六州歌头》(长淮望断)、《水调歌头》(雪洗虏尘净)等爱国名篇。然风格亦多样,陈应行说:"读之泠然洒然,真非烟火食人辞语。予虽不及识荆,然其萧散出尘之姿,自在如神之笔,迈往凌云之气,犹可以想见也。"(见《于湖词序》)其词上追苏东坡,下开辛稼轩,是一位承上启下的豪放派词人。

浣溪沙

霜日明霄水蘸空①,鸣鞘声里绣旗红②。淡烟衰草有无中。　　万里中原烽火北,一尊浊酒戍楼东③。酒阑挥泪向悲风④。

【注释】

①霜日:指秋天。明霄:晴朗的天空。水蘸空:形容天空明净像蘸了水一般。沾染,沾取液体称蘸(zhàn)。

②鸣鞘:指行军时剑在鞘中发出响声。

③戍楼:军队驻防的城楼。

④酒阑:即酒已饮残。《史记·高祖本纪》裴骃集解:"阑,言半也,谓饮酒者半罢半在,谓之阑。"

【评析】

明·毛晋汲古阁本调下题作"荆州约马举先登城楼观塞"。

马举先，不详何人，然可证此词系作者于孝宗乾道四年（1168）秋天在荆州（今湖北省江陵县）登城楼时所作。那时荆州是南宋的边防，词人登楼视察，热血沸腾。起首二句写秋天的晴空一碧如水，一支雄赳赳的军队正开赴前线。“鸣鞘”，即“宝剑匣中鸣”的意思，用以象征士气昂扬。“绣旗红”，亦用以壮军威。这里语言不多，却展示了一幅雄伟的画面。第三句写词人极目远望，只见淡烟衰草，若有若无，说明在宋金交界之处，是一片荒凉的战场。下阕首句紧承上阕，说被金人占领的万里中原还远在前线的北面，这里暗喻收复失地之难以及怀念遗民之殷。于是迸出以下二句：“一尊浊酒戍楼东”，写心头无限沉痛，不得不用酒来排遣；“酒阑挥泪向悲风”，是向中原父老一申怀念之情。全词充满了强烈的爱国感情，清·冯煦说：“（浣溪沙）之‘霜日明霄’一首，率皆睠怀君国之作。”（见《六十一家词选例言》）正是指的这一点。词中实际上也刻画了词人的自我形象，清·陈廷焯说：“张安国词，热肠郁思，可想见其为人。”（见《白雨斋词话》卷一）我们细读此词，可以感觉到词人以一高级军官的姿态在检阅军队、视察前线，也可感到此刻的词人抑制不住心头的激动，热泪滚滚，确实具有一股感发人心的力量。此词词气慷慨，风格雄浑，是一首豪放沉郁的作品。

西江月

丹阳湖[①]

问讯湖边春色，重来又是三年。东风吹我过湖船，杨柳丝丝拂面。　　世路如今已惯[②]，此心到处悠然[③]。寒光亭下水如天[④]，飞起沙鸥一片。

【注释】

①丹阳湖：按《景定建康志》载此词云：“题溧阳三塔寺。”又云：“三塔湖一名梁城湖，在溧阳县西七十里。”“溧水西承丹阳

湖,自东坝成,丹阳湖水不复通本县界。”据此则三塔湖系“丹阳湖”的一支,而三塔寺则在三塔湖畔。

②世路:指人生道路。

③悠然:悠闲的样子。

④寒光亭:在三塔寺内。

【评析】

宋人岳珂《玉楮集》:“溧阳三塔寺寒光亭柱上,刻张于湖词。”张孝祥本“年少气锐”。(《宋史》本传语)此词多消极感慨语,必是历尽宦海风波、熟谙世情以后所作。三年前作者曾游三塔寺,有《过三塔寺》诗,有句云“耳边芦苇战寒风”,可见在深秋。此词上阕则写三年后重来,所见的是满湖春色。起首二句以拟人化手法,并以问讯的语气表现了对湖边春色的热爱。三、四两句写在湖上泛舟,充满了轻松愉快的心情。下阕一转,调子变得低沉。“此心到处悠然”,看似旷达,实则沉痛。结尾二句以景结情,寓沉郁之情于悠然闲散之中,静中写动,景中见情,给人以寥廓飞动的感觉,所以元人陆辅之《词旨》把它列为警句。在抒写感情时,全词极有层次:由热烈到轻松,再由轻松到深沉,到飘逸,起伏跌宕,感人至深。查礼说:“于湖词声律宏边,音节振拔,气雄而调雅,意缓而语峭。”(见《铜鼓书堂遗稿》)我们读此词,也会有这样的感觉。

菩萨蛮

东风约略吹罗幕①,一檐细雨春阴薄。试把杏花看,湿红娇暮寒。　　佳人双玉枕②,烘醉鸳鸯锦③。折得最繁枝,暖香生翠帏④。

【注释】

①约略:随便地、轻微地。贺铸〔摊破浣溪沙〕:“约略整环

钗影动。”罗幕:此指帏幕。

②玉枕:瓷枕的美称。

③鸳鸯锦:绣有鸳鸯图案的锦被。

④翠帏:指绿色罗帐。

【评析】

此词在《于湖词》中别具特色,写得相当秾艳婉约。上阕写春雨绵绵的二月天气:东风轻轻地吹动着窗上的帷幕,檐口滴着淅淅沥沥的细雨。佳人多情地审视杏花,只见它又红又湿,带有一股娇艳。下阕写卧室内的陈设:床上放着一双莹洁的瓷枕,绣有鸳鸯图案的锦被已经烘暖,佳人折一枝开花最多的杏枝,插在花瓶内,罗帐中顿时生出阵阵香气。况周颐评此词说:“绵丽蕃艳,直逼花间。求之北宋人集中,未易多觏。”(《蕙风词话》)它的绵丽蕃艳,一是表现在用辞方面,像“湿红娇暮寒”五字,字字是形容词,显得艳丽无比,而“暖香生翠帏”又与此句相呼应,更是相得益彰;二是表现在内容方面,佳人带雨折花,又拈入闺房,她那脉脉含情的神态和对美好生活的热爱,通过一举一动,通过室内华丽的陈设,都恰到好处地反映出来。这样的内容和形式,与花间派的词风是一脉相承的。花间词风到了南宋,已趋式微,在以豪放为主调的《于湖词》中能出现这样的作品,确也是一种值得重视的现象。

辛弃疾(1140—1207),字幼安,号稼轩,历城(今山东济南)人。少时在山东参加耿京领导的抗金义军时,曾闯入敌营生擒叛将张安国。南归献俘,高宗赏其功,授承务郎,签判江阴。继而,上《美芹十论》及《九议》,积极建议加强武备,收复中原。历任湖南、湖北、江西、浙东安抚使,加龙图阁待制、枢密院都承旨。后遭疑忌,黜居江西信州(今上饶)几达二十年。他是南宋最杰出的爱国词人,继苏轼之后,发展了豪放派词,使之蔚为大宗,故后世并称“苏辛”。刘克庄说:“公所作大声镗鞳,小声铿鍧,横绝六合,扫空万古,自有苍生所未见。其秾纤绵密者,亦不在小晏、秦郎之下。”(《后村大全集·辛稼轩集序》)词中多抒发爱国感情,亦有描写田园、寄情山水的闲适之作。有时又以文为词,不论庄、骚、经、史,都可入词,所以毛晋说:“宋人以东坡为词诗,稼轩为词论,善评也。”(见《稼轩词跋》)他还善于融化典故,以古喻今;善于写景状物,托物寄兴。在当时及后世影响均很大,前人说:“南宋诸公,无不传其衣钵。”(见《四库总目提要》)今存词六百多首,在两宋词人中,作品流传数量最多,其中也有不少清新隽永的小令佳制。

鹧鸪天

鹅湖归,病起作[①]

枕簟溪堂冷欲秋[②],断云依水晚来收[③]。红莲相倚浑如醉,白鸟无言定自愁。　　书咄咄[④],且休休[⑤]。一丘一壑也风流[⑥]。不知筋力衰多少,但觉新来懒上楼[⑦]。

【注释】

①鹅湖:在江西省铅山县东北。山上有湖,东晋时龚氏曾在此养鹅,故名。山下有鹅湖寺,风景幽美。辛弃疾乡居时常来游赏。

②枕簟(diàn):枕席。簟,竹席。

③断云:犹片云。

④咄咄(duō):表示失意的感叹声。南朝宋·刘义庆《世说新语·黜免》记殷浩被废黜后,终日书空(用手在空中写字),作“咄咄怪事”四字。

⑤休休:罢休。唐·司空图隐居中条山,作亭名“休休”,曰:“量才一宜休,揣分二宜休,耄而聩,三宜休。”(见《新唐书·司空图传》)

⑥一丘一壑:一山一水。风流:指风景绝佳。《世说新语·品藻》:“明帝问谢鲲:‘君自谓何如庾亮?’答曰:‘端委庙堂,使百僚准则,臣不如亮;一丘一壑,自谓过之。’”此处意谓纵不处庙堂(朝廷),亦能怡情于山水之间。

⑦新来:最近。

【评析】

此词写景兼抒情。首二句写词人在鹅湖的溪堂中休憩,到了晚上,感到凉意渐生,而飘浮在湖上的云气,也逐渐散尽。“欲秋”,兼点时令约在夏末。三、四两句写湖中的荷花和白鸥,“浑如醉”“定自愁”,既是描绘它们静谧的状态,也表现了词人寂寥的心境。情景交融,煞有韵味。明·沈际飞说这里是“生派愁怨与花鸟,却自然”。(见《草堂诗余正集》卷一)也就是说将作者的主观感情糅合在客观事物——花鸟身上,却无生硬之感。下阕写病起以后的心情。词人被黜乡居,虽曾啸傲山林,然亦不能忘情国事。故过片二句溶化前人故事,抒发心中牢愁,实际是说南宋正当金人压境之际不用他起来抗战,真是“咄咄怪事”。“且”字和“也”字,都流露了无可奈何的情绪。结尾二句感叹病后筋力衰退,懒于登楼远眺,也寄寓着烈士暮年报国无门的忧愤,但却写得很含蓄。况周颐说,昔陈秋塘曾以之入诗,但“此二句入词则佳,入诗则稍觉未合”。(《蕙风词话》卷二)黄苏则比之于风骚,说:“其有《匪风》《下泉》之思乎?可以悲其志矣!妙在结二句放开写,不即不离尚含住。”(见《蓼园词选》)陈廷焯评价尤高，他说："信笔写去，格调自苍劲，意味自深厚，不必剑拔弩张，洞穿已过七札，斯为绝技。"（见《白雨斋词话》）说明这首词风格豪放，寄兴深微，不是一般的流连山水之作。

鹧鸪天

鹅湖归，病起作[①]

着意寻春懒便回[②]，何如信步两三杯。山才好处行还倦，诗未成时雨早催[③]。　　携竹杖，更芒鞋[④]，朱朱粉粉野蒿开[⑤]。谁家寒食归宁女[⑥]，笑语柔桑陌上来[⑦]。

【注释】

①鹅湖：见前〔鹧鸪天〕（枕簟溪堂）注①。

②着意：有意、存心。

③雨早催：唐·杜甫《丈八沟纳凉》诗："片云头上黑，应是雨催诗。"

④芒鞋：草鞋。苏轼〔定风波〕："竹杖芒鞋轻胜马。"

⑤朱朱粉粉：红红白白。

⑥寒食：节令名，在清明前一日。归宁女：回娘家省视父母的女子。

⑦柔桑：嫩桑。陌：田间道路。

【评析】

此词与上首似为同时之作，抒写闲适的心境。首二句说词人有心远足寻春，但出门后又懒得去了；觉得还不如信步走动走动，喝几杯酒来得自在。以下一联说刚走到山中风景美好的地方就感到疲倦，诗还没有吟成雨就来催人。以雨催诗，虽用杜甫句意，然亦恰到好处。其中"懒"字、"倦"字都是点"病起"。过片与上阕"信步"相映射，写词人手携竹杖、足登草鞋，走在长满野蒿的路上，所描写的也是病后体力不支的形象。最后看到一些回娘家的妇女，边说边笑，从长着桑树的小道上走来，词人似乎忘却疲惫之身，心情受到感染。此情同晏殊〔破阵子〕词中“巧笑东邻女伴，采桑径里逢迎”非常相似。清人黄苏说：“通首总是随遇而安之意，山纵好而行难尽，诗未成而雨已来，天下事往往如是。岂若随遇而乐，境愈近而情愈真乎？语意如此，而笔墨入化，故随手拈来，都成妙谛。末二句尤属指与物化。”（《蓼园词选》）“指与物化”，是说作者的主观思想与客观景物融为一体。作者可能有随遇而安的思想，但主要的还是描写了病后春游的愉快心情，所以明人沈际飞说：“诗翁酒客与怀春之女相值，何等风光！”（《草堂诗余正集》卷一）

鹧鸪天

代人赋

陌上柔桑破嫩芽①，东邻蚕种已生些②。平冈细草鸣黄犊③，斜日寒林点暮鸦。　山远近，路横斜，青旗沽酒有人家④。城中桃李愁风雨，春在溪头荠菜花⑤。

【注释】

①柔桑破嫩芽：一作“柔条初破芽”。

②些：语助词。

③犊：小牛。

④青旗：挂在酒店门口的酒幌子。白居易《杭州春望》诗：“青旗沽酒趁梨花。”

⑤荠菜花：一作“野荠花”。

【评析】

此词题作“代人赋”，但却抒写了词人自己的感情。此时词人罢归闲居，歌咏农村景色，即是表示乐守田园、不求出仕的意愿。上阕写陌上桑树已经发芽，邻家的蚕种也孵出了幼蚕。绿草映着黄犊，红日照着乌鸦，构成一幅色彩鲜艳的图画。下阕犹如一组电影摇镜头，从远远近近的山峰写到纵横交叉的道路，又从路边的青旗写到下面的沽酒人家。结尾二句把眼前盛开的荠菜花和城里的桃李花相对照，不仅烘托出乡村欣欣向荣的春天景象，而且含有深微的寄托。意谓城里的当权者尽管炬赫一时，但却时时担心政治上的风险；而自己身处农村反而像溪头荠菜花一样自由自在，独占春光。明·卓人月把秦观的〔柳梢青〕词和这首相比，说："'春在梨花'，'春在荠花'，仁见谓仁，智见谓智。"（见《古今词统》卷七）意思说，它们都各有自己的特色和寓意，读者可凭自己的经验去想象，去体会。

鹧鸪天

有客慨然谈功名，因追念少年时事，戏作

壮岁旌旗拥万夫，锦襜突骑渡江初①。燕兵夜娖银胡䩮②，汉将朝飞金仆姑③。　　追往事，叹今吾，春风不染白髭须。却将万字平戎策④，换得东家种树书⑤。

【注释】

①锦襜：泛指锦衣。襜（zhān），原指系在胸前的围裙，此谓军服。突骑：指精锐的骑兵。

②燕兵：指北方籍的义军。但亦有人释为"金兵"。娖（chuò）：同龊，整理。银胡䩮：银色或镶银的箭袋。䩮（lù），一作簶。《集韵》："胡簶，箭室。"

③金仆姑：箭名。

④平戎策：平定入侵者的策略，此指作者所写的《美芹十论》等议论恢复的奏疏。

⑤东家：东邻。种树书：《史记·秦始皇本纪》：李斯劝请焚书时有"所不去者，医药卜筮种树之书"。后多以种树书与举业儒经相对，此指退隐。

【评析】

这首词以豪迈的语气叙述了作者光荣的往事。据《宋史》本传记载："绍兴三十二年(1162),(耿)京令弃疾奉表归宋。……会张安国、邵进已杀京降金。弃疾还至海州,与众谋曰:'我缘主帅命来归朝,不期事变,何以复命?'乃约统制王世隆及忠义人马全福等径趋金营。安国方与金将酣饮,即众中缚之以归,金将追之不及。献俘行在,斩安国于市。"上阕写当年率部渡江,充满英雄气概。"燕兵"二句应为互文,上云箭袋,下云箭,正指他所带领的义军——即锦衣骑兵。而"金""银"二字,也正是对自己武器的美称。明·卓人月说:"用珠玉金银,最忌浓俗。若尧章(姜夔)'剪烛屡呼金凿落,倚窗闲品玉参差',与此并雅。"(见《古今词统》卷七)他虽从艺术上着眼,然亦可证这是在形容作者一方。对金兵,是决计不会用这样美好的字眼来描写的。下阕写词人面对身遭罢黜的现实,发出深长的叹息。岁月不居,年事已老,壮岁的豪举正像"春风不染白髭须"一样不可能再现了。即使上过《美芹十论》等抗金策论,甚至五十四岁时还写过《论荆襄上流为东南重地》的奏疏,可是都被弃置不用。于是词人自我解嘲说:把"平戎策"换成"种树书"吧!就中,对赵构集团排斥主战派的行为进行了辛辣的讽刺。题云"戏作",实际上寓有深沉的感慨。

鹧鸪天

代人赋

扑面征尘去路遥①,香篝渐觉水沉销②。山无重数周遭碧③,花不知名分外娇。　　人历历④,马萧萧⑤,旌旗又过小红桥。愁边剩有相思句,摇断吟鞭碧玉梢⑥。

【注释】

①征尘:行路时扬起的灰尘。

②香篝：置于香炉上的熏笼。水沉：即沉水香，依律倒装。

③山无重数：山有无数重，形容峰峦重叠。周遭：周围。唐·刘禹锡《金陵石头城》诗："山围故国周遭在，潮打空城寂寞回。"

④历历：清晰可数貌。

⑤萧萧：马鸣声。

⑥吟鞭：指诗人行吟时的马鞭。

【评析】

此词是代替别人抒发离愁的。起首二句分别写去者和留者：一面是迎着扑面的征尘向远方行进，一面是在深闺中默默地守着一炉渐渐熄灭的沉香。从这个对比中，交代了人物关系和规定情境，用笔极为简练。以下作者便将笔力集中在征人一方。"山无重数周遭碧，花不知名分外娇"，写征人走在一重又一重的崇山峻岭之中，只见四面都是碧绿的树林和娇艳的花卉。"花不知名"，类多野花。明·卓人月说："何必名花乃配以倾国？"（见《古今词统》卷七）意为不知名的野花也是很美的。过片三句写打着旌旗的人马走过红桥，语调极为轻松，同杜甫《兵车行》所描写的"车辚辚，马萧萧，行人弓箭各在腰，爷娘妻子走相送，尘埃不见咸阳桥"的悲惨场面相比，显得较为舒展愉快。看来，这些人马是开赴抗金前线的，词人没有过多的强调离愁，正是表现了他对此役的支持和同情。结尾二句说"愁边剩有相思句，摇断吟鞭碧玉梢"，也只是淡淡的愁绪，所出现的乃是一个带有诗人气质的军人形象。词中以奔赴前方的征人与赋闲乡居的自己相对比，自然寓有对当权者的不满。然词风绵密流丽，绵里藏针，有讽刺之义，无纤弱之病，与传统的花间派迥异，在以豪放为基调的稼轩词中别具一格。

菩萨蛮

书江西造口壁[①]

郁孤台下清江水[②]，中间多少行人泪[③]。西北望长安[4],可怜无数山。　　青山遮不住,毕竟东流去。江晚正愁余[5],山深闻鹧鸪[6]。

【注释】

①造口:一名皂口,在今江西省万安县西南六十里。

②郁孤台:在今江西赣州西南。据《舆地纪胜》引赵清献公(抃)诗曰:"群峰郁然起,惟此上独孤。筑台山之颠,郁孤名以呼。"可见台名的由来。清江:此指赣江。

③行人:指金兵入侵时流离失所的人民。

④长安:借指汴京。

⑤愁余:使我感到愁苦。

⑥鹧鸪:据《禽经》张华注:此鸟"飞必南向","其志怀南,不徂(往)北也"。这里可能影射南宋统治者一味南逃,不思北伐。一说鹧鸪鸣声犹"行不得也哥哥",罗大经《鹤林玉露》说,辛弃疾此词"'闻鹧鸪'之句谓恢复之事行不得也"。

【评析】

此词约作于宋孝宗淳熙二、三(1175、1176)年,当时作者任江西提点刑狱。上阕触景生情,回忆四十多年前血泪凝成的历史。那时金兵分两路南下,一路从建康(今南京)、杭州至明州(今宁波)追击高宗赵构,一路由今湖北大冶向江西虔州追击隆祐太后孟氏。罗大经《鹤林玉露》说:"虏人追隆祐太后御舟至造口,不及而还,幼安自此起兴。""中间多少行人泪",说赣江中滔滔江水,含有无数难民的血泪。"西北"二句用唐代虔州刺史李勉登郁孤台北望的故事。李勉当时曾说:"余虽不及子牟,而心存魏阙一也。"(《赣州府志》)杜甫也说过"云白山青万余里,愁看直北是长安"。(《小寒食舟中作》)作者借此写出金人南侵的惨痛历史并未结束,以及由此引起的望故都而不得的痛苦,表现了怀古伤今的沉痛心情。下阕"青山遮不住,毕竟东流去",紧承上阕结句,意谓纵有重重叠叠的青山间阻,江水终会东流,势不可当,使全词为之一振。然后词人又陷入深深的沉思,以

"江晚正愁余,山深闻鹧鸪"作结,表现了忧国忧时而悲愤难禁的感情。词的上阕从"清江水"落笔,下阕又云青山遮不住东流的江水,山水贯穿始终,使词中所抒发的感情,紧紧依附于自然景物。这种手法,清人周济称作"借水怨山"(见《宋四家词选》)。全词跌宕起伏,"忠愤之气,拂拂指端"(卓人月《词统》)。清人陈廷焯说此章"用意用笔,洗脱温韦殆尽"(《白雨斋词话》)。梁启超也说:"〔菩萨蛮〕如此大声镗鞳,未曾有也。"(见《艺衡馆词选》)作者把个人的身世之感与国家兴亡之慨交织成一曲豪迈沉郁的乐章,这在同一调中,是从未出现过的。

菩萨蛮

赏心亭为叶丞相赋[1]

青山欲共高人语[2],联翩万马来无数[3]。烟雨却低回,望来终不来。　　人言头上发,总向愁中白。拍手笑沙鸥,一身都是愁。

【注释】

①赏心亭:宋代丁谓所建,在建康(今南京)下水门城上,下临秦淮河,与白鹭洲隔江相望。叶丞相:即叶衡。叶衡,字梦锡,绍兴十八年(1148)进士,官至参知政事、右丞相兼枢密使,力主抗金。

②高人:高士,原指隐士,此处说叶衡是志行高尚的人。

③联翩:形容连续不断。

【评析】

宋孝宗淳熙元年(1174),叶衡任建康留守,辛弃疾任江东安抚司参议官,一次登赏心亭赋下此词。上阕写登亭所见之景。只见连绵不断的青山如万马奔腾而来,似乎要同叶衡这位高士对话。可是这些青山(当指紫金山)在烟雨苍茫中却又徘徊起来,明明望见它们来了,却始终到不了跟前,像有什么难处似的。此处将紫金山拟人化,极富形象性。下阕化用白居易《白鹭诗》"人生四十未全衰,我为愁多白发垂。何故水边双白鹭,无愁头上也垂丝"诗句,以沙鸥为喻,诙谐地说明白发与忧愁无关,表现了积极乐观的情绪。词中语言通俗,形象鲜明,作者用了拟人和夸张的手法,写得极有气势,而又跌宕有致。

清平乐

村居

茅檐低小,溪上青青草。醉里蛮音相媚好[①],白发谁家翁媪[②]。　　大儿锄豆溪东,中儿正织鸡笼。最喜小儿无赖[③],溪头卧剥莲蓬。

【注释】

①蛮音:指吴地方言。一作"吴音"。

②媪(ǎo):老年妇女。

③无赖:此指调皮、顽皮。《汉书·高祖纪》注:"江淮之间,谓小儿多诈狡狯为亡赖。"亡,通"无"。

【评析】

据今人蔡义江、蔡国璜考证,此词系宋孝宗乾道元年(1165)作者签判江阴任满后漫游吴中所作(见《辛弃疾漫游吴楚考》)。词中写了他所见到的江南农民生活。上阕先写环境:一座低矮的茅屋,周围环以青草小溪。然后写人物:满头白发的老公公和老婆婆带着醉意,操着吴语向作者问好。下阕写他们的三个孩子:大儿在田头锄豆,中儿在院里编鸡笼,小儿年幼而俏皮,正躺在溪边剥着莲蓬。词人用极简练的手法勾勒了一幅农村生活图画,纯系赋体,笔笔实写,从而再现了当时五口农家的各自情态和活动，也表达了自己对农民的亲切情感。在宋代词坛上，唯有苏轼在徐州石潭村所写的五首〔浣溪沙〕可与之媲美。

西江月

夜行黄沙道中①

明月别枝惊鹊②，清风半夜鸣蝉。稻花香里说丰年，听取蛙声一片。　　七八个星天外，两三点雨山前。旧时茅店社林边③，路转溪桥忽见④。

【注释】

①黄沙道：在黄沙岭附近。黄沙岭在江西上饶城西四十里乾元乡。辛弃疾在此处建有“书堂”。

②明月句：意谓月亮出来，乌鹊以为天亮而惊躁不安。苏轼《杭州牡丹诗》“月明惊鹊未安枝”，为此句所本。别枝：离开树枝。

③社林：土地庙附近的树林。

④见：通“现”。

【评析】

词人夜行黄沙道中，通过对视听所及的描写，反映了夏夜优美的景色。上阕的鹊惊、蝉鸣、蛙声，都是着重于听觉方面，下阕的疏星、微雨、茅店、社林、溪桥，都是着重于视觉方面。作者的笔调是宁静的，而所描绘的画面由于声音和形象的组合却显得异常活跃，充满朝气。人们读着此词，似可闻到稻花的清香，听到各种声音所组成的田园交响乐，也可感到作者内心的喜悦。

西江月

独宿博山王氏庵①

绕床饥鼠，蝙蝠翻灯舞。屋上松风吹急雨，破纸窗间自语。　　平生塞北江南[②],归来华发苍颜[③]。布被秋宵梦觉,眼前万里江山。

【注释】

①博山:《大清一统志》:“博山在广丰县西南三十余里,南临溪流,远望如庐山之香炉峰。”广丰县,在今江西东北部,邻上饶。庵:茅屋。

②塞北:泛指北方。

③归来:指作者四十三岁罢归信州。华发苍颜:头发花白,容颜苍老。

【评析】

词人罢归上饶带湖以后,常至附近名胜游赏。在博山寺旁,他也筑有“稼轩书屋”,不时去读书、闲居。此词写他独宿博山时的感慨。上阕写茅庵里的情景:室内,老鼠饿得绕着床转,蝙蝠又在灯前飞舞;室外,风雨交加,松涛阵阵,破损了的窗纸被风吹得沙沙作响,像是在自言自语。整个气氛渲染得十分凄凉寂寥。下阕写词人的心理活动:半生南北转战,如今削职归来,形容衰老,无限苍凉之感不禁涌上心头。至“布被秋宵梦觉”一句,笔力陡然一转,词人的感情由狭小的困境一跃而入广阔无垠的境界,犹如裂石清泉,沁人心脾。于此,可见词人的爱国思想并未因罢黜而稍减,也未因年老而衰退。词情激壮,非常感人。

丑奴儿

书博山道中壁[①]

少年不识愁滋味,爱上层楼[②]。爱上层楼,为赋新诗强说愁。　　而今识尽愁滋味,欲说还休[③]。欲说还休,却道天凉好个秋。

【注释】

①〔丑奴儿〕:即〔采桑子〕。博山:见前作者〔西江月·独宿博山王氏庵〕注①。

②层楼:犹重楼,高楼。

③“欲说”句:李清照《凤凰台上忆吹箫》:“生怕离怀别苦,多少事,欲说还休。”此用其意。

【评析】

此词通过写“愁”,表现了词人饱经沧桑的心境,同时也反映了词人创作思想变化的过程。上阕写年轻时思想单纯,对社会无所体验,为文造情,无病呻吟,所要写的愁,乃是一种风花雪月的闲愁。下阕写他在政治上屡遭打击以后,报国之志无由施展,愁溢于胸,无从下笔,却转而去写秋天的萧瑟景象。这里所没有写出的愁,乃是一种忧国忧民、怀才不遇的无限悲愁。明·卓人月将上下阕作了对比,说:“前是强说,后是强不说。”可见构思之妙。词中语浅意深,含蓄蕴藉,曲折地反映了在黑暗现实中一个有正义感的词人所受的痛苦。

太常引

建康中秋为吕叔潜赋①

一轮秋影转金波②,飞镜又重磨③。把酒问姮娥④,被白发、欺人奈何⑤? 乘风好去,长空万里,直下看山河。斫去桂婆娑⑥,人道是、清光更多。

【注释】

①建康中秋:作者于宋孝宗淳熙元年(1174)在建康(今南京)任江东安抚司参议官,词约作于此年秋季。吕叔潜,名大虬,据吕祖谦《东莱集》卷九《吕氏家传》,他是吕好问之孙,吕祖谦之叔。

②金波:指月光。《汉书·礼乐志·郊祀歌》:“月穆穆以金波。”

③飞镜:古代镜子系铜制,磨后愈光亮,因用以形容月亮。甘子布《光赋》:“孤圆上魄,飞镜流明。”

④姮(héng)娥:即嫦娥,传说中的月宫仙女。

⑤白发欺人:语本唐·薛能《春日使府寓怀》诗:“青春背我堂堂去,白发欺人故故生。”

⑥斫(zhuó):砍。桂婆娑:指传说中摇晃不定的桂花枝叶,实是对月亮表面的阴影而言。语本杜甫《一百五日夜对月》诗:“斫却月中桂,清光应更多。”

【评析】

这是一首中秋咏月词。清·陈廷焯《词则·放歌集》评曰:“以劲直胜,后人自是学不到。”上阕即景生情,抒发了年华易逝、壮志难酬的感慨。起首二句以顿入的手法写月亮,“秋影”,点时令;“金波”状月色,“飞镜重磨”,则加强了对月亮明净的描写,妙在来得突兀,且又笼罩全篇,令人有笔未到而气已吞的感觉。接下去两句由写景转入抒情,假托神话传说,发泄胸中老去无成的愤懑。下阕用隐喻的手法,反映了他对祖国山河的热爱和对黑暗现实的不满。“乘风”三句,可与苏轼〔水调歌头〕(明月几时有)对读。苏词云:“我欲乘风归去,又恐琼楼玉宇,高处不胜寒”,相传神宗读到此处,说苏轼“终是爱君”。辛词却是乘风直下,看看大好河山,很明显是在爱国。以下二句,以月中的婆娑桂影,比喻当道的奸臣,自然而又贴切。清·周济《宋四家词选》说:“所指甚多,不止秦桧一人而已。”全词感情豪迈,境界宏大,一气呵成,将神话传说、古人诗句融成了一个艺术整体。结句略一顿挫,更令人回味无穷。

卜算子

寻春作

修竹翠罗寒①,迟日江山暮②。幽径无人独自芳,此恨知无数。　　只共梅花语，懒逐游丝去。着意寻春不肯香，香在无寻处。

【注释】

①修竹：长竹。杜甫《佳人》诗："天寒翠袖薄，日暮倚修竹。"

②迟日：指春日，春天日长，故云。杜甫《绝句》："迟日江山丽，春风花草香。"

【评析】

这是一首咏花小词。宋人沈义父说这类词"如只直咏花卉，而不着些艳语，又不似词家体例，所以为难，又有直为情赋曲者，尤宜宛转回互可也。"(《乐府指迷》)此词咏了"修竹"和"梅花"，但并未着以"艳语"，然却宛转低回，比兴深远，极"风人"之致。上阕借用杜甫《佳人》诗意，暗寓词中佳人的存在：她身穿翠绿色的罗衣，日暮时倚竹而立，幽径无人，含恨对着斜晖，其忧郁之情可以想见。下阕写女子"只共梅花语"，实是与前面的"独自芳"相"回互"，因除梅花以外，无人与语，故更显孤独。结尾二句点题，极富哲理。义犹俗语"踏破铁鞋无觅处，得来全不费工夫"，措语自然，富于韵味。

赵善扛

赵善扛(1141—1175),字文鼎,别号解林居士,宋宗室,商王元份六世孙。绍兴间,曾为蕲州及处州太守。工诗词,所作多佚,《花庵词选》录其词十四首。

重叠金[1]

春游

楚宫杨柳依依碧[2],遥山翠隐横波溢。绝艳照秾春,春光欲醉人。　　纤纤芳草嫩,微步轻罗衬[3]。花戴满头归,游蜂花上飞。

【注释】

①〔重叠金〕:即〔菩萨蛮〕。

②楚宫:此处借指南宋宫殿。

③轻罗:薄罗,此指罗袜。

【评析】

此词写春游时所见景色,似为杭州西湖一带。明人杨慎在《词品》中称之为“佳作”。起首两句从近至远,先写眼前宫殿旁边的杨柳摆弄着碧绿的柔条,后写举目远眺,只见远山隐翠,绿波横溢。以下两句写词中人物的感觉,云“绝艳”,复云“秾春”,极言春光的妍丽,进而点出“春光欲醉人”,更富感情色彩。这种方法,犹成成加码,突出了词人所强调的内涵。过片写一女子履草簪花。为了表现草的鲜嫩,用“纤纤”“芳”和“嫩”等字,不避重叠,写出了春色的特点,给人以很深的印象。为了表现佳人的娇柔,用“微”字和“轻”字,亦颇饶婉美之致。结尾二句有如特写,描绘了佳人戴花而归的绰约风姿。其中不但写了花美,且以游蜂绕花而飞加以烘托,妙趣横生。故明人沈际飞评曰“韵美”。(《草堂诗余别集》)韦庄〔思帝乡〕词云:“春日游,杏花吹满头。”但只写花，而无游蜂映衬，似逊一筹。可见此词在继承前人的经验时有了一定的发展。

程 垓

程垓，字正伯，眉山（今属四川）人，苏轼中表程之才（正辅）之孙，家有拟舫名书舟，故世人称他为“书舟”。淳熙十三年（1186）游临安，未几归蜀。绍熙三年（1192），年已五十余，杨万里以贤良方正荐。五年（1194），乡人王称序其词，谓“程正伯以词名”。尤袤说他的文高于诗词，惜已不传。现存《书舟词》一卷，清·冯煦《蒿庵论词》云：“程正伯凄婉绵丽，与草窗所录《绝妙好词》家法相近，故是正锋。”

卜算子

独自上层楼，楼外青山远。望到斜阳欲尽时，不见西飞雁①。　　独自下层楼，楼下蛩声怨②。待到黄昏月上时，依旧柔肠断。

【注释】

①西飞雁：用雁足传书典，参见李煜〔清平乐〕（别来春半）注③。

②蛩（qióng）：蟋蟀。

【评析】

此词写闺怨。上阕写登楼远望，唯见远处一抹青山，直待斜阳将尽，还不见传书的鸿雁归来。开头即推出人物，点出登楼原因乃在于盼望征人寄来的书信。下阕写望人不见的失望心情。黄昏月上，蛩声凄切，闺人独处，愈感凄惶，故而柔肠依旧寸断。这“依旧”二字，极为婉曲，它说明女子登楼，并非一次，其失望与伤心也并非一次，看似随口吟成，实系颇费经营。此词上下阕以上楼下楼作对比，结构颇似吕本中的〔采桑子〕（恨君不似江楼月），起到了相互映衬的作用。而两阕的起二句之间都用了“顶真”格“楼”字，衔接紧凑，一气呵成。

虞美人

轻红短白东城路，忆得分襟处[①]。柳丝无赖舞春柔[②]，不系离人只解系离愁[③]。　　如今花谢春将老，柳下无人到。月明门外子规啼，唤得人愁争似唤人归[④]？

【注释】

①分襟：犹分袂，分别。

②无赖：见前秦观〔浣溪沙〕（漠漠轻寒上小楼）注②。

③只解：只懂得。

④争似：怎似。

【评析】

此词以轻灵的笔调写离愁，一腔怨气蒸腾纸上，奕奕动人。上阕首两句回忆当年分手的地点，“轻红短白”点出春花初开时节。“柳丝”两句借物态以咏离情。在古人眼中，杨柳是最多情的，如“长安陌上无穷树，唯有垂杨管别离”。（刘禹锡《柳枝》）故不仅折柳送行人，而且常从柳丝联想到系住什么物体或感情，如秦观的〔江城子〕云：“西城杨柳弄春柔，动离忧，泪难收，犹记多情曾为系归舟。”吴文英的〔唐多令〕云：“垂柳不萦裙带住，漫长是、系行舟。”此处词人则说不系离人（意谓离人远去），只懂得系住离愁。哀怨不及于人而及于柳，语意婉曲而富形象性。下阕写眼前情景。“花谢春将老”与上面的“轻红短白”相对照，说明别后已经从初春到了暮春，而当时送别之处（柳下）还不见行人归来。“月明”两句描写了一腔哀怨。相传子规鸟（即杜鹃）的鸣声似“不如归去”，故作者说它只是唤起闺人的离愁，而没有唤得人归，与前面写柳的手法一样，哀情溢于言表。明·卓人月说：“前后结句，暗相对偶。”（《古今词统》卷八）可见这句和上面“不系”一句是一个“隔句对”（亦称“扇对”），但很自然，读者不易察觉罢了。

石孝友

石孝友(生卒年不详),字次仲,南昌(今属江西)人。南渡初,为太学生,孝宗乾道二年(1166)举进士。壮志不遂,遂隐居山林。工词,著有《金谷遗音》一卷。其中有些俚词,已有元代散曲气息。

木兰花

寻春误入桃源洞①,草草幽欢聊与共②。牢笼风月此时情③,做造溪山今夜梦。　柳蹊未放金丝弄④,梅径已经霜雪冻。春愁离恨重于山,不信马儿驼得动⑤。

【注释】

①桃源洞:在天台山。见前李存勖〔忆仙姿〕注①。

②草草:匆忙,急遽。杜甫《送长孙九侍御赴武威判官》诗:“闻君适万里,取别何草草!”

③牢笼:包罗。《淮南子·本经》:“秉太一者,牢笼天地。”此喻情场风月。

④柳蹊:柳下小路。金丝:嫩黄的柳丝。

⑤驼:通“驮”。

【评析】

此词上阕借刘晨、阮肇误入天台的故事,写幽欢之情。下阕通过景色描写抒发离愁。结尾两句“春愁离恨重于山,不信马儿驼得动”,取喻新颖。春愁离恨本是抽象的感情,前人曾将它比作山,比作水,也比作船载之物,如苏轼的〔虞美人〕(波声拍枕长淮晓)说“只载一船离恨向西州”,李清照的〔武陵春〕说“只恐双溪舴艋舟,载不动、许多愁”。这里却把愁从船上卸下来,驮在马背上,前面先说它重于山,既然比山还重,马儿自然驮不动了。这样的比喻极富创造性,颇值得人们回味。

西地锦

回望玉楼金阙[1]，正水遮山隔。风儿又起，雨儿又煞[2]，好愁人天色！　　两岸荻花枫叶，争舞红吹白。中秋过也，重阳近也，作天涯孤客。

【注释】

①玉楼金阙：相传为仙人住处。旧题汉·东方朔《海内十洲记·昆仑》："其一角有积金，为天墉城，面方千里。城上安金台五所，玉楼十二所。"此处指京城。

②煞：极度之意。唐·罗邺《嘉陵江》诗："嘉陵南岸雨初收，江似秋岚不煞流。"不煞，不甚也。

【评析】

此词写南渡后流亡之感，在宋词中不可多得。上阕写词人于奔亡道中回首遥望京城，可是被重重山水挡住视线。此时，风儿又起，雨儿又狂，天气使人发愁。所咏虽是自然气候，但却形象地隐喻了敌势猖獗、生灵涂炭的政治形势。下阕写沿途所见景色，荻花吹白，枫叶舞红，一个"争"字，点出了纷乱的心境。接下去三句写过了中秋，接近重阳，自己仍飘流在外，作天涯孤客。"中秋""重阳"两个叠句，表达了飘流时间之长和情绪上的难耐之感。全词音调流利，感情深挚，通过自然景色表达羁旅情怀，做到情融于景，浑然一体。上下两结，自然流畅，更仿佛从作者胸臆中流出。就风格而言，则与元人散曲接近一步。

陈 亮

陈亮(1143—1194),字同甫,婺州永康(今属浙江)人。其人才气超迈,喜谈兵,力主抗金。淳熙五年(1178),诣阙上书,孝宗欲授以官,他笑着说:“吾欲为社稷开数百年之基,宁用以博一官乎?”遂渡江而归。直至光宗绍熙四年(1193),始考取进士第一名,授签书建康府判官厅公事,未赴任而卒。一生常遭主和派迫害,几番入狱。与辛弃疾交谊至深,清人刘熙载说:“陈同甫与稼轩为友,其人才相若,词亦相似。”(《艺概·词曲概》)著有《龙川词》。他自述作词的体会说:“本之以俚语,杂之以街谈巷歌,抟搦文理,劫剥经传,而卒归曲子之律。”(《与郑景元提干》)他每作一首词就说:“平生经济之怀,略已陈矣。”(见叶适《书龙川集后》)可见其词中寄托了他的政治理想和爱国精神。

虞美人

春愁

东风荡飏轻云缕,时送萧萧雨。水边台榭燕新归[①],一口香泥湿带落花飞。　　海棠糁径铺香绣[②],依旧成春瘦。黄昏庭院柳啼鸦,记得那人和月折梨花[③]。

【注释】

①榭:临水的楼阁。

②糁(sǎn):散落,洒上。比喻落地的海棠花。

③和月:带月。

【评析】

陈亮词风豪放,明人毛晋曾说:“《龙川词》一卷,读至卷终,不作一妖语、媚语。”(《宋六十名家词》本《龙川词跋》)此词较为婉约,为《龙川词》所罕见。上阕写轻云细雨,格调轻灵。“水边”二句与周邦彦〔浣溪沙〕中的“落花都上燕巢泥”相似,但较舒展细腻。过片两句,写风雨之后的海棠,寓情于景,哀而不伤。“春瘦”,也就是“花枝瘦”“绿肥红瘦”的意思,形容花落之后,春光减色,有如人之消瘦。结尾两句是从贺铸〔浣溪沙〕“玉人和月摘梅花”化来,却融情入景,月色花光两无分别,看不出移植痕迹。此词所以较为婉约,一是在用词方面有心向贺铸、周邦彦等人学习,风格相近。像“轻云”之后缀以“缕”字,“香泥”之后缀以“湿”字,皆增加了凄婉之致。而海棠满地既云“糁径”,又云“铺香绣”,都表明了在用字上讲究香艳。二是在意境上较为婉曲缠绵,细雨潇潇,紫燕衔泥,海棠春瘦,杨柳啼鸦,给人以淡淡哀愁的感觉。而“记得那人和月折梨花”,则又陷入深沉的相思之中。《词林纪事》录此词,下引周草窗(密)云:“龙川好谈天下大略,以节气自居,而词亦疏宕有致。”但根据此词的特点,我们无宁说它是陈亮词中一首风格婉约的别调。

刘 过

刘过(1154—1206),字改之,号龙洲道人,太和(今属江西)人。曾伏阙上书陈恢复中原之计,未被采纳。四次应举未及第,长期流落江湖之间,依人作客。酒酣耳热,出语豪纵,自称晋宋间人物。能诗词,与辛弃疾友善,尝为座上宾,词风亦相近。清·刘熙载说:"刘改之词,狂逸之中,自饶俊致,虽沉着不及稼轩,足以自成一家。其有意效稼轩体者,如〔沁园春〕等阕,又当别论。"(见《艺概·词曲概》)然亦间有咏美人足、咏美人指甲等浅俗之作。有《龙洲集》。

柳梢青

送卢梅坡

泛菊杯深[①],吹梅角远[②],同在京城。聚散匆匆,云边孤雁,水上浮萍。　　教人怎不伤情?觉几度魂飞梦惊。后夜相思,尘随马去,月逐舟行。

【注释】

①泛菊杯深:唐·储光羲《京口送别王四谊》诗:"明年菊花熟,洛东泛觞游。"此指菊花酒。《西京杂记》卷三:"菊花舒时,并采茎叶,杂黍米酿之,至来年九月九日始熟,就饮焉。故谓之菊花酒。"

②吹梅角远:此指吹奏《梅花落》曲调。角:乐器,画角之类。

【评析】

此词写友情。卢梅坡,疑即卢炳,宋宁宗时人,嘉定七年(1214)知广西融州。上阕首二句回忆当年同在京城临安的一段生活,但只是撷取了其中两个细节:一是共同在重阳节饮菊花酒,"杯深",形容酒饮得很多,所谓"酒逢知己千杯少",正表示着“情深”；一是共同听着哀怨的角声《梅花落》，李白《春夜洛城闻笛》诗云：“此夜曲中闻折柳，江城五月落梅花。”可为印证。这里也暗示着两人将要分别。以下三句说，聚也匆匆、散也匆匆，就像云边的孤雁，水上的浮萍。一种伤离惜别之感，溢于言表。下阕进一步写离情，换头一句“教人怎不伤情”，蓦地把人的感情拎了起来，接着以“几度魂飞梦惊”点染，使人好像随同作者入梦，在梦中看到了他的朋友。结尾三句，设想分别时的情景：一个是策马奔去，后面扬起阵阵灰尘；一个是乘船远离，后面跟着微茫的月色。这两句显然是从苏味道《正月十五夜》“暗尘随马去，明月逐人来”二句化出，然而仅将其中“人”字换成“舟”字，却显得自然真挚，不露痕迹。其意境之悠远，韵味之醇厚，似胜于苏诗，可谓脱胎换骨、点铁成金也。

醉太平[1]

情高意真，眉长鬓青[2]。小楼明月调筝[3]，写春风数声[4]。　　思君忆君，魂牵梦萦。翠绡香暖云屏[5]，更那堪酒醒！

【注释】

①醉太平：一名“四字令”。

②鬓青：形容鬓发的黑色。

③调筝：弹筝。

④写：描写，表现。指演奏而言。

⑤翠绡：谓屏风上的彩绘已经褪色。云屏：云母石制成的屏风。

【评析】

此词借弹筝写闺情。起首二句，从内心和外表两方面刻画调筝女子：她满头黑发，两道修眉，而情操高尚，意态真挚。三、四两句写女子弹筝：明月当楼，筝声里传出春风一般的柔情。从这里的描写看来情绪是愉快的，然而接下去词人写道："思君忆君，魂牵梦萦。"原来她在思念远出的丈夫。最后两句说，室内的画屏已褪了翠绿的颜色，表明丈夫离家已有多时。而酒醒之后，一股离愁涌上心来，使她难以承受。词中上下两片的起句，节奏鲜明，声韵琤琮，富于音乐性，给人以闻筝之感。这种音韵节奏和所咏"调筝"这一细节是一致的。传奇《玉簪记》中潘必正与陈妙常在《琴挑》中所唱的〔朝元歌〕一曲，似受其影响。全词在结构上也做到了起伏跌宕，抑扬有致。上阕主要是介绍人物，叙写事实，下阕逐步深入到人物内心的感情。其中"写春风数声"，略一扬起，至后面"魂牵梦萦"来一个跌宕，声情与词情和谐一致，读之颇觉旋律优美。

西江月

堂上谋臣尊俎①，边头将士干戈。天时地利与人和②，燕可伐欤曰可③。　今日楼台鼎鼐④，明年带砺山河⑤。都人齐唱大风歌⑥，不日四方来贺。

【注释】

①尊俎：亦作樽俎，古代盛酒食的器具，常用为宴席的代称。此指运筹画策。西汉·刘向《新序》："夫不出于尊俎之间，而知千里之外，其晏子之谓也，可谓折冲矣。"尊俎，一作"帷幄"。

②"天时"句：语本《孟子·公孙丑下》："孟子曰：'天时不如地利，地利不如人和。'"

③"燕可"句：语本《孟子·公孙丑下》："沈同以其私问曰：'燕可伐欤？'孟子曰：'可。'"燕，燕国，这里借指金国。

④楼台：指台省、相府。鼎鼐（nài）：古代用以烹调的炊具，古人常以调和鼎鼐比作宰相治理国家。

⑤带砺：语本《史记·高祖功臣侯年表序》："使河如带，泰

山若厉,国以永宁,爰及苗裔。”(厉,通“砺”,磨刀石。)此喻永久。

⑥都人:京都的居民。《大风歌》:汉高祖刘邦胜利后所作,其词曰:“大风起兮云飞扬,威加海内兮归故乡,安得猛士兮守四方!”此处借指凯歌。

【评析】

这是为当时宰相韩侂胄祝寿的一首贺词。宁宗嘉泰四年(1204),韩侂胄主持议定伐金之举,得到辛弃疾等许多爱国志士的支持,但又希望他作好战前准备,以期夺取全胜。在这首词的上阕中,词人认为朝堂上有许多善于运筹帷幄的谋臣,边防上有着无数枕戈待旦的将士,正具备了天时、地利、人和的北伐条件,应当立即誓师出征。下阕进一步歌颂韩侂胄说,今天你身居相位,来日北伐胜利,定将得到皇帝优厚的封赏,并赐以传之久远的爵位和封地。这里,显然对韩侂胄推崇过分了,后来这场战争失败了,但词人渗透于字里行间的爱国热情和胜利信心仍然感人至深。全词豪迈激越,而以文入词,收到了增强气势的效果,亦颇有创意。同时也表现了辛派词人的突出特点。宋人黄昇说:“其词多壮语,盖学稼轩者也。”(见《花庵词选》)所评极是。

姜　夔

姜夔(约1155—1221),字尧章,号白石道人,鄱阳(今属江西)人,少时流寓汉阳、长沙、合肥一带,后移居浙江吴兴(今湖州),与白石洞天为邻。一生未曾出仕,依人作客,其词曾得范成大、杨万里和辛弃疾的激赏。萧德藻爱其词,将其兄之女嫁与为妻。他精通音乐,曾著《大乐议》,载于《宋史·乐志》。词集名《白石道人歌曲》,中有十七首旁缀音谱,为研究宋词乐谱的稀有资料。他的词风,张炎归结为"清空"和"骚雅",说是"如野云孤飞,去留无迹","读之令人神观飞越"。(见《词源》)具体的特征是:语言凝练灵动,音节自然妥溜,意境清旷高远。他用词这种形式学习江西诗派的创格铸辞,着重于"神味"和"音韵"。在词史上和苏辛、柳周两派鼎足而三,对南宋词坛上的卢祖皋、吴文英、王沂孙、张炎影响极深。余波远逮七百年以后清代的浙派词人,有所谓"家白石而户玉田"之说。但他过于偏重格律的推敲,文字亦有雕琢的痕迹,不少篇章的内容较贫乏,结构欠完整。因此胡适称之为"匠人之词"。(见胡适《词选》)

点绛唇

丁未冬过吴淞作①

燕雁无心,太湖西畔随云去。数峰清苦,商略黄昏雨②。　　第四桥边③,拟共天随住④。今何许?凭栏怀古,残柳参差舞⑤。

【注释】

①丁未:宋孝宗淳熙十四年(1187)。吴淞:一作"吴松",即吴淞江,流经吴江、昆山,入黄浦江。

②商略:商量,酝酿。

③第四桥:在吴江城外。《苏州府志》:"甘泉桥,一名第四

桥,以泉品居第四也。”

④天随:晚唐诗人陆龟蒙,自号天随子,晚年隐居松江甫里(今苏州角直)。姜夔《除夜自石湖归苕霅》诗:“三生定是陆天随,又向吴松作客归。”

⑤参差:不齐貌,纷乱也。

【评析】

宋孝宗淳熙十四年(1187),作者自吴兴往苏州石湖见范成大,途径吴淞江,写下这首怀古词。上阕对景抒情,说北方来的大雁,随云来去,飘荡无踪,这是比喻自己往返江湖之间,依人为食,其痛苦心情可知。他的〔一萼红〕词云:“南去北来何事,荡湘云楚水,目极伤心。”可相互印证。接着描写几座山峰阴云惨淡,呈现清苦的容颜,好似在低声商讨,准备在黄昏时刻下一场大雨。“商略”二字,是拟人化的手法。但王国维认为这两句“虽格韵高绝,然如雾里看花,终隔一层。”(见《人间词话》)其实此处说“数峰清苦”,实际上是以我观物的“有我之境”,反映词人的内心感情。下阕抒发怀古之情,说是要和陆龟蒙一同隐居在第四桥边,以便自由自在,不随人俯仰。《唐才子传》说陆龟蒙时放扁舟,挂篷席,置书笔、茶灶,游于江湖间。故作者每以陆龟蒙自况。最后两句通过随风飘舞的残柳表现迷茫怅惘的心情,以景结情,留有余味。这首词清人陈廷焯评价极高,他说:“通首只写眼前景物,至结处……感时伤事,只用‘今何许’三字提唱,‘凭阑怀古’下仅以‘残柳’五字了之,无穷哀感都在虚处。”(见《白雨斋词话》卷二)可见此词从虚处着笔,表现了一个失意文人的无限哀怨。

鹧鸪天

正月十一日观灯[①]

巷陌风光纵赏时[②],笼纱未出马先嘶[③]。白头居士无呵殿[4]，只有乘肩小女随[5]。　　花满市[6]，月侵衣，少年情事老来悲。沙河塘上春寒浅[7]，看了游人缓缓归。

【注释】

①正月十一日观灯：亦称试灯，是元宵节前的预赏。

②纵赏：纵情观赏。

③笼纱：纱制的灯笼。

④白头居士：没有官衔的文士，作者自指。呵殿：前呵后殿，指前呼后拥的随从人员。

⑤乘肩小女：骑在肩上的女郎，此指舞女。宋·周密《武陵旧事》卷二："都城自旧岁孟冬驾回，则已有乘肩小女，鼓吹舞绾者数十队，以供贵邸豪家幕次之玩。"

⑥花：指花灯。

⑦沙河塘：在杭州南五里处，南宋时为繁华地区。

【评析】

此词作于宋宁宗庆元三年（1197），词中描写了南宋元宵节前预赏花灯的盛况。上阕说满街花灯，风物繁华，正是人们纵情游赏的时刻。"笼纱未出马先嘶"，据宋·吴自牧《梦粱录》卷一载，元宵时的临安，"公子王孙，五陵年少，更以纱笼喝道，将带佳人美女，遍地游赏。"此词以精练的一句描写了豪门显贵出外赏灯的气势。清人况周颐说：姜白石〔鹧鸪天〕云："'笼纱未出马先嘶'，七字写出华贵气象，却淡隽不涉俗。"（见《蕙风词话》）"只有乘肩小女随"，反映了词人身世落寞的感慨。同是观灯，因所处地位不同，情绪便两样。两相对照，可见作者善于运用对比的手法加以概括。而"白头"两句，也表现了辛酸的风趣，颇有聊以解嘲的味道，用笔亦淡永。下阕写花灯满市，月色侵衣，词人触景伤情，发出"少年情事老来悲"的喟叹。"少年"一句概括了人生的某些经验，使有相同身世的人容易产生共鸣。最后两句写夜深灯散，春寒袭人，游人们逐渐归去，表现出一种落寞的景象和孤寂的情怀，笔致轻灵，同词人清空的本色是一致的。

鹧鸪天

元夕有所梦[①]

肥水东流无尽期[②],当初不合种相思[③]。梦中未比丹青见[④],暗里忽惊山鸟啼。　春未绿,鬓先丝[⑤]。人间别久不成悲。谁叫岁岁红莲夜[⑥],两处沉吟各自知。

【注释】

①元夕:指宋宁宗庆元三年(1197)的元宵节。

②肥水:有两支,一支东流经合肥入巢湖,一支西北流至寿州入淮河。此指前者。

③不合:不该。种相思:指萌生恋情。意由种相思树,联想到播种恋情。相思,又名红豆,古人常用以比爱情。

④丹青:丹砂和青雘,两种可制颜料的矿石,后遂称绘画为"丹青"。此指所恋之人的画像。

⑤丝:即银丝,指白发。

⑥红莲夜:指元宵灯节。红莲:灯名。欧阳修〔蓦山溪·元夕〕:"纤手染香罗,剪红莲满城开遍。"郭应祥〔好事近·丁卯元夕〕:"不比旧家繁盛,有红莲千朵。"

【评析】

庆元三年(1197)元宵节,词人感梦而作此词。词人另有〔浣溪沙·辛亥正月二十四日发合肥〕一首,写离开合肥时与恋人相别时的情怀,中云:"钗燕笼云晚不忺,拟将裙带系郎船。"可见感情之深。此词则于六年之后写对这位恋人的追忆。首两句以肥水起兴,表现了一种"早知今日,何必当初"的懊恼情绪。肥水东流,一去不返,比喻自己再也没有回到合肥与恋人相聚的机会。"梦中"句,是说梦中所见的恋人,不像画像那么清晰。据陈思《白石道人年谱》案语:所梦即〔淡黄柳〕之小乔宅中人也。”又据作者〔淡黄柳〕词自序，此人盖居“合肥城南赤阑桥之西”。“暗里”句是说词人正在迷迷糊糊的梦境中，忽然被山鸟的啼声惊醒。以上这两句实是借用唐人金昌绪《春怨》诗“打起黄莺儿，莫教枝上啼。啼时惊妾梦，不得到辽西”的意境，然又浑然一体，毫无痕迹。下阕言别久成悲，以至愁白了鬓发。“不成悲”，实是反语，意为悲伤到极点反而不觉得悲伤。结尾两句想象在元宵放灯之时，对方也像自己一样陷入了深沉的相思，语极沉痛。此词虽写艳情，但摆脱了花间派的绮靡情调，也不像柳永、周邦彦某些作品那样浮靡轻艳。它所写的只是一种永远不能忘怀的爱情。可见，他的词作已从秾艳绮靡走向清空骚雅一路了。

踏莎行

自沔东来[①]，丁未元日[②]至金陵江上[③]，感梦而作。

燕燕轻盈，莺莺娇软[④]，分明又向华胥见[⑤]。夜长争得薄情知[⑥]？春初早被相思染。　　别后书辞，别时针线，离魂暗逐郎行远[⑦]。淮南皓月冷千山[⑧]，冥冥归去无人管[⑨]。

【注释】

①沔(miǎn)：今湖北汉阳。

②丁未：宋孝宗淳熙十四年(1187)。

③金陵：今江苏省南京市。

④“燕燕”二句：比喻相爱的人。苏轼《张子野年八十五尚闻买妾，述古今作诗》：“诗人老去莺莺在，公子归来燕燕忙。”

⑤华胥：梦境的代称。典出《列子·黄帝篇》。见前赵鼎〔鹧鸪天·建康上元作〕注④。

⑥争：怎。薄情：指爱恋的一方。

⑦“离魂”句:用倩女离魂故事。唐·陈玄祐《离魂记》谓衡州张镒有女倩娘,和他的外甥王宙相爱。后张镒将女儿另许他人,倩娘抑郁成病。王宙被遣往四川,夜半,倩娘的魂灵赶到船上,同赴四川。五年后归家,与床上倩娘的病躯合为一体。

⑧淮南:指恋人所居之地合肥。

⑨冥冥:指暗中。

【评析】

此词系在金陵江上感梦而作。上阕写梦中遇见当年在合肥城南赤阑桥旁所热恋的那位女子。以燕子的轻盈,比喻她体态的纤弱,以莺声的娇软,比喻她声音的甜润,这是很精练的艺术概括。“夜长”两句写梦醒后的心情。作者设想,此时他的恋人,也许在埋怨他这个薄情郎难以理解自己长夜不眠的痛苦。下阕通过男方别后所寄的书信,女方别时留下的针线,表达相思之情。文艺作品忌讲空话,需要细节的真实。苏轼在〔青玉案·和贺方回韵送伯固还吴中〕词中怀念侍妾朝云云:“作个归期天已许。春衫犹是,小蛮针线,曾湿西湖雨。”贺铸〔半死桐〕悼亡词云“夜阑卧听风吹雨,谁复挑灯夜补衣”,皆与此词同一机杼。“离魂”句用倩女离魂的故事,写女子的魂灵在暗中紧随情郎(作者自己)来到远方。最后两句写遥望淮南、合肥一带,冷月照着孤魂,在冥冥之中归去,意境凄清高远,富有浓郁的诗意。因此王国维说:“白石之词,余所最爱者,亦仅二语,曰‘淮南皓月冷千山,冥冥归去无人管’。”(见《人间词话》)全词委婉动人,清空骚雅,是爱情词中格调较高的作品。

杏花天影

丙午之冬[①],发沔口[②]。丁未五月二日[③],道金陵,北望淮楚[④],风日清淑[⑤],小舟挂席[⑥],容与波上[⑦]。

绿丝低拂鸳鸯浦[⑧],想桃叶、当时唤渡[⑨]。又将愁眼与春风，待去，倚兰桡[10]，更少驻。　　金陵路，莺吟燕舞。算潮水、知人最苦。满汀芳草不成归，日暮，更移舟，向甚处？

【注释】

①丙午：宋孝宗淳熙十二年(1185)。

②沔口：今湖北武汉市汉口。

③丁未：淳熙十四年(1187)。

④淮楚：指合肥和汉口。

⑤清淑：犹晴和。

⑥挂席：挂起船帆。

⑦容与：犹徜徉，安闲自在貌。

⑧绿丝：形容柳枝。鸳鸯浦：本为湖北监利县水名，此指鸳鸯戏水的沔口。

⑨桃叶：晋·王献之的爱妾。献之曾于渡口作歌一首赠桃叶，桃叶也作《团扇歌》回赠，后人因称此渡口为桃叶渡，其地在今南京市秦淮河与青溪合流处。

⑩兰桡：船桨的美称。

【评析】

此词作于孝宗淳熙十四年(1187)冬作者自汉口东下途经金陵之时。词中着重写漂泊的苦情。上阕写绿柳的枝条低垂水面，下有鸳鸯戏水，其景如画。据小序，词人是在正月二日过金陵，则词中所说的绿丝芳草，绝非眼前之景，而为想象之辞。但江南春早，青青柳眼，实已可见。于是词人从柳眼想到绿丝，再由绿丝想到当年桃叶渡江时的情景。“又将”一句，折回所见，化柳眼为自己的愁眼。以愁眼看春风，则产生伤春、惜春之情，所以以下两句便写出矛盾的心理。“待去”二字是一顿，“倚兰桡，更少驻”又一转，从而写出了词人欲去不去、徘徊不定的神态。短短几句，蕴藏无限曲折。下阕起二句写金陵景况，表达了所以“少驻”的心情。继由莺燕之乐，反衬出词人的凄苦，莺燕无情，惟有潮水理解人的痛苦。此中暗喻了词人自己漂泊江湖的身世。“满汀芳草不成归”，用楚辞《招隐士》中“春草生兮萋萋，王孙游兮不归”语意，然着以“满汀”二字，即成眼前景，心中意，真切感人。结尾三句重点在写“苦”字。日已暮了，欲去不能，欲留无计，前路茫茫，不知今后移舟何处。至此词笔一转便收，留下无穷意味让人寻绎。全篇结构，近似慢词，而繁音促节，深情苦调，令人一唱三叹，是小令中容量较大的佳作。

汪莘

汪莘(1155—1277),字叔耕,休宁(今安徽县名)人,曾隐居黄山,研究《易经》,旁涉兵家、释老诸书。嘉定中,三次诣阙上书,均不得重视。徐谊赏其才,欲以遗逸名义荐于朝廷,亦未成功。筑室柳溪,自号方壶居士。有《方壶存稿》,词二卷。况周颐云:“方壶居士词,其独到处能淡而瘦。”(《蕙风词话》卷二)

谒金门

使君再招饮,牡丹如山,坐上赋此①

檐溜滴②,都是春归消息。带雨牡丹无气力,黄鹂愁雨湿③。　争看洛阳春色,忘却连天草碧。南浦绿波双桨急④,沙头人伫立。

【注释】

①使君:对州郡长官的尊称。作者〔浣溪沙〕词小序云:“邦君孟侯坐上论牡丹,以为此花发于春深,禀气厚,故结花大,且属余赋词。”此首作于第二次招饮赏花之时。

②檐溜:屋檐边的滴水。

③黄鹂愁雨湿:杜甫《遣闷戏呈路十九曹长》诗:“黄鹂并坐交愁湿,白鹭群飞大剧乾。”

④南浦:南朝梁·江淹《别赋》:“送君南浦,伤如之何!”此处泛指河流。

【评析】

此词为赏牡丹而作,但却没有常见的富贵气象,亦没有士大夫的闲情逸致。它的上阕写风雨送春归的景象,只是抓住三个典型的细节:檐口不住地滴水,雨中牡丹萎靡不振,树上黄鹂被雨淋湿。它们都染上了词人的愁绪,表达了伤春、惜春的感情。下阕颇有寓意。洛阳本以牡丹著名,春天到来,姚黄魏紫,争妍斗艳，人们都争看盛开的牡丹。然而这里的洛阳却是虚指，大概有讽刺临安的意思。犹如林升所云："暖风熏得游人醉，直把杭州作汴州。"（《题临安邸》）下一句"忘却连天草碧"，也意味着南宋达官贵人忘记了天下人民的困苦。结尾二句则充满了孤寂冷漠、苍茫撩乱之感。词中寓情于景，寄托了作者的政治抱负，写来委婉含蓄，耐人寻味。

高观国

高观国，字宾王，山阴（今浙江绍兴）人，约宋光宗绍熙前后在世。工词，与史达祖友善，常相唱和。嘉泰二年（1202），有《东风第一枝》访梅溪（史达祖）。《词林纪事》卷十二引陈唐卿曰："竹屋、梅溪词，要是不经人道语，其妙处，少游、美成不及也。"有《竹屋痴语》一卷传世。

卜算子

泛西湖，坐间寅斋同赋[①]

屈指数春来，弹指惊春去[②]。檐外蛛丝网落花，也要留春住。　　几日喜春晴，几夜愁春雨。十二雕窗六曲屏[③]，题遍伤春句。

【注释】

①西湖：在杭州。寅斋：不详何人。

②弹指：即"一弹指"，喻极短的时间。《翻译名义集》卷二："壮士一弹指顷六十五刹那。"

③"十二"和"六"都是虚指。

【评析】

此词写惜春、伤春感情。上阕首两句说，扳着手指数着日子，盼望春天到来，可是春天刚到，一弹指间又过去了，意思是春天来得迟、去得快。接着从网上有落花引起联想，说连檐下的蜘蛛网也要挽留春天，语意隽永。下阕说为春晴而喜，为春雨而愁，风雨阴晴都牵系着词人的感情，可见其多愁善感。结尾二句极言伤春辞句之多，以至题遍了所有的窗棂和屏风。词中两起句称为"扇对"，流利浅易，为写春情的名句。明·沈际飞说："意娟秀，调流滑，同前调（按：指王观〔卜算子〕）取诵，不知为两人手也。"（见《草堂诗余别集》卷一）此词虽似王观之作，但贵在创新，大抵用未经人道语。张炎说他和姜夔、史达祖、吴文英一样，“俱能特立清新之意，删削靡曼之词，自成一家”（《词源》），这首词便是证明。

卢祖皋

卢祖皋，字申之，又字次夔，号蒲江，永嘉(今属浙江)人，楼钥之甥。常与永嘉四灵以诗相唱和。庆元五年(1199)进士，嘉定时为军器监，嘉定十五年(1222)为将作少监；十三年(1223)，为秘书省正字。南宋·张端义说："蒲江貌宇修整，作小词纤雅。"(《贵耳集》)黄昇说他"乐章甚工，字字可入律吕"。(《花庵词选》)他以写小令见长，时有佳作，江浙间多歌之。长调大多枯寂无味。有《蒲江词》传世。

菩萨蛮

翠楼十二阑干曲①，雨痕新染葡萄绿②。时节又黄昏，东风深闭门。　　玉箫吹未彻③，窗影梅花月。无语只低眉，闲拈双荔枝。

【注释】

①十二阑干曲：即十二曲栏杆。极言栏杆弯曲之多。参见欧阳修〔少年游〕注①。

②葡萄绿：李白《襄阳歌》："遥看江水鸭头绿，恰似葡萄初酦醅。"

③彻：大曲中最后一遍。吹未彻：谓尚未吹完尾声。

【评析】

此词写春怨。首句写女主人翁所居之处，第二句写春雨之后，溪水绿似葡萄。着一"染"字，使人联想到大自然有如画工，描绘了美好的春景。三、四两句一转，写女主人的满怀愁绪。"又黄昏"，说明她不知度过了多少个寂寞的夜晚，而每个晚上她都是闭门深坐。词人这里只是写景，而此中有人，可以想见。与李重元〔忆王孙〕中的"欲黄昏，雨打梨花深闭门"，有异曲同工之妙。过片尤为精警，在哀怨的箫声中，词人凝情向外看去，只见窗口映着稀疏的梅影和惨淡的月色。于是,她低眉不语,手中无聊地拈弄着一双荔枝。这里只写女主人的外部动作和神态,而她内心的痛苦和愁闷却渗透纸上。特别是"窗影梅花月"一句,犹如小窗横幅,充满诗情画意。其意盖从汪藻〔点绛唇〕"新月娟娟……梅影横窗瘦"化出,而有青出于蓝之妙。明人毛晋说这首词的下阕,"直可步趋南唐'孤枕梦回鸡塞远,小楼吹彻玉笙寒'矣!"(跋《蒲江词》)也就是说,它的艺术风格受到了南唐李璟〔摊破浣溪沙〕的影响。

洪咨夔

洪咨夔(1176—1236),字舜俞,嘉泰二年(1202)进士,授如皋主簿,又应博学宏词科,历官成都通判、金部员外郎、监察御史,为人疾恶如仇、敢于弹劾奸佞。后为刑部尚书、知制诰,加端明殿学士。有《平斋文集》三十二卷,词名《平斋集》。毛晋跋其词云:"其诗余四十有奇,多送行献寿之作,无判花嗜酒之篇。"并云其词"无富贵气"。

眼儿媚

平沙芳草渡头村,绿遍去年痕。游丝上下①,流莺来往,无限销魂。　　绮窗深静人归晚②,金鸭水沉温③。海棠影下,子规声里④,立尽黄昏。

【注释】

①上下:一作"下上"。

②绮窗:即镂花的窗棂。

③金鸭:鸭形的铜香炉。水沉:即沉水香。

④子规:即杜鹃鸟。

【评析】

此词写春情。上阕描绘外景。远处,河边沙滩上长满碧绿的芳草,一个村舍,座落在渡头;空中,游丝上下飘荡,黄莺飞来飞去。这些情景,俱令词中主人公黯然销魂。下阕,写主人公晚间回到深闺,绮窗人静,唯有鸭形的铜香炉吐出袅袅香烟。此处暗喻其人悠长的愁绪。结尾三句,写女主人公孤独无聊,在海棠影下,子规声里,寂寞地站了一个黄昏。词中虽未点明为了什么,而怀人之情已从字里行间渗透出来,可见含蓄得妙。此词精妙之处还在于上下两结均先以工整而又自然的联语铺垫,好似射箭一般,先拉足弓弦,然后一发中的,洞穿七札,使人历久难忘。

王武子

王武子，字文翁，丰城（今属江西）人，开禧元年（1205）进士，曾为江夏尉。《花草粹编》及《词综》作王子武。存词二首。

玉楼春

闻笛

红楼十二春寒恻[①]，楼角何人吹玉笛？天津桥上旧曾听[②]，三十六宫秋草碧[③]。　　昭华人去无消息[④]，江上青山空晚色。一声落尽短亭花[⑤]，无数行人归未得。

【注释】

①红楼十二：秦观〔丑奴儿〕："明月无端，已过红楼十二闻。"十二楼，本为传说中神仙所居，见《汉书·郊祀志》。此指词中主人所居之地。春寒恻：明·杨慎《词品》："恻，不正也，犹云峭寒耳。唐诗：'春寒恻恻掩重门。'韩偓诗：'恻恻轻寒翦翦风。'"此指春寒料峭。

②天津桥：旧址在今河南省洛阳市西南，隋炀帝大业元年（605）始建。

③"三十六宫"句：语本唐·李贺《金铜仙人辞汉歌》："三十六宫土花碧。"（土花：青苔。）三十六宫，言宫殿之多。

④昭华：古女官名，位在夫人、淑妃之下。

⑤短亭：古代官道旁五里一设的供旅客休息的亭子。

【评析】

此词一作杜安世、张先、许奕、晏几道作。唯《花草粹编》卷六、《古今词统》卷八题王武子作。明·杨慎说："此词悲感凄恻，在陈去非（与义）'忆昔午桥'之上，而不知名，或以为张子野作，非也。"（见《词品》）总之，这是一首艺术成就极高的小词。词的主题是写亡国之痛。上阕以闻笛起兴，说此刻一位官人身在红楼，听到楼上有人在吹奏玉笛。“春寒恻”是写当时的气候，也是写险恶的政治形势，更是写这两种气候作用于人物心理上的感觉。“吹玉笛”一语盖从李白《春夜洛城闻笛》诗所说的“谁家玉笛暗飞声，散入春风满洛城”受到启发。于是以下两句马上联想到洛阳，说是旧日曾在洛阳的天津桥上听过这种玉笛的声音，无奈故都的三十六宫已湮没于荒烟蔓草之中了。下阕承“三十六宫”，说宫里的女官们一去不回，满目青山，空余一片落日余光。这也象征着南宋江山的岌岌可危。结尾二句映射上文“吹玉笛”，说一声“落梅花”笛曲，落尽了驿亭周围的鲜花，只见无数流离失所的人民有家难归。从“昭华人去无消息”到“无数行人归未得”，从个别到一般，概括了离乱之秋广大人民的苦难。语言蕴藉，感情深挚，具有强烈的时代感，无怪乎后世的杨慎给予了崇高的评价。

卫元卿，洋州（今陕西洋县）人，曾领乡贡。生卒年不详，存词二首。

谒金门

花过雨，又是一番红素[1]。燕子归来愁不语，故巢无觅处。 谁在玉楼跳舞？谁在玉关辛苦[2]？若使边尘吹得去[3]，东风侯万户[4]。

【注释】

①红素：指红红白白的春花。

②玉关：玉门关，在今甘肃省敦煌县西北，古时为通西域要道。此指抗金前线。

③边尘：一作“胡尘”，指北方入侵者。

④侯万户：即封万户侯，指享有万户人家的封邑。

【评析】

此词南宋·赵闻礼《阳春白雪》题作李好古作，《花草粹编》作李好义作，未知孰是。词中描写流离失所的难民痛苦。上阕首二句，写一场春雨过后的景物。“又是”两字，说明他流落在外又过了一个年头。以下二句，以燕子旧巢比喻自己的故居，说春燕再次归来，却找不到旧巢，暗喻流人更回不到故乡。“愁不语”三字，表明了词人的无限痛苦。下阕首二句，用怨忿的口吻作了一个鲜明的对比：有人在华丽的高楼轻歌曼舞，有人在沙场上出生入死。很明显是在支持主战派，反对主和派，而痛恨无人收复失地的感情全从两个问句中流露出来。这里所写的都是现实。时人林升有诗《题临安邸》云：“山外青山楼外楼，西湖歌舞几时休？暖风熏得游人醉，直把杭州作汴州。”文及翁也有《贺新郎》词云：“一勺西湖水，渡江来，百年歌舞，百年酣醉。”此处词人出以问句，则激愤之情，溢于言表。末二句以讽刺的语气说，自然界的东风要是能吹走边尘——侵略势力，那东风便是抗敌的功臣，可以被封为万户侯了。幽默而又辛辣，嘲讽朝中那些酒囊饭袋、醉生梦死之徒，慨叹国中无人。在他人以小词吟风弄月的时刻，作者能够抒写流离之感、家国之思，且将批判的矛头指向当时的统治者，确是难能可贵。

陈以庄

陈以庄，字敬叟，号月溪，建安（今属福建）人。女词人孙道绚之外孙。刘克庄为其《陈敬叟集》作序云："乐府如温飞卿、韩致尧。"词存五首。蒋一揆《尧山堂外纪》云："至元丙子（1276）正月十八，元师至杭，谢、全两后北行，陈敬叟制〔水龙吟〕，记钱塘之恨。"可见为爱国词人。

菩萨蛮

举头忽见衡阳雁[①]，千声万字情何限[②]？叵耐薄情夫[③]，一行书也无。　泣归香阁恨，和泪淹红粉。待雁却回时[④]，也无书寄伊。

【注释】

①衡阳：今属湖南省。相传鸿雁南飞，至衡阳而止，因南地极热。秦观〔阮郎归〕："衡阳犹有雁传书，郴阳和雁无。"

②万字：形容雁行之多。雁飞行列多成"一"字或"人"字，故称雁字。

③叵(pǒ)耐：不可忍耐，受不了。引申为可恨、可恼。《敦煌曲子词·鹊踏枝》："叵耐灵鹊多漫语，送喜何曾有凭据！"

④却回：返回。

【评析】

此词写闺怨，《尊前集》以为李白作，杨金本《草堂诗余》以为陈达叟作，恐非是。词的上阕首二句以雁起兴。传说中鸿雁可以传书，所以女子见到鸿雁飞来，立刻想到丈夫久无书信，一腔怨怒，脱口而出。下阕写女子流着眼泪回到闺房，暗暗地下狠心说：等到鸿雁北还时，我也不捎信给他！清人况周颐说："歇拍云云，略失敦厚之旨。所谓尽其在我，何也？然而以谓至深之情，亦无不可。"（见《蕙风词话》卷二）其实此词的主要特色，正在于摆脱了"温柔敦厚"的封建诗教,直抒胸臆,语言质朴,如妇人口吻,极富个性。且以鸿雁的多情反衬丈夫的薄情,也颇有新意。

黄 机

黄机，字几仲，一作几叔，东阳（今浙江县名）人，约生活在宋宁宗时期。举进士，曾为郴州永兴县令，常在吴楚一带漫游。工于词，《四库全书简明目录》说他“才气磊落，多与岳珂以长调唱酬，极激楚苍凉之致”。曾以伤时之作〔乳燕飞〕寄呈辛弃疾，是一位具有爱国思想的词人。但也写了一些咏花吟燕的浅俗之作。有《竹斋诗余》一卷传世。毛晋跋其词云：“不乏宠柳娇花、莺昕燕吭等语，何愧大晟上座。”

霜天晓角

仪真江上夜泊[①]

寒江夜宿，长啸江之曲[②]。水底鱼龙惊动，风卷地、浪翻屋。　　诗情吟未足，酒兴断还续。草草兴亡休问[③]，功名泪、欲盈掬[④]。

【注释】

①仪真：州名，治所在今江苏省仪真县，位于长江北岸。

②长啸：撮口而吹，古人常用以抒发心中不平。王维《竹里馆》诗：“独坐幽篁里，弹琴复长啸。”江之曲：江水曲折之处，犹言江湾。

③草草兴亡：谓国家兴亡大事，却被当权者草率处置。草草：亦释作忧貌，可通。

④盈掬：满捧，形容泪水很多。

【评析】

南宋时仪真地处前方，常受金兵及后来元兵的侵袭和骚扰。所以作者夜泊此处，感慨百端。上阕写他夜泊江边，引吭长啸，倾吐胸中不平之气，水底的鱼龙好像被惊动一般，顿时搅起卷地风暴和翻屋巨浪，这是作者内心激动的写照。其气势非婉约派可比。下阕写词人乘诗情酒兴，抒发国家兴亡的忧愤。他在另一首同调作品(金山吞海亭)中说："却笑英雄自苦，兴亡事，类如此。"故作豁达之语。此处却从正面批评当时的统治者把国家兴亡的大事草率处置。结尾二句反映了仕途坎坷、壮志难酬的悲愤心情。"功名"一词是指他曾写"万字平戎策"，奔走求售，结果报国无门，空余襟泪。这种心情也反映在他的〔六州歌头〕(次岳总干韵)中："百年事，心未语，泪先倾。……倚危阑欲遍，江水亦吞声。"而这首词，意境更为浑成，格调更为高迈。从风雨飘摇的舟中联想到草草兴亡的国运，一股苍凉激楚之音，感人肺腑。

严　仁

严仁，字次山，号樵溪，邵武（今属福建）人，好古博雅，与严羽、严参并称“邵武三严”，约宋宁宗庆元（1200）前后在世。有《清江欸乃集》，不传。宋·黄昇《中兴以来绝妙词选》录其词三十首，并说：“次山词，极能道闺闱之趣。”明·杨慎《词品》则云其词长于庆寿赠行，洒然脱俗。

醉桃源

春景

拍堤春水蘸垂杨，水流花片香。弄花噆柳小鸳鸯[1]，一双随一双。　　帘半卷，露新妆，春衫是柳黄。倚阑看处背斜阳，风流暗断肠。

【注释】

①噆（zǎn）：衔、咬。《庄子·天运》：“蚊虻噆肤，则通昔不寐矣。”

【评析】

此词写春景，兼写春愁。上阕以清新的语言描绘了春天美好的景色。首二句围绕春水写三个细节：春水拍堤，春水蘸着垂下的杨柳，春水上流着片片落花。以下二句围绕鸳鸯写三个动作：鸳鸯戏弄着水上的落花，咬着垂到水面的杨柳，又一双跟随着一双在水面上游来游去。清·况周颐《蕙风词话》卷二引《织余琐述》评这四句说：“描写芳春景物，极娟妍鲜翠之致。微特如画而已，政恐刺绣妙手，未必能到。”也就是说色彩鲜艳娇美，比画上的风景还要好，连刺绣能手也不能绣出。这个评价是相当高的。下阕写闺中女子，也只撷取两个侧面：一是帘子半卷，露出女子的新妆，原来她穿着柳黄色的春衫；一是她背转身子倚着栏杆看西下的夕阳，那种暗自伤怀的神情也从背影中反映出来。这种写法比从正面去描绘她的容颜要讨巧得多，而且饶有余味。

诉衷情

章贡别怀①

一声水调解兰舟②，人间无此愁。无情江水东流去，与我泪争流。　人已远，更回头，苦凝眸。断魂何处？梅花岸曲，小小红楼。

【注释】

①章贡：台名。在今江西省赣州市西北，在章贡二水合流处，与郁孤台对峙。宋郡守赵抃神宗熙宁年间建。

②水调：《才调集》卷四杜牧《扬州》诗："谁家唱《水调》，明月满扬州。"注："炀帝开汴渠成，自作《水调》。"兰舟：即木兰舟，船的美称，见前慕容嵓卿妻〔浣溪沙〕注②。

【评析】

此词写别情，风格婉美。上阕写船夫唱起一声《水调》，马上解缆开船。由于要和下文中"小小红楼"里的人分手，因此感到无限忧愁。"无情"二句承上而来，无情的江水把词人载向远方，因此他的两眶眼泪不禁扑簌簌地流下。以滔滔东去的江水与滚滚流淌的泪水相比，效果非常强烈而又富于形象性；"争流"一语，亦颇新颖，几乎可与李煜〔虞美人〕"问君能有几多愁，恰似一江春水向东流"媲美。下阕写词人已离开很远，仍然不断地回头，苦苦地凝眸细看。是什么地方使他如此失魂落魄？就是开着梅花的曲岸上，那一座小小的红楼。这里勾勒出美好的环境，至于在这环境中的人物，他就不加描绘，而让读者去细细联想。笔法含蓄，韵味浓厚，情韵兼胜，意境优美。明人杨慎《词品》说他"长于庆寿、赠行，洒然脱俗"。此词可说是一个显例，其中“洒然脱俗”之致，耐人寻味。

玉楼春

春思

春风只在园西畔，荠菜花繁胡蝶乱。冰池晴绿照还空[①]，香径落红吹已断[②]。　　意长翻恨游丝短，尽日相思罗带缓[③]。宝奁如月不欺人[④]，明日归来君试看。

【注释】

①冰池：形容水面的晶莹平滑。晴绿：形容池水的清澈。

②香径：飘着花香的小路。

③罗带缓：形容腰围瘦减。

④宝奁：指宝镜。奁：镜匣。

【评析】

此词写春思。上阕说春风吹到园子的西边，荠菜花正在盛开，蝴蝶飞来飞去。着一“乱”字，蝴蝶穿梭往来的景象便跃然纸上，与宋祁〔玉楼春〕中“红杏枝头春意闹”的“闹”字相仿佛。“冰池”句是写春天池水的平静和澄澈。“香径”句是说东风已吹尽了落花，小径上飘着阵阵花香。这两句在构思上可能受到李白《望庐山瀑布》诗中“海风吹不断，江月照还空”的启发。下阕由写景转入抒情，以游丝反衬思绪的悠长。由于整日相思，人也渐渐消瘦，以至罗带也变宽松了。此句语本《古诗十九首》：“相去日已远，衣带日已缓。”也与柳永《凤栖梧》：“衣带渐宽终不悔，为伊消得人憔悴。”同一机杼。“宝奁”句是说镜子曾如实反映她的容颜，待你明日归来，它是可以作证的，语言十分婉曲，感情非常深挚。实际上这是痴语、无理语，收到了无理而妙的艺术效果。因此清人陈廷焯说：“深情委婉，读之不厌百回。”（见《白雨斋词话》）

刘克庄

刘克庄(1187—1269),字潜夫,号后村居士,莆田(今福建莆田县名)人。出身世家,以荫补官,仕途颇多挫折。做建阳县尉时,因所写《落梅》中有"东君谬掌花权柄,却忌孤高不主张"诗句,被指控为讪谤朝廷,罢归多年。后来宋理宗以其"文章久著,史学尤精",特赐同进士出身,历仕四朝,任期都不长,以龙图阁学士致仕。宋人张炎说:"潜夫负一代时名,《别调》一卷,大约直致近俗,效稼轩而不及者。"(见《词源》)词风与陆游、辛弃疾相近。清人冯煦说:"后村词与放翁、稼轩犹鼎三足,其生丁南渡,拳拳君国似放翁,志在有为、不欲以词人自域似稼轩。"(《宋六十一家词选例言》)总的说来,他的词中反映了爱国思想,词气激壮豪迈,不受格律约束,但艺术成就不及辛弃疾。

玉楼春

戏林推①

年年跃马长安市②,客舍似家家似寄③。青钱换酒日无何④,红烛呼卢宵不寐⑤。　　易挑锦妇机中字⑥,难得玉人心下事⑦。男儿西北有神州⑧,莫滴水西桥畔泪⑨。

【注释】

①林推:姓林的节度推官,是帅府僚属。据作者《囿山林侍郎神道碑》载,其人乃林元质长子宗焕,官迪功郎,浙西安抚司准遣。故常在临安活动。《花庵词选》题作"戏呈林节推乡兄"。可见为莆田人。

②长安:借指南宋都城临安(杭州)。

③寄:寄宿,客居,引申为旅舍。

④青钱:古钱的一种。古代因钱的成色不同,分青钱和黄钱

两种。

⑤呼卢：赌博时的喊声。古代的樗蒲戏有五子，掷时全黑为卢，可赢满分。此句指通宵赌博。

⑥"易挑"句：用晋·窦滔妻织回文锦典，参见晏几道〔清平乐〕（留人不住）注②。挑：挑出花纹，刺绣的一种方法。锦妇：织锦的妇女，此指妻子。机：指刺绣机。此句谓家中妻子对远出丈夫的思念。

⑦玉人：美人。此指妓女。

⑧神州：指中原沦陷区。

⑨水西桥：《丹徒县志·关津》："水西桥，在水西门。"此处泛指妓女居住的地方。

【评析】

此词虽云戏赠林姓推官，实际上含有劝慰、激励的意思。上阕说林推官长期作客，跃马京城，整日饮酒、纵博。"客舍似家家似寄"，以两个意义相反的比喻，形象地概括了宦游者的生活境况。"青钱"二句，语以豪迈，实带规讽。过片二句说家中妻子时时写信给你，表达真挚的感情；而青楼妓女的心事却使你捉摸不定。最后二句说热血男儿心中应以恢复中原失地为重，不要一味寄迹青楼，为恋情浪费眼泪。语调沉郁，警动千古。清人况周颐评曰："后村〔玉楼春〕云：'男儿西北有神州，莫滴水西桥畔泪。'杨升庵谓其壮语足以立懦，此类是也。"（《蕙风词话》卷二）

清平乐

赠陈参议师文家侍儿[①]

宫腰束素[②]。只怕能轻举。好筑避风台护取[③]，莫遣惊鸿飞去[④]。　一团香玉温柔[⑤]，笑颦俱有风流[⑥]。贪与萧郎眉语[⑦]，不知舞错《伊州》[⑧]。

【注释】

①参议:制置使、安抚使幕僚之称谓。陈师文:不详何人。

②宫腰:细腰。《后汉书·马廖传》:"楚王好细腰,宫中多饿死。"束素:以白绸束腰。宋玉《登徒子好色赋》:"腰如束素。"

③避风台:相传汉成帝之妃赵飞燕体轻善舞,"每轻风时至,飞燕殆随风入水,帝以翠缕结飞燕之裾。……今太液池尚有避风台,即飞燕结裾之处"。(见《三辅黄图》卷四)护取:护着。取,语助词。

④惊鸿:喻女子轻盈的体态。魏·曹植《洛神赋》:"矫如游龙,翩若惊鸿。"

⑤香玉:喻女子面庞。温庭筠《晚归曲》:"雀扇圆圆掩香玉。"

⑥颦:皱眉头,愁貌。

⑦萧郎:指青年男子。《唐诗纪事》卷五十六载,崔郊卖婢女与连帅时,赠之以诗曰:"侯门一入深如海,从此萧郎是路人。"眉语:眉目传情。

⑧《伊州》:唐代商调曲。

【评析】

这首词《花庵》题作"顷在维扬陈师文参议家,舞姬绝妙,赋此"。作者曾于嘉定十年(1217)、十一年(1218)两至扬州,词盖作于此时。其中所写的侍儿,是一位舞女。上阕以夸张的历史故事来形容这一舞女体态轻盈,翩然欲飞,使人觉得好像汉时的赵飞燕再生。下阕写她形象美丽温柔,一颦一笑,都富于风韵。结尾两句写得极为生动,说她在舞蹈时与一位男子眉眼传情,因而不知不觉跳错了舞步。清人贺裳《皱水轩词筌》云:"写景之工者,如尹鹗'尽日醉寻春,归来月满身';李重光'酒恶时拈花蕊嗅';李易安'独抱浓愁无好梦,夜阑犹剪灯花弄';刘潜夫'贪与萧郎眉语,不知舞错《伊州》',皆入神之句。"这里所谓"写景之工",实际上是指善于刻画人物。其描写舞女对爱情之专注,真是达到出神入化的妙境。这首词风格别致,饶有情趣,且能注意谋篇造语、结构层次,声情也较婉约。不妨说是《后村别调》中的"别调"。

淮上女

淮上女，淮上良家女，宋宁宗嘉定（1208—1224）间人。

减字木兰花

淮山隐隐[①]，千里云峰千里恨。淮水悠悠[②]，万顷烟波万顷愁。　山长水远，遮住行人东望眼。恨旧愁新，有泪无言对晚春。

【注释】

①淮山：泗州附近的山，如都梁山、浮山、巉石山等。

②淮水：淮河。

【评析】

此词作于泗州，据洪迈《续夷坚志》记载，金宣宗兴定末年，即宋宁宗嘉定十五年（1222）左右，"四都尉南征，军士掠淮上良家女北归，有题〔木兰花〕词逆旅间。"词中用血泪诉说了对金人贵族入侵的仇恨，表达了对故乡的热爱。上阕首二句以山喻恨，次二句以水喻愁。过片则综合山与水，写对故乡的依恋之情。这些描写手法似乎是文人词中惯用的，然而结合词人特定的身份和遭遇，却给人以亲切和新鲜之感，似乎把读者带到那个野蛮的战争年代，看到这位被掳北去的良家女子在和故乡诀别之时是怎样的难分难舍。同昔人那些无痛呻吟之作相比，应该说这是一首内容充实、有着时代烙印的好作品。

周 晋

周晋，字明叔，号啸斋，其先济南（今属山东）人，周密之父。自祖父周秘起移居湖州。宋理宗绍定四年（1231），为富阳县县令，宝祐三年（1255）知汀州。能词，周密《绝妙好词》录其词三首。

点绛唇

访牟存叟南漪钓隐[1]

午梦初回，卷帘尽放春愁去。昼长无侣，自对黄鹂语。　　絮影蘋香，春在无人处。移舟去。未成新句，一砚梨花雨[2]。

【注释】

①牟存叟：名子才，其先井研（四川县名）人，因爱吴兴山水清远，迁居湖州南门。南漪钓隐：牟存叟的花园名，一称南漪小隐，乃张先故宅。周密《齐东野语》卷十五："南园故址在（湖州）南门内，牟存叟端平所居是也。其地尚为张氏物，先君（周晋）为经营得之。存叟大喜，亦尝赋五绝句，其一云：'买家喜傍水晶宫，正是南园故址中。'"

②梨花雨：据载，牟氏南园中的硕果轩附近，有大梨树一株。故云。

【评析】

此词写园林佳趣。上阕首二句写午睡醒来，卷起门帘，顿觉心情舒畅，所以说"尽放春愁去"。次二句写醒来坐久，又觉得白昼时间漫长，感到孤寂无聊，于是同黄鹂对语。黄鹂可与语，设想奇警，前人写鹦鹉，有"却傍金笼共言语"，此处易以黄鹂，则幽趣倍增。过片写柳絮在日影下飞过，蘋香在微风中飘来，表现了幽静的意境。进而得到"春在无人处"的认识，颇具哲理。

据周密《癸辛杂识》记载，牟氏园中还有桴舫斋、岷峨一亩宫，前枕大溪。词中所写的便是这里的景色。结尾写词人赋诗未成，突然下起雨来。此时，因已移舟硕果轩外梨树下，雨落砚中，诗未写成，故曰"未成新句，一砚梨花雨"，此句似从杜甫《丈八沟纳凉》诗"片云头上黑，应是雨催诗"化来；而辛弃疾〔鹧鸪天·鹅湖归病起作〕"诗未成时雨早催"亦有此意，然以砚承雨，则别具意境，乃未经人道语，恰到好处地概括了当时的情景，虽云新句未成，而盎然诗意已在其中了。

吴文英

吴文英(约1200—1260),字君特,号梦窗,晚号觉翁,四明(今浙江宁波)人,本姓翁,与翁元龙为亲兄弟。宋理宗绍定五年(1232),为入苏州仓台幕僚,受知于丞相吴潜,并以清客身份出入于贾似道、史宅之等权贵之门,经常往来于苏、杭、会稽一带。今存《梦窗词》甲、乙、丙、丁四稿,中有应酬之作,但不少作品艺术成就甚高。尹焕序其词曰:"求词于吾宋者,前有清真,后有梦窗。此非焕之言,四海之公言也。"(《花庵词选》引)至清代,除张惠言外,对梦窗词均极推崇。周济《宋四家词选》将吴文英、辛弃疾、周邦彦、王沂孙列为宋词四大家,说:"梦窗奇思壮采,腾天潜渊,返南宋之清泚,为北宋之秾挚,是为四家,领袖一代。"其词雕琢工丽,音律谐婉,然多数词意晦涩,所以张炎批评说:"吴梦窗词如七宝楼台,眩人眼目,拆碎下来,不成片段。"(《词源》)也有轻灵疏快的作品,特别是小令。"其佳者,天光云影,摇荡绿波,抚玩无斁,追寻已远。"(见周济《介存斋论词杂著》)。就风格而言,"词家之有吴文英,如诗家之有李商隐",这一评价基本上是恰当的。

浣溪沙

门隔花深梦旧游①,夕阳无语燕归愁。玉纤香动小帘钩②。　落絮无声春堕泪,行云有影月含羞。东风临夜冷于秋。

【注释】

①旧游:旧时游冶之处。

②玉纤:喻美人手指。

【评析】

此词写梦中回到旧日游冶之处,意境优美含蓄,语言精雕细刻，是一首精粹的小品，其构思似受唐·张泌《寄人》诗的启发。故近人陈洵《海绡说词》云："此篇全从张子澄'别梦依依到谢家'一诗化出，须看其游思缥缈缠绵往复处。"词的上阕，说他在梦中来到旧游之处，此时夕阳西下，紫燕归巢，一阵幽香过处，词人似乎看到一位女子的纤纤玉手正在拨动帘钩。因为是隔着重门和花丛，整个印象比较隐约。陈洵《海绡说词》分析说："'梦'字点出所见，惟夕阳归燕，玉纤香动，则可闻而不可见矣。是真是幻，传神阿堵，'门隔花深'故也。"所云极为透辟。下阕寓情于景，过片一联对仗工整。陈洵又分析说："'春堕泪'为怀人，'月含羞'因隔面，义兼比兴。东风临夜，回睇夕阳，俯仰之间，已为陈迹，即一梦亦有变迁矣。'秋'字不是虚拟，有事实在，即起句之'旧游'也。秋去春来，又换一番世界，一'冷'字可思。"如此，则"落絮"竟是词人泪水的化身，月亮竟是美人的面影，研炼之深，措词之工，实为罕见。而上面所写的夕阳无语，归燕含愁，玉纤香动等，都出之于奇想，表之以隽语。其结语亦有味，清人陈廷焯说："〔浣溪沙〕结句贵情余言外，含蓄不尽。如吴梦窗之'东风临夜冷于秋'，贺方回之'行云可是渡江难'，皆耐人玩味。"（见《白雨斋词话》）其实，春夜的东风比秋天还冷，是词人的心理作用，因为"门隔花深"，无由与所欢相会，临夜徘徊，自然心灰意冷。而用一"秋"字概括，更耐人寻味。

望江南

三月暮，花落更情浓。人去秋千闲挂月，马停杨柳倦嘶风。堤畔画船空。　　恹恹醉①，长日小帘栊②。宿燕夜归银烛外，啼莺声在绿阴中。无处觅残红。

【注释】

①恹恹：精神不振貌。

②帘栊：有竹帘的窗棂。

【评析】

这首词是梦窗词中轻灵疏快的作品,同他的〔踏莎行〕有所不同。上阕说暮春三月,落花飞舞,人们伤春之情更为浓厚。"人去"一联,对仗工整而又用笔自然,描绘了一幅美丽的夜景。其中"闲"字、"倦"字,则融情入景,颇饶意趣。"堤畔"一句,也呈现了寂静清幽的境界。下阕着重写情。在恼人春色中,主人公终日精神萎靡,有如醉酒。"长日小帘栊",说明帘子经常垂下,室内显得十分寂寞。"宿燕"一联也很工整流丽,于动态中描绘静景。结句"觅残红"是指啼莺,兼写人的愁闷。明代卓人月《古今词统》卷七云此词"甘而不饴,酸而不酢,滋味超胜",乃说这首词韵味隽永。清·先著《词洁》卷五说他的〔澡兰香〕"笔端幽艳,如古锦灿然",其实用这两句话来概括此词特色,也是恰当的。此词意境与欧阳修〔采桑子〕(群芳过后西湖好)极相似,可相互参看。

踏莎行

润玉笼绡①,檀樱倚扇②,绣圈犹带脂香浅③。榴心空叠舞裙红④,艾枝应压愁鬟乱⑤。　午梦千山,窗阴一箭⑥,香瘢新褪红丝腕⑦。隔江人在雨声中,晚风菰叶生秋怨⑧。

【注释】

①润玉:形容温润如玉的肌肤。

②檀樱:浅红色的樱桃小口。

③绣圈:绣花的装饰品。

④"榴心"句:指绣着石榴花的裙子,即石榴裙。

⑤艾枝:《荆楚岁时记》载:古代以艾为虎,菖蒲为剑。端午节妇女剪彩为小虎,并粘艾叶戴在头上。

⑥窗阴一箭:犹光阴似箭。

⑦香瘢：手腕印痕。红丝腕：古代端午节以五彩丝系臂，称长命缕，一名辟兵缕，借以辟鬼和辟兵。见汉·应劭《风俗通义》。

⑧菰叶：见前孙光宪〔风流子〕注②。

【评析】

这首词足以代表梦窗词的主要风格，其中镂金错彩，堆砌了许多华丽的字眼，而意义比较隐晦。词的上阕着重描绘了一位女子的睡态，大意是说翠绡罩着她晶莹的肌肤，歌扇掩着她的樱桃小口，绣圈上还带有淡淡的脂香粉痕。腰系红色石榴花舞裙，艾枝又斜插在散乱的鬓发上。陈洵《海绡说词》说："读上阕，几疑真见其人矣。"所见之人，也只是由许多美丽的物品装饰起来的，给予读者的仅是一个模糊的印象。下阕着重写梦后之感，"午梦千山"二句表现了女子的梦境。"香瘢"句是说她手腕上被长命缕勒成的瘢痕已经退掉，表明人已消瘦。结尾二句，由繁华跌入凄凉。晚江风雨，菰叶萧萧，虽不是秋天，却写出了浓重的秋意。王国维对此极为推崇，他说《梦窗四稿》中，唯有"隔江人在雨声中，晚风菰叶生秋怨"二句，当得起周济"天光云影，摇荡绿波，抚玩无斁，追寻已远"的评价。（见《人间词话》）整个下阕，陈洵在《海绡说词》中分析道："换头点睛，却只一梦，惟有雨声菰叶，伴人凄凉耳。'生秋怨'，则时节风物，一切皆空。"据此可以认为，前面是以丽语铺叙梦中所见，最后以疏淡语收缴，写梦后感觉，点明人物情绪。清·戈载说，梦窗词"貌观之雕缋满眼，而实有灵气行乎其间"（见《宋七家词选》），于此可见一斑。

玉楼春

京市舞女[①]

茸茸狸帽遮梅额[②]，金蝉罗剪轻衫窄[③]。乘肩争看小腰身[④]，倦态强随闲鼓笛。　　问称家住城东陌[⑤]，欲买千金应不惜。归来困顿殢春眠[⑥],犹梦婆娑斜趁拍[⑦]。

【注释】

①京市舞女:周密《武林旧事·元夕》:"都城自旧岁孟冬驾回,则已有乘肩小女,鼓吹舞绾者数十队,以供贵邸豪家幕次之玩。"

②茸茸狸帽:绒毛浓密的狸皮帽子。梅额:指梅花妆,见前欧阳修〔诉衷情·眉意〕注①。

③金蝉罗:一种薄如蝉翼的丝罗。轻衫:一作"胡衫"。

④乘肩:站在别人的肩上。小腰身:指舞女轻盈的细腰。

⑤问称:问和答。"家住城东陌"是舞女的答话。东陌:即东街。

⑥殢(tì):滞留意。此作贪恋解。

⑦婆娑:盘旋。此处形容舞姿。趁拍:踩着音乐的节拍。

【评析】

此词写南宋时杭州元宵节的舞女。上阕写这位舞女头戴毛茸茸的狸皮帽子,身穿紧窄的金蝉丝罗轻衫,她站在别人的肩上舞动着轻盈的身段,像是感到疲倦而勉强地应付着鼓乐和笛声,这是从装束和舞姿方面来描绘这位舞女的外部形象。下阕开头写同这位舞女的对话,得知她住在本城的东街。"欲买千金应不惜"是对这位舞女的高度评价。最后二句写灯散归来,这位疲倦的舞女酣然入睡,梦见自己还在踩着音乐的节拍婆娑起舞。"趁拍"前着一"斜"字,形容旋转中的舞姿,栩栩如生。词中基本采取白描的手法,同作者的其他作品风格有异。上下两结句相互映衬,前者写现实中的,后者写幻境中的,然均姿态横生,俨然如画。故明人杨慎《词品》称此词为"深具意态者也"。

夜游宫

人去西楼雁杳[①],叙别梦、扬州一觉[②]。云淡星疏楚山晓③，听啼乌，立河桥，话未了。　　雨外蛩声早④，细织就霜丝多少⑤。说与萧娘未知道⑥，向长安，对秋灯，几人老？

【注释】

①雁杳：谓没有音信。参见李煜〔清平乐〕（别来春半）注④。

②扬州一觉：语本唐·杜牧《遣怀》诗："十年一觉扬州梦，赢得青楼薄倖名。"

③楚山：楚地的山，此处暗用巫山神女故事。

④蛩声：蟋蟀声。

⑤霜丝：白发。

⑥萧娘：唐·杨巨源《崔娘》诗："风流才子多春思，肠断萧娘一纸书。"此指所恋女郎。

【评析】

此词写离愁。上阕首三句谓昔日的欢会恍如春梦，而一别之后，又复音讯杳然。这里已揭示出离愁这一主题。以下几句化用宋玉《高唐赋》巫山神女典实，以及牛希济〔生查子〕（春山烟欲收）词意写梦境，谓在云淡星稀的拂晓，主人公和心上人立于河桥之上，听着乌啼，互诉离情，万千言语，绵绵不尽。李白《杨叛儿》诗云："何许最关情，乌啼白门柳。"是用古代民歌形式，借啼乌以写爱情，此处用意相同，然凄凉况味，溢于言外。下阕写梦醒以后的离愁。秋夜的雨声和蟋蟀声，组成一曲凄切的音乐，愁人听此，心境更为愁苦，以致连头发也愁白了。作者用"细织就霜丝多少"一句形容这一心理过程，可谓刻意求工，恰到好处。结尾三句，词人想象心上人此刻也许正独对孤灯，思念寄身长安（借指临安）的自己，甚至于忧愁欲老，和前面写自己的"霜丝"相呼应，体己体人，委婉曲折，深情绵邈，近人陈洵分析此词说："楚山，梦境；长安，京师；是运典。扬州，则旧游之地，是赋事。此时觉翁身在临安也。词则沉朴浑厚，直是清真后身。"(《海绡说词》)说明吴文英的词风深受周邦彦的影响。

鹧鸪天

化度寺作[1]

池上红衣伴倚阑[2],栖鸦常带夕阳还。殷云度雨疏桐落[3],明月生凉宝扇闲。　乡梦窄,水天宽,小窗愁黛淡秋山[4]。吴鸿好为传归信[5],杨柳阊门屋数间[6]。

【注释】

①化度寺:《杭州府志》:"化度寺在仁和县(今杭州市)北江涨桥,原名水云,宋治平二年改。"

②红衣:指荷花。贺铸〔芳心苦〕词咏荷云:"红衣落尽芳心苦。"

③殷云:指浓云。

④秋山:喻愁眉。

⑤吴鸿:吴地的鸿雁,喻信使。

⑥阊门:苏州西门。

【评析】

此词为怀念离去的爱姬而作。上阕写傍晚凭栏,词人看到的是天际归鸿,池上荷花。"栖鸦常带夕阳还"一句,似依唐·王昌龄《昌信秋词》"玉颜不及寒鸦色,犹带昭阳日影来"句改造而成,亦似从周邦彦〔玉楼春〕(桃溪不作从容住)中"雁背夕阳红欲暮"化出。"殷云"二句写疏雨滴梧桐,以及雨后的新凉。"明月凉生宝扇闲",造语工稳,明月与宝扇,形状相似,而在生凉这一点上,作用又相同,故容易引人联想。下阕正面表现对吴地去姬的忆念。他似乎在梦中看到了这位女子在为他愁损"秋山"。"小窗"一句,仿佛电影中的特写镜头,读者似乎可以从中看清她的面部表情。最后二句是托归鸿带信到苏州阊门,说他不久将回到她的身旁。近人陈洵说:“杨柳阊门,其去姬所居也。全神注定,是此一句。吴鸿归信,言己亦将去此间矣,眼前风景何有焉?”(见《海绡说词》)就是说“杨柳阊门”,不是写的眼前风景,而是去姬所居之地。这一点正是我们理解此词的关键。

潘 牥

潘牥(1205—1246),字庭坚,号紫岩,初名公筠,富沙(今福建建瓯)人,端平二年(1235)进士,历任太学正,潭州通判。为人豪荡不羁,为福建帅司机宜文字时,醉后骑黄犊,歌《离骚》于市。有《紫岩集》,近人赵万里辑有《紫岩词》一卷。

南乡子

题南剑州妓馆①

生怕倚阑干,阁下溪声阁外山②。惟有旧时山共水,依然,暮雨朝云去不还③。　应是蹑飞鸾④,月下时时整佩环⑤。月又渐低霜又下,更阑⑥,折得梅花独自看。

【注释】

①南剑州:今福建省南平市。

②阁下溪声:南剑州东南有延平津。亦称建溪、东溪,位于闽江上游。溪声即指延平津水所发出的声响。

③暮雨朝云:见前李珣〔巫山一段云〕注④。

④蹑飞鸾:追随飞鸾而去。飞鸾,舞女名。《杜阳杂俎》:"(唐敬宗)宝历二年,浙东国贡舞女二人,一曰飞鸾。一曰轻凤,修眉黟目,兰气融冶,冬不纩衣,夏不汗体。上琢玉芙蓉,以为二女歌舞台。每歌声发,如闻龙凤之音。"此喻歌妓。

⑤佩环:古代妇女的装饰。杜甫《咏怀古迹》:"环佩空归月夜魂。"

⑥更阑:即更残、更尽。

【评析】

此词通过题妓馆,寄托词人的情思。上阕以顿入手法,直截提出"生怕倚阑干"。为什么生怕?因为听到阁下的溪声,看到阁外的青山，便会产生种种愁和恨。旧时的山水，依然如故，而旧时的恋情，却又如暮雨朝云，一去不返。这就是他生怕倚阑干的原因。语言似直而婉，感情极为深挚。正如明人沈际飞所说："'阁下溪声阁外山'句，便已婉挚，况复足'山水'一句乎？结凄切。"（见《草堂诗余正集》）下阕说歌妓此刻不在阁中，也许追逐飞鸾而去，正在月下整饬身上的佩环。继而，又说月亮西斜，寒霜下降，夜尽更阑。此时此刻留在阁上的词人感到格外孤独，于是便折下梅花独自玩赏。清人先著说："梅花自看，太无聊矣。此词有许多转折委婉情思。"（见《词洁》）"转折委婉"，确是这首词的主要艺术特色。清人况周颐评此词说："小令中能转折，便有尺幅千里之妙。歇拍尤意境萧瑟。"（见《蕙风词话》卷二）词中从"生怕"句至"惟有"句是一转，从"依然"至"暮雨"句又一转，从"应是"句至"月又"句更一转，委婉曲折，愈转愈妙，确真有尺幅千里之妙。

薛梦桂

薛梦桂,字叔载,号梯飙,永嘉(今浙江温州)人,宝祐元年(1253)进士,曾为福清知县,官至平江(今苏州)通判。

醉落魄

单衣乍着[①],滞寒更傍东风作[②]。珠帘压定银钩索[③]。雨弄初晴,轻旋玉尘落[④]。　　花唇巧借妆梅约[⑤],娇羞才放三分萼[⑥]。尊前不用多评泊[⑦],春浅春深,都向杏梢觉。

【注释】

①乍着:初着。刚刚穿上。

②滞寒:初春滞留未去的寒气。

③"珠帘"句:谓珠帘已被银钩挂起。

④玉尘:指白雪。南朝梁·何逊《咏雪》诗:"若逐微风起,谁言非玉尘。"

⑤妆梅:指梅花妆。参见欧阳修〔诉衷情·眉意〕注③。约:收住。

⑥萼:花萼,花瓣下部的一圈绿色小片。此处代指花瓣。

⑦尊前:指筵前。评泊:张相《诗词曲语辞汇释》卷五:"评泊,量度或评论之义。"并引此句释曰:"此亦量度义。"

【评析】

此词写乍暖还寒时节。上阕说刚刚穿上单衣,忽然严寒的气候又随东风到来;天刚刚放晴,珠帘才被银钩挂起,可马上又下起雪来。"雨弄初晴,轻旋玉尘落",描写雨夹雪的早春天气。下阕首二句是说花正含苞待放。以"花唇"形容欲开未开的花瓣,用词极其准确而又尖新。"娇羞才放三分萼",则赋予花朵以人的感情,是拟人化的手法。结尾三句说,春色的深浅不要在筵前去度量、估计，只要看看杏花梢头便都明白了。由此可见，前面所写的“花唇”，当系指杏花。此词清人况周颐评价极高，他说：“词笔丽与艳不同：艳如芍药牡丹，慵春媚景；丽若海棠文杏，映烛窥帘。薛梯飙词工于刷色，当得一丽字。”(见《蕙风词话》卷二)词中写珠帘银钩、轻旋玉尘、花唇梅妆、娇羞花萼，都非常绮丽，可见这个“丽”字正是这首词的特色。

刘辰翁

刘辰翁(1232—1297),字会孟,号须溪,庐陵(今江西吉安)人。补太学生,理宗景定三年(1262)考进士时,在对策中写有"忠良戕害可伤,风节不竞可憾"等语,忤权奸贾似道,被置于丙等。于是他请求为濂溪书院山长,不肯出任太学博士。德祐元年(1275),文天祥起兵勤王,他参预幕府。宋亡,隐居不仕。有《须溪集》。他生当宋元易代之际,前期的词能批判南宋的腐败,后期的词能反映亡国之痛。豪情壮采,与苏辛风格相近。清·况周颐说:"《须溪词》多真率语,满心而发,不假追琢,有掉臂游行之乐。其词笔多用中锋,风格遒上,略与稼轩旗鼓相当。"(见《餐樱庑词话》)在宋末词坛上,他是一位具有爱国思想的词人。其和李清照〔永遇乐〕一词尤富黍离之痛。

忆秦娥

中斋上元客散感旧[①],赋《忆秦娥》见属,一读凄然,随韵寄情,不觉悲甚。

烧灯节[②],朝京道上风和雪[③]。江山如旧,朝京人绝。　　百年短短兴亡别[④],与君犹对当时月。当时月,照人烛泪[⑤],照人梅发[⑥]。

【注释】

①中斋:邓剡的别号。他字光荐,吉安人,景定三年(1262)进士,祥兴元年(1278)被元兵所掳,与文天祥一起押赴燕京,至建康,以病留,后还故里。

②烧灯节:即上元节,因点花灯而名。

③朝京道上:指通向南宋首都临安的大道。

④兴亡:偏义复词,着重于亡。指南宋灭亡,被元所取代。

⑤烛泪：蜡烛燃烧时流下的蜡油。此喻眼泪。

⑥梅发：头发稀少。周紫芝《竹坡诗话》："方回（贺铸）寡发，功父指其髻曰：此直贺梅子也。"故称发少为梅发。

【评析】

此词作于宋亡以后的一个元宵节。往年临安观灯，备极繁华；如今临安为元兵占领，顿变凄凉冷落，词人抚今忆昔，不禁感慨系之。上阕说在这元宵佳节，只见通向京都的大道上风雪漫天。祖国江山景色依旧，而前往临安朝拜故都的人却一个也没有。兴亡之感，凄然言外。下阕直接抒发这种感情。自建炎元年（1127）南渡至景炎元年（1276）临安陷落，不过一百多年，南宋便被元人所灭。词人此番与友人共对旧时月色，不禁悲从中来。月亮还是当时的月亮，可是江山已经易主，词人也已衰老。"当时月，照人烛泪，照人梅发"三句，蕴藏多少亡国之痛。读后，一位在惨淡烛光下无限伤神的宋朝遗老宛在目前。

柳梢青

春感

铁马蒙毡[1]，银花洒泪[2]，春入愁城[3]。笛里番腔[4]，街头戏鼓[5]，不是歌声。　　那堪独坐青灯[6]！想故国、高台月明[7]。辇下风光[8]，山中岁月[9]，海上心情[10]。

【注释】

①铁马：谓配有铁甲的战马。蒙毡：元人常用毡毯蒙在马身以御寒。

②银花：指花灯。唐·苏味道《正月十五日》诗："火树银花合，星桥铁锁开。"

③愁城：陆游《山园》诗："狂吟烂醉君无笑，十丈愁城要解围。"此指元军占领下的临安城。

④番腔：指蒙古族的歌曲。番，旧时对外族或外国的称呼。

⑤戏鼓：指蒙古族表演百戏的鼓乐。

⑥青灯：指油灯，因其光焰青荧，故谓。

⑦高台：指临安的观潮台。《武陵旧事》卷三："禁中例观潮于天开图画，高台下瞰，如在指掌。"

⑧辇下：即辇毂之下，指南宋故都临安。

⑨山中岁月：宋亡后作者隐居山中，故云。

⑩海上心情：南宋临安陷落后，其爱国志士多从海上转移至福建、广东一带，继续抗元。此句写作者对他们的关注。

【评析】

此词抒发遗民之恨和亡国之痛。上阕首三句想象临安陷落后元宵节的惨象：蒙古军马的铁蹄在街上驰突，沙河塘上的花灯仿佛洒下了悲伤的眼泪。"笛里"三句，以对比手法，写出兴亡之感。吴自牧《梦粱录》卷一记南宋元宵节时，"笙簧琴瑟，清音嘹亮……更兼家家灯火，处处管弦。"人民何等快乐！及至元兵入城，虽有"笛里番腔，街头戏鼓"，然而在充满亡国哀怨的词人听来，都不是歌声，没有带来一丝儿欢娱。下阕则写词人隐居山中的心情：他独对青灯，追忆昔时故都元宵之夜玩月赏灯的升平景象。"辇下"三个排句表明了三种境界：故都昔日的繁华，山中隐居的寂寞，海上抗元的豪情。其中贯串了一条思绪：深沉的爱国情感。词虽题作"春感"，实为元宵抒怀，语言流畅，感情沉郁，是南宋末年思想性较强、艺术性较高的作品之一。

史介翁

史介翁,字吉甫,号梅屋。词存一首,见《绝妙好词》卷五。

菩萨蛮

柳丝轻扬黄金缕,织成一片纱窗雨。斗合做春愁①,困慵熏玉篝②。　　暮寒罗袖薄,社雨催花落③。先自为诗忙,蔷薇一阵香。

【注释】

①斗合:犹拼凑。秦观〔河传〕:"乱花飞絮,又望空斗合、离人愁苦。"见《诗词曲语辞汇释》卷五。

②熏玉篝:即熏笼。玉:形容熏笼的精美。

③社雨:春社时的雨。春社,古代在立春后第五个戊日祭祀土地神,故名。

【评析】

此词写春愁。上阕以柳丝拟"雨",说春风吹拂着柳丝,好似在纱窗前织成一幅雨景。此语似未经人道着,意境清新,形象鲜明。这时在愁人的眼中,究竟是柳丝还是雨丝,已不甚分明,只觉得二者又集聚成一股春愁向人袭来。于是她感到困倦、娇慵,斜倚在熏笼上恹恹欲睡。下阕是写真正的春雨。天黑下来了,她身穿薄薄的罗衣,渐渐感到晚凉;而淅淅沥沥的春雨又把花儿摧残,愈使她感到寒意。结尾二句写她本忙于吟诗,却在不知不觉中闻到一阵蔷薇的香味。词中虚实结合,疏密相间。上阕虚写雨景,下阕抒述春情,前后照应,诗意盎然;并以通俗晓畅的语言构成清空的意境,物态人情,融为一体;柳丝雨点,织成一片,具有较浓的美学意味。

周　密

周密(1232—1298),字公谨,号草窗,原籍济南,流寓吴兴(今属浙江),居弁山,自号弁阳啸翁,又号萧斋及四水潜夫。淳祐中,为义乌(今浙江县名)令,入元不仕,寓居杭州,与王沂孙、张炎、王易简、李彭老、仇远等结为词社。著作甚多,诗集名《蜡屐集》,词集名《草窗词》(又称《蘋洲渔笛谱》),另有《齐东野语》《癸辛杂识》《志雅堂杂钞》《浩然斋雅谈》等多种,广记遗闻轶事。还选有南宋词一百三十二家为《绝妙好词》七卷,保存了不少优秀作品。在词史上,周密与王沂孙、张炎齐名,亦与吴文英并称为“二窗”。清人戈载说:“草窗词尽洗靡曼,独标清丽,有韶倩之色,有绵渺之思,与梦窗旨趣相侔,二窗并称,允矣无忝。”(《宋七家词选》)清人周济则进一步指出其弱点,“立意不高,取韵不远,当与玉田(张炎)抗行,未可方驾王(沂孙)、吴(文英)也”。(《宋四家词选序论》)。

鹧鸪天

清明

燕子时时度翠帘,柳寒犹未褪香绵①。落花门巷家家雨,新火楼台处处烟②。　　情默默,恨恹恹。东风吹动画秋千。刺桐开尽莺声老③,无奈春风只醉眠④。

【注释】

①香绵:指柳絮。柳絮一称柳绵,故名。

②新火:寒食后举火,称新火。见前苏轼〔望江南·超然台作〕注⑥。

③刺桐:见前李殉〔南乡子〕(相见处)注①。刺,一作“拆”。

④春风:“风”一作“何”。

【评析】

此词写清明感怀。上阕写景，说燕子从帘幕间飞来飞去；因为春寒的缘故，直到清明时节柳絮还未飞尽。“落花”二句极有意境，句法显然受到宋代赵师秀《约客》诗“黄梅时节家家雨，青草池塘处处蛙”的影响。过片抒情。词人之所以默默无语，萎靡不振，大概是由于入元以后怀有遗民之恨。观结尾“刺桐开尽莺声老，无奈春风只醉眠”二句，似有所寄托，但不甚明显。这样的情绪，这样的精神状态，结合时代背景来看，恐非一般的春愁春恨。作者的手法比较巧妙，特别是下阕，能够融情入景，做到蕴藉含蓄，留有余味。清人周济说：“公谨敲金戛玉，嚼雪盥花，新妙无与为匹。”（见《介存斋论词杂著》）从音律和用语两个方面指出他的词风特点。

闻鹊喜

吴山观涛[①]

天水碧，染就一江秋色[②]。鳌戴雪山龙起蛰[③]，快风吹海立[④]。　　数点烟鬟青滴[⑤]，一杼霞绡红湿[⑥]。白鸟明边帆影直[⑦]，隔江闻夜笛[⑧]。

【注释】

①闻鹊喜：即［谒金门］。吴山：在今杭州市南。

②天水碧：当时一种染料。《宋史》卷四七〇《南唐世家》：“（李）煜之姬妾尝染碧，经夕未收，其色愈鲜明……自是宫中竞收露水，染碧以衣之，谓之‘天水碧’。”

③鳌（áo）：传说中的海中大龟。据《列子·汤问》记载，渤海之东有大壑，中有岱舆、员峤、方壶、瀛洲、蓬莱五座大山，常随波上下漂流。上帝使十五只巨鳌举首戴之，五山得以兀峙。李白《猛虎行》：“巨鳌未斩海水动，鱼龙奔走安得宁！”龙起蛰：龙过了冬眠时期开始活动。蛰，指冬眠。

④海立：语本苏轼《有美堂暴雨》诗：“天外黑风吹海立，浙

东飞雨过江来。”

⑤烟鬟：烟鬟雾鬓。本来形容饱经风霜的妇女，此指烟霭迷茫的山峰。青滴：苍翠欲滴。

⑥杼：织布梭子。一杼，犹一匹、一幅。

⑦明边：指云霞边际光明之处。

⑧隔江：指浙江，江乃钱塘江。

【评析】

此词写在吴山顶上观看钱塘江潮水，可与潘阆〔酒泉子〕（长忆观潮）对读。上阕首二句写水天相映，呈现出一江浅绿的颜色。“染就”句似从韦庄〔谒金门〕“染就一池新绿”而来，但境界更为阔大，描绘了蓝天碧水连成一片的壮丽画面。而“天水碧”一辞，看似出语自然，其实有典。且“天水”乃赵宋郡望，作者在不知不觉中寄寓了故君故国之思。下句接以“染就一江秋色”，似指赵宋的势力在扩展。个中用意，一般人、特别是元人是不易察觉的，即使察觉，也难以坐实。可见手法之巧妙。“鳌戴”句，形容翻滚的潮水好像巨鳌顶起了雪山，又好像巨龙在搅动海水。“快风”句写大海风起浪涌的宏大气势。从静到动，写来极有层次。下阕从观潮宕开，写钱塘江上的晚景：一座座青翠欲滴的山峦好像烟霭笼罩着的妇女发髻，天边一抹红霞，好像刚刚从水中捞起的鲛绡。远处，白鸥从云边飞过（横），帆影直立在江面（纵），构成画面的稳定性，拓开了空间。如果说上阕是由静趋动的话，那么这里所写的便是由动趋静，呈现出一幅辽阔而寂寥的图景，显得不粘不滞，疏密有致。结尾写天色渐渐黑暗，隔江响起了悠扬的笛声，表现出渺远的情韵，使全词留有不尽意味。这意味联系本词起二句来看，也许是南宋的抗元声音，然却异常隐晦，人所难觉。因此，清人周济说：“草窗词镂冰刻楮，精妙绝伦。”（《介存斋论词杂著》）此词确是如此。

邓剡

邓剡，字光荐，号中斋，庐陵（今江西吉安）人，约公元1279年前后在世。景定三年（1262）举进士，为文天祥所重。祥兴时，官礼部侍郎，厓山兵败，与文天祥被元兵俘虏，中途至建康，因病留下。后为张弘范所得，使教其子，得以放还。能词，多哀感之音，有《中斋集》。

浪淘沙

疏雨洗天清，枕簟凉生①。井桐一叶做秋声②。谁念客身轻似叶，千里飘零。　梦断古台城③，月淡潮平。便须携酒访新亭④。不见当时王谢宅⑤，烟草青青。

【注释】

①枕簟：枕席。簟，竹席。

②井桐：井边梧桐。秋声：古人认为，秋天草木黄落，西风吹来，多肃杀之声，故名。唐·孟郊《分水岭别夜示从弟寂》诗："古木摇霁色，高风动秋声。"

③台城：古城名，本三国吴后苑城，东晋成帝时改建，为东晋及南朝台省所在地，故名。故址在今江苏省南京市鸡鸣山南，乾河沿北。

④新亭：故址在今南京市南，三国时吴国建，东晋时为朝士游宴之所。

⑤王谢：六朝时，王谢两姓，世代为望族，故常并称。《南史·侯景传》："（景）请娶于王谢，帝曰：'王谢门高非偶，可于朱张以下访之。'"后以王谢为高门世族的代称。唐·刘禹锡《乌衣巷》诗："旧时王谢堂前燕，飞入寻常百姓家。"

【评析】

此词作于宋恭宗德祐二帝（1276）宋亡以后。词人被元兵俘至建康(今南京),因病留下作此词。上阕写千里飘零的感慨。首二句说疏雨过后,天气新凉,词人在枕上听着西风吹打桐叶的肃杀之声,心绪更觉悲凉,感到自己的命运也像西风吹下的桐叶,千里飘零。所谓“千里”,是说在厓山兵败后,自广东被俘至金陵,千里迢迢,备极艰辛。以桐叶喻身世,触景生情,自然入妙,是很好的比兴手法。下阕写词人梦见古城金陵以及城上的淡月和周围的江潮。然而着一“断”字,则说明梦已做尽。感怆之情,溢于言外。以下三句是说,即便在现实中能够回到金陵,携酒去访新亭旧址,可是像昔日王谢那样的高门望族,恐怕都不存在了,只能见到荒烟缕缕,野草青青,一片凄凉之景。“新亭”一语,用“新亭对泣”典。《世说新语·言语》云:“过江诸人每至暇日,辄相邀新亭,藉卉饮宴,周侯中坐而叹曰:‘风景不殊,正自有山河之异。’皆相视流泪。唯王丞相愀然变色曰:‘当共戮力王室,克复神州,何至作楚囚相对!’”词人用当地之典,不仅写了元人占领下金陵城的残破景象,而且寄寓故国之思,感情极其沉痛。《雪舟脞语》评此词说:“怀君忆旧,情见乎词。”(《词林纪事》卷十九引)在宋末词坛上,这首词确是反映了流亡士大夫的真实感情。

汪元量(1241—1317?),字大有,号水云,钱塘(今杭州)人。咸淳间入太学。度宗时,为宫廷琴师,侍谢太后与王昭仪。宋亡,随恭帝与全太后被掳北去,留居燕京十三年。期间常探视被囚的文天祥,以诗唱和。元世祖至元二十五年(1288)被赐为道士,归杭州,常往来于庐山与鄱阳之间,若飘风行雨,行踪不定。著有《湖山类稿》十三卷,《水云词》三卷。

望江南

幽州九日[①]

官舍悄,坐到月西斜。永夜角声悲自语[②],客心愁破正思家。南北各天涯。　肠断裂,搔首一长嗟。绮席象床寒玉枕[③],美人何处醉黄花?和泪撚琵琶。

【注释】

①幽州:今北京市。九日:九月九日,即重阳节。

②永夜:长夜。角声:军中号角声。

③绮席象床寒玉枕:形容燕京官舍华丽的陈设。

④撚:弹琵琶的一种手法。白居易《琵琶行》:“轻拢慢撚抹复挑,初为《霓裳》后《六幺》”。

【评析】

此词作于被俘入元以后。上阕说词人被安置在燕京的一个官舍里,长夜不眠,坐听悲凉的角声,心中泛起阵阵乡愁。“永夜”句从杜甫《宿府》诗来,杜诗下句是“中天月色好谁看”,此处则易以“客心愁破正思家”,融诗入词,自然浑成,恰好表现了词人此时的心境。缀以“南北各天涯”一语,更充满了流离之感。下阕写词人身陷北国的心境。过片二句,纯是白描,痛心疾首,感人至深。结尾三句写南宋宫人在燕京的苦况。尽管生活上仍旧豪华,而内心里却蕴藏着无限痛楚。这种写法叫做以乐景衬哀情，可使哀情增加一倍。“醉黄花”，点时序。旧时每逢重阳佳节，人们总是对酒赏菊。可此刻漂零北地，宫人却无此心情。而为了侍应新主，她们又不得不强压一腔幽怨，含泪弹起琵琶。词人是一位琴师，他在〔水龙吟·淮河舟中夜闻宫人琴声〕中也写过类似的词句：“粉阵红围，夜深人静，谁宾谁主？对渔灯一点，羁愁一掬，谱琴中语。”此处所写，虽换了一个环境，而悲伤的情绪是一样的，都表现了一个亡国琴师的心境。从这一点来看，此词也从一个侧面反映了宋元易代之际的社会现实。

章丽真

章丽真，宋宫人，宋亡，与汪元量、王清惠等随恭帝入燕京。

长相思

送汪水云归吴[1]

吴山秋，越山秋，吴越两山相对愁[2]。长江不尽流。

风飕飕，雨飕飕。万里归人空白头[3]。南冠泣楚囚[4]。

【注释】

①汪水云：即汪元量。归吴：回到吴地。时在元朝至元二十五年(1288)。

②"吴山"三句：参见林逋〔相思令〕注①②。

③万里归人：指汪元量。由燕归吴，路途遥远，故曰"万里"。

④南冠：即楚冠，汉代称为獬豸冠。《左传》成公九年："晋侯观于军府，见钟仪，问之曰：'南冠而絷者谁也？'有司对曰：'郑人所献楚囚也。'"泣楚囚，语本《世说新语·言语》，见前邓剡〔浪淘沙〕【评析】。

【评析】

此词作于元世祖至元二十五年(1288)汪元量被赐为道士放归故乡杭州之时。《词林纪事》卷十七张宗橚按："水云以黄冠(道士)放归，德祐主(恭帝)赠之以诗，宫妃属和……又有章丽正、袁正正、金德淑，总十七人。"章丽正，即章丽真，她除了和诗以外，还写了这首词送汪元量。上阕写想象中的南方景色：在萧瑟的秋天，吴越的山峰像是含愁相对，而滚滚长江也似流不尽愁与恨。"长江"，依文意盖指南宋都城杭州附近的钱塘江而言。全句语本杜甫《登高》诗"不尽长江滚滚来"，及李煜〔虞美人〕词“问君能有几多愁,恰似一江春水向东流”,然较含蓄。下阕写风雨载途,对万里归人表示深情的关切。“南冠”句描写被留下的宋恭帝及宋宫人相对而泣,与起首三句相映射,更起到了相互烘托的作用。词中所写的秋意以及所写的风雨,实际上也是政治气候的反映。全词语言通俗,音节流利,感情深挚,反映了宋元易代之际南宋宫人特定的心情,至此花间绮靡之音已被时代的激流冲洗殆尽,完全是“亡国之音哀以思”的词风了。

蒋　捷

蒋捷，生卒年不详，字胜欲，阳羡（今江苏宜兴）人，咸淳十年（1274）进士。宋亡后，隐居太湖中的竹山，人称竹山先生。始终不肯出仕。有《竹山词》两卷，《四库全书总目提要》说他的词“炼字精深，音调谐畅，为倚声家之矩矱（法度）”。但清人周济却批评说：“竹山薄有才情，未窥雅操。”又云：“竹山有俗骨，然思力沉透处，可以起懦。”（见《介存斋论词杂著》）总之，在词史上，“其志视梅溪（史达祖）较贞，其思视梦窗（吴文英）较清”（刘熙载《艺概·词曲概》）。他的词风继承了姜夔的清旷，也兼有辛弃疾的奔放。宋亡以后的词作，多故国之思，感情沉痛，词气慷慨。一些妍倩的小令，写景言情，亦颇多创新之处。间有游戏之作，大都富于狡狯的情趣。

虞美人

听雨

少年听雨歌楼上，红烛昏罗帐[①]。壮年听雨客舟中，江阔云低断雁叫西风[②]。　　而今听雨僧庐下[③]，鬓已星星也[④]。悲欢离合总无情[⑤]，一任阶前点滴到天明。

【注释】

①昏：灯光昏暗。

②断雁：失群的雁。隋·薛道衡《出塞曲》：“寒夜哀笳曲，霜天断雁声。”

③僧庐：僧房。

④星星：鬓发花白貌。晋·左思《白发赋》：“星星白发，生于鬓垂。”

⑤情：一作“凭”，义较胜。

【评析】

此词描写听雨，反映了词人三个阶段的生活：少年时在歌楼上听雨，罗帐灯昏，充满柔情蜜意；壮年在客船上听雨，江阔云低，雁声嘹呖，充满漂泊之感；晚年僧房听雨，两鬓已经花白，历尽世态炎凉，心里无限悲苦辛酸。明·卓人月说此词“全学东坡持杯篇”（见《古今词统》卷八）。“持杯篇”指苏轼〔虞美人〕，其词云：“持杯遥劝天边月，愿月圆无缺。持杯复更劝花枝，且愿花枝长在，莫离披。持杯月下花前醉，休问荣枯事。此欢能有几人知，对酒逢花不饮待何时？”蒋词在结构上虽学苏词，但词意颇多创新。一首小词能通过三个典型的细节，把词人的一生概括出来，确实极为凝练。而三个情节之间有铺陈，有发展，最后达到了感情高潮，寓情于景，颇饶有余不尽的情味。

虞美人

梳楼

丝丝杨柳丝丝雨，春在溟濛处[1]。楼儿忒小不藏愁，几度和云飞去觅归舟。　　天怜客子乡关远[2]，借与花消遣。海棠红近绿阑干，才卷朱帘却又晚风寒。

【注释】

①溟濛：模糊不清貌，指毛毛细雨。

②乡关：指故乡。唐·崔颢《黄鹤楼》诗：“日暮乡关何处是，烟波江上使人愁。”

【评析】

此词写春愁。上阕以柳丝春雨起兴，写楼中女子对远人的怀念。丝丝杨柳和丝丝春雨，在女子眼前织成一片迷濛景象。一座小楼被包围在溟濛深处，楼中的女子，自然感到无比窒息，形成深重的愁绪。“楼儿忒小不藏愁”，与吴淑姬〔小重山·春愁〕所云“不如归去下帘钩，心儿小，难著许多愁”同一机杼，而更进一层。她要将愁绪突破小楼，跟随云彩一同飞出，去寻找那位客子的归舟。可见此愁绪实乃离愁与相思也。“丝丝”二句，同史介翁〔菩萨蛮〕首二句极相似；“楼儿”句同吴淑姬〔小重山〕的“心儿小”句虽相近，但明·卓人月说：“‘心儿小，难着许多愁’，不如‘楼儿’句更奇。”（见《古今词统》卷八）下阕首句“天怜客子乡关远”，点明春愁的由来，但这愁绪也只是淡淡的，故而又来借花消遣。结尾二句复又宕开，说海棠花已经盛开，丛丛花朵，渐渐迫近绿色的栏杆。女子刚要卷帘赏花，冷不防一阵晚风吹起，使她打了个寒战。这样的意境同李清照的〔醉花阴〕“莫道不销魂，帘卷西风，人比黄花瘦”不相上下，含蓄蕴藉，留有隽永的余味。此词结构完整，音调和美流转，故李佳《左庵词话》评曰：“亦工整，亦圆脆。”

少年游

梨边风紧雪难晴，千点照溪明。吹絮窗低①，吐茸窗小②，人隔翠阴行。　　而今白鸟横飞处，烟树渺乡村。两袖春寒，一襟春恨，斜日淡无情。

【注释】

①絮：柳絮，此喻雪花。晋·谢道韫有句咏雪云：“未若柳絮因飞起。”见《晋书·王凝之妻传》。

②茸：刺绣用的丝缕。李煜〔一斛珠〕词：“烂嚼红茸，笑向檀郎唾。”

【评析】

此词写春恨。上阕是写昔日的一个生活片段，从女子的角度写起。一开头就勾勒一幅美丽的画面：风紧雪飘，梨花盛开；梨花与雪花，融成一片，把一条小溪，映成皑皑银河。然后写词中女主人公从小小窗口向外远眺，只见有人隔着翠绿的树荫在向前行走。“吹絮”是写窗外纷飞的雪花，“吐茸”是写窗内娇嗔的女子。“人隔翠阴行”则把读者的思绪带入了静穆悠远的境界。下阕写今日的景色和词人的心境。眼前是白鸥横飞，烟树迷茫，乡村渺远。此时词人当羁留客地，因而对景流连才生出以下淡淡的羁旅愁情。“两袖春寒，一襟春恨，斜日淡无情”，流利自然，洗炼缜密，确如明人毛晋所说“语语纤巧，字字妍倩”。（见《竹山词跋》）明·卓人月评论说：“游子淡忘归，正似‘斜日淡无情’。”（见《古今词统》卷六）准确地点明了词旨。而潘游龙《古今诗余醉》更特别指出“‘淡无情’三字妙”。妙在以景结情，情融于景也。

张　炎

张炎(1248—1320?),字叔夏,号玉田,晚号乐笑翁。先世秦(今陕西凤翔)人,前半生家于临安,曾见南宋全盛之日。宋亡后,北上大都求官,失意而归,弃家客游又达三十余年。他的高祖辈有张镃(功甫)、张鉴(平甫),都是词人,与姜夔友善;其父张枢亦畅晓音律。所著《词源》一书,提出比较系统的词学理论,认为词的最高标准是"意趣高远""清空"和"骚雅"。清人刘熙载说:"张玉田词清远蕴藉,凄怆缠绵。"(见《艺概·词曲概》)。然艺术上则"终觉积谷作米,把缆放船,无开阔手段"(周济《介存斋论词杂著》)。张炎对清代浙派词人影响极深。朱彝尊〔解佩令〕(自题词集)说:"不师秦七,不师黄九,倚新声、玉田差近。"清代词坛有"家白石而户玉田"之称。

清平乐

候蛩凄断[1],人语西风岸。月落沙平江似练[2],望尽芦花无雁。　　暗教愁损兰成[3],可怜夜夜关情。只有一枝梧叶,不知多少秋声。

【注释】

①候蛩(qióng):指蟋蟀,因其随节候出没,故名。凄断,犹凄切。

②江似练:南齐·谢朓《晚登三山还望京邑》诗:"余霞散成绮,澄江静如练。"练:白色的绸布。

③兰成:庾信,字子山,小字兰成,南朝梁诗人,后出使西魏被扣留。西魏亡,仕北周,官至骠骑大将军,开府仪同三司。虽居高位,犹念南朝,著有《哀江南赋》。后世常以"兰成"借指不得已而身事两朝的文人。

【评析】

据《珊瑚网》云，苏州陆辅之家有歌妓，名卿卿，友人张炎写此词相赠。结句原作"多情因为卿卿"，后改。二十一年以后，陆辅之致仕归来，张炎和卿卿均死，辅之画《碧梧苍石图》，依韵和了一首写在卷端，以为纪念。张词上阕写江边秋夜景色：蟋蟀发出凄切的鸣声，岸边人语西风，月下的大江好似一匹白练，滩头一抹平沙，芦花一望无际。"望尽芦花无雁"，不仅是写景，而且用"雁足传书"的典故暗喻故人杳无音信。下阕首二句以庾信为喻，盖指宋亡以后词人羁留客地，夜夜有所"关情"，因而愁绪满怀，听着西风吹拂梧桐落叶的声音，更是心潮难平。清人楼俨评张炎词说："其章法、句法俱超，清虚骚雅，自成一家，迄今读集中诸阕，一气舒卷，不可方物，信乎其为山中白云也。"（《词林纪事》引）我们读此词，也有这样的感觉。

清平乐

采芳人杳[①]，顿觉游情少。客里看春多草草[②]，总被诗愁分了。　　去年燕子天涯，今年燕子谁家？三月休听夜雨，如今不是催花。

【注释】

①采芳：采花。杳：无影无踪。

②草草：草率，心不在焉。

【评析】

这首词作于宋亡以后浪迹天涯之际。上阕说暮春时节，踏青采花的人渐渐没有了；面对此种寂寥景象，词人顿时减少了游兴。因为远离故乡，客居异地，赏春之兴每每被吟诗遣愁的欲念所代替。下阕写燕子随风飘泊，亦以自喻。既云"去年"，又云"今年"，说明词人已经落拓多时。云"燕子谁家"，则是表示对今后归宿的担忧。结尾二句说暮春夜雨,不是催花。催花,本意是说促花成长。庄绰《鸡肋编》卷中云:“西北春时,率多大风少雨……韩持国(维)亦有‘轻云薄雾,散作催花雨’之句。”王庭珪〔桃源忆故人〕亦云:“催花一霎清明雨,留得春风且住。”可是这里词人偏说“不是催花”。那是什么呢?无疑是“催花”反意,是“摧花”了。语言婉曲,蕴含着对现实政治的不满。词虽写景,但所写的是遗民眼中暗淡的春景,与一般词的吟风弄月之作,自是不同。近人俞陛云评下阕云:“羁泊之怀,托诸燕子;易代之悲,托诸夜雨,深人无浅语也。”可见寄托遥深,耐人寻绎。

朝中措

清明时节雨声哗,潮拥渡头沙。翻被梨花冷看①,人生苦恋天涯。　　燕帘莺户②,云窗雾阁③,酒醒啼鸦。折得一枝杨柳,归来插向谁家?

【注释】

①翻:反而。

②燕帘莺户:借指歌楼舞榭。宋·赵闻礼〔玉漏迟〕:“绣柱秋千散后,怅尘锁、燕帘莺户。”

③云窗雾阁:唐·韩愈《华山女》诗:“云窗雾阁事慌惚,重重翠幔深金屏。”此指高楼深院。

【评析】

作者曾于宋亡后北游燕京,另有〔阮郎归·有怀北游〕云:“瞥然飞过水秋千,清明寒食天。”此词首云:“清明时节雨声哗。”当为同时之作。清明时节,作客他乡,古代认为是令人愁苦的事。杜牧《清明》诗即有“清明时节雨纷纷,路上行人欲断魂”诗句,何况此时的词人是一个南宋遗民,北游燕京,仕途偃蹇,自然更多一层感慨。上阕说在雨声潮声中,词人天涯作客,倍觉凄凉。梨花盛开在渡头，犹有着落，相比之下，自己却漂零无依，未免有被梨花冷眼相看的感觉。下阕回忆少年时的轻狂。高楼深院，歌台舞榭，是他当年活动的场所。而今这一切都成为过去，酒醒鸦啼，独立苍茫，无所适从，能不怅然！“折得一枝杨柳，归来插向谁家”，正如赵鼎《寒食书事》诗所云：“寂寞柴门村落里，也教插柳纪年年”，反映了一代遗民无家可归的隐痛。他在《词源》中说：“词要清空，不要质实；清空则古雅峭拔，质实则凝涩无味。”这首词看来是实践了他的艺术见解。像“翻被梨花冷看，人生苦恋天涯”以及“燕帘莺户，云窗雾阁”等，都写得较虚，故而显得透体空灵，通篇骚雅。特别是结句，寄离情于杨柳，调感怆于咏叹，尤令人一唱三叹。

刘将孙

刘将孙(1257—1302?),字尚友,庐陵(今江西吉安)人,刘辰翁之子。宋末,有文名,举进士,曾做过延平教官和临汀书院山长。有《养吾斋集》,久佚。《四库全书总目提要》云:"将孙以文名于宋末,濡染家学,颇习父风,故当时有'小须'之目。"《彊村丛书》辑有《养吾斋诗余》一卷。

踏莎行

闲游

水际轻烟,沙边微雨,荷花芳草垂杨渡。多情移徙忽成愁[1],依稀恰是西湖路[2]。　　血染红笺[3],泪题锦句[4],西湖岂忆相思苦?只应幽梦解重来,梦中不识从何去。

【注释】

①移徙:犹"徙倚",留连徘徊。

②西湖:指杭州西湖。

③红笺:古代蜀笺有十色,红笺是其中之一。

④锦句:犹锦字,见前晏几道〔清平乐〕(留人不住)注②。

【评析】

本篇题作"闲游",上阕写闲游中所见,下阕写闲游中所思,于迷惘中表现了遗民之恨。起首二句,由远而近描绘了湖边景色。只见丝丝细雨洒向湖滩,水面上腾起雾濛濛一片。其实轻烟、微雨本为一物,唯因远近不同而呈现不同状态,词人能将它们各自的特点表现出来,可见观察之细、体物之工。接着,词人把目光落在近处,接连描写了四桩景物:荷花、芳草、垂杨、渡口,组成了一幅美丽的湖上微雨图。"多情移徙忽成愁,依稀恰是西湖路"两句,如奇峰突起,境界骤变。词人似在梦中到了杭州的西湖，一种闲适之情顿时化为满腔愁恨。此处极注意用字，一个“忽”字成了全词的转折点，“移徙”二字表达了时间之短促，“依稀”二字则带有似真似幻的感觉。其中寓有“风景不殊，正自有河山之异”的兴亡之慨。过片三句是全篇感情的高潮。红笺以血染，锦句用泪题，全是伤心之语。他不说自己日夜怀想故都，忆念西湖，却以反诘口吻遥问西湖是否还记得相思之苦。此痴语也。前人论词，以为痴语、淡语、没要紧语，最足以表现词人的感情，也最符合词情婉曲的特点。此处正是如此。结尾二句接上阕歇拍，感情又深入一层。说自己只有梦中才能到得西湖，即使梦中来了，也不知从何处归去。语极沉痛，表现了一种想见西湖而又怕见西湖的矛盾心理和在现实中找不到出路的迷惘心情。